ARNE DESSAUL

Trittbrett-
mörder

TÖDLICHER JAHRGANG Eigentlich wollte Hanno Ackermann an diesem milden Dezembermorgen nur sein Rübenfeld pflügen. Doch dann explodiert unter seinem Trecker eine Landmine. Wahrscheinlich eine dieser rund 30.000 Minen, die an der früheren deutsch-deutschen Grenze noch immer im Boden liegen. Kriminalhauptkommissar Helmut Jordan und seine Ermittler versuchen herauszufinden, ob es vielleicht auch eine andere Erklärung für Ackermanns Tod geben könnte. Immerhin war er unter den Landwirten seines Heimatdorfes nicht gerade beliebt. Doch zwei weitere Todesfälle im Landkreis Wolfenbüttel lenken die Ermittlungen rasch in eine andere Richtung. Zunächst wird die schöne Ellen Berning-Schäfer in ihrer Boutique niedergestochen. Dann wird der Notar Felix Conradi beim Joggen von einem herabfallenden Ast erschlagen. Das Kuriose: Ackermann, Berning-Schäfer und Conradi haben vor 25 Jahren zusammen Abi gemacht. Helmut Jordan glaubt zunächst an einen Zufall. Doch die nächsten Opfer lassen nicht lange auf sich warten, und ein Wettlauf um Leben und Tod beginnt.

© Matthias Duschner

Arne Dessaul wurde 1964 in Wolfenbüttel geboren und wuchs in Winnigstedt auf. 1984 machte er in Wolfenbüttel sein Abitur. Es folgten Bundeswehr und eine kaufmännische Ausbildung. 1989 zog Arne Dessaul nach Bochum, um an der Ruhr-Universität Publizistik und Kommunikationswissenschaft zu studieren. Während des Studiums fing er an, als Journalist zu arbeiten. Seit 1992 schreibt er für Magazine und Tageszeitungen. Außerdem arbeitet er seit 1994 im Dezernat Hochschulkommunikation der Ruhr-Uni; dort ist er u.a. verantwortlich für die Universitätszeitung Rubens. Seit 1999 ist Arne Dessaul verheiratet, er hat zwei Töchter und wohnt in Bochum. »Trittbrettmörder« ist sein erster Roman.

Bisherige Veröffentlichungen im Gmeiner-Verlag:
Bauernjäger (2017)

ARNE DESSAUL

Trittbrett- mörder

HELMUT JORDANS ERSTER FALL

Die automatisierte Analyse des Werkes, um daraus Informationen insbesondere über Muster, Trends und Korrelationen gemäß § 44b UrhG (»Text und Data Mining«) zu gewinnen, ist untersagt.

Bei Fragen zur Produktsicherheit gemäß der Verordnung über die allgemeine Produktsicherheit (GPSR) wenden Sie sich bitte an den Verlag.

Immer informiert

Spannung pur – mit unserem Newsletter informieren wir Sie regelmäßig über Wissenswertes aus unserer Bücherwelt.

Gefällt mir!

Facebook: @Gmeiner.Verlag
Instagram: @gmeinerverlag

Besuchen Sie uns im Internet:
www.gmeiner-verlag.de

© 2016 – Gmeiner-Verlag GmbH
Im Ehnried 5, 88605 Meßkirch
Telefon 07575 / 2095-0
info@gmeiner-verlag.de
Alle Rechte vorbehalten

Lektorat: Claudia Senghaas, Kirchardt
Herstellung: Mirjam Hecht
Umschlaggestaltung: U.O.R.G. Lutz Eberle, Stuttgart
unter Verwendung eines Fotos von: © fotobeam.de / Fotolia.com
Druck: Libri Plureos GmbH, Friedensallee 273, 22763 Hamburg
Printed in Germany
ISBN 978-3-8392-1948-5

PROLOG

Bevor er tatsächlich den zweiten Namen auf seiner Liste durchstrich, las er ein weiteres Mal den ausführlichen Artikel in der Lokalzeitung. Nein, es konnte keinen Zweifel geben. Obwohl das Opfer nicht namentlich genannt wurde, stand für ihn die Identität fest. Die im Artikel genannten Umstände waren eindeutig.

Es war nicht zu fassen. Innerhalb von zwölf Tagen waren zwei Menschen gestorben, die auf seiner Liste standen. Die Liste war zwar zum Teil noch vorläufig und für diese beiden Kandidaten hatte er noch keine konkreten Pläne. Es wäre sogar möglich gewesen, dass sie ungeschoren davongekommen wären.

Aber was für ein unglaublicher Zufall. Oder gab es irgendwo da draußen noch jemanden, der eine Mission zu erfüllen und eine Namensliste abzuarbeiten hatte? Ein Rivale sozusagen? Er schüttelte den Kopf und las wie schon so oft seine Liste.

Er blieb bei den beiden durchgestrichenen Namen hängen. Das hätte ihm auch schon vorher auffallen können. Der Nachname von Opfer Nummer eins fing mit A an, der von Opfer Nummer zwei mit B. Natürlich auch ein möglicher Zufall bei zwei Namen. Dennoch …

Diesmal musste er nicht auf seine Liste sehen. Dieser Name war auch nicht vorläufig, er stand fest. Und er begann mit einem C. Das würde die Polizei zunächst vor ein schönes Rätsel stellen – und anschließend, wenn die Kripobeamten A und B und C zusammengezählt hatten, auf die falsche Spur locken. Die Rückkehr des »Herrn ABC«.

Vor allem hätte er für den kaum vorstellbaren Fall, dass die Polizei sich näher mit ihm beschäftigen würde, für den Tod von B ein perfektes Alibi. Genial. Und für C hatte er auch schon einen hübschen Plan ausgearbeitet, und die meisten Vorbereitungen waren getroffen. Nur drei, vier Tage noch, dann würde er zum Trittbrettfahrer des Zufalls werden.

KAPITEL 1

Hannos letzter Morgen begann unspektakulär. Er begann jedoch eine halbe Stunde früher als gewöhnlich, als gegen 5 Uhr draußen auf dem Hof ein Riesenlärm losbrach. Einer der Blecheimer schepperte über das Kopfsteinpflaster, und dann fiel noch irgendetwas um, das etwas weniger Krach machte. Vielleicht eine Mistgabel? Oder ein Besen? Lauter als dieses leise Fallen und sogar lauter als der Blecheimer war das Kreischen der beiden Katzen. Vermutlich waren es zwei. Welche Katzen es waren, konnte Hanno aus dem Bett heraus natürlich nicht sagen. Er konnte sie anhand ihrer Stimmen nicht voneinander unterscheiden. Er konnte sie kaum anhand ihres Aussehens oder ihrer Größe unterscheiden. Nur die Grundtöne fielen ihm auf: schwarz, grau, braun.

Seine Familie besaß etwa ein Dutzend Katzen. Aber auch aus der Nachbarschaft kamen häufig welche herüber auf den Hof, um sich mit den Ackermann-Katzen um Mäuse und um Reviere zu streiten. An diesem Dezembermorgen stritten sie ausgesprochen heftig. Hanno war wach, und das galt garantiert auch für den Rest der Familie: für seine Eltern, für Melanie und für ihre Kinder Ann-Kathrin, Tobias und Ben. Alle schliefen zum Hof hinaus und alle schliefen jahrein, jahraus bei offenem Fenster. Trotz Kälte, Sturm oder Katzenjammer. Echte Bauersleute halt. Man lebte in einem Dreigenerationenhaus und man war abgehärtet.

Um 5.30 Uhr saß Hanno unrasiert, aber angezogen, am Küchentisch und schwieg sich wie üblich erfolgreich durch das kurze Frühstück mit Melanie. Nur ab und zu musste er zustimmend brummen, wenn seine Frau ihn nach Kaffee und Broten für den langen Vormittag auf dem Feld fragte. Es waren ohnehin jeden Morgen die gleichen Fragen. Und auch die gleichen Antworten.

Gerade als Hanno fertig war, schlurfte Heinrich Ackermann in die Küche und nickte seinem Sohn und seiner Schwiegertochter zu. Auch der Senior war am frühen Morgen kein Mann großer Worte. Er setzte sich zu seinem Sohn und fragte: »Südacker?«

Ein weiteres zustimmendes Brummen war die einzige Antwort seines Sohnes.

Der sogenannte Südacker, auf dem Hanno hauptsächlich Zuckerrüben anbaute, war das jüngste Stück Land der Familie Ackermann und es war das erste, das Hanno erworben hatte, nachdem sein Vater ihm den Hof überschrieben hatte. Brachland, das man Anfang der 90er-Jahre günstig kaufen konnte. Günstig vor allem, weil es, nun ja, gewissermaßen historisch vorbelastet war. Bis 1989 teils Niemandsland, teils Grenzstreifen, teils sogar Todesstreifen. Dahinter kam damals nur noch »drüben«, die Ostzone oder Dunkeldeutschland, offiziell die Deutsche Demokratische Republik gleich DDR.

Heute lag dahinter Sachsen-Anhalt. Der erste Ort bei den Anhaltern hieß ausgerechnet »Hessen«. Hanno war nicht oft dort gewesen. So richtig erinnern konnte er sich nur an eine Gelegenheit. Weihnachten 1989 war das ganze Dorf in einer langen Prozession nach Hessen marschiert, bewaffnet mit Blumen, Kuchen, Bananen und guten Wünschen für die neu entdeckten Nachbarn. Im Saal der größten Kneipe in Hessen wurde zur Grenzöffnungsfeier geladen. Die Leute drängten sich hinein. Es gab DDR-Bier, in enorm großen Gläsern und pausenlos. Aus den Lautsprechern erklang Verdi, der Gefangenenchor aus Nabucco.»Flieg, Gedanke. Freiheit, Heimat, Sehnsucht, Gebete.«

Die beiden Bürgermeister tanzten miteinander Walzer. Für Hannos Dorf tanzte damals noch Hans-Werner Behrens. Ein netter Kerl. Jetzt war sein unmittelbarer Nachbar Bürgermeister: Jochen Wettenstedt, ein Bauer, genau wie Behrens. Und wie Hanno.

Weihnachten 1989 war alles noch ein Versprechen. Auf friedliches Nebeneinander. Sogar friedliches Miteinander? Füreinander? Hallo, jetzt aber mal nicht übertreiben! Vor allem ein Versprechen auf Freiheit! Nee, ist klar, Herr Gauck! Die Wiedervereinigung war noch weit weg und erschien auch noch nicht zwingend. Und doch hatte Heinrich Ackermann auf dem Rückweg, als sich die Prozession durch die wolkenverhangene, mäßig kalte Dezembernacht mehr wankend als marschierend die knapp vier Kilometer zurückschleppte, prophezeit:»Junge, denk an meine Worte! Jetzt herrscht hier Euphorie. Aber in ein paar Monaten liegen die von drüben uns auf der Tasche.«

Wahre Worte, vor allem wenn man bedachte, dass all das Geld, das in die fünf neuen Bundesländer fließen sollte, nicht mehr Halt auf dieser Seite des, mittlerweile ehemaligen, Zonenrandgebietes machte. All die Unternehmen, die sich nur dank der Zonenrandhilfe in dieser trostlosen Ecke von Niedersachsen niedergelassen hatten, verschwanden – und mit ihnen die Arbeitsplätze. Natürlich verschwanden viele von ihnen ausgerechnet in die ehemalige DDR. Immer den Fördertöpfen nach.

Es hatte ein paar Jahre gedauert, bis das ehemalige Grenzland überhaupt zum Verkauf angeboten wurde. Zunächst mussten die Besitzverhältnisse aus der Zeit vor 1945 geklärt werden. Es gab aber niemanden, der einen Anspruch geltend machen konnte. Hanno ging davon aus, dass alle von den

Russen abgeknallt worden waren. Dann tauchte das nächste Problem auf: Ein paar Spinner wollten das gesamte Grenzgebiet so lassen, wie es zwischen 1961 und 1989 ausgesehen hatte. Eine Art riesiges Freilichtmuseum. Oder Mahnmal. Oder beides.

Schließlich setzten sich jedoch die etwas vernünftigeren Stimmen durch und erhalten blieben letztlich nur ein paar Relikte der Teilung: ein Stück Zaun und der Wachturm. Beides wurde noch immer gepflegt und regelmäßig von Auswärtigen besucht. Es gab auch ein paar Schautafeln, die über die Grenzanlagen informierten. Und über ein Treffen der Ministerpräsidenten von Niedersachsen (damals Christian Wulff) und Sachsen-Anhalt an diesem Ort.

Hanno hatte schließlich einen großen Posten des Brachlands erworben (einen anderen großen Teil hatte Wettenstedt gekauft). Knapp 100 Morgen. Fast so viel, wie die Familie Ackermann vorher an Land besaß, im Norden des Dorfes. Da die 135 Morgen dort nicht zusammenhingen, wurde dieser Teil der Ländereien im Plural bezeichnet: die Nordäcker. Zuckerrüben und alle Arten von Getreide inklusive Futtermais, den Hanno in der Biogasanlage im Nachbardorf ablieferte. Kein Vieh. Keiner der Bauern im Dorf setzte noch auf Vieh, schon seit Jahrzehnten nicht mehr. Nur Ackerbau, aber ganzjährig.

Und Windkraft. Kurz nach der Jahrtausendwende hatte Hanno zugegriffen, als Bund und Land nur so mit Subventionen um sich geworfen hatten. Als Einziger im Dorf. Die anderen Bauern wollten lieber noch abwarten, ob die Subventionen nicht noch mal erhöht werden würden oder ob es höhere Abnahmegarantien geben würde. Darüber hinaus wollten sie erst sehen, was Wettenstedt machte, der größte Bauer und längst Bürgermeister. Auch Wettenstedt wollte warten. Natürlich hätte er es lieber gesehen, wenn auch die anderen Bauern gewartet hätten. Aber nicht Hanno! Er wollte diese Chance nutzen und tat sich mit ein paar Bauern des Nachbardorfes zusammen. Gemeinsam ließen sie einen kleinen Windpark errichten. Hanno erzeugte seitdem sehr gut bezahlten Strom.

All das hatte Wettenstedt überhaupt nicht gefallen. Es hieß, dass er sogar versucht hatte, Hannos Alleingang zu verhindern. Mithilfe des Gemeinderates. Aber der konnte ihm hier gar nicht helfen, denn die Felder lagen zum größten Teil auf dem Gebiet der Nachbargemeinde, die zugleich zu einem anderen Landkreis gehörte. Da konnte Wettenstedt noch nicht einmal auf die Unterstützung seines Freundes, des Landrats, zählen.

Mittlerweile hatten auch einige der anderen Bauern des Dorfes nachgezogen (einschließlich Wettenstedt, na klar), sodass nun einige Dutzend Windräder rings um das Dorf in den Himmel ragten.

Seit vier Jahren standen sie auch auf dem Südacker. Der Südacker war ohnehin kein Paradestück in Sachen Ertrag. Es war fast unmöglich gewesen, den 40 Jahre lang vernachlässigten Boden wieder einigermaßen fruchtbar zu machen. Dieses Land zu kaufen, das war letztlich mehr ein Prestigeprojekt gewesen. Ein wenig den anderen Bauern im Dorf zeigen, dass man es sich leisten konnte, dass man mit Ackermann Junior rechnen musste. Mehr rechnen musste als mit dem Senior, der sich jahrzehntelang lieber hinten angestellt hatte, wenn es irgendetwas zu verteilen gab. Und der jetzt auch Bauchschmerzen bekam, wenn sein Sohn forscher an die Dinge heranging.

Hanno hatte jedoch das Gefühl, sich durchaus Respekt im Dorf verschafft zu haben. Vielleicht auch Neid hier und da, das blieb ja nie aus. Hinzu kam, dass Hanno der einzige Landwirt mit Universitätsdiplom im Dorf war, der »Herr Diplomagrarwirt«, wie gern gespöttelt wurde.

Aber die Ausgangslage war nun mal so: Sein Vater war Ende der 90er-Jahre der mit Abstand Älteste, der, sagen wir mal, wichtigen Bauern im Dorf. Darum war Heinrich Ackermann auch der erste Landwirt, der den Hof an die nächste Generation weitergegeben hatte. Das hieß im Umkehrschluss: Hanno hatte es nun ausschließlich mit Bauern zu tun, die mindestens 15 Jahre älter waren als er. Die hätten ihm natürlich gern was erzählt. Wie Landwirtschaft denn so funktioniert. Im Allgemeinen. Und speziell hier im Dorf. Nur wollte Hanno nicht gern etwas von ihnen hören. Er war vor 44 Jahren auf einem Bauernhof zur Welt gekommen und hatte die meiste Zeit auch dort verbracht.

Hanno hatte seinen Vater und eine ganze Weile auch seinen Großvater beobachten können, wie sie Landwirtschaft betrieben, und er hatte sich vieles bei ihnen abgeguckt. Er wusste, was sie gut gemacht hatten, und er wusste, auch dank des Studiums, was sie noch besser hätten machen können. Hanno wollte es besser machen.

Vielleicht demnächst mit einer eigenen Biogasanlage? Erste Angebote hatte er bereits eingeholt. Das Problem war: Diesmal konnte Wettenstedt das Vorhaben theoretisch mithilfe der Gemeindesatzung verhindern, denn diesmal betraf es Wettenstedts Gemeinde. Aber ohne triftigen Grund war das natürlich nicht möglich. Man hätte schon irgendeinen Bebauungsplan im entsprechenden Gebiet aufstellen müssen, quasi als Blockade, aber was sollte da schon an neuen Baugebieten geplant werden? Und Wettenstedt saß auch nicht allein im Gemeinderat. Von den SPD-Vertretern im Rat wusste Hanno, dass sie sein Vorhaben unterstützen würden. Und sei es auch nur, um dem CDU-Mann Wettenstedt eins auszuwischen. Das jedenfalls schien Kurtchen Eberts Beweggrund zu sein. Ebert, ein hohes Tier im VW-Betriebsrat, war der ewige Rivale von Wettenstedt, wenn es um das Amt des Bürgermeisters ging.

Doch im Grunde, trotz Windkraft und Biogas, war Hanno Ackermann (nicht nur dem Namen nach) ein Bauer nach altem Schrot und Korn. Ab seinem achten Lebensjahr hatte er selbst mit angepackt auf dem Hof. Heuballen, Treckerreifen, Balken, Ersatzteile von Pflügen – Hanno konnte, spätestens im Alter von zwölf Jahren, praktisch alles bewegen. Das lag zum einen an seinem Geschick, vor allem aber an den enormen Kräften, die ihm in die Wiege gelegt worden waren. Seine Muskeln hatten sich durch harte körperliche Arbeit auf natürliche Art und Weise stetig weiterentwickelt. Mit zwölf hatte Hanno den Körper eines erwachsenen Wasserballers und Hände wie ein Schmied gehabt.

Stets war seine Arbeit zielgerichtet und effizient. Er hängte allein den Güllewagen ab, und er zog den Pflug quer über den Hof. Wenn man ihn gelassen hätte, hätte Hanno auch Furchen ins Feld gezogen, ohne Traktor oder Pferd. Bald sollten seine Kräfte sprichwörtlich werden. Niemand, der ihn als Zwölfjährigen Holz hacken (oder besser zertrümmern) gesehen hatte, wäre auf die Idee gekommen, sich mit ihm anzulegen. Dieser Ruf eilte ihm stets voraus, sodass Hanno beispielsweise in keine einzige Schulhofkeilerei verwickelt worden war. Er konnte sich nur an eine einzige physische Auseinandersetzung mit einem Mitschüler erinnern. Das war in der elften Klasse gewesen und die Auseinandersetzung hatte eigentlich nur darin bestanden, dass er so einen Schnösel aus der 13. Klasse an eine besonders empfindliche Stelle packte und ihn sehr unmissverständlich aufforderte, eine Beleidigung der Bauernzunft zurückzunehmen. Das tat der Schnösel, und nach 30 Sekunden war die Sache vorbei und für Hanno auch vergessen.

Seine Muskelkraft hatte er seitdem ausschließlich gegen Dinge eingesetzt. Es kam auch später niemand auf die Idee, ihn zu provozieren, weder beim Zivildienst noch beim Studium. Hanno wäre allerdings auch ohne seinen muskulösen Körper nicht der Typ gewesen, der zur Zielscheibe von Spott oder Drangsalierung wird. Er hielt sich in der Regel im Hintergrund und setzte gern ein mürrisches Gesicht auf. Er kleidete sich zweckmäßig mit Parka, Anorak oder Jeansjacke. Er trug die Haare nicht zu kurz und nicht zu lang. Er war weder hässlich noch hübsch. Er war weder der Klassenclown noch der Streber. Hanno ließ andere in Ruhe, und er wollte in Ruhe gelassen werden.

Der Einzige, der ihn bisweilen herausforderte, war Gregor Pahlke. »Der starke Gregor«, wie er sich gern nennen ließ. Pahlke war ein 60-jähriger Maurer aus dem Dorf. Er war nicht besonders groß, vielleicht 1,70 Meter, aber er bestand ausschließlich aus Testosteron und Muskeln. Während Hanno um seine Kraft überhaupt kein Gewese machte, prahlte Pahlke damit. Er machte sich einen Spaß daraus, die Heranwachsenden des Dorfes zum publikumswirksamen Armdrücken im »Dorfkrug« herauszufordern. Pahlke gewann immer. Immer locker und leicht. Er hatte Hanno niemals direkt zum Duell eingeladen. Aber häufig genug hatte er gegenüber Dritten angedeutet, dass er es »dem Hanno gern mal zeigen würde«. Immer auf genau die Art, dass es rasch an Hannos Ohren dringen musste.

Ein paar Mal hatte Hanno darüber nachgedacht, das Angebot anzunehmen. Er konnte sich aber letztlich doch nicht dazu durchringen. Es war weniger die Angst vor der Niederlage, als die Angst vor einem möglichen Sieg und den Folgen. Er hätte dann einen unberechenbaren Feind im Dorf. Höchstwahrscheinlich würden auch weitere Herausforderungen folgen. Nicht nur von Pahlke wegen einer Revanche, sondern von allen anderen im Dorf, die sich stark fühlten.

Ganz davon abgesehen, dass Hanno auch ohne regelmäßiges Armdrücken genug zu tun hatte. Seine Eltern konnten sich immer seltener nützlich machen auf dem Hof und die Kinder bereiteten Melanie und ihm einige Sorgen. Ann-Kathrin, mit 16 die Älteste, hatte weder Interesse am Bauernhof noch am Dorfleben. Sie verbrachte möglichst viel Zeit mit ihren Mitschülern in der Stadt; sie besuchte dasselbe Gymnasium, auf das auch Hanno gegangen war. Es war schon traurig, zu sehen, wie früh Ann-Kathrin sich von ihrem Zuhause abnabelte. Immerhin waren ihre Leistungen in der Schule okay und sie würde in anderthalb Jahren ihr Abi sicherlich ohne Probleme schaffen. Danach wäre sie für immer weg von hier.

Gute Schulleistungen – das konnte man dem Mittleren leider nicht nachsagen. Der 14-jährige Tobias besuchte die Realschule und schaffte das Pensum nur dank intensiver Nachhilfe in Deutsch, Mathe und Englisch. Wenigstens interessierte Tobias sich für Landwirtschaft; Hanno hoffte, dass er eines Tages den Hof übernehmen würde. Hof, na ja, wenn alles so lief, wie Hanno es plante, wäre es zu dieser Zeit eher ein Ökologiepark mit Windkraft und Biogasanlage.

Blieb noch der neunjährige Ben, das Nesthäkchen, das von der ganzen Familie nach Strich und Faden verwöhnt wurde. Selbst von Hanno, das musste er zugeben. Auch wenn das kein Vergleich war zu seinen Eltern und seiner Frau.

Über Melanie konnte sich Hanno ansonsten aber überhaupt nicht beklagen. Er liebte sie noch genauso wie vor 20 Jahren, als die beiden ein Paar wurden. Wenn es irgendwie ginge, würde Hanno auch Melanies größten Wunsch erfüllen: eine der Scheunen umbauen und Ferienwohnungen daraus machen.

Längst saß Hanno auf dem Traktor und tuckerte vom Hof. Es war 6.30 Uhr. Um diese Zeit musste er kaum mit Verkehr rechnen. Dennoch sah er sich nach allen Seiten um, als er auf die Straße abbog und ihr mit 40 km/h folgte. Hannos Ziel lag nur rund anderthalb Kilometer entfernt. Am Südende aus dem Dorf heraus, über einen kleinen Hügel, am Sportplatz vorbei und die Straße runter zur kleinen Siedlung, die bis 1989 das Ende der Welt war, zumindest der freien Welt.

Hanno fuhr an den Ruinen von Molkerei und Ziegelei vorbei, am Imbiss und an der Kfz-Werkstatt von Kalle Neubauer. Vorbei an den Spargelfeldern, die Wettenstedt vor zehn Jahren angelegt und sich so eine zusätzliche Erwerbsquelle geschaffen hatte. Gleichzeitig eine schöne Nebenbeschäftigung für seine Frau Magda. Sie saß von Mai bis Juli in einem provisorischen Ladenlokal auf dem Hof und verkaufte Spargel. Stechen musste sie nicht. Diesen Job erledigten polnische Saisonarbeiter. Sie wohnten im Gesindehaus.

Kurz hinter dem früheren Schlagbaum bog Hanno von der Bundesstraße nach links auf einen schmalen Weg ab. Dort lagen seine Felder, weithin sichtbar dank der Windkrafträder, die sich im Dezemberwind gleichmäßig drehten.

Die Gedanken an Ann-Kathrin hatten Hanno an seine eigene Schulzeit erinnert. Bereits vier Tage zuvor hatte es einen Gruß aus der Vergangenheit gegeben. Hanno hatte eine E-Mail bekommen. »Schon mal vormerken« hatte im Betreff gestanden. Absender waren Jakob, Dirk und Susanne, die drei vom Vorbereitungsteam aller bisherigen Jahrgangstreffen. Alle fünf Jahre hatten sie ein Treffen organisiert, das in ihrer alten Schule stattfand und immer von mindestens zwei Dritteln des Jahrgangs besucht wurde. Viele von ihnen hatten sogar den Sticker »Abi '89« am Auto kleben. Hanno nicht. Er war aber auf drei der vier bisherigen Treffen gewesen (das 15-Jährige hatte er verpasst, er lag mit gebrochenem Bein im Krankenhaus), obwohl er kaum Kontakt zu ehemaligen Mitschülern und schon zu Schulzeiten nur wenige Freundschaften geschlossen hatte.

Dirk war die große Ausnahme. Wie Hanno hatte er schon damals gern an alten Mopeds oder Autos herumgeschraubt. Nun hatte er diese Tätigkeit zu seinem Beruf gemacht. Dirk betrieb eine Ein-Mann-Werkstatt in der Stadt. Zusätzlich hatte Hanno ihm eine Scheune zur Verfügung gestellt. Dort stellte Dirk ausgemusterte Autos ab, an denen er hin und wieder werkelte, um sie wieder fahrtüchtig zu machen und zu verkaufen. Als Gegenleistung reparierte er gelegentlich Hannos Autos und Trecker. Auf diese Weise musste Hanno seine Fahrzeuge nicht zu Neubauer bringen, dessen Werkstatt die einzige im Dorf war. Dieses Monopol nutzte Neubauer leider aus und verlangte horrende Preise. Dabei war er noch nicht mal besonders gut. Neubauer warb zwar damit, dass er auch Landmaschinen reparierte. Aber im Grunde hatte er nur wenig Ahnung von Treckern. Dirk hingegen hatte ein Händchen für Traktoren, vor allem für Traktoren der Marke Fendt, die Hanno ausschließlich besaß; Traktoren von Fendt, Hänger von Welger. Wenigstens diese Tradition von Großvater und Vater hatte er übernommen.

Ab und zu setzten sich Hanno und Dirk mit ein paar Flaschen Bier unter eines der Windkrafträder auf den Nordäckern, um zu quatschen. Deshalb wusste Hanno auch lange vor der Mail vom Jahrgangstreffen.

Natürlich würden dort wieder einige Anekdoten erzählt werden. »Weißt du noch?« Zweimal stand Hanno dabei im Mittelpunkt. Vor allem die Geschichte mit Sportlehrer Lukas Schneider sorgte immer für großes Gelächter.

Es passierte in der zehnten Klasse und sie waren in der Turnhalle, um Handball zu spielen. Zu Anfang der Stunde hatten sie sich mit mehreren Bällen warm gemacht. Ein paar Zuspiele, ein paar Würfe. Nach einigen Minuten sollte es dann richtig losgehen.

Schneider war vor dem Studium acht Jahre lang bei der Bundeswehr gewesen und strahlte eine stramme Kasernenhofautorität aus. Wenn er ein Kommando rief, parierte man irgendwie automatisch. Jetzt rief er: »Wirf mal den Ball her, Hanno!«

Hanno dribbelte gerade in der Halle herum und war in Gedanken kurz davor, zu werfen. Wie Erhard Wunderlich, seinerzeit der beste deutsche Handballer. Statt aber in Gedanken aufs Tor zu werfen, pfefferte Hanno den Ball Richtung Schneider.

Der Lehrer hatte wohl mit vielem gerechnet, aber nicht mit einem 100 km/h schnellen Handball, der in Kopfhöhe auf ihn zugeschossen kommt. Die knappe Sekunde, die ihm zu irgendeiner Reaktion geblieben wäre (Kopf runter, Hände hoch, zur Seite hechten), vertat er durch bloßes, ungläubiges Staunen. Und dann lag er auch schon auf dem Hallenboden, satte 95 Kilogramm Sportlehrer, verteilt auf 180 Zentimeter. Einfach niedergestreckt, auf dem Rücken, die Arme 90 Grad vom Körper gestreckt, die Beine ein paar Grad weniger.

Der Ball war von seinem Kopf in hohem Bogen abgeprallt und irgendwie in den Händen von Felix Conradi gelandet. Felix starrte ihn an wie eine Mordwaffe, an der nun seine Fingerabdrücke klebten. Er ließ den Ball sofort wieder fallen.

Das Titschen war das einzige Geräusch in der Turnhalle, denn alles Dribbeln, Passen und Sprinten hatte ein jähes Ende gefunden, als der Sportlehrer gefallen war.

Mario Lopez war der Erste, der sich wieder einigermaßen gefangen hatte. Er ging zum Sportlehrer und fragte: »Ist alles in Ordnung mit Ihnen, Herr Schneider?«

Das war natürlich ein Witz gewesen. Nichts mit Schneider schien auch nur ansatzweise in Ordnung zu sein. Alle dachten, er sei tot – gestorben in Ausübung seiner Pflicht.

Jetzt war Mario direkt bei Schneider und wollte sich gerade bücken, womöglich, um ihm den Puls zu fühlen und danach sanft die Augen zu schließen.

Doch in diesem Moment schüttelte sich Schneider, bewegte seine Arme, drückte die Knie hoch und stand auf. Noch im Aufstehen brüllte er: »Alle raus! Außer Ackermann!«

Fünf Sekunden später war Hanno allein mit Schneider und eine weitere Sekunde später stand Schneider direkt vor ihm. Der Lehrer war etwas rot im Gesicht, genauer gesagt an der rechten Wange, und diese Wange war auch ein wenig geschwollen. Nicht viel eigentlich in Anbetracht des strammen Wurfes. Ein beinharter Kerl, der Schneider. Trotz seiner Größe von, wie gesagt, immerhin 1,80 Meter musste er zu Hanno aufsehen, denn der maß 1,95 Meter.

Was jetzt passierte, gehörte nicht zum Anekdotenschatz des Jahrgangs, das blieb »unter Schneider und Hanno«. Das machte Schneider ein paar Minuten später unmissverständlich deutlich und Hanno hatte sich all die Jahre daran gehalten.

Keine Sekunde, nachdem Schneider wenige Zentimeter vor ihm stand, spürte Hanno einen unerwarteten Schmerz an seinen Hoden. Schneiders Hand hatte sich darum geschlossen, ziemlich fest. Aber es konnte noch fester sein, wie Hanno bald feststellen musste. Die Turnhose bot jedenfalls nicht viel Schutz gegen die kräftige Hand des Ex-Soldaten. Ein paar Jahre später sollte ein Film im Kino laufen, in dem Gene Hackman zur selben Waffe greift, als er einen Verdächtigen verhört. Hanno konnte gut nachvollziehen, dass dieser Mann recht schnell auspackte.

»Was habe ich dir gerade zugerufen, Hanno?« Schneider erhöhte den Druck.

»Wirf mal den Ball her, Hanno.« Hanno schwitzte bereits.

»Gib mal den Ball her! Das habe ich gesagt. Nicht ›Wirf mal‹.«

Hanno wusste zwar, dass der Lehrer wirklich »Wirf« gerufen hatte. Aber es schien wenig angebracht, darauf zu beharren. Trotz der Schmerzen hätte Hanno übrigens ohne Probleme eine seiner Fäuste auf Schneiders Nase niedersausen lassen können, um die Sache schnell und zu seinen Gunsten zu beenden. Aber das kam Hanno gar nicht in den Sinn. Es wäre wenig förderlich für seine weitere Schullaufbahn gewesen, einen Lehrer erst mit einem Handball niederzustrecken, um ihm anschließend auch noch die Nase zu brechen. Schließlich wollte Hanno gern sein Abi machen und hinterher studieren. So ertrug er weitgehend klaglos sein Schicksal.

»Hab mich wohl verhört. Tut mir leid«, stammelte Hanno also pflichtschuldig.

»Habe mich wohl verhört. Tut mir leid.« Schneider genoss die Situation spürbar. »Aber selbst, wenn ich ›Wirf‹ gesagt hätte, hättest du mir den Ball nicht mit 100 Sachen an den Kopf zu schleudern brauchen. Stimmt's?«

»Stimmt. Ich war nur gerade in Gedanken Erhard Wunderlich und wollte aufs DDR-Tor werfen. Da hörte ich Sie ›Wirf‹ rufen.«

»›Gib‹, nicht ›Wirf‹«, unterbrach ihn Schneider und drückte fester zu.

Hanno hatte Tränen in den Augen, und einen Augenblick lang betrachtete er Schneiders Nase und stellte sich vor, wie seine rechte Faust vielleicht doch … Aber er konnte sich beherrschen und ließ den Lehrer gewähren.

»Mal angenommen«, sagte Schneider, »ich wäre so blöd, oder sagen wir mal, ich wäre gerade etwas gedankenverloren, und ich würde dich eines Tages noch mal bitten, mir einen Handball zu geben, was würdest du dann tun?« Hanno setzte zu einer Antwort an, aber der Lehrer unterbrach ihn: »Und komm mir nicht mit: Dann würde ich Ihnen nicht wieder den Ball mit 100 Sachen an den Schädel knallen. Dass du das nicht wieder machst, davon sollten wir beiden Hübschen jetzt mal ausgehen. Also, was würdest du tun?«

»Ich würde Ihnen den Ball ganz sachte zuwerfen.«
Schneider drückte etwas fester. »Immer noch falsch!«

»Vielleicht gar nicht werfen?«

»Vielleicht gar nicht werfen!« Zum ersten Mal ließ der Druck etwas nach.

»Vielleicht besser rollen?«

»Vielleicht besser rollen! Oder?«

»Oder?« Hanno fiel nichts mehr ein, immerhin blieb der Druck auf seinen Eiern konstant. Konstant schmerzhaft zwar, aber nicht lebensbedrohlich.

»Oder? Wenn ich dich ums Geben bitte, warum gibst du dann nicht?«

»Ich laufe also zu Ihnen und lege den Ball sanft in Ihre Hände? So?«

»Ja, so in etwa, das klingt vernünftig. Rollen wäre aber auch in Ordnung, da hast du recht.« Einen Moment lang sah es so aus, als würde Schneider nun Hannos Hoden loslassen und sich von ihm abdrehen. Doch im letzten Moment packte er noch mal zu und flüsterte: »Diese kleine Episode hier bleibt unter uns, klar?!«

Hanno stand der Mund vor Schreck weit offen, er konnte nur nicken.

»Wenn die anderen Jungs dich fragen, was hier zwischen uns gelaufen ist, dann sagst du ihnen, du hättest zur Strafe 50 Liegestütze machen und mir versprechen müssen, beim nächsten Mal den Ball zu rollen. Rollen ist gut, ist sogar besser als bringen. Hinterher rennst du mich beim Versuch des Bringens über den Haufen, weil du mich für einen Abwehrspieler am Kreis hältst. Einen aus der DDR. Verstanden?« Schneider grinste jetzt und lockerte den Griff eine Spur.

»Verstanden.«

»Na, dann ist ja gut.« Schneider ließ endlich los.

Hanno atmete aus. Tief.

»Fieser Griff, oder?« Schneider wirkte von jetzt auf gleich wie ein anderer Mensch. Kein gnadenloser Rächer mehr, sondern ein fairer Sportsmann, der mit seinem Kontrahenten noch ein wenig über den gerade beendeten Kampf plaudern wollte. Beinhart und flexibel. »Ich wette, du hast kurz daran gedacht, mir eins auf die Nase zu geben.«

Hanno wurde rot.

»Gut, dass du es nicht gemacht hast. Denn das hätte nicht nur ich dir übel genommen, sondern die ganze Schule.« Schneider zeigte mit dem Finger auf seine gerötete und leicht (aber wirklich nur ganz leicht) geschwollene Wange. »Das hier hingegen habe ich schon jetzt vergessen. So, und jetzt hol die anderen, damit wir endlich Handball spielen können.«

Tatsächlich trug der Sportlehrer ihm diesen Zwischenfall in keiner Weise nach. Er behandelte Hanno nicht schlechter als vorher, vielleicht sogar respektvoller, und er sprach nie wieder davon. Im Zeugnis bekam Hanno wie üblich in Sport eine Eins. Und seine Mitschüler glaubten ihm die Sache mit den 50 Liegestützen aufs Wort, das passte schließlich zum Exsoldaten.

Die andere Anekdote war weniger spektakulär. Bemerkenswert war jedoch der daran beteiligte Lehrer. Wolfgang Rothe war Lehrer für Mathe und Physik, stand kurz vor der Pensionierung und war der beliebteste Lehrer der Schule. Die Schüler nannten ihn »Papa Rothe«. Rothe hatte selbst vier Kinder und jede Menge Enkelkinder. Darüber hinaus war jeder Schüler sein Kind, um das er sich liebevoll kümmerte, ihm auch zum zehnten Mal die binomischen Formeln oder irgendein physikalisches Gesetz erklärte. Und wenn der Schüler es immer noch nicht verstand, bekam er dennoch eine Vier, wenn er die denn brauchte, um nicht sitzen zu bleiben.

Rothe ließ sich durch nichts aus der Ruhe bringen. Mit renitenten Schülern hatte er es ohnehin nur selten zu tun.

Denn wer sich Rothe gegenüber nicht gut benahm und etwa seine Gutmütigkeit ausnutzen wollte, der wurde von seinen Mitschülern ausgebremst und nötigenfalls sanktioniert. »Die Würde des Papa Rothe ist unantastbar«, Artikel 1 der Schulordnung.

Nur einmal ließ sich Rothe aus der Ruhe bringen, schrie und rief zu Gewalt auf. 1984 war ein junger Lehrer namens Stefan Michalsky an die Schule gekommen, um Französisch und Englisch zu unterrichten. Er brachte neben seinem guten Aussehen, seiner stets guten Laune und seinem Charme auch die Traditionen seiner rheinischen Heimat mit. Namentlich den Karneval, der bis dato in der niedersächsischen Provinz weitgehend ignoriert worden war. Keine Rede vom Elften im Elften, Altweiber, Rosenmontag und so weiter. Auch keine Lust darauf.

Diese Lust verspürte aber Michalsky, der, anders als in Köln, auf einmal an jedem Karnevalstag zur Arbeit gehen musste. Da sollte doch wenigstens am Rosenmontag ein wenig jeckes Treiben auf dem Schulhof und in den Klassenräumen möglich sein. Mit seinem missionarischen Eifer (gepaart mit den oben aufgeführten Eigenschaften) hatte er bereits einen beträchtlichen Teil der jüngeren Schüler (»Hauptsache, kein Unterricht!«), einige ältere Schüler und den für männliche Reize empfänglichsten Teil der Lehrerschaft auf seiner Seite.

Dazu zählte auch die Direktorin; mit Ende 50 war sie sehr zugänglich für solche Reize. Sie war zugleich die Herrin über 100 Lehrer, 1.000 Schüler – und über die Lautsprecheranlage, die einzig von ihrem Büro aus bedient werden durfte und zu Durchsagen von höchst unterschiedlicher Wichtigkeit benutzt wurde. An guten Tagen dachte die Direx daran, dass sie auch einzelne Lautsprecher in bestimmten Klassenzimmern ansteuern konnte. Meist hatte sie aber weniger gute Tage, und so war oft die ganze Schule informiert, wenn ein bestimmter Schüler oder Lehrer in ihr Büro einbestellt wurde. Zu Recht wurde die ganze Schule immer dann informiert, wenn es um Themen wie hitzefrei, Feueralarmprobe oder die Premiere des neuen Stückes der Theater AG in der Aula ging.

Man konnte davon ausgehen, dass das auch für Rothe in Ordnung war. Nicht in Ordnung fand er es hingegen, satte zweieinhalb Wochen vor Rosenmontag etwas über den Rosenmontag zu hören. Michalsky hatte sich an diesem Mittwochmorgen Zugang zum Büro der Direx und der Lautsprecheranlage verschafft. Zeitgleich wollte Rothe mit den verschlafenen, gleichwohl (denn es war ja »Papa Rothe«) Interesse heuchelnden Schülern des Grundkurses Mathe der Jahrgangsstufe 13 bestimmte Aspekte der Wahrscheinlichkeitsrechnung erörtern. Wobei Rothe wusste, dass sich maximal zwei der 18 Anwesenden dafür interessierten, weil sie Mathe als mündliches Prüfungsfach (kurz P4) gewählt hatten, während der Rest des Haufens nur lästige Pflichten im naturwissenschaftlich-mathematischen Bereich erfüllte.

Während Rothe also gerade von seinem Lehrerstuhl aufstand, um eine stochastische Formel an die Tafel zu malen, knisterte und knackte es im Lautsprecher. Er war links über der Tür des Kursraumes angebracht, ein grobes Ding, grau, mit billigem, braunem Holz verkleidet. Rothe drehte sich um und seufzte. »Hoffentlich was Wichtiges.« Er brummte mehr zu sich selbst als zu den 18 Schülern.

Es knisterte noch ein wenig, dann erklang die Stimme der Direx. »Liebe Schülerinnen und Schüler, liebe Kolleginnen und Kollegen …«

Rothe starrte den Lautsprecher an. Die 18 Schüler drehten sich – sofern nötig – um und starrten ebenfalls.

»Aus gegebenem Anlass übergebe ich das Wort dem geschätzten Kollegen Michalsky.« Das war schon alles von ihr. Nur die Einleitung.

»Blöde Kuh«, sagte jemand, und alle waren sich sicher, dass es Rothe war. Betretenes Schweigen. Trotzdem spürbare Zustimmung.

»Liebe Schülerinnen und Schüler, liebe Kolleginnen und Kollegen.« Aus Lehrer Michalskys Mund klangen diese Worte wie eine Liebeserklärung. Dieser rheinische Singsang. Ach. Die Mädchen im Kurs, die empfänglich dafür waren, stießen schon erste leise Seufzer aus. Rothe atmete ein paar Mal tief durch. Er lief bereits rot an.

»In etwa zwei Wochen ist Rosenmontag …«

»Ruhe«, brüllte Rothe. »Ruhe, verdammt, ich will hier unterrichten!«

Nun starrten alle gebannt auf den Mathelehrer. Er zeigte auf Jens Tönnies, das war einer der beiden, die Mathe als P4 gewählt hatten. »Jens, mach bitte diesen Kasten aus!« Rothe gehörte zu den wenigen Lehrern an der Schule, die darauf verzichteten, die Schüler ab Jahrgangsstufe zehn zu siezen.

Jens erschrak. Er schien zu wissen, dass man diesen Kasten nicht ausmachen konnte. Trotzdem stand er auf, ging zur Tür, schob einen Tisch unter den Lautsprecher, kletterte hinauf, untersuchte den Kasten von allen Seiten und schüttelte den Kopf. »Kann man nicht ausmachen, Herr Rothe, kein Knopf dran oder so.« Jens kletterte wieder runter vom Tisch, schob ihn zurück an seinen Platz und setzte sich.

Einen Augenblick lang waren Rothe und die Schüler still, sodass wieder ein Fetzen von Michalskys Rede zu hören war.

»… wie es in meiner Heimat Köln schon so lange Tradition ist …«

»Dieser Scheißkasten.« Rothe schlug mit dem Lineal aufs Pult. Das blieb zum Glück ganz; in vergleichbaren Situationen waren schon schlimme Unfälle passiert. Einen Moment lang schien es sogar, als wolle Rothe mit dem Lineal auf den Lautsprecher werfen.

»... am Samstag die Züge durch die Viertel, von Schulen, Vereinen ...«

Dann warf Rothe tatsächlich. Er warf aber nicht das Lineal, sondern die etwas ungefährlichere Kreide, mit der er eigentlich die Formel an die Tafel hatte schreiben wollen. Er verfehlte den Lautsprecher um mehrere Meter.

»... am Sonntag dann in vielen der umliegenden Städte ...«

»Wer macht mir diesen verdammten Scheißkasten aus?« Während er fluchte, wanderten Rothes Augen durch den Raum. Sie blieben schließlich an Hanno hängen. »Hanno, ich glaube, du weißt, wie es geht.«

Hanno wusste aber nur einen Weg. Er war sich nicht ganz sicher, ob das der Weg war, den Rothe meinte. Er stand auf und ging zum Lautsprecher. Im Gegensatz zu Jens brauchte er keinen Tisch, um an den Lautsprecher zu kommen, den er mit einem Ruck von der Wand riss, samt Kabeln.

»11.11 Uhr ...«

Nach diesem letzten Satzfetzen folgte ein kurzes Pfeifen. Hanno stand mit dem Lautsprecher in der Hand da und sah fragend zu Rothe hinüber.

»Leg das Ding irgendwo hin«, meinte der Lehrer, und nach einer kurzen Pause sagte er in die atemlose Stille: »Wenn der Kasten so einfach von der Wand fällt.«

Hanno setzte sich an seinen Platz. Scheinbar unbeteiligt, während alle Blicke auf ihm ruhten.

»Danke, Hanno«, murmelte Papa Rothe und wollte sich zur Tafel drehen. Offenbar fiel ihm ein, dass er gerade seine Kreide weggeworfen hatte. »Kann mir jemand mal die Kreide bringen?«

Barbara Wiechert stand auf und suchte die Kreide, die nun aus mehreren Stücken bestand. Schulterzuckend brachte sie die Überreste nach vorn. Rothe wählte das längste Stück aus und malte seine Formel an die Tafel.

Das war das Gute am Pflügen. Man konnte seinen Gedanken nachhängen und trotzdem seine Arbeit verrichten. Die Hälfte des Zuckerrübenackers hatte Hanno schon gepflügt. Gerade fuhr er auf den ehemaligen DDR-Wachturm zu, den die Scheinwerfer des Treckers anleuchteten. Gespenstisch.

Oh, jetzt war er etwas zu weit gefahren. Da vorn war schon der Rand des Feldes. Gleich dahinter lag der tiefe Graben. An dieser Stelle konnte Hanno seine übliche Kurve nicht fahren, der Pflug würde im Graben landen. Er musste ein Stück zurücksetzen.

Während er noch ein paar Meter nach vorn rollen wollte, um dann den Rückwärtsgang einzulegen, wurde vor Hannos innerem Auge die gesamte Grenzanlage wieder sichtbar. Der Turm, die Schranken und natürlich der endlose Zaun. Eine Zeitlang hatten die Ostzonalen sogar Selbstschussanlagen installiert. Schweine. Und, aber das sollte Hannos letzter Gedanke sein, den er auch nicht mehr bis zu Ende denken konnte, und, hatte es hier nicht auch …

KAPITEL 2

»Mine?« Kriminalhauptkommissar Helmut Jordan schaute seinen Kollegen David Armbruster ungläubig an. »Willst du mir sagen, der Bauer ist beim Pflügen über eine Mine gefahren, die dann explodiert ist und Trecker und Fahrer in Brand gesetzt hat?« Der Leiter der Kripo-Dienststelle Wolfenbüttel betrachtete das ein paar Meter entfernt stehende Wrack des Fendts Vario 820 und den Pflug, der noch immer am Trecker hing und weitgehend unbeschädigt geblieben war.

Auf dem Sitz des Treckers, hinter verschmortem Plexiglas, hatte vorhin noch die verkohlte Leiche von Hanno Ackermann gesessen. Jetzt lag sie in einem Metallsarg, bereit zum Transport in die Gerichtsmedizin. Es stank nach Benzin und verbranntem Gummi. Und nach verbranntem Fleisch. Aber darüber wollte Helmut lieber nicht nachdenken.

Der Himmel war wolkenverhangen, es lag aber kein Regen in der Luft. Für Mitte Dezember war es erstaunlich mild. Da es in den letzten Wochen kaum geregnet hatte, geschweige denn geschneit, war der Acker trocken. Helmut hatte sich seine Gummistiefel angezogen, aber das wäre gar nicht nötig gewesen.

Hinter dem Trecker ragten, bis zum Horizont, Windkrafträder in den Himmel. Im mäßigen Nordwestwind drehten sie träge ihre Runden und ließen die Bauern, die sie auf ihren Feldern betrieben, ein paar zusätzliche Euro verdienen. Hanno nicht mehr. Aber wenigstens seine Familie. Helmut verdrängte diesen vermeintlich tröstlichen Gedanken rasch wieder. In den nächsten Tagen würde niemand aus der Familie einen Gedanken an Geld verschwenden.

»Eine andere Erklärung haben wir bislang nicht, Helmut. Hans-Werner Schlüter von der KTU vermutet, dass die Mine genau unter der Dieselleitung hochgegangen ist. Andernfalls hätte sie wohl kaum diesen Schaden angerichtet.« David deutete auf die Überreste des Treckers.

Auch David war Kriminalhauptkommissar (allerdings nicht Erster KHK wie Helmut). Zusammen mit den Kriminaloberkommissaren Lisa Bertram und Jonas Sager bildeten Helmut und David den Kern der Ermittlungsgruppe der Wolfenbütteler Kriminalpolizei. Obwohl es im Landkreis Wolfenbüttel vergleichsweise wenig Kapitalverbrechen gab (2012 war Wolfenbüttel mit 5.386 Straftaten der Landkreis mit der niedrigsten Anzahl an Straftaten pro Einwohner in Niedersachsen und damit der sicherste Ort im Bundesland gewesen), ließ man Helmuts Truppe weiterhin ungestört ihren Dienst in Wolfenbüttel tun. So gut wie alle anderen Bereiche der Polizeiarbeit waren entweder mit anderen mittelgroßen Städten wie Peine oder Salzgitter zusammengelegt oder aber nach Braunschweig verlegt worden. Das betraf einerseits den Einsatz- und Streifendienst, andererseits Delikte wie Rauschgift, Prostitution sowie die organisierte Kriminalität.

Regelmäßige Unterstützung bekamen die Wolfenbütteler Ermittler vom Streifendienst beziehungsweise, unregelmäßiger, von der Spurensicherung und der Gerichtsmedizin. Der Streifendienst nutzte sowohl das alte Polizeigebäude am Grünen Platz als auch die neue Dienststelle in der Lindener Straße. Spurensicherung beziehungsweise KTU (Kriminaltechnische Untersuchung) und Gerichtsmediziner saßen in Braunschweig und Hannover.

Ab und zu fuhr auch Helmut nach Braunschweig, um sich mit dem Polizeipräsidenten zu treffen. Karl Breimer war ein langjähriger Duzfreund von Helmut. Die Ermittlungsgruppe hatte es auch Breimer zu verdanken, dass die Dienststelle am Grünen Platz noch existierte.

»Eine DDR-Mine?« Helmut rieb sich die Hände. Es war weniger die Temperatur als die Situation, die ihn frösteln ließ. Unbewusst blickte er sich um. Trecker, Pflug, Windkrafträder, die braune Weite des Ackerlandes, nur ab und zu durch grüne oder gelbe Tupfer unterbrochen, die in weiße Schutzanzüge gekleideten Frauen und Männer der KTU, der alte DDR-Wachturm, die paar Häuser von Mattierzoll und, am Rand des Feldes, hinter der Polizeiabsperrung, einige Dutzend Schaulustige.

Sicherlich stand dort auch Hannos Familie. Als er vor einer Viertelstunde an den Unfallort gekommen war, hatte Helmut mit Absicht nicht so genau auf die Menge geachtet. Er wollte die unvermeidliche Begegnung mit der trauernden Familie zunächst von sich schieben. Erkannt hatte er nur den Kfz-Mechaniker Kalle Neubauer, der ein wenig abseits stand und kopfschüttelnd rauchte.

»Na ja, von wem sonst?« David hatte Recht. Wer sonst sollte in der ehemaligen Sperrzone der DDR im innerdeutschen Grenzgebiet, so die damals offizielle Bezeichnung des heutigen Zuckerrübenfeldes, Minen vergraben haben?

»Aber wurden nicht schon lange vor '89 alle Minen beseitigt?« Helmut erinnerte sich dunkel an ein Abkommen aus den 70-ern oder 80-ern: Franz-Josef Strauß verspricht neue Devisen. Dafür lässt Erich Honecker Minen ausgraben und Selbstschussanlagen abbauen.

»Diese hier offenbar nicht«, sagte David.

David Armbruster war in Wolfenbüttel geboren, er hatte Abitur gemacht und ein Fachhochschulstudium absolviert, um dann die gehobene Beamtenlaufbahn einzuschlagen. Mit 31 war David so weit gekommen wie Helmut erst mit

Ende 40. Aber Helmuts Lebenslauf war nicht so strom-
linienförmig verlaufen wie der von David. David wusste
mit 20 schon genau, dass er mal KHK bei der Kripo sein
wollte. Als er selbst 20 war, hatte Helmut gerade sein zweites Gesellenjahr als Maler hinter sich. Er wäre wohl auch
heute noch bei Malermeister Henri Arnold in Winnigstedt
beschäftigt, wenn er nicht 1974 einen mysteriösen Todesfall in Winnigstedt miterlebt hätte. Hautnah. Das hatte ihn
auf den Geschmack gebracht. Als er sich ein Jahr später tatsächlich für den Polizeidienst entschieden hatte, musste er
mit seinem Hauptschulabschluss zunächst mit der mittleren
Beamtenlaufbahn vorliebnehmen. Erst zahlreiche Abend-
schulen und Fortbildungen später konnte er in den geho-
benen Dienst wechseln.

»Aber er muss doch unzählige Male hier lang gefahren
sein, um sein Feld zu bestellen. Da hätte er doch schon viel
früher drüberfahren müssen?« Die Gedanken an 1974 musste
Helmut rasch wieder beiseiteschieben. Schließlich war jetzt
und hier – im Dezember 2013, auf einem Zuckerrübenfeld
im Winnigstedter Ortsteil Mattierzoll – ein Bauer in seinem
Trecker ums Leben gekommen.

»Vielleicht ist er noch nie genau an dieser Stelle gefahren?
Oder seit langer Zeit zum ersten Mal wieder? Vielleicht war
die Mine durch Erosion tief in die Erde gerutscht? Keine
Ahnung. Ich bin kein Geologe. Und jetzt ist die Mine wieder
so weit nach oben gekommen, um bei der erstbesten Berührung hochzugehen?« David riss die Hände weit auseinander, um die Explosion anzudeuten. Mit seinen dunklen, langen Haaren, seinen freundlichen braunen Augen und seinem
leicht verschmitzten Lächeln sah er jünger aus als 31. Dieser Eindruck wurde durch seine Kleidung verstärkt. In der
Regel trug David verwaschene Jeans, Turnschuhe und eine
Funktionsjacke.

Er war eindeutig der Sonnyboy im Team, der mit seinem Charme vor allem weibliche Zeugen problemlos zum Reden brachte. Kein Wunder, dass es anfangs zwischen ihm und der ein Jahr jüngeren Lisa heftig geknistert hatte. Wie heftig es tatsächlich gewesen war, wusste Helmut nicht, und er wollte es auch nicht wissen. Entscheidend war, dass die beiden auch nach dem Ende des Knisterns noch miteinander zurechtkamen. Das würde sich garantiert auch nicht ändern, wenn David eines Tages die Leitung der Ermittlungsgruppe übernehmen würde. Dass das sein Ziel war, hatte er Helmut bereits gesagt. Er würde einfach warten, bis Helmut in Rente ging.

»Das müssen wir überprüfen. Vielleicht liegen hier ja noch mehr Minen herum, die jederzeit hochgehen können.« Helmut blickte sich suchend um, als könnte er die im Boden vergrabenen Minen sehen.

»Ich hoffe nicht. Es ist angeblich ein Hubschrauber unterwegs mit Wärmebildkamera, um die ganze Gegend von oben abzusuchen.«

»Wir brauchen auf jeden Fall schnellstens ein paar Experten. Leute, die wissen, ob genau hier früher Minen lagen und ob und wann die wieder ausgebuddelt wurden. Leute, die uns sagen können, ob so eine Mine erst im Boden absinkt und später wieder auftaucht und nach 50 Jahren noch funktioniert.«

»Um all das kümmert sich schon Lisa. Sie wird erst mal im Internet recherchieren und, wenn nötig, noch die betroffenen Behörden kontaktieren.«

Helmut nickte zufrieden. Lisa war ihre Recherche-Expertin. »Gibt es Zeugen?«

»Nicht von der Explosion. Erst später sind Anwohner ans Feld gekommen. Einer von ihnen hat die Feuerwehr gerufen, und die hat uns verständigt. Kennst du eigentlich den Toten? Das ist doch dein Heimatdorf hier, oder?«

Helmut nickte. Seit über 59 Jahren war Winnigstedt sein

Heimatdorf. Seit jenem 4. Juli 1954, zwischen 18.30 und 19 Uhr, als in Bern Rahn schießen musste …

Das Dorf hatte sich an den Radiogeräten versammelt. Auch Helmuts Vater saß in der Dorfkneipe und hörte ketterauchend der legendären Reportage zu, während seine Frau keuchend im Bett lag und presste, angefeuert von zwei Nachbarinnen, von denen eine zugleich die Hebamme des Dorfes war. Schließlich schaute der blutverschmierte Kopf hervor und Rahn schoss. Hier hieß es: »Raus, Raus, Raus!« Dort hieß es ein wenig später: »Aus, Aus, Aus!« Und natürlich hieß es hier wie dort »Helmut«. Wie auch sonst sollte man einen deutschen Jungen nennen, der in solch einem Moment zur Welt kommt?

»Helmut, Helmut – sei lieber helle und nicht so mutig«, wie Gregor gern sagte. Damals, als er Süßigkeiten von Helmut erpresste. Wenn Gregor schubste, hielt einen nichts vom Fallen ab. Und schon saß Gregor auf einem. Drückte die Arme auf den Boden, presste seine Knie darauf. Muskelreiten. Toller Sport. Gregor grinste. Bald würde er die Süßigkeiten bekommen.

Gregor war zwar nur anderthalb Jahre älter als Helmut, aber er war zehnmal so stark wie er und alle anderen Jungs aus dem Dorf. Das war Gregor auch heute noch. Es reichte ihm jedoch mittlerweile, sich mit anderen Männern und Jugendlichen im Armdrücken zu messen. Im »Dorfkrug«, vor großem Publikum. Damit alle sehen konnten, dass Gregor unschlagbar war. Helmut hatte es einmal aus einer Bierlaune heraus versucht. Der Wettkampf hatte keine fünf Sekunden gedauert. Die Schmerzen im Arm hatten ihn jedoch fünf Wochen lang begleitet.

Und ja, Helmut kannte Hanno. Und Hannos Eltern. Und Hannos Frau Melanie. Und die Kinder. Die Familie stand tatsächlich hinter der Absperrung. Genau wie die Polizisten hatte sie den entsetzlichen Gestank in der Nase, der auch Stunden nach dem Unfall noch in der Luft lag.

»Wer hat denn den Toten identifiziert?«

»Der Vater war kurz hier. Die Ehefrau konnten wir mit Mühe und Not davon abbringen. Aber der Vater hat geguckt. Und genickt. Wir haben ihn wieder hinter die Absperrung gebracht. Da sind Ärzte, die sich um die Familie kümmern. Willst du mit ihnen sprechen?«

»Später.« Helmut wurde schlecht bei dem Gedanken, mit Melanie oder mit Hannos Eltern sprechen zu müssen. »Ich spreche erst mal mit dem Menschen, der die Feuerwehr alarmiert hat. Hast du den Namen?«

David blätterte in seinem Notizblock. »Der Mann heißt Horst Wessell. Oh Gott, was für ein Name! Was haben sich die Eltern dabei gedacht, ihn ausgerechnet Horst zu nennen?«

Helmut räusperte sich. »Das war 1940 oder 1941.«

»Alles klar! Jedenfalls wohnt dieser Wessell in der Bahnhofstraße 7, Mattierzoll. Ich schätze aber, der steht noch irgendwo dahinten bei den Schaulustigen. Bestimmt kennst du ihn auch persönlich, oder?«

Helmut nickte und ging zur Absperrung. Ausgerechnet Horst Wessell! Seit Horst Rentner war, terrorisierte er seine Frau und jeden anderen aus dem Dorf, den er zu fassen bekam, mit seinen endlosen Jammergeschichten von VW, Eintracht Braunschweig, Rentengesetzen und was auch immer.

Helmut konnte Horst am Rand der Absperrung sehen, zum Glück weit entfernt von den Ackermanns. Horst unterhielt sich mit Rolf Kramer, dem örtlichen Versicherungsagenten. Hoffentlich würde Rolf sich nicht gleich auf die Familie Ackermann stürzen und Ratschläge erteilen, wen sie am besten für den Schaden haftbar machen konnte.

Wer war eigentlich haftbar zu machen? Bund? Land? Kommune? Wahrscheinlich der Bund. Die DDR konnte man ja nicht mehr haftbar machen. Die war fein raus.

Helmut ging rüber zu den beiden Männern. Horst stand dort in seinem üblichen Rentneroutfit aus beiger Jacke, grauer Hose, braunen Winterschuhen und Mütze, dazu eine Hornbrille. Wer Leute wie Horst sah, wusste, von wem sich der Kabarettist Herbert Knebel inspirieren ließ.

Rolf war ganz der Versicherungsagent. Anzug, Mantel, Halbschuhe, Aktentasche, den Kopf unbedeckt und einen Ausdruck von Optimismus im Gesicht. Er hatte seinen Notizblock gezückt.

Man nickte sich zu.

»Grüß dich, Helmut.«

»Grüß dich, Rolf.«

»Grüß dich, Helmut.«

»Grüß dich, Horst.«

»Was ist da denn los? Eine DDR-Mine, stimmt das, Helmut?« Rolfs Stift zuckte aufgeregt über dem Notizblock.

»Wissen wir noch nicht, Rolf.«

»Wo soll die denn auf einmal hergekommen sein? Die wurden doch alle ausgegraben, oder?« Jetzt machte sich Rolf tatsächlich Notizen.

»Wissen wir auch noch nicht.«

»Wer zahlt das denn, wenn das eine vergessene Mine war?«

Garantiert wusste Rolf längst, wer von Rechts wegen dazu verpflichtet war. In seiner Aktentasche hatte er doch ein Tablet oder ein Laptop für die schnelle Recherche. »Deine Versicherung wohl eher nicht, oder?« Helmut war mit Absicht unfreundlich. Im Grunde hatte er nichts gegen Rolf. Aber jetzt störte er.

»Witzig.« Vielleicht merkte Rolf endlich, was hier lief.

»Nein, Rolf, das ist nicht witzig. Hanno ist tot, und wir werden die Sache so schnell wie möglich aufklären. Deswegen muss ich mit Horst sprechen. Der hat das wohl als Erster mitbekommen.«

Rolf machte keine Anstalten zu gehen.

»Unter vier Augen. Bitte, Rolf.«

Rolf trollte sich.

Horst steckte sich eine Zigarette an und hielt auch Helmut die Schachtel hin.

Helmut schüttelte den Kopf. Nach dem Tod seiner Frau hatte er zwar das Rauchen wieder angefangen, er schaffte es aber meist, nur abends zu rauchen. »Also, Horst, erzähl mal!« Helmut holte seinen Notizblock hervor.

Horst nahm zwei tiefe Züge, dann legte er los. »Ich lag noch im Bett. War ja erst 7.15 Uhr, und ich hab ja weiter nichts zu tun, seit die von VW meinen, ich wär zu alt fürs Autobauen. Ist auch schon wieder einige Jahre her, dass sie das meinten. Aber damals konnt' ich noch gut Autos bauen. Ich könnt' auch heute noch gut Autos bauen, obwohl ich 72 bin. Egal. Sie lassen mich nicht mehr. Jedenfalls, was soll ich da vor 7.30 Uhr aufstehen? Else schlief wohl auch noch. Seit wir in getrennten Zimmern schlafen, Else meint, sie kann mein Schnarchen nicht ertragen, seitdem weiß ich nicht mehr so ganz genau, wann sie aufsteht. Jedenfalls hör ich diesen Knall. Ich also raus aus den Federn, Brille auf die Nase und rüber zum Fenster, Jalousie hoch, da seh ich den Rauch drüben auf Hanno seinem Südacker.«

»Konntest du sofort erkennen, dass es sich um Hannos Felder handelt? Das sind doch 200 Meter von hier, oder?« Helmut hatte das erste Luftholen von Horst genutzt, um seine Zwischenfrage zu platzieren.

»200 Meter, das kommt hin. Bis zu Jochen seine Spargelfelder sind es rund 100 Meter, und bis zu Jochen seine Zuckerrübenfelder sind es 500 Meter. Und ob ich den Rauch nun in 100, 200 oder 500 Metern Entfernung seh, das kann ich wohl noch unterscheiden, weißte? Deswegen hab ich diese Brille hier. Es war also Hanno sein Südacker. So nennt er den Teil von seinen Ländereien. Blöder Name. Steht doch eh alles nur voll mit den Windrädern. Das Bisschen an Zuckerrüben, was die da noch liegen haben. Jetzt also der ganze Rauch. Schwarz. Wie von verbranntem Gummi. Ich denk, Mist, was war denn da passiert? Da sind ja hohe Bäume zwischen meinem Fenster und dem Acker. Außer dem Rauch konnt' ich nichts sehen. Ich hätt' eigentlich erst mal zum Klo gemusst. Das hab ich mir aber verkniffen. Stattdessen schnell Hose und Jacke an. Ich wollt' näher ran und gucken, was da los ist. Unten im Flur treff' ich Else. Die hatte den gleichen Gedanken wie ich. Was da passiert wär, fragt sie mich. Keine Ahnung, sag ich, will gerade gucken gehen. Ruf doch erst mal die Feuerwehr an, sagt sie. Nee, sag ich, erst mal gucken. Hinterher krieg ich die Kosten aufgebrummt, wenn die Feuerwehr anrückt und es ist nichts. Stell dir vor, da verbrennt wer alte Reifen. Dann mach aber schnell, sagt Else. Dann soll sie mir keinen erzählen und mich aufhalten, denk ich, und geh raus. Gleich darauf kann ich sehen, dass da niemand nur alte Reifen verbrennt, sondern dass da ein Trecker brennt. Hohe Flamme, jede Menge Rauch. Andere Leute auf der Straße seh ich nicht. Ich weiß also auch nicht, ob schon wer anders die 112 angerufen hat. Wahrscheinlich nicht. Ich also zurück ins Haus und sofort die Feuerwehr gerufen. Dann bin ich erst mal aufs Klo, hab mich richtig angezogen und bin wieder hin, mit Else. Wir haben in der Nähe von Hanno seinem Südacker auf die Feuerwehr gewartet. Hat über 'ne Viertelstunde gedauert.«

Der letzte Satz klang vorwurfsvoll. Als hätte die Feuerwehr hier am allerletzten Zipfel der Welt eher eintreffen können. Als hätte das Sinn ergeben. Hanno muss binnen Sekunden gestorben sein. Lange, bevor Horst den brennenden Trecker zu Gesicht bekommen hat. »Hör mal, Horst, du kennst dich ja hier unten ein bisschen besser aus als ich. Weißt du was über Minen aus DDR-Zeiten? Lagen hier überhaupt welche?«

»Die von drüben hatten überall an der Grenze Minen gehabt. Und Selbstschussanlagen. Auch hier, weiß ich genau. Damals war ich natürlich nicht dabei, als sie das Zeug vergraben haben. Da war ich noch am Band, da brauchten sie mich noch. 40 Jahre haben sie mich gebraucht.«

»Bist du sicher?« Helmut hoffte, dass Horst diese Frage nicht darauf bezog, wie viele Jahre es denn nun wirklich waren, und auch nicht darauf, ob sie ihn wirklich gebraucht hatten.

»Mein alter Herr hat damals gesehen, wie die Kommunisten in der Sperrzone unterwegs waren, mit Wagen und schwerem Gerät. Der hatte ja Schichtdienst damals, war immer zu anderen Zeiten zu Hause. Guckte gern von unserer Seite aus nach drüben. Mit seinem Fernglas. Da hat er gesehen, dass die ihn auf ihrem Wachturm auch mit Ferngläsern beobachten. Die dachten wahrscheinlich, mein alter Herr bereitet eine Invasion vor. Was für ein Mist! Als hätten wir was davon gehabt, die zu überfallen und unser Land zurückzuerobern. Sieht man jetzt, wohin das führt. Ganz bestimmt haben die meinen Vater fotografiert und eine Akte angelegt. Müsste eigentlich mal zu dieser Stasi-Stelle fahren und gucken. Hab ja jetzt genug Zeit.« Horst zündete sich eine neue Zigarette an.

»Aber irgendwann wurden die Selbstschussanlagen doch abgebaut und die Minen wieder entfernt.« Helmut dachte wieder an Franz-Josef Strauß.

»Weiß man es? Die Brüder haben viel versprochen, sobald wir sie mit Devisen gelockt haben. Ich hab jedenfalls nicht gesehen, dass die irgendwas abgebaut hätten oder ausgegraben.« Horst ließ den Blick schweifen.

Helmut folgte dem Blick und sah, dass Horst den alten

Wachturm fixierte. »Na ja, zu der Zeit warst du auch bei VW und hast nicht täglich die Grenze überwacht.«

Falls Horst diese spitze Bemerkung verstanden haben sollte, ließ er es sich nicht anmerken. »Vielleicht nicht ich selbst, aber auch damals gab es hier Rentner, die viel Zeit zum Gucken hatten, und es gab unsere Zöllner, die mussten gucken. Und irgendwer hätt' das gesehen und dann hätt' ich auch davon erfahren.« Horst nickte. Natürlich hätte er es erfahren.

Helmut hätte es vielleicht nicht erfahren. Im Grunde traute ihm im Dorf niemand mehr so recht über den Weg, seit er zur Polizei gegangen war. Er wurde zwar nicht wie ein Verräter behandelt, aber man genoss ihn sozusagen mit Vorsicht. Zu Beginn seiner Karriere bei der Kripo hatte man sich auch gern lustig über ihn gemacht. Man redete ihn stets mit seinem jeweiligen Dienstgrad an und betonte immer eine bestimmte Silbe. »Ach, der Herr Kommissaranwärter beehrt uns«, hieß es mit Betonung auf »Kommissar«, wenn er 1982 in den »Dorfkrug« kam. Später wurde »Grüß dich, Herr Kriminalkommissar« daraus, mit betontem »Kriminal«. Dann kam »Na, wenn das nicht unser Herr Kriminaloberkommissar ist« (betont wurde das »Ober«) und nun hieß es halt: »Wie geht's uns denn heute, Herr Kriminalhauptkommissar?« mit Betonung auf »Haupt«.

Frauen neckten ihn übrigens niemals. Auch niemand, der jünger war als er. Es waren nur die Gleichaltrigen und die Älteren. Dazu gehörten auch einige seiner Skatbrüder, wie Kalle Neubauer. Kalle betrieb in Mattierzoll eine Kfz-Werkstatt mit Gebrauchtwagenhandel namens »Kalles' Motor's«, wobei sich die falsche Anordnung der Apostrophe regelmäßig änderte. Was blieb, war der hochtrabende Hinweis darunter: »Fachgerechte Reparaturen von Fahrzeugen aller Art: Pkw's, Lkw's, Landmaschinen«. Fehlten nur noch die »Panzer's«.

Auszuschließen war diese Erweiterung des Geschäftszweigs nicht. Schließlich hatte Kalle als junger Mann zwölf Jahre Dienst bei der Bundeswehr geschoben und seine Kenntnisse in Sachen Fahrzeugreparatur (inklusive Panzer) in der Instandhaltung seiner Kompanie verfeinert.

»Ich habe vorhin Kalle an der Absperrung stehen sehen. Jetzt scheint er weg zu sein«, sagte Helmut.

»Der hat genug gesehen. Mir reicht's auch. Scheiß-DDR. Die haben mit Absicht ein paar von ihren Scheiß-Minen hier liegen lassen. Oder weil sie zu blöde sind. Passt beides zu den Brüdern. Böse und blöd. Und so kurz vor Weihnachten! Arme Ackermanns. Für uns Mattierzoller ist das auch ein Schock, kannste glauben. Dabei hatte die Woche so schön angefangen.«

»Wie meinst du das?«

»Na ja, wir waren am Dienstag alle in Wernigerode, alle Mattierzoller, mit Brauereibesichtigung bei Hasseröder und Kaffee und Kuchen. Kalle hat einen Bus gemietet, der hat uns hin und her gefahren, wir konnten also alle ein paar Bierchen zischen. War wirklich schön gewesen.«

»Das glaube ich.« Helmut machte sich eine kleine Notiz, verabschiedete sich von Horst und ging zurück zu David.

Die Menschentraube an der Absperrung war etwas größer geworden. Knapp 60 Schaulustige standen dort, darunter, etwas abgeschirmt und von Ärzten betreut, die Ackermanns. Mittendrin standen leider auch zwei Vertreter der Presse. Zum Glück kein Fernsehen, aber Helmut erkannte den Vertreter der Lokalzeitung und den der Bildzeitung. »DDR-Mine zerfetzt Bauer« – Helmut sah schon die Überschrift vor sich.

Hoffentlich wurden keine neuen Ressentiments zwischen West und Ost geweckt. Obwohl, wenn er an Horst dachte, dann mussten die Ressentiments erst gar nicht geweckt werden.

Als Helmut bei David angelangt war, las dieser gerade eine Nachricht auf seinem Smartphone.

»Lisa«, sagte er zu Helmut. »Sie hat herausgefunden, dass die DDR-Grenztruppen an der gesamten Grenze Minen vergraben haben, also auch hier. Die wurden aber in den 70er-Jahren wieder weggeräumt. Strauß hatte Honecker Geld versprochen, und der sollte dafür Minen und Selbstschussanlagen wieder wegmachen. Anfang der 90er hat die Bundeswehr das dann noch mal überprüft und auch noch ein paar Minen gefunden. 1995 wurde die ehemalige Grenzregion dann für minenfrei erklärt.« David machte eine kleine Pause. Er fummelte an seinem Smartphone herum und fuhr schließlich fort. »Aber dann schickt Lisa noch ein Zitat aus einem Forum hinterher, das sich genau damit beschäftigt. Da heißt es: ›Es wurde nie gesagt, dass alle Minen weg sind. Man hat nur die Minenräumarbeiten für beendet erklärt und mitgeteilt, dass diese zu 99,999 Prozent geräumt sind. Etwa 3.000 der insgesamt 1,3 Millionen Minen wurden nicht wiedergefunden. Die sind zum Beispiel durch Natureinflüsse wie Hochwasser oder Erdrutsche vom Ursprungsplatz abhandengekommen.‹ Zitat Ende. Lisa schickt noch einen Auszug aus einer Meldung vom Deutschlandfunk hinterher. Da ist sogar von 33.000 unentdeckten Minen die Rede.«

»Aber komisch, dass die Minen auch nach 50 Jahren noch funktionieren. Mir kommt auch die Sprengkraft sehr groß vor. Hoffentlich finden die von der KTU bald irgendwas, was wie der Rest einer Mine aussieht.«

»Was sagt denn dieser Zeuge? Ihr habt schon komische Namen hier. Horst Wessel. Hanno Ackermann. Bei so einem Namen musst du ja Landwirt werden.«

»Horst hat den Knall gehört, den Rauch gesehen und 112 gewählt. Und er suhlt sich in der Vorstellung, dass die DDR schuld ist.« Helmut las nochmals seine spärlichen Notizen. Nein, mehr musste sein Kollege zunächst nicht wissen.

»Er suhlt sich?«

»In Wolfenbüttel habt ihr das nicht so mitbekommen. Bis '89 war hier das Ende der Welt. Grenzanlage. Wachtürme. Selbstschussanlagen. '89, '90 gab es dann eine gewisse Begeisterung, weil das alles weg war und man jetzt mitten in Deutschland lebte. Man gönnte denen von drüben auch ihre Bananen und das Begrüßungsgeld. Aber die Begeisterung ließ nach, als man drüben scheinbar nur noch die Hand aufhielt. Dann fiel die Zonenrandförderung weg, viele Betriebe mussten deswegen dichtmachen – und die Subventionen flossen stattdessen nach drüben. Mancher wünscht sich die Grenze zurück. Zu denen gehört Horst.«

»Und dann? Dann soll hier wieder ein Grenzzaun her mit allem Drum und Dran?«

»Mir musst du nicht sagen, wie idiotisch das ist. Du siehst ja, wie winzig dieses Kaff hier ist. In Mattierzoll wohnen 30 Leute. Ehepaare im Rentenalter oder kurz davor. Die Kinder sind aus dem Haus. Sobald du Teenager bist, möchtest du nur noch ganz schnell weg von hier.«

»Aber in Winnigstedt selbst ist es etwas besser, oder? Ich meine, sonst würdest du nicht weiterhin dort wohnen.«

»Leute aus der Stadt würden das wohl nicht so sehen. Eine Kneipe, ein Supermarkt, ein Frisör. Von Kino, Theater, Bücherei und so weiter müssen wir gar nicht reden. Dafür kennt jeder jeden. Es gibt ein Gemeinschaftsgefühl.«

»Und du? Bist du Teil dieser Gemeinschaft?«

»Heute Abend gehe ich in den ›Dorfkrug‹, um meine Skatbrüder zu treffen.«

»Okay. Machst du das schon immer?«

»Nein, erst seit acht Jahren.« Kurz zuvor war Marianne gestorben. Von gestern auf heute, wortwörtlich, Aneurysma im Gehirn, zu spät entdeckt.

David schien den gleichen Gedanken zu haben, er fragte vorsichtig: »Ist vor acht Jahren nicht deine Frau gestorben?«

»Ja. Kurz nach ihrem Tod haben sie mich aufgenommen. Zufällig war gerade einer der Skatbrüder weggezogen, und sie haben mir seinen Platz angeboten.« In den 30 Jahren davor wäre das nicht passiert.

Helmut konnte seine Gedanken nicht zu Ende bringen, denn ein KTU-Mann kam aufgeregt zu ihnen gerannt. In der rechten Hand wedelte er mit einer Plastiktüte.

»Hier!« Er drückte Helmut die Plastiktüte in die Hand. Sie enthielt mehrere kleine Stücke aus Kunststoff.

»Was soll das sein?«, fragte David.

»Jedenfalls nichts vom Trecker. Der Pflug ist ja ohnehin ganz geblieben.«

Helmut drehte die Tüte hin und her. »Sag nicht, das gehört zu einer Mine.«

Sein Gegenüber lächelte zufrieden, er sagte aber zunächst nichts.

»Sind diese Minen denn aus Kunststoff? Das ist doch Kunststoff, oder?« Helmut versuchte, das Gewicht der Tüte einzuschätzen.

»Das würde ich auch sagen. Ich habe vorsichtshalber einen Kollegen, der sich mit so etwas auskennt, angerufen und ihn gefragt. Er meint, Minen aus Kunststoff, das sei nichts Außergewöhnliches.«

»Also, ab damit ins Labor!«

»Ach so«, begann David und sah dem KTU-Mann hinterher, »als du noch nicht hier gewesen bist vorhin, da tauchte so ein Wichtigtuer auf. Um die 60. Gelber Mercedes. Kariertes Sakko. So ein Typ, der nicht wahrhaben will, dass er eine Glatze kriegt, der sich die letzten dunkelblonden Strähnen so kämmt, dass sie möglichst viel vom Kopf bedecken.«

»Diese Beschreibung könnte auch auf mich passen«, unterbrach Helmut lächelnd. Auch er versuchte, das Beste aus seinen Haaren herauszuholen. Allerdings waren seine Haare braun. Und er würde niemals ein kariertes Sakko tragen. Er trug im Winter entweder einen dunkelblauen Mantel oder eine schwarze Wildlederjacke.

»Oh, Mist!« David wirkte betroffen. »Bei dir fällt das halt nicht so auf.«

»Kein Problem!« Helmut winkte ab. »Hast du mit dem Mann gesprochen?«

»Nein, der hat sich gleich einen der Streifenbeamten gekrallt. Die kannten sich offensichtlich. Ich habe aber einen Teil des Gesprächs mitbekommen. Der Wichtigtuer erkundigte sich, was hier passiert ist. Der Beamte erklärt es ihm. Der Wichtigtuer guckt hoch zum Himmel, als wenn er mit dem lieben Gott sprechen will, stößt dann aber nur einen Fluch aus und verschwindet wieder.«

»Hört sich nach Jochen Wettenstedt an. Unser Dorfhäuptling spricht gern mit dem lieben Gott.«

»Bitte?«

»Unser Bürgermeister. Der ist sehr gläubig. Und der größte Bauer im Dorf. Die Spargelfelder da vorn gehören ihm und die Äcker da hinten. Und vieles mehr.«

»Sah gar nicht wie ein Bauer aus.«

»Aber wie ein Bürgermeister schon, oder?«

David lachte. »Zumindest wie ein Dorfhäuptling.«

KAPITEL 3

Anschließend waren Helmut und David in die Dienststelle gefahren, um die Berichte zu schreiben und eine Akte anzulegen. Die Reste der Mine waren auf dem Weg ins KTU-Labor; Hannos Leiche lag bereits in der Gerichtsmedizin.

In der Abenddämmerung kehrte Helmut in sein Heimatdorf zurück. Er wollte zu Ackermanns fahren, um zu kondolieren. In Höhe des Dorfgemeinschaftshauses sah er zwei Gestalten in der kleinen Seitenstraße, dem Backhausweg. Jochen und Gregor. Jochen stand wild gestikulierend vor Gregor; Gregor hörte schweigend zu, die Arme vor der Brust verschränkt.

Jochen war wohl der Einzige im Dorf, der es sich erlauben konnte, auf diese Art mit Gregor zu reden. »Der starke Gregor«. Unbeugsam. Impulsiv. Brutal. Der Dorfschläger halt. Mit 16 kam er erstmals mit dem Gesetz in Konflikt. Vom ersten Lohn als Maurerlehrling hatte er sich ein altes Moped zugelegt und frisiert. Statt 45 km/h fuhr es nun 85 km/h. Kein Problem, solange man sich nicht von einem Streifenwagen erwischen ließ und sich eine wüste Verfolgungsjagd lieferte. Zu allem Überfluss hatte Gregor auf seiner Flucht einen schweren Unfall provoziert. Ein unbeteiligtes Auto musste Gregors Moped ausweichen und raste gegen einen Baum. Zum Glück hatte der Fahrer den Aufprall überlebt. Er hatte sich aber einige Brüche zugezogen, und sein Renault erlitt einen Totalschaden.

Gregor stand kurz vor einer Jugendstrafe. Hätte ihn die Baufirma, in der er damals in die Lehre ging, gefeuert, wäre er vielleicht verurteilt worden. Doch der Firmeninhaber ließ sich überreden, Gregor eine zweite Chance zu geben und sich gegenüber dem Jugendgericht für ihn einzusetzen.

Gregors Fürsprecher war Gustav Wettenstedt, der Vater von Jochen. Er war mit dem Chef der Baufirma befreundet. Warum Gustav sich damals, '68 oder '69, für Gregor eingesetzt hatte, hatte Helmut nie erfahren. Gregor war der Familie Wettenstedt jedenfalls auf ewig dankbar. Und er ließ es fortan etwas langsamer angehen. Weniger Schlägereien, weniger Verfolgungsfahrten, weniger Terror.

Kurz darauf saß Helmut mit Melanie, Heinrich und Lieselotte Ackermann in der schmucklosen Küche. Man sah Melanie an, dass sie stundenlang geweint hatte. Jetzt allerdings wirkte sie ruhig. Helmut nahm an, dass sie ein Beruhigungsmittel genommen hatte. Hannos Eltern bewegten sich ständig. Sie versuchten wahrscheinlich, die Tragödie zu verdrängen, indem sie möglichst viele alltägliche Dinge taten. Lieselotte sorgte für starken Kaffee, Heinrich steuerte eine Flasche Korn bei. Er ließ sich von Helmuts Worten, er sei noch im Dienst, nicht beeindrucken. Vier Kurze musste Helmut schlucken, bis der Alte endlich von ihm abließ.

Melanie beteiligte sich kaum am Gespräch. Meist schüttelte sie nur den Kopf. Lieselotte wollte vor allem die Verantwortlichen zur Rechenschaft ziehen, DDR-Grenzsoldaten, Bundeswehrsoldaten, Ulbricht, Strauß, Honecker und Kohl.

Heinrich trug noch am meisten zur Unterhaltung bei. »Ich verstehe das nicht. Warum haben die nicht sorgfältiger nach den alten Minen gesucht?« Der Alte meinte zu wissen, dass Jochen Wettenstedt vor zehn Jahren ebenfalls eine Mine auf seinem Feld gefunden hatte. Es war das Feld, das an den Südacker grenzte. »Aber Jochen hatte mehr Glück als mein Junge. Seine Mine war wohl verrottet.«

»Ich kenne die Geschichte gar nicht. Hat Jochen das nicht gemeldet? Es gibt doch den Kampfmittelräumdienst, der sich um so etwas kümmert.«

»Das Ding war ja unbrauchbar. Was soll man da den Kampfmittelräumdienst bemühen!«

Vielleicht hätten sie sich dann die Gegend noch mal genauer angesehen und weitere Minen gefunden, dachte Helmut.

Ausführlich ließ sich der Alte darüber aus, dass sein Sohn am Morgen wohl noch schläfrig gewesen sein muss. »Dort, wo es den Trecker erwischt hat, durfte er gar nicht sein. Der Junge muss doch mindestens 15 Meter vorher wenden. Wenn er zu spät wendet, landet der Pflug im Graben.« Heinrich konnte es sich nicht erklären.

Helmut konnte ihm nicht helfen, von Landwirtschaft verstand er nicht viel. Er war froh, endlich wieder nach draußen zu kommen. Einen Moment lang überlegte er, wegen der Schnäpse den Wagen stehen zu lassen. Aber dann müsste er morgen schon wieder zu Ackermanns kommen, um ihn zu holen. Also riskierte er die knapp einminütige Fahrt zu seinem Haus.

Eine Sache hatte Helmut immerhin klären können. Heinrich war sich sicher, dass Hanno seit Ende der Rübenkampagne vor knapp fünf Wochen nicht mehr auf dem Südacker gewesen war.

Es war mittlerweile 17.30 Uhr und Helmut kochte sich ein Abendessen. Nach Mariannes Tod hatte er sich eine Weile sehr ungesund ernährt. Er hatte morgens zwar Kaffee getrunken, aber meist nichts gegessen. Am Vormittag hatte er sich ein Wurstbrötchen aus der Kantine geholt, mittags das nur mit größter Mühe genießbare Essen in der Kantine heruntergewürgt, oder er hatte sich irgendwo unterwegs Currywurst, Pizza, Baguette oder Döner besorgt. Abends hatte er sich entweder ein Fertiggericht aufgewärmt oder einfach nur Bier getrunken.

Nach ein paar Monaten, in denen er zunehmend unter Verdauungsstörungen litt, hatte er seine Essgewohnheiten umgestellt. Als Erstes hatte er abends seinen Bierkonsum reduziert und stattdessen Brot gegessen, um satt zu werden. Als Nächstes war das Frühstück an der Reihe gewesen. Eine Weile hatte er Vollkorntoast mit Marmelade oder Käse gegessen, später war er auf Müsli umgestiegen. Mittlerweile verfeinerte er das Müsli mit frischem Obst und Buttermilch. Diese Mahlzeit hielt in der Regel so lange vor, dass er auf das Wurstbrötchen am Vormittag verzichten konnte.

Wenn er zur Mittagszeit in der Dienststelle war, ging er zwar noch immer in die Kantine, doch er begnügte sich meist mit Salat. War er zur Mittagszeit unterwegs, gab es mehrere Möglichkeiten. Letztlich hing die Art seines Snacks vor allem davon ab, mit wem er unterwegs war. Von David, der kaum Wert auf gesundes Essen legte, ließ er sich weiterhin zu Imbiss-Essen überreden. Lisa ging wesentlich verantwortungsvoller mit ihrem Körper um. Sie holte sich am liebsten irgendetwas aus dem Biokaufhaus. Vollkornbrötchen, Müslistangen und dergleichen. Auch dazu ließ Helmut sich gern überreden. Jonas hingegen aß mittags so gut wie nie etwas. Wenn er Gefahr lief, mit ihm auf Tour zu sein, schmierte sich Helmut morgens ein paar Stullen, die er im Auto aß, während Jonas den Dienstwagen lenkte.

Falls er mittags nichts Warmes bekommen hatte (wie heute), kochte Helmut abends. Er hatte immer einen Gemüsevorrat im Kühlschrank und in der Vorratskammer. Tomaten, Zwiebeln, Möhren sowieso, meist aber auch Zucchini, Auberginen und Fenchel. Reis, Kartoffeln und Nudeln waren ohnehin immer im Haus. Pilze, Fleisch oder Fisch besorgte er sich hingegen nur, wenn er sicher war, es kurzfristig zu verbrauchen.

Da er noch Zeit bis zum Skat hatte, beschloss Helmut, sich Ratatouille zu machen. Er schnitt eine halbe Stunde lang Tomaten, Zwiebeln, Zucchini und Auberginen. Dann warf er das Gemüse in einen riesigen Topf. Wenn er Ratatouille kochte, bereitete er meist so viel zu, dass es für mehrere Abende reichte.

Gegen 19 Uhr setzte er den Reis auf, damit er um 19.20 Uhr essen konnte. Normalerweise trank Helmut gern ein Glas Wein zur Ratatouille. Er hatte aber bereits die Schnäpse intus, und gleich im »Dorfkrug« würde er noch einige Gläser Bier trinken. Und möglicherweise noch mehr Schnaps. Er vertrug zwar Einiges, aber Schnaps, Wein, Bier und wieder Schnaps, das wäre dann doch etwas zu viel.

Er wollte auch keineswegs am nächsten Morgen mit einem Brummschädel in der Dienststelle erscheinen. Das hatte er in den Wochen nach Mariannes Tod häufig genug getan. Niemand hatte ihm das je vorgeworfen. Helmut konnte sich aber noch gut an die mitleidigen Blicke erinnern – vor allem an die, die sich seine Kollegen hinter seinem Rücken zugeworfen haben dürften.

Helmut schaffte zwei große Portionen Ratatouille. Er stellte Teller, Glas und Besteck in die Geschirrspülmaschine und spülte den Topf aus, in dem er den Reis gekocht hatte. Den Reis hatte er aufgegessen. Wenn er morgen den Rest der Ratatouille aufwärmen würde, könnte er Nudeln dazu essen. Oder Kartoffeln.

Wieder ein milder Dezemberabend. Helmut war ohne Mütze aus dem Haus gegangen, ohne Handschuhe sowieso. 300 Meter betrug der Weg zum »Dorfkrug« gerade mal, schon nach wenigen Minuten stand er vor dem lang gezogenen Gebäude, das in optimistischeren Zeiten auch schon mal mit freien Betten geworben hatte. Direkt nach der Wende hatte Werner Langner, der Wirt, sie auch vermietet, als ein paar

Dutzend Neugierige sich nach Winnigstedt verirrt hatten, um die fallende Grenze ein letztes Mal zu sehen. Doch längst nutzte Werner die Zimmer wieder selbst und beschränkte sich auf die Gastwirtschaft.

Werner lebte vor allem von Stammkundschaft. Die Dorfvereine kehrten regelmäßig ein, Männergesangsverein, Frauengesangsverein, Fußballverein. Zu den immer wiederkehrenden Gästen zählten darüber hinaus die Mitglieder des Stammtisches und die der Skatrunde.

Die Skatbrüder trafen sich donnerstags um 20 Uhr. Die Runde bestand aus sechs Männern zwischen Mitte 50 und Anfang 60. Wer mit wem beziehungsweise gegen wen spielte, wurde zu Beginn des Abends aufwendig ausgelost. Gespielt wurde nicht um Geld, sondern um die Zeche.

Helmut hatte die Zeche vergleichsweise häufig zu bezahlen. Er war der mit Abstand unerfahrenste Spieler und seinen Mitspielern oft hoffnungslos ausgeliefert. Einen Null zu spielen traute er sich längst nicht mehr, da wurde seine Schwachstelle spätestens beim dritten Zug gnadenlos aufgedeckt. Es wurde auch grundsätzlich Kontra gegeben, wenn Helmut Null spielte. Das machte immer gleich knapp 100 Miese auf dem Konto. Schwierig wieder aufzuholen.

Helmut öffnete die schwere Außentür der Gaststätte und betrat den gefliesten Flur. Hier war es kälter als draußen, und Helmut beeilte sich, in den Gastraum zu kommen, wo ihn der übliche Schwall aus abgestandenem und frischem Zigarettenqualm empfing.

Das Nichtraucherschutzgesetz, das für alle Speisegaststätten in Niedersachsen galt, hatte zwar auch diesen entferntesten Zipfel des Landkreises Wolfenbüttel erreicht. Aber es gab niemanden, der für die Einhaltung des Gesetzes sorgen wollte. Helmut hatte damals das Für und Wider abgewogen, es persönlich durchzusetzen.

Dafür sprach, dass es ganz einfach seine verdammte Pflicht als Polizist war.

Dafür sprach, dass Rauchen ungesund war. Auch das Passivrauchen.

Dagegen sprach, dass er erst kurz vor Inkrafttreten des Gesetzes wieder zu einem vollwertigen Mitglied der Dorfgemeinschaft geworden war.

Das hatte, wie gesagt, erheblich mit dem Tod von Marianne zu tun, die im Dorf äußerst beliebt gewesen war: als Leiterin des Frauengesangvereins, als Direktorin der Grundschule und als liebenswerter Mensch. Jeder im Dorf hatte echtes Mitleid mit ihm gehabt und fast jeder warf bald die letzten Vorbehalte über Bord, die man ihm vorher als Polizist entgegengebracht hatte. Wenn er auf die Einhaltung des Nichtraucherschutzgesetzes gepocht und sogar die Kollegen vom Ordnungsamt informiert hätte, hätte er sich schnell in der alten Rolle wiedergefunden – oder sogar in einer noch schlechteren.

Dagegen sprach übrigens auch, dass niemand im »Dorfkrug« rauchte, solange Kinder oder Schwangere im Raum waren. Die Raucher hielten sich auch zurück, wenn an ihrem Tisch gerade jemand aß.

Das Essen war zugleich Teil des Problems. Werner wollte einfach nicht darauf verzichten, Currywurst, Schnitzel und Pommes (und was man auch sonst noch in eine Fritteuse werfen konnte) zu servieren. Würde er darauf verzichten, warme Speisen zu servieren, hätte er sogar offiziell die Chance, den »Dorfkrug« zu einer Raucherkneipe zu machen. Aber in dieser Beziehung (und in vielen anderen auch) blieb Wirt Werner stur. »Wenn ich eine Gaststätte habe, dann habe ich auch eine richtige Gaststätte, und da gehören warme Speisen ganz einfach dazu«, sagte er.

Der Fairness halber muss man an dieser Stelle jedoch hinzufügen, dass sich die Zubereitung der warmen Speisen nur unter der Woche auf die Fritteuse beschränkte. Denn unter der Woche kümmerte sich Werner selbst um die Küche. Weder zeitlich noch handwerklich war er in der Lage, etwas anderes als die Fritteuse zu bedienen.

Zwischen Freitagabend und Sonntagabend kümmerte sich Werners Frau Jutta (sie war berufstätig, wie viele andere Winnigstedter arbeitete sie bei VW im 30 Kilometer entfernten Wolfsburg) um die Zubereitung der Speisen. Dann kamen neben der Fritteuse auch die vier Herdplatten und der Ofen zum Einsatz. Jutta beherrschte aber nicht nur die Kunst des Kochens, auch im Umgang mit den Gästen war sie das genaue Gegenteil ihres mürrischen Gatten. Und trotz Schürze und Haube war sie dabei auch noch sehr hübsch anzusehen.

Am Sonntagmittag servierte Jutta sogar ein Menü mit drei Gängen: Suppe, Hauptgang mit Fisch oder Fleisch, Dessert (meist Pudding). Sonntagmittags war Helmut Stammgast im »Dorfkrug«.

Dagegen sprach auch, dass Helmut abends beim Bier selbst gern rauchte.

Werner stand hinter dem Tresen und bot das Bild des ewigen Gastwirts. Seine schwarze abgetragene Stoffhose hatte er mit schwarzen Hosenträgern sozusagen am Körper festgetackert. Die Hosenträger liefen eng über seine Schulter und zerknitterten sein Hemd. Von diesem Hemd konnte man schon längst nicht mehr sagen, ob es ursprünglich weiß war und nun langsam ergraute. Oder aber, ob es früher grau war und nun erbleichte, um besser mit Werners ungesunder Gesichtsfarbe zu harmonieren. Werners dünnes braunes Haar hing in fettigen Strähnen kreuz und quer über seinen Kopf, hinter seinem Ohr klemmte ein Bleistift, mit dem er Striche auf die Bierdeckel machte. Sein längliches Gesicht endete in einem schmalen Strich blasser Lippen, die gekonnt eine Zigarette einklemmten. Sie gaben ihr dabei so viel Bewegungsfreiheit, dass Werner inhalieren und Dampf ablassen konnte, ohne seine Hände benutzen zu müssen. Die Hände waren mit Zapfen beschäftigt und sie waren feucht.

Werner warf Helmut einen Blick zu, der vielleicht freundlich, vielleicht aber auch misstrauisch sein sollte. Das wusste man nie bei Werner. Er gehörte zu denen, die in Helmut immer noch ein bisschen den Bullen sahen, der sich jederzeit überlegen konnte, in irgendjemandes Dreck zu wühlen. Und irgendeine kleine Leiche hatte ja wohl jeder in seinem Keller liegen, oder nicht?

Aus dem Gesellschaftszimmer erklang »Nehmt Abschied, Brüder«. Der Männergesangverein MGV Germania probte. Normalerweise waren die Sänger mittwochs dran und nicht donnerstags.

Die Verschiebung der Probe hatte gewiss mit der Vorweihnachtszeit zu tun, dachte Helmut und sah sich in der Gaststube um. Heini hing wie jeden Abend an der Theke. Er hielt sich an Pils und Tabak fest, und möglicherweise auch an verschwommenen Erinnerungen an bessere Tage, die es allerdings nicht gegeben hatte, seit Helmut ihn kannte.

Heini hieß mit vollem Namen Heinrich Kögel. In längst vergangenen Zeiten hatte er in der Ziegelei in Mattierzoll gearbeitet und eine Familie gehabt. Dann machte die Ziegelei dicht, und Heini hatte sich eine Weile als Gemeindearbeiter über Wasser gehalten, Friedhofspflege und was sonst noch so an niederen Arbeiten im Dorf anfiel. Wenn es gerade nichts zu arbeiten gab, wurde kräftig gesoffen. Da hatte es keine zwei Meinungen unter den drei Gemeindearbeitern gegeben. Aber Heini hatte das Saufen etwas intensiver betrieben als die Kollegen. Er soff auch dann kräftig, wenn es eigentlich Arbeit gab. So wurde er den sicheren und krisenfesten Job bei der Gemeinde wieder los. Und bald auch seine Familie. Geblieben waren nur der Alkohol und sein Stammplatz an der Theke. Von hier aus beobachtete er Abend für Abend das Geschehen in der Gaststube. Ab und zu gab er Kommentare ab, die zwar schwer zu verstehen waren, aber bisweilen von einer unerwartet scharfen Beobachtungsgabe zeugten.

Am großen, runden Stammtisch saß die sogenannte Rentnergang. Zur Gang gehörten grundsätzlich zehn oder zwölf rüstige Herren zwischen 75 und 85. Heute Abend waren allerdings nur vier von ihnen da. Sie saßen verloren um den wuchtigen Tisch herum. Sie schwiegen allesamt. Entweder hatten sie ihr Gespräch unterbrochen, als sie Helmut hereinkommen sahen, oder sie waren ganz einfach noch fassungslos wegen des Unglücks, das am Morgen geschehen war.

Helmut tippte auf Letzteres. Zu einer mutmaßlich traurigen Stimmung unter den Rentnern passte auch das Repertoire der Sänger nebenan. Jetzt stimmte der Chor »Es geht ein dunkle Wolk' herein« an. Vielleicht übten sie schon für Hannos Beerdigung, überlegte Helmut und klopfte auf den Stammtisch, »Abend, die Herren« murmelnd.

Es folgte ein vierfaches Echo, dazu zweimal der kurze Gruß »Helmut«, einmal ein »Grüß dich« und einmal ein bloßes Kopfnicken.

Außer Heini und der Rentnergang waren nur drei weitere Personen in der Gaststube, allesamt Skatbrüder. Gregor saß schweigend zwischen Atze Hoier und Thomas Reckmann.

Thomas war mit Mitte 50 der Jüngste in ihrer Runde, mit einem verlebten Gesicht, das seine Karriere als Hartzer detailverliebt erzählte. Er hatte es, auch ohne das Rentenalter zu erreichen, geschafft, seinen Job bei VW zu verlieren. Zu viel andere Interessen (Ausschlafen, lange Videoabende, gern auch mit viel Bier), zu oft krank und dadurch zu viele Fehlstunden, zu wenig Einsatz für den Konzern. Aber Thomas war ein lieber Kerl, der durch seine große Familie aufgefangen und nicht vollends in den Sumpf aus Faulheit und Ausweglosigkeit hinabgezogen wurde. Seine Eltern und seine beiden Schwestern lebten ebenfalls im Dorf. Nur eine Frau hatte Thomas nie länger als ein paar Monate halten können. Selbst hier im verlorensten Dorf des Universums erwartete das weibliche Geschlecht doch wenigstens ein klein wenig Antriebskraft, und wenn es auch nur vorgetäuschte war.

Atze Hoiers Leben verlief weitaus vorbildlicher als Thomas'. Er war glücklich verheiratet und kürzlich zum ersten Mal Großvater geworden. Helmut und Atze hatten Anfang der 70er-Jahre gemeinsam ihre Lehre bei Malermeister Arnold absolviert. Atze war dem Malergewerbe treu geblieben, und er würde es wohl auch noch die nächsten fünf, sechs Jahre irgendwie schaffen, bis zur verdienten Rente.

Helmut klopfte auch auf diesen Tisch und warf seinen Gruß in die Runde, der von allen erwidert wurde. Er zog seine Jacke aus, hängte sie über die Stuhllehne und setzte sich. Dabei nahm er Blickkontakt zu Werner auf, und man verständigte sich wortlos darauf, dass Werner ihm ein Pils zapfte. Als es vor ihm stand und Werner den ersten Strich des Abends auf den Bierdeckel gezogen hatte, erkundigte sich Helmut nach Jochen und Kalle, den anderen beiden Skatbrüdern.

Atze antwortete ihm: »Jochen fühlt sich nicht, und Kalle hat kurzfristig einen Termin reinbekommen. Ein Auto, das unbedingt noch bis morgen fertig sein muss. Danach macht er ja seinen Laden bis Januar dicht.«

»Vorhin habe ich Jochen noch gesehen, beim Dorfgemeinschaftshaus. Er war dort zusammen mit dir, Gregor, oder?« Helmut blickte Gregor an, der seinen Blick mürrisch erwiderte.

»Kann sein. Aber da ging es dem Jochen auch schon nicht gut. Das mit Hanno hat ihn ziemlich mitgenommen. Mich übrigens auch. Die Woche fing ohnehin schon bescheiden an. Gisela hat es heftig erwischt. Magenschmerzen.« Gregor blickte jetzt weniger mürrisch drein, seine Augen deuteten sogar eine gewisse Traurigkeit an.

Ob wegen Hanno oder seiner kranken Ehefrau, konnte Helmut nicht erkennen. Im Gegensatz zu Heini war Gregors Blick selten glasig. Er trank zwar auch gern ein paar Gläser Bier. Aber grundsätzlich wusste er, wann er aufzuhören hatte. Bei ihm konnte man davon ausgehen, dass er niemals einen Arbeitstag verpassen würde, nur weil er am Abend zuvor gesumpft hatte.

»Das kann ich verstehen, geht mir nicht anders.« Helmut hob sein Glas in die Runde, woraufhin auch die anderen ihre Gläser erhoben. Ein Trinkspruch wollte aber keinem von ihnen über die Lippen kommen. Nur ernstes Nicken.

»Auf Skat hat auch keiner von uns so richtig Bock«, sagte Thomas. Er sah Atze und Gregor an.

Beide nickten.

Auch Helmut nickte. »Ich war gerade noch bei Ackermanns.«

»Scheiß-DDR«, schimpfte Thomas.

»Zu blöde, ihre Minen wiederzufinden, die sie selbst vergraben haben«, ergänzte Atze. Er trank aus und drehte sich mit dem leeren Glas in der Hand zu Werner um. Atze machte mit dem Zeigefinger eine Kreisbewegung. »Eine Runde für den ganzen Tisch, auf meinen Deckel«, sollte das heißen.

Werner biss sich an seiner Zigarette fest und bediente den Zapfhahn. Da er – außer auf ausdrücklichen Wunsch – stets kleine Gläser zapfte (mit denen er mehr verdiente), bediente er fast ununterbrochen den Zapfhahn.

Helmut beeilte sich mit seinem Glas, um in den Rhythmus der anderen zu kommen. Kaum hatte er sein Glas leer, brachte Werner die neue Runde.

»Habt ihr Jungs schon eine Idee, wie das passieren konnte,

dass die Mine da immer noch lag?« Gregor sah Helmut an und steckte sich einen Zigarillo an.

Von der Theke machte sich Heini bemerkbar. Irgendwo tief unter seinem rötlichen Vollbart lauerte doch ein Mund. »Hat er nich' anners verdien', der Lackaffe, das is doch das, was du denken tus'.«

»Bitte, Heini, ja!« Für seine Ermahnung nahm Werner sogar kurz die Zigarette aus dem Mund; allerdings mit seiner vom Zapfen und Spülen feuchten Hand. Werner betrachtete kopfschüttelnd seine erst halb gerauchte und nun unbrauchbare Kippe. Er warf sie in den Aschenbecher und steckte sich eine neue Zigarette an.

»Tu' doch nich alle so ensetz', hat euch doch immer nur generv'.« Heini bewegte sich vor und zurück, rhythmisch, betrunken rhythmisch, nüchtern wohl kaum nachzuahmen. Irgendwie schaffte er es nicht nur, auf dem Hocker zu bleiben, er trank dazu auch einen großen Schluck Bier und vermehrte dabei den weißen Schaum an seinem Bart. Den Schaum wischte er halbwegs weg. Genauer gesagt verteilte er ihn anders, bevor er sich eine Kippe zwischen die Barthaare stopfte und mit zittriger Hand anzündete. »Weiß doch noch genau, wie ihr alle immer nur über den gemeckert habt. Besonners du, Gregor.«

»Reiß dich zusammen, Heini, sonst trag ich dich eigenhändig nach Hause.« Gregor musste sich um 90 Grad drehen, um Heini anzusehen. Er hob die rechte Hand, in der der Zigarillo glomm.

»Bah!« Heini winkte mit einer großen Geste ab und wäre nun doch fast vom Hocker gepurzelt.

»Was meint er denn?« Helmut hatte sich leise an Atze Hoier gewandt.

Allerdings nicht leise genug, denn Gregor hatte die Frage gehört, und er drehte sich zu Helmut. »Nichts hat er gemeint, der alte Säufer!« Gregors Stimme klang nicht so schneidend wie sonst. Es war eher ein »Alles-ist-in-Ordnung-Tonfall«, mit dem man aufgeregte Hunde beruhigen möchte.

»Du müsses dich ma hörn, Gregor, jetz und wennde sons' übern Hanno erzählen tus'.« Heini wankte weiterhin bedrohlich auf seinem Hocker.

»Jetzt ist der Hanno aber tot, Heini, und über Tote tut man nicht schlecht reden, schon gar nicht so kurz vor Weihnachten.« Werner hatte extra wieder seine Zigarette aus dem Mund genommen, um diesen für seine Verhältnisse langen Wortbeitrag beizusteuern. Diesmal hatte er sich vorher die Hände abgetrocknet.

»Ich tu' ja gar nich' schlech' von dem reden, sondern Gregor und …«

»Jetzt reicht's aber, Heini.« In einer fließenden Bewegung legte Gregor seinen Zigarillo in den Aschenbecher und stand gleichzeitig auf.

Er kam aber nur bis zur Hälfte, da Helmut seinen linken Arm festhielt. »Lass gut sein, Gregor!«

Gregor hielt in seiner Bewegung inne und starrte auf Helmuts Hand, als hätte sich auf seinem Arm ein fingergroßer Blutegel niedergelassen, der ihn aussaugen wollte. »Nimm deinen Wichsgriffel weg, Helmut. Ich sag's dir nur einmal!« Gregor klang noch vergleichsweise beherrscht, allerdings war seine Stimme etwas leiser geworden. Kein gutes Zeichen!

Die Rentnergang glotzte neugierig herüber. Nebenan wurde noch immer gesungen. »Von guten Mächten« klang gerade aus, es folgte »Möge die Straße«.

Helmut überlegte noch, auf welcher Straße man Hanno wohl noch begegnen konnte, als ihm einfiel, dass er sich wohl besser rasch entscheiden sollte. Er ließ los. »Bitte, bleib sitzen, Gregor. Und du, Heini, hör auf, ihn zu provozieren.«

»Bah!« Heini winkte ab.

Gregor wischte sich theatralisch über die Stelle, an der Helmut ihn angefasst hatte, warf Helmut noch einen Freundchen-das-war-knapp-Blick zu, setzte sich und klemmte sich seinen Zigarillo wieder zwischen die Lippen. Nach ein paar intensiven Zügen hatte er sich wieder beruhigt.

Helmut hatte sich mittlerweile auch eine Zigarette angesteckt. Die erste heute. Seine Hände zitterten leicht.

Thomas und Atze schauten betreten auf die abgewetzte Tischplatte, die voller Brandflecken war.

Werner brachte ein Tablett mit vollen Biergläsern in den Nebenraum, damit die Chorknaben ihre Stimmen ölen konnten.

Heini drückte seine Zigarette aus und steckte sich eine neue an.

Helmut kam es vor, als würde er noch ein paar Mal »Bah« in seinen Bart brummen.

»Alles gut?«, fragte Thomas in die Runde.

Kopfnicken.

Gregor schnaubte noch einmal kräftig durch. »Verdammt, ich kannte den Hanno kaum. Der hat sich ja hier nie blicken lassen und sonst auch nirgendwo im Dorf. Außer vielleicht mal beim Schützenfest, dann aber auch nur samstags zum Tanz. Wollte mit uns möglichst wenig zu tun haben. Es hieß, er ist kräftig. Sah auch so aus. Hätte gern mal mit ihm Armdrücken gemacht. Hab's ihm auch mehr oder weniger ausrichten lassen. Hat nie geantwortet. Aber ich sage euch was: Mir tut das trotzdem leid. Um ihn und um seine Familie. So was darf nicht passieren.«

»Richtig«, sekundierte Atze, »wir haben schließlich keinen Krieg.«

»Wenn das die Lady Di wüsste, dass wir hier in Winnigstedt noch 2013 so Scheiß Landminen haben, die tät sich im Grab umdrehen.« Man merkte, dass Thomas eine Menge

Zeit in Wartezimmern verbracht und regelmäßig Gelegenheit hatte, Klatschmagazine zu lesen.

Helmut bestellte noch eine Runde. Er überlegte, ob er mit dem nötigen Taktgefühl noch etwas mehr über Hannos Ansehen im Dorf herausfinden konnte. Helmut hatte immer den Eindruck gehabt, dass die Familie Ackermann gut im Dorfleben integriert war. Mit Gregor am Tisch schien es jedoch eher unwahrscheinlich zu sein, noch etwas darüber zu erfahren. Also wartete Helmut mit seinen Fragen, bis er kurz vor Mitternacht zusammen mit Atze auf dem Nachhauseweg alleine war. Beide Männer schwankten leicht. Sie hatten praktisch den ganzen Abend über Bier getrunken. Als der Männergesangverein seine Probe beendet hatte und ein Teil der Sänger in die Gaststube kam, nahm der allgemeine Bierkonsum noch zu.

Zum Glück lenkte Atze sofort das Gespräch in die richtige Richtung. »Mensch, der Heini, der hat sich den letzten kleinen Rest Hirn aus dem Kopf gesoffen.«

»Furchtbar. Aber dass Hanno hier nie zum Bauern des Jahres gewählt worden wäre, das stimmt doch schon, oder?«

Atze blieb stehen. »Das stimmt.«

»Was mochten denn die Leute nicht an Hanno? Ich kannte ihn ja kaum. Nur Melanie. Mit ihr war Marianne befreundet.« Auch Helmut war stehen geblieben.

»Die Leute?« Atze atmete zweimal kräftig durch. »Das ist ein bisschen zu viel gesagt. Nur ein paar von den Bauern. Ich glaube, die waren neidisch, dass Hanno die Sache so schnell in den Griff gekriegt hat, nachdem sein Alter ihm den Hof überschrieben hat. Dass er seinen eigenen Weg geht. Mit dem Windpark und so.«

Helmut erinnerte sich. Hanno hatte vor ein paar Jahren zusammen mit Bauern aus dem Nachbardorf Gevensleben einen Windpark gebaut.

Kurz darauf hatten sie die Bushaltestelle bei Helmuts Haus erreicht. Atze musste noch ein Stück weiter. Er schlug Helmut auf die Schulter und ging, während Helmut noch eine Weile über Hanno nachdachte.

KAPITEL 4

Der Film war zu Ende und Helmut nahm die Disc aus dem DVD-Spieler. Er fragte sich einmal mehr, warum er nicht so ein Polizist war wie Gene Hackman im Film »Mississippi Burning«? Einer, der zuschlug, wenn es nötig war, und der sich auch ansonsten nicht um Regeln und Gesetze scherte, wenn es darum ging, Verbrecher dingfest zu machen.

Aber Helmut war eher so ein Typ wie Hackmans Kollege, den Willem Dafoe spielte. Ein überzeugter Bürokrat, für den es nichts Höheres gab als seine Vorschriften.

Nun gut, letztlich ließ Dafoe Hackman doch gewähren. Anders als mit unsauberen Mitteln war den Schurken in diesem Film nicht beizukommen. Selbst wenn die Handlung von »Mississippi Burning« auf wahren Begebenheiten beruhte, so war es doch ein Film. Helmut musste mit dem wahren Polizeileben vorliebnehmen, und er musste ohne Hackman und dessen Tricks auskommen.

Aus seinem Team würde am ehesten Lisa solche Tricks anwenden. Wer weiß, wozu sie fähig wäre, wenn man sie eine halbe Stunde mit einem mutmaßlichen Vergewaltiger oder Kindesentführer allein ließ? Die eine oder andere Kostprobe ihrer Impulsivität hatte sie schon abgegeben. Beim letzten Mal war sie noch nicht einmal auf ein Kaliber à la Vergewaltiger oder Kindesentführer getroffen, sondern auf einen Mann, dem man einen rassistisch motivierten Überfall vorgeworfen hatte (zu Unrecht, wie sich später herausstellen sollte). Lisa hatte gerade damit gedroht, den Mann eine Nacht lang mit zwei wegen schwerer Körperverletzung vorbestraften türkischen Türstehern in eine Zelle zu stecken, als Helmut auf den Plan trat und die Situation im letzten Moment bereinigte.

Helmut überlegte, ob er sich noch einen Film gönnen sollte, um auch diesen zweiten Weihnachtstag 2013 erfolgreich hinter sich zu bringen. Noch ein paar Stunden, dann wäre die Sache ausgestanden.

Wie so oft in den letzten Jahren, hatte er das Weihnachtsfest allein in seinem Haus verbracht. Helmut wäre gern mal mittags in den »Dorfkrug« gegangen, um eines von Juttas Menüs zu essen, statt immer nur selbst zu kochen. Aber über Weihnachten und Neujahr war der »Dorfkrug« geschlossen. Langners besuchten Juttas Eltern, die im Südharz wohnten.

Helmuts Eltern waren längst gestorben, ebenso seine Schwiegereltern. Und natürlich Marianne. Seine beiden Söhne, Nils und Matthias, lebten an den anderen Enden der Welt. Der Fluch der guten Tat. Marianne und er hatten immer gewollt, dass ihre Söhne die bestmögliche Ausbildung bekamen. Die hatten sie bekommen. Beide hatten ein Einser-Abitur gemacht, ihren Zivildienst geleistet und dann studiert: Nils Medizin in Heidelberg, Matthias Maschinenbau in Aachen. Beide hatten während des Studiums Praktika in Übersee absolviert.

Dabei waren sie auf den Geschmack gekommen und hatten, mit ihren Examina in der Tasche, Jobs in der Ferne angenommen. Der 34-jährige Nils arbeitete in einem Krankenhaus in Neuseeland und der 32-jährige Matthias in einem VW-Werk in Mexiko. Es sah nicht so aus, als würde sich diese Situation in absehbarer Zeit ändern. Beide hatten Familien gegründet.

Zu sehen bekam Helmut seine Söhne und ihre Familien praktisch nur über Skype. Und das, aufgrund der Zeitunterschiede, nur zu sehr gewöhnungsbedürftigen Tageszeiten. Nils war das letzte Mal vor zweieinhalb Jahren in Deutsch land gewesen. Da hatte ein großer Medizinkongress in Berlin stattgefunden; immerhin so nah, dass Nils für eine Nacht nach Winnigstedt gekommen war. Bei Matthias war es noch länger her, fast vier Jahre. Aber bei ihm bestand immerhin die Chance, dass er in absehbarer Zeit mal wiederkommen würde: nach Deutschland und auch zu Helmut. Schließlich lag die Konzernzentrale seines Arbeitgebers um die Ecke.

Helmut nahm ein paar DVDs in die Hand. »French Connection«? Nicht schon wieder Hackman. »Die nackte Kanone«? Zum Lachen war ihm nicht zumute. Deshalb kamen auch »Und täglich grüßt das Murmeltier« und »Tote tragen keine Karos« nicht infrage. »Während du schliefst«? Dazu hätte er in einer etwas romantischeren Stimmung sein müssen. Doch in solch einer Stimmung war er seit Mariannes Tod im Grunde nie wieder gewesen.

Helmut legte seine DVDs beiseite und beschloss, einen Spaziergang zu machen. 15 Uhr, da würde er mit Sicherheit nicht der einzige Spaziergänger sein.

Es war noch immer viel zu mild für Dezember, heute war es außerdem fast windstill und wolkenlos. Der zentrale Dorfplatz, der Ganterplatz, den Helmut nach knapp fünf Minuten erreichte, lag friedlich in der Nachmittagssonne. Auf einer der beiden Bänke, die dort standen, saß Hannos älterer Sohn Tobias und starrte ins Leere.

Vor drei Tagen, auf der Beerdigung, hatte der Junge einen ähnlich abwesenden Eindruck gemacht. Seine Geschwister hatten gefasster gewirkt. Auch Melanie hatte einen ausgeglichenen Eindruck gemacht, ebenso Hannos Eltern. Die beiden alten Leute wirkten sogar aufgeräumter als einige der anderen Trauergäste.

Beinahe das ganze Dorf hatte sich am Montag erst in der Kirche und dann auf dem Friedhof versammelt. Einigen von ihnen schien Hannos Tod erstaunlich nahe gegangen zu sein. Selbst Jochen schien gegen seine Tränen ankämpfen zu müssen, als er seine kurze Trauerrede hielt. »Ausgerechnet ein Überbleibsel aus der düstersten Epoche des Dorfes, fast 30 Jahre lang Aug' in Aug' mit der schlimmsten aller Grenzen, hat einer Frau den Mann und den Kindern den Vater geraubt.« Oder so ähnlich. Der liebe Gott, auf den Jochen sich so gerne berief, wurde auch diesmal von ihm angesprochen, mit einem anklagenden »Warum?«. Hatte nur noch gefehlt, dass Jochen »Warum, Vater?« gesagt hätte.

Gregor, der eine Reihe vor Helmut saß, hatte den Kopf geschüttelt. Dabei hatte selbst er etwas blasser gewirkt als gewöhnlich.

Jetzt sah Tobias auf zu Helmut.

Ganz die Mutter, dachte Helmut. Nicht nur dieser versonnene Blick von unten nach oben. Auch das Gesicht, das einen kleinen slawischen Einschlag besaß. Breite Backenknochen, dazu eine unauffällige Nasenform, schmale Lippen und ein paar Sommersprossen unter den grünen Augen. Nicht umwerfend hübsch, aber Kraft und Gesundheit ausstrahlend; und das galt für Mutter und Sohn. Die kräftige Statur hatte Tobias vom Vater, auch wenn seine Hände nicht annähernd so groß waren wie Hannos.

Tobias sprang vorsichtig von der Bank. Offenbar wollte er nicht den Eindruck erzeugen, dass er Helmut angreifen wollte. »Herr Jordan«, begann er, geriet aber umgehend ins Stottern. »Äh, Herr Kriminalhauptkommissar.«

»Herr Jordan reicht völlig. Hallo, Tobias. Ich hoffe, ich habe dich nicht erschreckt.« Helmut hatte die Arme hinter dem Rücken verschränkt. Das war seine bevorzugte Haltung beim Spazieren. Er ginge wie ein alter Mann, hatte Marianne ihn schon vor über 15 Jahren geneckt.

»Nein, natürlich nicht. Ich war nur in Gedanken und so. Aber wie ich Sie jetzt sehe, fällt mir wieder ein, dass ich schon bei Papas Beerdigung mit Ihnen sprechen wollte. Aber das war dann doch nicht so passend. Vielleicht jetzt? Ich meine, haben Sie denn Zeit und so?« Tobias wirkte auf einmal sehr eifrig.

»Ich wollte nach Mattierzoll und dann durchs Bruch zurück nach Winnigstedt. Du kannst ja mitkommen.«

»Gern.«

Also zogen die beiden los. Sie bogen nach rechts auf die Roklumer Straße, kamen am Dorfgemeinschaftshaus vorbei, an einem ehemaligen Blumengeschäft, an einer früheren Gaststätte, an der Apotheke, am Supermarkt und am Sitz von Henri Arnold, Helmuts früherem Arbeitgeber.

Gegenüber dem Ehrenmal für die Gefallenen der beiden Weltkriege verließen sie die Roklumer Straße und bogen links in eine Straße, die »Am Grandberg« hieß. Rechts tauchten die Höfe einiger der, auch für Winnigstedter Verhältnisse, kleineren Bauern auf.

Zunächst hatte Tobias ein wenig herumgedruckst. Doch dann war er mit der Sprache herausgerückt: »Ich weiß ja nicht, ob Sie über Ihre Ermittlungen zum Tod meines Vaters sprechen dürfen und so.«

»Kommt drauf an, was du wissen möchtest.«

»Ich meine, kann das denn sein? Diese Mine da, kann die denn nach den vielen Jahren im Boden überhaupt noch funktionieren?«

»Es scheint nicht unmöglich zu sein.«

»Verfolgen Sie denn auch noch andere Spuren und so?«

»Welche Spuren meinst du?« Helmut hatte noch immer die Hände hinter dem Rücken. Schließlich war er längst ein alter Mann. Sie hatten mittlerweile das Ortsausgangsschild erreicht.

»Na ja, ob jemand die Mine extra dorthin gelegt hat, damit Papa drüberfährt.«

»Woher sollte dieser Jemand die Mine denn haben? Die kann man ja nicht einfach im Supermarkt kaufen oder im Internet bestellen.«

»Wo man sie kaufen kann, weiß ich auch nicht. Aber ich kenne Leute, die das gemacht haben könnten. Leute, die vielleicht neidisch auf meinen Vater sind.«

»Wie meinst du das?«

»Na ja, Papa hat damals als einziger Bauer im Dorf Windkrafträder auf seine Felder gestellt, und jetzt wollte er die Biogasanlage bauen und Ferienwohnungen einrichten.«

»Ferienwohnungen? Biogasanlage?« Das war Helmut neu.

»Ja. In den letzten Jahren hat Papa mir oft von den Dingen erzählt, die er so vorhat. Ich schätze, ihm war klar, dass ich derjenige bin, der mal den Hof übernimmt. Meine Schwester hat nur Party und so im Kopf. Und mein kleiner Bruder, na ja, er ist halt mein kleiner Bruder. Von dem kann man noch gar nichts erwarten.«

»Und da hat er dir von der Biogasanlage und den Ferienwohnungen erzählt?«

»Ja, genau. Bisher brachte er ja den Mais und so rüber nach Gevensleben. Bauer Ludwigs, der hat so eine Anlage. Aber mein Papa kriegt von dem nur ein bisschen Geld, während sich Ludwigs dumm und dämlich verdient. Hat mein Papa so gesagt. Und mit einer eigenen Anlage hätte Papa sich auch dumm und dämlich verdient.« Tobias grinste. Es war das erste Mal, dass er eine positive Regung zeigte. »Die Ferienwohnungen wären für Mama gewesen. Das könnte sie zusammen mit meiner Oma machen. Hat sie gesagt. Vielleicht hätte auch meine Schwester mal Lust gehabt, die Wohnungen zu saugen oder Betten zu beziehen. So Sachen. Hat meine Mama sich so vorgestellt. Ich glaube aber, dass meine

Schwester mit 18 nach Wolfenbüttel oder so zieht. Die hasst Winnigstedt.«

Sie hatten mittlerweile den Grandberg erklommen, den Sportplatz hinter sich gelassen und gingen nun bergab Richtung Mattierzoll. Die Sonne stand tief. Wenn Helmut nach Roklum blickte, das im Westen lag, musste er die Hand über die Augen legen, um nicht geblendet zu werden.

»Was ich aber noch immer nicht ganz verstehe«, begann Helmut im vollen Bewusstsein, den Jungen möglicherweise noch weiter aus der Reserve zu locken, »was hat das mit dem Tod deines Vaters zu tun?«

»Sehen Sie das denn nicht? Ich hab Sie doch vorhin gefragt, ob es möglich ist, dass wer die Mine mit Absicht aufs Feld gelegt hat. Jetzt habe ich Ihnen von den Gründen erzählt, die er haben könnte. Windkrafträder, Biogasanlage, Ferienwohnungen. Ich kann Ihnen auch Namen sagen. Mach ich aber nicht. Ich kümmer mich lieber selbst darum.«

Mit diesen Worten drehte sich Tobias um und lief den Hügel wieder hinauf. Nach einer knappen Minute konnte ihn Helmut schon nicht mehr sehen.

Aus den Augen war er zwar, aber natürlich nicht aus dem Sinn. Der Junge hatte sich da scheinbar in etwas Abstruses hineingesteigert. Bestimmt hatte sein Vater häufiger negativ von den anderen Bauern im Dorf gesprochen. Helmut schüttelte lächelnd den Kopf, als er den Jungen im Geiste wieder vor sich stehen sah, wie er die drei Gründe nannte und jeden mit einer großen Geste mit den Fingern seiner rechten Hand anzeigte: Windkrafträder, Biogasanlage, Ferienwohnungen. Daumen, Zeigefinger, Mittelfinger.

Andererseits wären das natürlich genau die Gründe dafür, dass Hanno bei den Bauern im Dorf nicht besonders beliebt war: Er machte zu viel auf eigene Faust.

Am besten würde Helmut bei Gelegenheit mit seinem

guten Bekannten Kurtchen Ebert über Hanno und die anderen Bauern reden, um sich ein Bild zu machen. Kurtchen saß im VW-Betriebsrat; er war Sozialdemokrat und der kommunale Gegenspieler des christlich-demokratischen Bürgermeisters Jochen Wettenstedt. Außerdem saß Kurtchen im Winnigstedter Gemeinderat. Dadurch war er über die Vorgänge im Dorf gut informiert.

Vielleicht würde Helmut am Ende des Spaziergangs bei Eberts anklingeln. Gerade als er diesen Gedanken zu Ende gedacht hatte, fiel ihm ein, dass der zweite Weihnachtstag war und dass es deshalb keine gute Idee war, bei jemandem anzuklingeln, um ihn auszufragen. Dann doch lieber morgen.

Helmut hatte Mattierzoll erreicht. Er blickte hinüber zu Horst Wessels Haus. Bläuliches Licht schimmerte aus dem Fenster. Nein, es war grünlich. Nein, rötlich. Klar, der Fernseher lief. Was sollte ein Rentnerpaar auch sonst machen? Spazieren gehen natürlich. Aber vielleicht waren Wessels ja vorhin spazieren gewesen, während er vor der Glotze gehangen und Gene Hackman bewundert hatte? Man sollte besser nicht so schnell über andere richten.

Auch nicht über Kalles Art, Apostrophe zu verwenden. Natürlich war über Weihnachten nichts los bei »Kalles Motors«. Mal abgesehen davon, dass das Schild neu war. Ganz ohne Apostrophe. Ein anderes Schild wies auf die Betriebsferien hin.

Offenbar war Kalle auch nicht zu Hause. Jedenfalls waren alle Rollos heruntergelassen. Der Mechaniker wohnte direkt gegenüber von seiner Firma. Er lebte allein in einem geräumigen Haus. Allein, seit seine Frau ihn vor 15 Jahren verlassen hatte. Auch beide Kinder waren lange aus dem Haus.

Kalle war fünf Jahre jünger als Helmut. Als Kinder hatten sie deshalb nichts miteinander zu tun gehabt. Sie hatten

auch nie zusammen Fußball gespielt für den TSV Winnigstedt. Helmut hatte alle Jugendmannschaften durchlaufen und
danach in der ersten Herrenmannschaft gespielt, bis er 36 war.

Kalles fußballerische Karriere hätte in wesentlich höhere
Gefilde geführt als die Kreisliga. Er hatte einen feinen linken
Fuß, gute Übersicht und eine Pferdelunge. Kalle war außerdem sehr ehrgeizig. Deshalb ließ er sich schon als B-Jugend-
licher von Germania Wolfenbüttel abwerben; der Verein ver-
schaffte ihm sogar eine Lehrstelle in einer Kfz-Werkstatt.
Kalle sorgte als Linksverteidiger von Germania für Furore
und schaffte es schon mit 17 in die erste Mannschaft des
Bezirksligisten. Eintracht Braunschweig wurde auf ihn aufmerksam. Damals, Mitte der 70er-Jahre, war die Eintracht
eine Topadresse im deutschen Fußball. Kalle wurde zum Pro-
betraining eingeladen und stand kurz vor einem Wechsel.
Doch dann zog er sich einen Kreuzbandriss zu, dem kurz darauf der nächste folgte. Seine Knie waren nicht für den Leis-
tungssport geschaffen. Mit 20 endete seine verheißungsvolle
Karriere. Kalle hörte komplett mit dem Fußballspielen auf.
Stattdessen verpflichtete er sich für zwölf Jahre bei der Bundeswehr. Er kehrte Mattierzoll für lange Zeit den Rücken und
zog nach Fürstenau, einer Kleinstadt in der Nähe von Osnabrück. In der Kaserne dort arbeitete er in der Instandhaltung.
In Fürstenau lernte er auch seine Frau kennen und gründete
mit ihr eine Familie. Nach dem Ende von Kalles Dienstzeit
zogen die Neubauers zurück nach Mattierzoll, in das Haus
von Kalles Eltern.

Zunächst hatte Kalle als Meister in einer Kfz-Werkstatt
in Wolfenbüttel gearbeitet. Dann kaufte er das Grundstück
gegenüber, das schon seit vielen Jahren brachlag, und machte
sich selbstständig.

Jochen hatte ihn mit einem zinsfreien Darlehen unterstützt.
Für die Wettenstedts war es immer sehr wichtig, dass »ihre«

Gemeinde weitgehend autark war. Dazu gehörte auch, eine Kfz-Werkstatt im Ort zu haben. Vor Kalles Firmengründung hatte es kurzzeitig keine gegeben.

Zunächst beschränkte sich Kalle auf Reparaturen. Im Laufe der Zeit kam der Gebrauchtwagenhandel hinzu. Zeitweise standen bis zu 100 Autos auf dem Gelände. Kurz zuvor war die Grenze gefallen, und Kalles Betrieb lag genau an der stark frequentierten B 79. Ein perfekter Präsentierteller. In der ehemaligen DDR war der Bedarf an Autos aus dem Westen groß und Kalle half, ihn zu befriedigen.

Kalle war geschäftstüchtig und fleißig. Er vernachlässigte jedoch seine Familie. Seiner Frau hatte es ohnehin nie so recht zugesagt, in einen 30-Seelen-Ort am Arsch der Welt zu ziehen. Jetzt war ihr Mann auch noch mit nichts anderem beschäftigt, als Autos zu verkaufen und zu reparieren, während sie nichts weiter hatte als den Ausblick auf eben jene Kfz-Werkstatt, in der ihr Mann sein Leben verbrachte. Sie zog die Konsequenzen und zurück nach Fürstenau. Die Kinder, beides Jungs, blieben zunächst bei Kalle. Doch sie ergriffen, jeder für sich, die erste Gelegenheit, aus Mattierzoll zu verschwinden.

Seitdem wohnte Kalle allein. Der Gebrauchtwagenhandel florierte längst nicht mehr so wie in den 90er-Jahren. Die Werkstatt hingegen lief gut. Es zahlte sich aus, dass Kalle keine Mitbewerber im Umkreis von zehn Kilometern hatte. Darunter litt jedoch die Qualität von Kalles Arbeit. Dennoch verlangte er gepfefferte Preise. Nur aus Verbundenheit zum Skatbruder brachte Helmut sein Auto zu Kalle. Genau wie viele andere Winnigstedter.

Immerhin war Kalle kein einsamer Mann. Er hatte eine Freundin im Nachbardorf Hessen. Bislang hatte Kalle es nicht geschafft, seine Freundin zu überreden, zu ihm nach Mattierzoll zu ziehen. Das Haus war schließlich groß genug. Aber wer konnte es Kalles Freundin verdenken, dachte Helmut. Man musste sich Mattierzoll nur ansehen! Das größte der etwa 30 Gebäude war die ehemalige Ziegelei, das zweitgrößte die ehemalige Molkerei direkt daneben und das drittgrößte der Raiffeisenhof mit seinem Agrarhandel, dessen Betriebshof an das Grundstück der Molkerei grenzte.

Gemeinsam hatten die Unternehmen einst ein ansehnliches Gewerbegebiet gebildet. In der Nachkriegszeit hatte es in Mattierzoll über 100 Arbeitsplätze gegeben. Mitte der 70er-Jahre war alles vorbei gewesen. Als einzige Attraktion war der sogenannte Grenzübersichtspunkt geblieben. Am Schlagbaum stehen und auf den Wachturm der DDR-Grenzer gucken, das hatte tatsächlich Touristen angelockt.

Auch der »Trucker-Imbiss« neben »Kalles Motors« war ein Kind der Wende und hatte nach der Grenzeröffnung seine erste Blüte erlebt. Der Verkehr zwischen Ost und West war rege gewesen. Die Menschen aus dem Westen fuhren nach Wernigerode, Halberstadt und Quedlinburg. Die Menschen aus dem Osten wollten sich Wolfenbüttel oder Braunschweig ansehen. Doch Ende der 90er-Jahre hatten offenbar die Leute aus dem Osten (Westen) alles im Westen (Osten) gesehen, was sie sehen wollten. Jedenfalls wurde die Strecke durch Mattierzoll immer seltener genutzt. Zumindest von Touristen. Im Gegenzug stieg allerdings der Verkehr durch Berufspendler und Lkw; deswegen auch die Namensänderung von »Border-Imbiss« in »Trucker-Imbiss«.

Die anderen Häuser in Mattierzoll waren Wohnhäuser, die längst nicht alle bewohnt waren. Je kaputter die Scheiben, desto länger schon herrschte der Leerstand. Das war in Mattierzoll nicht anders als in der Bronx.

Helmut hatte die Siedlung nun verlassen. Der Wachturm war schon gut zu erkennen. Links führte ein schmaler Weg zu Hannos und Jochens Feldern. Er führte außerdem ins Große Bruch, ein Feuchtgebiet, das sich über 45 Kilometer erstreckte und je zur Hälfte zu Niedersachsen und zu Sachsen-Anhalt gehörte.

Es gab Augenblicke wie diesen, da Helmut es auch nach 25 Jahren noch immer nicht begreifen konnte, dass man von »Sachsen-Anhalt« sprach und nicht von der DDR oder ihren Synonymen, von denen das – mehr ausgespuckte denn ausgesprochene – Wort »drüben« weiterhin das beliebteste war. Nicht, dass Helmut Grenzöffnung und Wiedervereinigung negativ beurteilte. Die Zeit mit Grenze (für ihn die Jahre 1954 bis 1989) hatte ihn aber geprägt, genau wie das gesamte Leben im Dorf.

Es war fast dunkel. Dennoch wollte Helmut noch einmal zu Hannos Acker gehen. Hier waren längst alle Spuren des Unfalls beseitigt. Traktor und Pflug standen in Braunschweig und sollten im neuen Jahr noch einmal genau untersucht werden, um letzte Zweifel an der Unfallursache zu beseitigen.

Das Ergebnis würde auch aus versicherungstechnischer Sicht interessant sein. Bei einem eindeutigen Unfalltod würde Hannos Lebensversicherung an Melanie ausbezahlt werden. Sie konnte darüber hinaus auf eine Entschädigung des Bundes hoffen, weil die Bundeswehr diese Mine nicht beseitigt hatte.

Helmut hatte gehört, dass sich bereits ein Mitarbeiter des Bundestagsabgeordneten für diesen Wahlkreis bei Melanie gemeldet hatte. Es war keine Überraschung, dass sich der Abgeordnete nicht persönlich gemeldet hatte. Dazu war der Mann zu wichtig. Er war schließlich Bundesvorsitzender seiner Partei und seit ein paar Wochen Bundesminister für Wirtschaft und Energie sowie Vizekanzler. Und natürlich war Sigmar Gabriel garantiert heilfroh, dass der Minenunfall nicht für bundesweite Schlagzeilen gesorgt hatte. Schließlich war sein Wahlkreis in den letzten Jahren häufig genug Thema in den bundesweiten Medien gewesen. Das Atomzwischenlager Asse lag mitten in seinem Wahlkreis – und nur ungefähr zehn Kilometer von Winnigstedt entfernt. Zumindest der »heute-show« war es durchaus zuzutrauen, einen Zusammenhang zwischen Asse und Mine herzustellen.

Um Hannos Lebensversicherung kümmerte sich natürlich Rolf Kramer. Helmut hoffte, dass er es im Sinne von Mela-nie tat, und nicht im Sinne seiner Versicherungsgesellschaft. Er würde das im Blick behalten.

Besser jedenfalls als jetzt diesen Acker. Es war eigentlich schon zu dunkel, um noch etwas zu erkennen. Andererseits war es am Morgen des Unfalls auch nicht heller gewesen. Genau deshalb betrat Helmut den Acker. Der Boden war nach dem Unfall noch mal gründlich mit Wärmebildkame-ras abgesucht worden.

Helmut ging Schritt für Schritt jenen Bereich des Ackers ab, den er für die letzte Spur von Hannos Trecker und Pflug hielt. Er wollte denselben Blick haben, den Hanno in seinen letzten Minuten hatte.

Helmuts Blick fiel auf den Wachturm, der sich schemenhaft gen Himmel reckte. Gleich dahinter versuchte die Sichel des abnehmenden Mondes die untergegangene Sonne zu erset-zen. Erfolglos.

Vor einer Woche wäre mehr zu sehen gewesen, es war Vollmond. Doch wo genau hatte der Mond an diesem Mor-gen gestanden? War es nicht ohnehin bewölkt gewesen? Ver-mutlich waren die Scheinwerfer des Treckers Hannos ein-zige Lichtquelle gewesen. Andererseits kannte Hanno seinen Acker ohnehin wie seine Westentasche. Gleichwohl, und jetzt rasten Helmuts Gedanken hin und her, war er nach Meinung seines Vaters aus unerklärlichen Gründen einige Meter zu weit gefahren. Hanno konnte die Kurve nicht mehr fahren, die er gebraucht hätte, um den Pflug in der Spur zu halten. Aber warum? War Hanno am Steuer eingeschlafen? Wurde er abgelenkt? War er in Gedanken versunken? Was wäre passiert, wenn Hanno besser aufgepasst hätte? Höchstwahrscheinlich wäre die Mine unter dem Pflug detoniert und nicht unter der Dieselleitung. Nur der Pflug wäre beschädigt gewesen, und Hanno hätte den Unfall eventuell unverletzt überstanden.

Helmut warf einen letzten Blick auf den kaum mehr zu erkennenden Wachturm und ging zurück nach Winnigstedt.

Nach einer guten Viertelstunde hatte er das Ortsschild erreicht. Eine massige Gestalt kam ihm entgegen. Sie führte einen kleinen Hund an der Leine. Kurtchen Ebert mit seinem Kurzhaardeckel Rowdy. Helmut konnte sein Glück kaum fassen. Vielleicht konnte er dem SPD-Ortsvorsitzenden doch schon heute ein paar Informationen entlocken.

»Grüß dich, Kurtchen, und frohe Weihnachten!«

»Dir auch, Helmut!«

Die beiden Männer schüttelten sich die Hand.

Kurtchens Händedruck war kräftig, was zu seiner massigen Statur passte. Ein sichtbares Zeichen dafür war Kurtchens Doppelkinn, das auch Rollkragenpullover und Winterjacke nicht verbergen konnten. Wie üblich trug er einen Pepitahut über den wenigen grauen Haaren, die ihm, mit Mitte 60, geblieben waren.

»Wo kommst du denn her?« Kurtchen musterte Helmut mit seinen kleinen Schweinsäuglein, während Rowdy aufgeregt an Helmuts Beinen schnupperte.

»Ich war noch mal auf Hannos Feld unten am Wachturm.«

»Sag nicht, du arbeitest an Weihnachten. Als Betriebsrat kann ich so was nicht gutheißen, nicht wahr?«

»Was heißt arbeiten? Das Angenehme mit dem Nützlichen verbinden, so würde ich es nennen. Bei der Gelegenheit habe ich einen schönen Spaziergang gemacht.« Helmut bückte sich kurz und streichelte Rowdy.

»Gibt's denn noch was zu arbeiten wegen dem Unfall von Hanno? Soweit man hört, ist die Sache doch eindeutig, nicht wahr? Die von drüben haben es nicht geschafft, ihre Minen wieder alle einzusammeln. Und wir haben es nach der Wende auch nicht geschafft. Peinlich, sage ich. Eigentlich könnt' man drüber lachen. Wenn es nicht so tragisch wär' für die Familie.«

»Alle im Dorf scheinen ja nicht um Hanno zu trauern.«

»Wie kommst du darauf?« Kurtchen lüftete seinen Hut und fuhr sich mit der Hand über den Kopf.

»Na ja, zumindest ein paar der Bauern waren wohl sauer wegen der Sache mit den Windkrafträdern damals.«

»Jochen war sogar stinksauer, nicht wahr?« Kurtchen kicherte.

»Konnte er das als Bürgermeister nicht verhindern?« Rowdy sprang gerade wieder an ihm hoch. Also tätschelte Helmut dem Dackel erneut den Kopf.

»Nö, konnte er nicht. Andere Gemeinde. Sogar anderer Landkreis. Wenn er gekonnt hätte, hätte Jochen es getan. Kannst du Gift drauf nehmen. Der gönnt einem anderen Bauern nicht das Schwarze unter den Fußnägeln, nicht wahr? Schon gar nicht was, das er selbst nicht hat.« Kurtchen musste kurz an der Leine ziehen, um Rowdy davon abzuhalten, den Unrat am Straßenrand zu untersuchen.

»Weißt du auch was von einer Biogasanlage, die Hanno bei sich bauen wollte?«

»Klar. Das war, aber pst«, hier legte Kurtchen den Zeigefinger auf die geschlossenen Lippen, »schon mal Thema im Gemeinderat. Jochen wollte das mithilfe des Rates verhindern, nicht wahr?«

»Warum baut Jochen denn nicht selbst eine Biogasanlage? Bei den Windkrafträdern hat er doch auch nachgezogen.«

»Gute Frage. Die darfst du ausgerechnet mir eigentlich nicht stellen, nicht wahr?«

»Wieso nicht?«

»Na, ich tät doch die Gelegenheit nutzen und was Schlechtes über unsern Dorfhäuptling sagen.«

»Ich habe kein Problem damit, mal etwas Schlechtes über ihn zu hören.«

In der Tat hörte man in Winnigstedt nur selten etwas Schlechtes über die Wettenstedts. Die Familie wurde geachtet. Die Generationen vor Jochen waren sogar richtig beliebt gewesen. Erst bei Jochen, der sich im Laufe der Jahre als etwas zu ehrgeizig und egoistisch erwiesen hatte, schlug die Liebe in bloßen Respekt um. Doch das war noch immer eine Menge, und es hatte ihm all die Jahre gereicht, um zum Bürgermeister gewählt zu werden. Aber Jochens Vorfahren hatten den Dorfbewohnern noch etwas mehr gegeben als Jochen, der nur eine führende Hand zu bieten hatte. Und politische Kontakte. Mit echten persönlichen Sorgen und Nöten brauchte niemand bei Jochen aufzutauchen. »Schlechte Ernte? Na, die nächste wird schon besser werden« oder »Meine Windräder nehmen dir die Sonne? Tut mir leid. Aber sie sorgen auf umweltschonende Weise für Strom, das dürfte doch wohl etwas wichtiger sein.«

Frühere Generationen der Wettenstedts hätten sich in solchen Fällen gekümmert. Die Art, wie Gustav Wettenstedt Gregor geholfen hatte und ihn zugleich ein wenig zur Räson gebracht hatte, war ein gutes Beispiel dafür. Gustavs Vater Theo war zu seinen Lebzeiten sogar wie ein Heiliger verehrt wurden. Er hatte unter anderem dafür gesorgt, dass Winnigstedt kein Nazidorf geworden war. Natürlich gab es ein paar Parteimitglieder und auch den einen oder anderen jungen Mann, den es zur SA verschlagen hatte. Aber das war es

auch schon. Theo hatte darauf verzichtet, in die Partei ein-
zutreten, und war damit zum Vorbild für viele andere Dorfbewohner geworden. Er hatte auch darauf verzichtet, russische Kriegsgefangene bei sich arbeiten zu lassen.

Allerdings konnte Theo nicht verhindern, dass es ein anderer Bauer tat. So landeten 1942 zwei junge Russen im Dorf
und starben zwei Jahre später. Unter welchen Umständen sie
ums Leben kamen, wurde offiziell nie aufgeklärt. Im Sommer
1974 wäre dies fast doch geschehen. Diese Ereignisse waren
es auch gewesen, die Helmut vom Maler zum Polizisten werden ließen. Aber das war eine andere Geschichte.

Es war Theo gewesen, der dafür sorgte, dass die beiden
Russen ordentlich begraben wurden. Noch heute konnte man
ihre Gräber sehen. Sie standen nur wenige Meter entfernt
von Mariannes Grab.

Ob Jochen ähnlich ritterlich gehandelt hätte? Helmut
bezweifelte es. Er kannte Jochen als einen Mann, der sich
ganz offensichtlich für etwas Besseres hielt. Jetzt war er der
größte Bauer im Dorf. Früher war er der Sohn des größten
Bauern im Dorf gewesen.

Helmut kannte Jochen schon seit Schultagen. Jochen war
ein Jahr älter als Helmut und damit so alt wie Gregor. Die
beiden waren auf der Grundschule in dieselbe Klasse gegangen, Helmut war eine Klasse darunter. Später war Jochen auf
die Realschule gewechselt und Gregor auf die Hauptschule.

Während Helmut immer mal wieder mit Gregor zu tun
hatte, in der Regel unfreiwillig, sah er Jochen nur selten.
Jochen hatte sich zum einen grundsätzlich nicht mit jüngeren Kindern abgegeben; schon gar nicht mit dem Sohn eines
Ziegeleiarbeiters wie Helmut. Hinzu kam, dass Jochen nicht
Fußball spielte. Dort wäre er automatisch auf Helmut getroffen. Jochen arbeitete auf dem Hof seines Vaters, und ab und
zu fuhr er mit dem Fahrrad. Das war ihm Bewegung genug.

Aber apropos ritterlich. Wettenstedts hatte es angeblich schon im Mittelalter im Dorf gegeben. Viele Winnigstedter hätte es nicht gewundert, wenn es schon vor der ersten urkundlichen Erwähnung der Gemeinde anno 1180 Wettenstedts in der Gegend gegeben hätte. Sie waren immer da gewesen, und der Name Wettenstedt (in unterschiedlichen Schreibweisen) tauchte über die Jahrhunderte immer wieder in der Dorfchronik auf. Sofern es die gerade aktuellen politischen und gesellschaftlichen Verhältnisse zuließen, war es um Landkäufe oder um Landverkäufe gegangen. Und natürlich um Geburten, Hochzeiten und Todesfälle.

Vor allem im 19. Jahrhundert hatten sich die Ländereien der Wettenstedts erheblich vergrößert. Hilfreich war hierbei, dass Winnigstedt in dieser Zeit zum Herzogtum Braunschweig gehörte. Im Gegensatz zum Nachbardorf Roklum, das preußisch war. In Preußen war es für Bauern ohne passenden Stammbaum etwas komplizierter, größere Ländereien zu erwerben. Das wurde erst nach der Gründung des Kaiserreiches 1871 einfacher. Doch bis dahin hatten sich die Wettenstedts schon bis an die äußersten Grenzen zum Preußischen ausgedehnt. Und sie hatten natürlich nichts mehr abgegeben. Im Gegenteil: Unmittelbar nach dem Krieg hatte der Heilige Theo noch mal 100 Morgen Land im Großen Bruch erworben, unmittelbar an der damals noch unbefestigten deutsch-deutschen Grenze.

Heute dürfte sich der Gesamtbesitz der Wettenstedts auf rund 500 Morgen erstrecken. Getreide jeder Art, Zuckerrüben, ein bisschen Spargel und natürlich die Windkrafträder. Ein gut aufgestelltes Unternehmen, würde es im Wirtschaftsteil der Zeitung heißen. Volle Auftragsbücher inklusive.

Etwa ein Fünftel des Besitzes hatten die Wettenstedts an andere Bauern des Dorfes verpachtet. Mit diesem Geschäftszweig hatte Gustav im kleinen Stil begonnen, Jochen hatte ihn erheblich ausgeweitet und damit seine wirtschaftliche und politische Stellung im Dorf gefestigt. Zwischen Verpächter und Pächter gab es bestimmte Abhängigkeiten, die sich bei Kommunalwahlen schon mal positiv (für den Verpächter) auswirken konnten.

Jochens Sohn Alexander würde diesen Geschäftszweig wahrscheinlich noch mal ausweiten. Zurzeit arbeitete Alexander als Praktikant auf einer Farm in Kanada. Er sollte ein Jahr dort bleiben und Ideen mitbringen, um die Abläufe auf dem Hof der Wettenstedts zu verbessern.

»Ich sag mal so. Bei den Windrädern war Hanno schneller, nicht wahr?« Kurtchen kratzte sich am Doppelkinn, bevor er fortfuhr. »Das lässt sich unser Jochen aber nicht ein zweites Mal bieten. Wenn er also schlau ist, macht er es so: Er bringt irgendwie den Gemeinderat auf seine Seite und verhindert die Biogasanlage vom Hanno. Ein paar Jahre später verkauft Jochen dem Gemeinderat Biogasanlagen als Riesensache und lässt sich eine solche Anlage genehmigen und baut sie auch gleich. Als Erster im Dorf, nicht wahr?«

»Aber würde Jochen sich durch so eine Aktion nicht total unglaubwürdig machen?« Helmut hatte langsam genug gehört. Außerdem musste er dringend zur Toilette.

»Das wär dem doch egal. Der ist Bauer und Politiker. Ein dickeres Fell kannst du von Natur aus gar nicht haben, nicht wahr? Jetzt hat sich die Sache eh erledigt. Ich glaub nicht, dass Melanie die Anlage beantragt.« Kurtchen hustete plötzlich kräftig. Rowdy zuckte zusammen und sah zu seinem Herrchen auf.

»Alles klar mit dir?« Helmut wollte Kurtchen auf den Rücken klopfen.

»Nee, lass mal.« Kurtchen hob abwehrend die Hand. »Hab mich nicht verschluckt. Erkältet. Wir sollten langsam Land gewinnen, Rowdy und ich.«

Die beiden Männer verabschiedeten sich voneinander.

Zehn Minuten später war Helmut zu Hause. Es war 18 Uhr. Er würde sich ein paar Brote schmieren und doch noch eine weitere DVD einlegen. Warum nicht »French Connection«?

KAPITEL 5

Noch eine Stunde bis Bochum. Sie fuhren westwärts auf der A 2 und näherten sich Oelde. Wie üblich hatten die Kinder ihren Spaß, als sie die Würfel am Straßenrand entdeckten. Wer sieht sie diesmal zuerst und ruft »Würfel!« Riesige bunte Dinger, die einst an die Autobahn gesetzt wurden, um Werbung für eine Landesgartenschau zu machen.

Wann immer das gewesen sein mochte? Für ihn waren die Würfel erst in dem Moment lebendig geworden, als seine drei Kinder ihre Umwelt bewusst wahrnehmen und in Worten ausdrücken konnten, was sie sahen. Vorher hatte er nie auf die Würfel geachtet.

Nachdem sie am letzten Würfel vorbeigefahren waren, war es wieder still auf der Rückbank des Kangoo. Seitdem alle Kinder lesen konnten, ging es dort meist ruhig zu.

Die Leselust seiner Kinder war für Jakob eine erhebliche Erleichterung. Auf den längeren Autofahrten war er nicht mehr gezwungen, Kinder-CDs zu hören. Jakob hörte lieber Radio.

Seiner Frau Kerstin war das alles egal. Wenn sie nicht selbst fuhr, machte sie einfach die Augen zu und schlief. So auch jetzt. Er konnte ihr leises, gleichmäßiges Atmen hören. Vom üblichen Würfel-Wettstreit hatte sie nichts mitbekommen.

Die Dieckmanns waren auf dem Rückweg von Wolfenbüttel, wo sie Jakobs Eltern besucht hatten. Alle zwei Jahre verbrachten sie Weihnachten in seiner Geburtsstadt. Immer in den ungeraden Jahren. In den geraden Jahren fuhren sie über Weihnachten nach Herzogenrath zu Kerstins Eltern. Zu Hause in Bochum waren sie über Weihnachten nie. Dieckmanns waren auch über Ostern nie in Bochum. Sie waren in Wolfenbüttel, und zwar immer dann, wenn sie zuvor über Weihnachten in Herzogenrath gewesen waren. Oder sie waren in Herzogenrath, wenn sie zuvor über Weihnachten in Wolfenbüttel gewesen waren. Ein ausgefeiltes System. Alle schienen damit ganz gut leben zu können.

Sie hatten mittlerweile das Kamener Kreuz hinter sich gelassen. Die Kinder waren in ihre Bücher vertieft, Kerstin träumte vermutlich, und Jakob ließ die vergangenen Tage Revue passieren. Er hatte die Zeit in Wolfenbüttel nicht nur für familiäre Dinge genutzt, sondern sich auch mit alten Schulfreunden getroffen.

Heiligabend gab es mittags immer ein großes Hallo vor »Theos«. Die Kneipe lag mitten in der Fußgängerzone, gegenüber den Krambuden. Wenn es nicht gerade kübelweise regnete, stand man draußen bei Bier und Glühwein und philosophierte über die gute alte Zeit. Bis zu 150 Leute standen hier zwischen 12 und 13 Uhr. Alles Ehemalige vom Gymnasium im Schloss, das nur 300 Meter entfernt lag. Praktisch alle Abiturjahrgänge waren vertreten: 1984, 1977, 2009, 1996, 1989 usw.

1989, das war sein Jahrgang. Er war drei Jahre lang Schülersprecher gewesen. Er hatte bei der offiziellen Zeugnisübergabe im Lessingtheater eine Rede gehalten und er hatte den Abiball eröffnet – mit ein paar launigen Worten und mit einem umjubelten Walzer mit der Direx. Ganz selbstverständlich hatte er 1994 das erste Jahrgangstreffen organisiert, 1999 das zweite, 2004 das dritte und 2009 das vierte. Nun war er dabei, das fünfte Treffen vorzubereiten. 25 Jahre Abi! Das Datum stand fest (20. September 2014) und auch der Raum (der Rittersaal im Schloss, wo sie immer feierten).

Zum ersten Treffen hatte Jakob einen Autoaufkleber mitgebracht, den er selbst entworfen hatte: »Abi '89«, dahinter die Silhouette des Schlosses. 1989 waren solche Sticker noch nicht in Mode gewesen. 1994 hatten sie reißenden Absatz gefunden. Auch Jakob hatte den Sticker am Auto kleben. Natürlich.

Kerstin fand das »irgendwie albern«. Aber Kerstin konnte das gar nicht beurteilen. Sie hatte ihre alte Schule nach dem Abi nie wieder betreten. Sie hielt zwar losen Kontakt zu zwei, drei früheren Mitschülerinnen, aber im Großen und Ganzen hatte sie keinerlei schöne Erinnerungen an ihre Schulzeit. Nur deswegen konnte sie nicht verstehen, dass er auch nach 25 Jahren noch immer an seine alte Schule dachte und alle fünf Jahre Jahrgangstreffen organisierte.

Sendungsbewusstsein? Romantische Ader? In der Vergangenheit leben? Nicht loslassen können? Sich keinen neuen Realitäten stellen? All diese Theorien von Kerstin trafen ein bisschen zu. Aber auch das fand er nicht schlimm. Er hing nun mal an seiner alten Schule, an seinen früheren Mitschülern. Ja, an diesem kleinen Stück heiler Welt. Er lebte trotzdem in der Gegenwart. Wo, bitte schön, wären denn sonst Frau und Kinder hergekommen? Kerstin hatte schließlich nichts mit seinem Jahrgang zu tun. Er hatte sie erst viel später kennengelernt.

Andererseits gab es so etwas natürlich auch: Dass ein Junge und ein Mädchen schon in der Schule miteinander gingen und noch immer zusammen waren und eine Familie gegründet hatten. Susanne gehörte in diese Kategorie. Allerdings war Lorenz damals zwei Jahrgänge über ihnen gewesen. Und natürlich Mario und Barbara. Das durfte man aber nicht laut sagen. Sie hatten schon zu Schulzeiten ein großes Geheimnis aus ihrer Beziehung gemacht. Jetzt war es fast ein Staatsgeheimnis. Mario war katholischer Priester geworden und betreute seit fünf Jahren eine Gemeinde in Bochum.

Jakob saß theoretisch also an der Quelle. Aber Mario erzählte nichts von Barbara, die als Lehrerin in Münster arbeitete. Und Jakob hätte Mario niemals darauf angesprochen.

Aber Mario und er trafen sich regelmäßig in Bochum. Sie mochten einander. Ihrer beiden Leben waren jedoch völlig verschieden. Hier Jakobs fünfköpfige Familie und sein anstrengendes Leben als freier Journalist. Dort Mario, der große Seelsorger, dessen Familie aus ein paar 100 Menschen bestand, die er zu jeder Tages- und Nachtzeit zu betreuen hatte. Jakob wohnte im innenstadtnahen Ehrenfeld, Mario im sechs Kilometer entfernten Höntrop, direkt an seiner Kirche, Maria Magdalena. Es gab eine gute S-Bahnverbindung, die S 1 brauchte vom S-Bahnhof Ehrenfeld nur drei Minuten bis zum S-Bahnhof Höntrop.

Vier- oder fünfmal im Jahr trafen sie sich, entweder bei Jakob zu Hause oder in einer Kneipe. Mindestens einmal im Jahr kam auch Dirk, ein weiterer ehemaliger Mitschüler, zu diesen Treffen. Dirk wohnte zwar in Wolfenbüttel, aber er hatte eine Cousine in Herne, die er regelmäßig besuchte. Das nächste Dreiertreffen würde Mitte Januar stattfinden.

Neben Barbara in Münster sowie Mario und ihm selbst in Bochum gab es nur noch einen Ehemaligen, den es nach NRW verschlagen hatte: Jens Tönnies wohnte in Köln, er gehörte zum Trainerstab des FC. Eigentlich war er Hockeyspieler (und 1992 Goldmedaillengewinner in Barcelona) und später Hockeytrainer. Aber im Fußball gab es diesen Trend, auch in anderen Sportarten nach Fachkräften zu suchen. Nach der TSG Hoffenheim war der FC der zweite Profiverein, der das Experiment mit einem Experten aus dem Hockey wagte. Es schien sich auszuzahlen, immerhin nahmen die Kölner Kurs auf die Bundesliga.

Natürlich hatte er eine aktuelle Liste aller Ehemaligen, unabhängig davon, ob sie in NRW lebten. Mit Anschrift plus

Anschrift der Eltern, mit Telefonnummer (fest, mobil, manchmal auch dienstlich), mit ein paar Informationen zum Job und zum Familienstand und einigem mehr. Mit 50 Ehemaligen war er darüber hinaus auf Facebook befreundet und/oder über Xing verbunden. Eine Zeitlang hatte er außerdem auf den Internetseiten des Gymnasiums eine Seite für den Jahrgang 1989 betreut.

Die Jahrgangstreffen organisierte er zusammen mit Dirk und Susanne. Susanne war nach dem Studium in London und St. Gallen nach Wolfenbüttel zurückgekehrt. Sie war schließlich eine Ferber. Diesen Namen verband man in Wolfenbüttel automatisch mit der Likörfabrik »Waldläufer«. Die Familie Ferber besaß einen erheblichen Anteil an dem Unternehmen, auch nachdem es in eine Aktiengesellschaft umgewandelt worden war. Susanne war momentan Vorsitzende des Aufsichtsrates.

Er hatte nie verstehen können, warum Susanne sich für Lorenz entschieden hatte. Charmant und witzig, klar. Lorenz war Chefredakteur der Schülerzeitung. Die hieß »Gisharmonie«, in Anspielung auf die Abkürzung des Schulnamens: GIS, wie Gymnasium im Schloss. »Gisharmonie« war natürlich vor allem ein Wortspiel. Die Redaktion wollte gern für ein bisschen Disharmonie an der Schule sorgen, vor allem zwischen Lehrern und Schülern.

Lorenz schrieb häufig satirische Artikel und machte sich über Lehrer oder andere Schüler lustig. Am liebsten aber schrieb er über Dinge, die er selbst initiiert hatte. Zum Beispiel hatte er es, zusammen mit ein paar Freunden, einige Male geschafft, das Auto der Direktorin wegzutragen und irgendwo abzustellen, wo sie ohne Hilfe nicht wieder wegkommen konnte.

Lorenz war auch regelmäßig im Taucheranzug in den Wassergraben gesprungen, der die Schule umgab, die früher wirklich ein Schloss gewesen war. Es war strengstens verboten, in den Wassergraben zu springen. Lorenz hatte es trotzdem gemacht, und er hatte sich jedes Mal dabei fotografieren lassen und hinterher darüber geschrieben.

Höhepunkt war eine Wette gewesen. Lorenz hatte gewettet, dass es ihm innerhalb von acht Wochen gelänge, zwei alleinstehende Lehrer zusammenzubringen: er ein eingefleischter Junggeselle Mitte 30, sie etwas jünger, Typ Mauerblümchen, neu in der Stadt. Die beiden hätten niemals zueinandergefunden. Lorenz hatte es mit gefälschten Briefen und geschickt gestreuten Gerüchten aber geschafft, dass sie sich verabredeten und tatsächlich innerhalb der Frist ein Paar wurden. Man musste allerdings dazusagen, dass Lorenz die Lehrer schon vorher beobachtet hatte, um etwas über ihren Alltag und ihre Hobbys zu erfahren.

Dass sich andersherum Lorenz für Susanne interessiert hatte, war wenig verwunderlich. Zum einen war Susanne ein hübsches und intelligentes Mädchen. Zum anderen würde es Jakob nicht wundern, wenn Lorenz schon damals im Hinterkopf hatte, dass Susanne eine hervorragende Partie war.

Trotz seiner früheren Vorliebe fürs Schreiben war Lorenz nicht etwa Journalist geworden, sondern Softwareentwickler und Softwareberater. Seine kleine Firma versorgte Betriebe in ganz Deutschland mit maßgeschneiderter Software. Doch er hatte sich seit ihrer gemeinsamen Schulzeit auch menschlich verändert. Manchmal war er Jakob richtig sympathisch, wenn er voller Leidenschaft von seinen Segeltörns erzählte oder Jakob kostenlos mit aktueller Software versorgte.

Susannes Ehe war kinderlos geblieben. Wenn man aber bedachte, dass Lorenz ständig auf Achse und auch Susanne beruflich extrem eingespannt war, blieb eigentlich kaum Zeit für Kinder.

Auch Dirk hatte keine Kinder. Dirk hätte durchaus Zeit gehabt. Ihm fehlte die Frau. Mit 22 hatte sich Dirk in eine Ehe gestürzt. Mitten im Studium. Und Dirk hatte Tatjana unbedingt gleich heiraten müssen. Angeblich war es nicht darum gegangen, dass die Weißrussin Tatjana dank dieser Ehe in Deutschland bleiben durfte. Zumindest war es Dirk nicht darum gegangen. Tatjana wohl doch, nach sieben Monaten Ehe war sie weg.

Dirk war seitdem Single. Leider hatte ihn die Sache mit Tatjana damals schwer aus der Bahn geworfen. Dirk schmiss sein Maschinenbaustudium an der TU Braunschweig – trotz hervorragender Noten im Vordiplom. Er machte eine Weile lang praktisch gar nichts, außer in Selbstmitleid zu zerfließen. Dann fing er sich wieder. Er nahm zwar sein Studium nicht wieder auf, machte aber eine Lehre zum Kfz-Mechaniker und sich schließlich selbstständig. Er pachtete (praktischerweise von Susanne) einen Hinterhof und richtete sich eine kleine Werkstatt ein.

Dirk besaß einen festen Kundenstamm, der ihm ein Einkommen sicherte, das seinen bescheidenen Ansprüchen genügte. Zusätzlich konnte Dirk eine Scheune auf dem Land nutzen, wo er Autos, die eigentlich reif für den Schrottplatz waren, wieder aufmöbeln wollte, um sie zu verkaufen. Aber bislang hatte Dirk noch keines dieser Autos wieder derart hergestellt, dass er sich traute, es zum Verkauf anzubieten.

Es war nun auch ungewiss, was aus diesem zweiten Standbein werden würde. Diese Scheune hatte ihm Hanno Ackermann kostenlos zur Verfügung gestellt. Ein weiterer ehemaliger Mitschüler. Doch Hanno war letzte Woche auf tragische Weise ums Leben gekommen.

Jakob schauderte es beim Gedanken an Hannos Unfall. Er war längst von der A 2 abgebogen, ein kurzes Stück auf der A 45 gefahren und bog nun auf die A 40, auf der, wie üblich zwischen Weihnachten und Silvester, erfreulich wenig Verkehr herrschte.

In den nächsten Wochen würde er es wieder anders erleben. Er würde noch einige Male allein nach Wolfenbüttel fahren müssen, meist unter der Woche und bei Berufsverkehr. Wegen einer komplizierten Erbschaftssache (ein entfernter Verwandter war gestorben) standen ihm einige Termine bei Notaren und Gerichten bevor. Unter anderem.

Gestern Abend hatte sich das Vorbereitungsteam in Susannes Villa getroffen. Das Treffen hatte mit einer Schweigeminute für Hanno begonnen. Dirk hatte darauf bestanden. Immerhin hatte er einen guten Freund verloren. Jakob und Susanne hatten »nur« einen früheren Schulkameraden verloren. Aber keiner von ihnen wäre im Traum darauf gekommen, Dirk diesen Wunsch abzuschlagen.

Ansonsten gab es nicht viel zu besprechen. Sie hatten die Sache bereits erfolgreich ins Laufen gebracht. Susanne hatte den Rittersaal gebucht und Jakob hatte längst die erste Mail an alle Ehemaligen verschickt. Viele hatten umgehend zurückgeschrieben, dass sie sich aufs Treffen freuten, und wie dankbar sie Jakob und den anderen waren, dass sie sich wieder darum kümmerten. Und so weiter.

Susanne hatte berichtet, wie sich die Preise für den Saal und fürs Catering entwickelt hatten und was das für den Obolus bedeutete, den jeder Ehemalige zahlen musste. Er würde von 40 auf 50 Euro steigen. »Ist aber wieder all inclusive«, hatte Susanne gesagt. Mit diesen Worten wurde der gesellige Teil des Abends eingeläutet. Susanne holte den Wein und kurz darauf stieß man an.

»Auf das Treffen!«

»Auf uns!«

»Auf Hanno!«

Dann war Lorenz aufgetaucht. Er hatte Dirk gebeten, mit ihm in die Garage zu gehen, um einen Blick auf Lorenz' Jaguar zu werfen. Irgendein Problem mit dem Anlasser. Nur mal gucken. Bloß nicht schmutzig machen.

Jakob blieb mit Susanne im Wohnzimmer. Sie hatte es sich auf dem Sofa bequem gemacht, schwenkte versonnen ihr Weinglas. Ihr dunkelbraunes Haar trug sie halblang, ganz im Stil der 20er-Jahre. Fehlte nur das champagnerfarbene Kleid (statt Jeans und Bluse) und ein Stirnband mit Feder, und Jay Gatsby hätte sie nach East Egg eingeladen. Oder war es West Egg? Der große Gatsby. Englischleistungskurs. Er hatte neben Susanne gesessen. Damals hatte sie ihr Haar bis über die Schultern getragen, meist zu einem Zopf gebunden, und damals hatte er sich in sie verliebt. Sie war allerdings schon mit Lorenz zusammen gewesen. Jakob hätte ihr seine Gefühle wohl niemals gestanden, wenn Susanne nicht auf der Theaterfreizeit plötzlich ihre Arme um ihn gelegt hätte und sie sich geküsst hätten. Irgendwo versteckt in einer Nische in einem dunklen Gang des Freizeithauses standen sie eng aneinandergeschmiegt. Nach gefühlten Stunden hatte Susanne ihm unter Tränen gesagt, dass sie nicht mit Lorenz Schluss machen würde. Auch Jakob hatte geweint.

Gestern Abend in der Villa war ihr Blick fast so zärtlich wie damals. Sie hatte offenbar seine Gedanken gelesen und geflüstert: »Manchmal frage ich mich, was wohl aus uns geworden wäre, wenn ich mich damals anders entschieden hätte.«

Er trank einen Schluck Wein, bevor er, ebenfalls leise, antwortete: »Ich weiß es nicht. Ich weiß nur, dass ich dich noch immer sehr gern habe und mich freue, dass es dir offensichtlich gut geht. Du siehst so glücklich aus.«

Meist trafen sie sich nur noch zum Vor- und Nachbereiten der Jahrgangstreffen. Bei diesen Gelegenheiten hatte Susanne vor allem in den letzten drei, vier Jahren bisweilen abwesend gewirkt, manchmal auch regelrecht unzufrieden.

»Lass uns doch auf die Terrasse gehen, es ist so eine schöne Luft draußen.« Susanne stand auf, öffnete die Terrassentür und trat nach draußen.

Er folgte ihr. Die Luft war tatsächlich erfrischend, und jenseits der Wolkendecke funkelten bestimmt ein paar Sterne.

»Schön, dass dir das auffällt, Jakob. Eine Zeitlang habe ich sehr häufig über einige Dinge nachgedacht. Gegrübelt. Das hat richtig an mir gezerrt. Aber jetzt habe ich endlich ein paar Entscheidungen getroffen.« Sie lächelte ihn wieder an.

»Was denn? Falls du mit mir darüber reden möchtest.«

»Ich konnte immer über alles mit dir reden. Du bist so ein guter Zuhörer – und verschwiegen.« Sie sah ihn verschwörerisch an und nippte an ihrem Glas. Dann erzählte sie ihm von ihren Entscheidungen, zumindest von zweien. Weiter kamen sie nicht, denn Lorenz und Dirk kehrten aus der Garage zurück.

Kurz darauf saßen sie um den Wohnzimmertisch herum. Da es jetzt nicht mehr um das Jahrgangstreffen ging, blieb Lorenz bei ihnen und unterhielt sie mit Anekdoten vom Golfplatz und mit aktuellen Entwicklungen aus der IT-Branche. Er schlug auch vor, die Laptops von Dirk und Jakob mit einer brandneuen Firewall auszustatten; beide hatten ihre Laptops dabei. »Die knackt noch nicht mal die NSA«, prahlte Lorenz und nahm die beiden Laptops mit in sein Büro.

Als man sich später verabschiedete, kam wie üblich die Rede darauf, dass Lorenz regelmäßig im Ruhrgebiet unterwegs war, auch in Bochum. Wie üblich bat Jakob ihn, doch mal bei ihm vorbeizuschauen. Wie üblich versprach Lorenz, das zu tun. Er würde aber, wie üblich, sein Versprechen vergessen. Und beim nächsten Treffen bei Susanne würde das ganze Spielchen von vorne beginnen.

Er war längst von der A 40 auf die Stadtautobahn gefahren. Er bog auf die Königsallee, fuhr links in die Wasserstraße und kurz darauf rechts in die Drusenbergstraße. Von dort zweigte die Marschnerstraße ab. Hier wohnte seine Familie in einem Zweifamilienhaus mit riesigem Garten und in Sichtweite des bekanntesten Bochumer Krankenhauses, des Bergmannsheils.

Während er den Wagen in der Einfahrt parkte, hörte er das sanfte Brummen, das sein Smartphone von sich gab, wenn eine neue SMS eingetroffen war. Als der Wagen schließlich in der richtigen Position stand, warf er einen Blick auf die Nachricht. Sie kam von Ellen, die als eine der Letzten auf die Einladungsmail zum Jahrgangstreffen antwortete. Typisch Ellen. Wunderschön, aber nicht besonders zuverlässig. Sie würde »sehr gern kommen« und »freute sich schon jetzt darauf«, wie sie in ihrer SMS schrieb.

KAPITEL 6

Nein, Botox würde sie sich auch in den nächsten, sagen wir mal zehn Jahren nicht spritzen lassen müssen. Ein Skalpell würde sie erst recht nicht in die Nähe ihres Gesichtes kommen lassen. Niemals. Klar, ein paar Fältchen hier und da, die Gesichtshaut insgesamt eine winzige Nuance schlaffer, das Strahlen der blauen Augen etwas blasser und einige Sommersprossen mehr als früher. Aber für eine 43-Jährige hielt sie sich super. Allein, wenn sie ihre vollen Lippen betrachtete! Sinnlich. Die winzigen Grübchen daneben, die nicht etwa die Makellosigkeit ihres Gesichtes beeinträchtigten, sondern sie eher noch betonten. Ihrem Gesicht eine zusätzliche Note verlieh. Aufregend. In der letzter Zeit hatte es allenfalls ein paar graue Haare gegeben, die sich in ihre blonde Löwenmähne geschummelt hatten. Die Haare konnte man sich allerdings locker ausreißen. Ein kurzer Schmerz. Egal. Wichtig war, dass da nichts schimmerte. Wie Kopf und Gesicht, so auch der Rest. Von Hüftspeck keine Spur, von den drei Schwangerschaften auch nicht, keine Orangenhaut an den langen schlanken Beinen und der Busen bestens in Form. Kurvenreich.

Ellen blickte sich zufrieden im Spiegel der kleinen Mitarbeiterinnentoilette ihrer Kindermodenboutique an. Kein Wunder, dachte sie, dass selbst zehn Jahre jüngere Väter, die mit ihren Frauen und Kindern in den Laden kamen, die Augen nicht von ihr lassen konnten. Und das lag weder ursächlich daran, dass ihre eigenen Frauen besonders unansehnlich waren, noch daran, dass Väter sowieso immer nur wie Falschgeld im Geschäft herumstanden und nur darauf warteten, bezahlen zu dürfen, wenn der Einkauf endlich erledigt war. Nein, daran lag es nicht. Es lag an Ellen.

Natürlich war sie nicht mehr die 16-Jährige, die als Prinzessin ihrer Schule galt und von allen Jungs zwischen 13 und 19 heiß begehrt wurde (sowie von Lehrern aller Altersstufen). Und auch nicht mehr ganz die 31-Jährige, die auch als dreifache Mutter noch problemlos die Miss-Wahlen im Ferienklub auf Sardinien gewann. Das vielleicht nicht, aber es war noch viel vom alten Glanz da.

Gerade war von jüngeren Vätern allerdings nichts zu sehen. Es war kurz vor Geschäftsschluss an diesem Montagabend, dem vorletzten Tag des Jahres. 30 Stunden noch, dann begann das Jahr 2014. Vom Winter war noch immer nichts zu spüren. Sechs Grad. Wind und Regen.

Kein Wunder, dass draußen so wenig los war. Kaum Passanten. Niemand, der sich für die kürzlich restaurierte Häuserfront (zu der auch ihr Ladenlokal gehörte) und für die wunderschöne Barockkirche St. Trinitatis hier am Holzmarkt interessierte. Wo sonst gab es denn schon eine Kirche, die sich über eine Straße spannte und Autos sozusagen hindurchfahren konnten?

St. Trinitatis hatte sie schon immer fasziniert. Na ja, zumindest interessiert. Fasziniert hatte Ellen ihr Leben lang vor allem – Ellen.

Sie störte es nicht, dass sie zeit ihres Lebens Klischees bedient hatte. Ein bildhübsches Mädchen, das sich immer und überall alles erlauben konnte. Schon im Kindergarten wurde sie niemals bestraft, selbst wenn sie den Streit um das Förmchen oder den Legostein begonnen hatte. In der Schule konnte sie sich vom ersten Schuljahr an erlauben, kurz vor Unterrichtsbeginn ohne Hausaufgaben zu erscheinen. Irgendein Junge, der gerade sie in verknallt war (und davon gab es immer eine Menge), half ihr, sie noch rasch zu machen. Oder ein weniger hübsches Mädchen, das sich als Ellens beste Freundin mit ihrer Schönheit schmücken wollte. Es konnte sogar passieren, dass ihr ein besonders um beste Freundschaft bemühtes Mädchen die eigenen Hausaufgaben überließ und sich den Rüffel der Lehrerin abholte.

Auf dem Gymnasium war sie das Mädchen, das mit großen Augen und entsetzter Überraschung in der Stimme »Ich?« fragte, wenn der Lehrer sie namentlich aufrief; sie war natürlich stets die einzige Ellen in der Klasse oder im Kurs. Sie war auch das Mädchen, das immer mit der Ausrede »Die Schranken waren unten« durchkam, wenn sie 15 Minuten nach Unterrichtsbeginn auftauchte.

Beim männlichen Teil des Lehrkörpers kam sie mit Ausreden, halben Hausaufgaben und schlechten Klassenarbeiten sogar sehr einfach durch. Erst recht, als sich ab der 8. Klasse langsam ihr Busen zu dem entwickelte, was Carsten Pollmann unverhohlen die »Sam-Fox-Gedächtnis-Dinger-ohne-Silikon« nennen sollte. Oder, etwas weniger verfänglich und abgekürzt, die »Safogeditos«.

Sie hatte diese Bezeichnung nicht gemocht, weil sie natürlich nicht mit einem ordinären englischen Pin-up-Girl verglichen werden wollte. Sie hatte diese Bezeichnung aber irgendwie doch gemocht, denn sie fand es toll, dass viel über sie geredet wurde. Und, wenn sie ehrlich war: Sie mochte irgendwie auch Widersprüche.

Carsten Pollmann mochte sie allerdings nicht. Nicht in der achten Klasse. Nicht in der Oberstufe. Nicht in den Jahren danach. Nicht jetzt. Früher hatte Carsten gemeint, als Sohn des Bürgermeisters konnte er sich etwas mehr erlauben als andere. Heute meinte er, er konnte sich mehr erlauben, weil er sich früher auch schon immer mehr erlauben konnte. Idiot. Egal, jetzt bloß nicht an Carsten Pollmann denken.

Lieber an ihre Kinder. Nina, ihre Jüngste und die einzige, die noch zur Schule ging. Die anderen beiden, Linda und Benedikt, studierten längst. Ja, sie hatte sich beeilt: drei Kinder, bevor sie 28 war. Sobald alle Kinder in der Schule waren, hatte sie ihre Boutique eröffnet. Alles war nach Plan gelaufen, nach dem großen Lebensentwurf der Ellen Berning. Ihre Ambition war es nicht gewesen, ein tolles Abitur zu machen, dann eine Weltreise, dann ein Studium, mit dem sie in der Wirtschaft oder Wissenschaft Karriere machen würde, um vielleicht mit Ende 30 über Familie nachzudenken. Nur, um dann zu diesen späten Müttern zu gehören, die keinen natürlichen Umgang mit ihrem, meist einzigen, Kind entwickeln konnten. Nein, ihre Ambitionen waren andere gewesen: irgendwie das Abitur, irgendein Studium und dort den Mann kennenlernen, mit dem sie bald eine Familie gründen würde und der ihr etwas später ihren größten Traum erfüllen würde, eine eigene Boutique. Dass es Kindermode werden würde, hatte sich erst ergeben, als sie selbst Kinder hatte und merkte, wie viel Spaß es machte, Klamotten für sie zu kaufen.

Dieser Lebensplan hatte bereits festgestanden, als sie 14 war. Ab diesem Zeitpunkt galt es nur noch, ihn Schritt für Schritt umzusetzen. Zunächst hatte sie mit dem Gedanken gespielt, sich für ihren Traummann aufzusparen. Aber dann hatte sie Angst bekommen, dass sie ihn gerade deshalb wieder verlieren könnte, weil ein erwachsener Mann keine Lust auf eine erwachsene Jungfrau hatte. Da sie mit 14 nicht gerade viele enge Freundinnen und schon gar keine beste Freundin hatte, war sie mit ihren Überlegungen meist auf sich gestellt.

Klar, ab und zu hörte sie von ihren Klassenkameradinnen, was in deren Beziehungen so lief. Das schien nicht viel zu sein. Jedenfalls weitaus weniger als bei einigen der Mädchen, die sie noch von der Grundschule her (flüchtig!) kannte und die jetzt auf die Hauptschule gingen.

Eines Tages allerdings sprach Ellen mit ihrer Cousine Petra über ihre Probleme. Petra war eine etwas verruchte Abiturientin, kurz davor, zum Studieren nach Berlin zu ziehen.

Die beiden Cousinen saßen an einem Augustnachmittag im Jahre 1984 vor dem italienischen Eiscafé an der Okerstraße, Ecke Lange Herzogstraße. Direkt an der »Stange«.

Die »Stange« war eigentlich ein etwas zu lang geratener Fahrradständer. Vor allem jedoch war sie der angesagte Treffpunkt der städtischen Jugend. Zugleich Drogenumschlagplatz Nummer eins weit und breit. Drogenumschlagplatz Nummer zwei war die zwölf Kilometer entfernt gelegene Landdiskothek »Schlucklum«. Aber dorthin sollte Ellen im Gegensatz zu ihrer großen Cousine niemals fahren.

»Wie alt bist du jetzt?« Petra drehte sich eine Zigarette (in der, soweit Ellen wusste, eventuell Hasch sein konnte).

»Seit Mai 14.«

»Und, hast du einen, mit dem du gehst?«

»Nein.«

»Dann wird es aber Zeit. Wenn ich dich so ansehe«, begann Petra, blies Rauch aus und musterte ihre Cousine mit Kennerblick, »dürfte das kein Problem sein. Such dir erst mal einen für Eisessengehen und Kino. Jemand, der so alt ist wie du. Knutschen kannst du dann mit dem Nächsten. Der sollte vielleicht ein, zwei Jahre älter sein als du. Aber nicht mehr als Knutschen! Auf keinen Fall alles! Alles haben kannst du noch den Rest deines Lebens. Aber spätestens mit 17 sollte das zum ersten Mal passieren. Meine Meinung. Entscheiden musst du.«

Ellen entschied sich für Petras Meinung. Zu Beginn des folgenden Schuljahrs suchte sie sich in ihrer Klasse den passenden Jungen aus: Mario Lopez, »der kleine Chilene«, wie er meist genannt wurde. Mario war allerdings in Deutschland geboren und genau wie der Rest der Familie Lopez durch und durch deutsch. Abgesehen vom Äußeren. Mario war der Kleinste aus der Klasse, hatte dichtes schwarzes Haar, dunkle Haut und braune Mandelaugen. Er war die Liebenswürdigkeit in Person. Und eventuell der einzige Junge weit und breit, der kein Auge auf Ellen geworfen hatte.

Sie köderte ihn, indem sie sich zunächst ein paar Mal bei den Hausaufgaben helfen ließ und ihn aus Dank zum Eisessengehen einlud. Natürlich ins Eiscafé an der »Stange«. Ein zweites Eisessengehen folgte, sowie ein Kinobesuch.

Bald schon hieß es, sie und Mario gingen miteinander. Ellen spürte die wütenden Blicke von Barbara Wiechert, die schon damals hinter Mario her war und es ihr Leben lang sein sollte. Die beiden konnten niemals so ganz voneinander lassen. Nur zwischen Herbst 1984 und Frühling 1985 konnten sie es. Dank Ellen.

Allerdings konnte Mario in dieser Zeit auch gut von ihr lassen. Als sie schließlich Schluss machte, lag es also keineswegs daran, dass Mario frech geworden war, sondern vielmehr am genauen Gegenteil.

Anschließend legte sie eine kurze Pause ein, um sich gründlich zu überlegen, wer der Nächste sein könnte. Der Einfachheit halber wollte sie an ihrer Schule bleiben. Aus ihrem Jahrgang kam niemand infrage. Aber in den Jahrgängen darüber sah es ganz gut aus.

Lorenz war zwei Jahre älter als Ellen, er war der Chefredakteur der Schülerzeitung und hatte gerade mit Susanne Ferber angebandelt, der »Waldläufer«-Erbin, die in Ellens Parallelklasse ging.

Aber genau dieser Umstand trieb sie an. Und Lorenz traf sich gern mit ihr, als sie ihn fragte, ob die Schülerzeitung Nachwuchs brauchte. Dass sie keine Ahnung davon hatte, wie man einen Zeitungsartikel schreibt – geschenkt! Dass es sie auch kein bisschen interessierte – ebenfalls geschenkt!

Dass Lorenz all dies schnell klar wurde, gab es gratis hinzu! Dass er aber dachte, sie würde sich mit ihm (hinter Ferbers Rücken) treffen, weil sie sich Gott weiß was von ihm erträumte, jedenfalls mehr als ein bisschen halb gares Knutschen, war ein Irrtum. Dieses Geschenk wurde nicht verteilt. Es war letztlich nur etwas kompliziert, ihm das verständlich zu machen. Aber irgendwie gelang es ihr, Schluss zu machen, doch anschließend brauchte sie eine längere Pause.

Bald war sie 17. Nur noch gut ein Jahr bis zum Abi! Und es war niemand mehr an der Schule übrig, dem sie sich ganz hingeben wollte. Zumindest nicht unter den Schülern …

Wenn aber Lehrer etwas mit Schülerinnen anfingen oder Lehrerinnen mit Schülern, sollte das möglichst geheim bleiben. Auf jeden Fall sollte es so lange geheim bleiben, wie die Schülerin oder der Schüler an der Schule war. Sie und Stefan konnten ihre siebenmonatige Affäre geheim halten. Stefan war Lehrer für Englisch und Französisch. Eine rheinische Frohnatur, dem die Herzen vieler Schülerinnen und Lehrerinnen nur so zugeflogen kamen. Er hätte sie alle haben können, wie es sich so leichthin sagte. Stefan wollte aber die Schönste von allen. Und er bekam sie.

Stefan war unter der Woche ein freier Mann, das war äußerst praktisch. Am Wochenende kam entweder seine Verlobte aus Köln oder aber Stefan fuhr zu ihr. Ellen hatte also am Wochenende frei. Trotz einiger ganz netter Nachmittage in Stefans Bett war sie ganz froh darüber.

Für Stefan war Ellen die große Liebe. Er war drauf und dran, seine Verlobte in die Wüste zu schicken. Für Ellen, nun ja, für Ellen war diese Affäre vor allem ein – Geheimnis. Nicht der Rede wert. Unschuld verloren. Ein bisschen was gelernt.

Als sie ein paar Wochen vor den Abiturklausuren, Bezug nehmend auf eben jene Klausuren und das notwendige Lernen dafür, Schluss machte, weinte die Frohnatur. Dabei war Februar, und bald würde Rosenmontag sein. Dank Stefans Einsatz mittlerweile auch am Gymnasium im Schloss Wolfenbüttel.

Ausgerechnet an diesem Vormittag hatte er die Schule auf das freudige Ereignis eingestimmt, und nun das! Ellen hatte seine Hand genommen und versucht, ihn zu trösten. Kurz darauf war sie gegangen, für immer aus Stefans Leben.

Natürlich lernte sie nur wenig für diese Klausuren. Sie wollte ihr Abi schließlich nur machen, um das Recht aufs Studium zu erwerben. Da reichte ihr die Gesamtnote 3,2 völlig aus. Sie schrieb sich in Göttingen für Sozialwissenschaft ein. Sie besuchte sogar hin und wieder eine Veranstaltung. Vor allem aber besuchte sie die Plätze und Partys, zu denen auch die älteren Semester der medizinischen Fakultät gingen. Sie stand Abend für Abend an einer Theke oder an irgendeine Säule oder Wand gelehnt, blickte verträumt vor sich und nippte an ihrem Getränk. Oder sie tanzte hingebungsvoll zu »Snap« und »Roxette« und sah bei allem, was sie machte, einfach nur umwerfend aus.

Sie wartete auf einen Arzt beziehungsweise jemanden, der bald Arzt war und dann viel Geld verdiente. Sie lernte jeden Abend allerhand junge Männer kennen. Doch nur bei angehenden Ärzten ließ sie sich auf Gespräche ein. Stellte sich aber jemand als Idealist heraus, stellte sie umgehend das Gespräch ein. Auf einen Mann, der erst mal ein paar Jahre bei »Ärzte ohne Grenzen« mitmachen wollte, konnte sie nicht warten. Für ein abruptes Gesprächsende sorgten auch Hinweise auf eine langwierige Facharztausbildung. Oder eine niedrige Semesterzahl.

Dann trat Leo Schäfer in ihr Leben. Sie war gerade 21 geworden, er war 29 – und schon so gut wie Zahnarzt. Noch besser: Er würde in spätestens einem Jahr in die super laufende Praxis seines Vaters einsteigen und sie eines Tages übernehmen. Die Praxis lag in einer Reicheleutegegend in Braunschweig, Schäfers wohnten aber in Wolfenbüttel und Leo würde auch lieber dort wohnen als in Braunschweig. Alles perfekt!

Sie studierte noch ein paar Monate. Dann wurde sie schwanger. Noch vor der Geburt wurde geheiratet. Noch vor dem zweiten Kind zog man aus einer kleinen in eine große Altbauwohnung. Zwischen den Kindern zwei und drei konnte man einen schicken Bungalow im Luisenweg erwerben, umgeben von anderen Ärzten und Anwälten. Alles perfekt!

Das Leben mit Leo? Die Ehe? Er hatte sie und die Kinder zum Vorzeigen. Sie hatte ihn, damit er ihren Traum finanzierte. Na ja, ganz so deprimierend, wie es sich vielleicht anhören mochte, war es nun auch wieder nicht. Dieses gewisse Kribbeln gab es schon manchmal. Oder hatte es dieses Kribbeln doch nur dieses eine Mal gegeben? Damals, das Eiscafé an der »Stange«? Die gab es längst nicht mehr, auch das Eiscafé nicht. Ellen ging jeden Tag hier entlang. Bis zu ihrer Boutique waren es von hier keine 200 Meter. Mario also? Quatsch. Petra. Die verruchte Cousine. Als sie Ellen damals, im August 1984, von oben bis unten ansah. Ja, genau, da kam dieses Kribbeln, ganz tief. Aber sie hatte sich im Griff gehabt. 1984 schien lesbisch zu sein, wenig zielführend beim Realisieren ihrer Träume.

Petra war mittlerweile eine bekannte Musikproduzentin in Berlin. Das strahlte wohl irgendwie auf diesen Zweig der Familie aus. Auch Petras kleiner Bruder Jens war berühmt. Er spielte 1992 für die Hockey-Mannschaft, die Gold in Barcelona gewann. Jetzt gehörte Jens zum Trainerstab des 1. FC Köln. Ende Januar würde Ellen ihren Cousin besuchen, wenn sie nach Köln zur »Children's Fashion« fuhr.

Im September würde sie Jens dann auch auf dem Jahrgangstreffen sehen; sie hatten zusammen Abi gemacht. 25 Jahre Abi. Juhu!

Mit der Schule verband Ellen kaum noch etwas. Außer dem Aufkleber auf ihrem Auto, »Abi '89«. Aber mit ein paar ihrer früheren Schulkameraden schon. Schließlich wohnten einige von ihnen in Wolfenbüttel. Viele von ihnen hatten Familien gegründet und ihre Kinder brauchten regelmäßig neue Bekleidung. Seit sie die »Villa Kunterbunt« am Holzmarkt betrieb, kamen die Ehemaligen zu ihr. Aus alter Verbundenheit vielleicht. Vielleicht auch, weil Ellen ihnen Prozente einräumte.

Felix, der Jahrgangsbeste und nun ein angesehener Anwalt, gehörte zur Stammkundschaft. Beziehungsweise: Seine Frau gehörte zur Stammkundschaft. Felix selbst kam nur selten in ihr Geschäft. Aber wenn er kam, dann gehörte er zu den Männern, die Ellen gern anschauten, während sie Mütter und Kinder beriet.

Ellen bereitete sich gerade auf die Inventur vor. Alle Zahlen, die ihr bisher vorlagen, ließen darauf schließen, dass 2013 ein gutes Geschäftsjahr gewesen war. Morgen, an Silvester, würde sie noch für ein paar Stunden aufmachen. Aber so kurz vor dem Jahreswechsel würde der Umsatz nicht mehr besonders üppig ausfallen. Das war er auch heute nicht. Ein paar Gutscheine, ein paar Umtäusche, alles unmittelbare Folgen von Weihnachten.

Sie blickte auf die Uhr. Gleich 19 Uhr. Seit kurz vor 18 Uhr hatte es keine Kundschaft mehr gegeben. Die letzte Kundin war eine ehemalige Mitschülerin gewesen. Sonja Müller, früher Sonja Zülisch. Die Letzte im Alphabet. Ihr Markenzeichen. Ihr einziges Markenzeichen, außer vielleicht ihre unreine Haut und ihre spröden Haare. Hach, wie gemein! Dabei war Sonja eigentlich recht nett. Und sie war eine gute

Kundin mit Kindern im besten Alter für Kinderkleidung: zehn, acht, sechs. Da wuchsen die Kleinen noch kräftig und brauchten regelmäßig neue Kleidung. Da es der Familie Müller gut ging, wurde kaum Kleidung weiter vererbt, sondern immer neu gekauft.

Sonja und Ellen hatten ein wenig geplaudert. Bei dieser Gelegenheit hatte Ellen zum ersten Mal von Hanno Ackermanns Tod gehört. Noch so ein früherer Mitschüler!

Mit diesem grobschlächtigen Kerl hatte sie allerdings nie auch nur ein Sterbenswort gewechselt. Der einzige Bezug, den sie je zu ihm hatte, war das unmittelbare Aufeinanderfolgen im Alphabet – und das auch nur im Grundkurs Deutsch in der zwölften Klasse.

Und jetzt war Hanno mit seinem Trecker (er war Bauer geworden, na toll!) über eine alte DDR-Mine gefahren und er war explodiert oder verbrannt oder beides. Sie hatte Sonja nicht richtig zugehört oder Sonja hatte es selbst nicht so genau gewusst.

Also einer weniger, der im September zum Treffen kommen würde. Auch ein paar andere aus dem Jahrgang waren bereits tot, Drogen, Flugzeugabstürze. Aber niemand, mit dem sie damals viel zu tun hatte. Als wenn sie mit jemandem aus dem Jahrgang viel zu tun gehabt hätte! Auch nicht mit den Leuten, die wieder das Jahrgangstreffen organisierten.

Dazu gehörte auch die Ferber, die noch immer mit Lorenz zusammen war. Sie waren verheiratet, aber kinderlos und damit keine potenziellen Kunden. Im Bekanntenkreis hätte sich eine Ferber natürlich gut gemacht. Aber darauf schien Ferber keinen Wert zu legen. Vielleicht hatte sie damals, vor fast 28 Jahren, mitbekommen, dass da was lief zwischen ihr und Lorenz? Und trug es ihr noch immer nach? Vielleicht. Egal. Ihr Leben war auch ohne Susanne Ferbers Freundschaft toll.

Und Dirk. Mehr so der einfach gestrickte Typ. Kein Wunder, dass er jetzt als Kfz-Mechaniker arbeitete. Ihren BMW bekam er aber nicht in die Finger. Noch nicht mal Kinder hatte der Kerl!

Schließlich Jakob. Er hatte zwar drei Kinder, wohnte aber 300 Kilometer entfernt. Er hatte vor 14 Tagen die Ankündigung fürs Jahrgangstreffen herumgeschickt. Ellen hatte ihm vorgestern geantwortet. Sie käme gern – um den anderen Miezen zu zeigen, dass sie immer noch die Schönste war. Na ja, das hatte sie Jakob natürlich verschwiegen.

Echt ruhig draußen, dachte sie. Gar keine Passanten mehr. Die Fahrschule nebenan hatte zwischen den Jahren zu. Genau wie der Optiker, der auf der anderen Seite an ihre Boutique grenzte. Wenig Verkehr am Holzmarkt, nur ein paar Autos, die durch die Bögen von St. Trinitatis fuhren. Alle Jubeljahre ein Linienbus. Ein Motorrad. Bei dem Wetter! Es war längst dunkel. Natürlich. Die kürzesten Tage des Jahres.

Ein paar Minuten lang würde sie noch bleiben. Ein paar Sachen sortieren. Die Tageseinnahmen zählen und drüben bei der Bank einwerfen.

Hatte sie eigentlich die Tür abgeschlossen? Nicht, dass noch jemand käme. In der irren Hoffnung, am 30. Dezember und weit nach 19 Uhr bei ihr noch eine Pepe-Jeans in Größe 152 zu bekommen. Das musste jetzt wirklich nicht mehr sein. Sie hatte auch noch ein bisschen was für morgen vorzubereiten. Kleine Silvesterparty. Nur drei andere Paare. Die Kinder feierten den Jahreswechsel schon lange nicht mehr mit Leo und ihr. Zumindest die beiden Großen. Bei Nina war diese Entwicklung noch neu. Im letzten Jahr hatte sie erstmals mit Freundinnen gefeiert.

Wie war das noch mal mit der Tür? Gerade als sie dorthin gehen wollte, ging die Tür auf. Herein kam jemand, der nicht so aussah, als bräuchte er eine Pepe-Jeans in 152. Eher eine 34. Er würde ihr bestimmt gleich verraten, was er stattdessen brauchte.

Das jedoch war nur schwer zu verstehen. Der Mann sprach durch einen Motorradhelm. Doch sollte diese undeutliche, gedämpfte Stimme das Letzte sein, das Ellen je zu hören bekam.

KAPITEL 7

Der vorletzte Abend des Jahres hätte für Helmut und Lisa kaum schlechter laufen können. Leichen waren nie schön anzusehen, doch bei dieser hier tat es ihnen besonders weh.

Helmut erahnte den atemberaubenden Körper, der sich unter Designerjeans und weißer Bluse verbarg. Doch da war diese hässliche Wunde, direkt unter der Brust. Ein Stich. Alles vorbei. Immerhin hatte es kein Blutbad gegeben. Nur kühle Effizienz. Geld aus der Kasse und wieder weg.

Die Kasse lag dort, achtlos auf den Boden geworfen. Leer. Bis auf ein paar Centstücke. Einige Münzen lagen auch auf dem Boden, direkt neben der Leiche. Die Fotos waren schon geschossen. Der Gerichtsmediziner, Dr. Herbert Rösner, hatte seine Arbeit ebenfalls getan. Helmut hatte ihn nach der Tatwaffe gefragt.

»Genaues kann ich dir erst nach der Obduktion sagen. Anhand der Wunde tippe ich aber auf ein Messer mit einer festen Klinge. Mindestens zwölf Zentimeter lang. Eher 15. Wie gesagt: Später mehr.« Dr. Rösner hatte seinen Koffer schon in der Hand und war auf dem Weg in die Gerichtsmedizin. Er nickte Helmut zu und verschwand.

Die Spurensicherung war noch bei der Arbeit. Die Leute schabten und pinselten. Dabei stand schon jetzt fest, dass sie Dutzende von nutzlosen Fingerabdrücken und sonstigen Spuren finden würden. Schließlich befanden sie sich in einem Geschäft, wo viele Leute ein- und ausgingen und Spuren hinterließen. Dennoch mussten natürlich alle Spuren gesichert werden.

Das Geschäft hieß »Villa Kunterbunt«. Kindermoden. Die schöne Frau, die dort lag und niemals wieder aufstehen würde, war Ellen Berning-Schäfer, die Besitzerin.

Ihr Mann hatte sie gefunden und Notarzt und Polizei verständigt. Seine Frau war nach der Arbeit nicht nach Hause gekommen, obwohl sie ihrem Mann versprochen hatte, spätestens um 19.30 Uhr da zu sein. Die beiden wollten zusammen den morgigen Silvesterabend vorbereiten. Sie würden Gäste haben.

Nun nicht mehr.

Leo Schäfer, ein Zahnarzt mit Praxis in Braunschweig, hatte seine Frau nicht erreichen können. Nicht über das Telefon im Laden. Nicht über das Smartphone. Schäfer hatte bei einigen Freunden und Bekannten angerufen. Ob sie vielleicht wussten, wo seine Gattin steckte. Fehlanzeige. Um 21 Uhr wollte er nicht mehr länger warten. Schäfer fuhr die wenigen Kilometer vom Bungalow am Luisenweg zum Geschäft am Holzmarkt und fand dort seine Frau inmitten einer Blutlache vor. Kurz hatte er sich an die vage Hoffnung geklammert, dass sie vielleicht noch lebte und zuerst den Notarzt angerufen. Aber gleich danach die Polizei.

Ein Wunder, dass ihn dieses schockierende Ereignis nicht vollkommen aus der Bahn geworfen hatte und er derart rational handeln konnte. Aber Schock und Trauer würden noch früh genug kommen.

Helmut war noch in der Dienststelle gewesen. Er war praktisch zeitgleich mit der Streife am Holzmarkt eingetroffen. Vom Wagen aus hatte er Lisa angerufen. Sie war 15 Minuten später eingetroffen. Sie konnten sich die Arbeit teilen. Helmut hatte kurz mit dem Arzt gesprochen und ließ sich von der Spurensicherung auf dem Laufenden halten. Lisa hatte sich um Leo Schäfer gekümmert.

Ein paar Streifenbeamte hatten derweil in der Nachbarschaft nach Zeugen gesucht. Das war nicht einfach. Am weitläufigen Holzmarkt gab es zwar Geschäfte, Banken, Behörden sowie die Kirche St. Trinitatis. Aber keines der anderen Geschäfte hatte an diesem Abend geöffnet. Und natürlich waren weder Banken noch Behörden besetzt. Auch in der Kirche war niemand gewesen.

Erst durch das Eintreffen von Polizei und Notarzt wurden einige Schaulustige dazu animiert, sich vor dem Geschäft zu versammeln. Sie wurden von den Streifenpolizisten als Erstes befragt. Aber niemand hatte in den letzten Stunden irgendetwas Auffälliges beobachtet.

Nur wenige Wohnhäuser standen in Sichtweite zur »Villa Kunterbunt«. Hier suchten die Polizisten als Nächstes nach Zeugen. Zum Glück hatte ein Beamter in einem der Häuser jemanden gefunden, der offenbar etwas gesehen hatte.

Da sich Lisa noch immer um Leo Schäfer kümmerte, nahm sich Helmut diesen Zeugen vor. Der Mann hatte den Streifenpolizisten unbedingt begleiten wollen. Er stand jetzt vor dem Geschäft und versuchte, einen Blick hineinzuwerfen. Vielleicht war er genau aus diesem Grund mitgekommen und nicht in seiner Wohnung geblieben?

Der Mann erinnerte Helmut an Horst Wesselt und damit automatisch an den anderen gewaltsamen Todesfall, der noch ungeklärt auf seinem Schreibtisch lag. War das wirklich noch das beschauliche kleine Wolfenbüttel, das er einst kannte? Zwei gewaltsame Todesfälle innerhalb von 14 Tagen?

Aufgrund der vielen freien Tage seit dem Unfall, Wochenenden plus Weihnachten, waren längst nicht alle Untersuchungen zum Unfall abgeschlossen. Gesichert war immerhin, dass die Plastiküberreste, die die KTU auf dem Feld gefunden hatte, tatsächlich von einer Mine stammten. Mehr wusste man noch nicht. Keine Zweifel gab es bezüglich des

Unfallhergangs. Hannos Trecker hatte die Detonation ausgelöst, die Mine war unter der Dieselleitung hochgegangen.

Doch nun stand Helmut dem Zeugen vom Holzmarkt gegenüber. Der Streifenpolizist hatte gesagt, dass der Mann Georg Linnenweber hieß.

»Herr Linnenweber?« Helmut schüttelte seinem Gegenüber die Hand und stellte sich vor.

»Oberstudiendirektor a. D. Georg Linnenweber.« Der Mann streckte sich demonstrativ. »Ich war 23 Jahre lang Rektor der Großen Schule.«

Die Große Schule war eines von drei Gymnasien in Wolfenbüttel. Soweit Helmut wusste, war die Große Schule zurzeit das beliebteste Gymnasium der Stadt. Damit hatte es dem Gymnasium im Schloss den Rang abgelaufen. Vielleicht war das ja Oberstudiendirektor Linnenwebers Verdienst gewesen?

»Freut mich. Können Sie mir erzählen, was Sie in der Zeit zwischen 18.30 Uhr und 20 Uhr gesehen haben?« Das war laut Dr. Rösner der mutmaßliche Zeitpunkt von Ellen Berning-Schäfers Tod.

»Gesehen habe ich nichts. Ich habe sehr wohl etwas gehört. Ich habe etwas für einen Dezemberabend Ungewöhnliches gehört: den Klang eines Motorrades, einer BMW R 1150 GS. Ihn würde ich unter 1.000 anderen Klängen heraushören. Ich möchte Ihnen auch sagen, warum das so ist. Ich bin bis vor wenigen Jahren selbst eine BMW R 1150 gefahren. Jetzt bin ich etwas zu alt dafür. Im August bin ich 72 geworden.«

»Und so ein Motorrad haben Sie vorhin also draußen gehört?« Helmut war alles andere als ein Motorradexperte. Als Jugendlicher hatte er eine Zeitlang ein Moped besessen. Das war es aber auch schon gewesen.

»Ja. Ich saß im Arbeitszimmer, las im ›Spiegel‹ und hörte

Wagner. ›Rheingold‹. Ich weiß natürlich, dass man Opern, besonders Wagner, nicht nur im Hintergrund laufen lassen darf. Aber wenn ich den ›Spiegel‹ oder die ›Zeit‹ lese, reicht es mir, die Musik leise zu hören. Ich kenne die Wagneropern ohnehin auswendig.«

»Wie spät war es da?«

Linnenweber warf Helmut, wahrscheinlich wegen der Unterbrechung, einen tadelnden Blick zu. Dann kramte er aus seiner Manteltasche einen Nagelknipser hervor und knipste sich in Allerseelenruhe den Nagel des linken Daumens ab. Irgendwie schaffte er es dabei auch noch, Helmut abschätzig anzusehen. Dann straffte er ein weiteres Mal seinen langen, schlanken Körper und rümpfte die Nase. »Das war zwischen 18.30 und 19 Uhr. Um 18 Uhr hatte ich auf die Wanduhr gesehen, als ich die zweite CD der Oper eingelegt hatte. Sie müssen wissen, dass ich die Version von Karajan und den Berliner Philharmonikern vorziehe. Aufgenommen im Jahre 1951. Die Spieldauer dieser unerreichten Aufnahme beträgt zwei Stunden und 26 Minuten. Es lief die vierte Szene. Also muss wenigstens eine halbe Stunde vergangen sein, nachdem ich die CD eingelegt hatte. Aber noch keine Stunde, denn dann wäre das Stück ja bereits beendet gewesen. Sie verstehen?«

Helmut verstand nicht, denn er kannte weder die Version von Karajan und den Berliner Philharmonikern noch irgendeine andere Version der Oper »Rheingold«. Aber er nickte. Solange Linnenweber nicht die komplette Oper vorsang.

Linnenweber kniff die Lippen zusammen und nickte ebenfalls. »Wahrscheinlich werden Sie nun wissen wollen, wo genau die BMW entlanggefahren ist. Sie kam durch das Tor von St. Trinitatis, fuhr über den Holzmarkt Richtung Kornmarkt und kam kurz darauf wieder zurück. Dem Geräusch nach zu urteilen, ist die Maschine dann in die Okerstraße gefahren.«

»Und das war es?«

»Nein, um 19.15 Uhr tauchte die Maschine wieder auf. Ich hatte gerade die ›Walküre‹ eingelegt. Also die Fortsetzung des ›Rheingolds‹. Wieder Karajan. Wieder die Berliner Philharmoniker 1951. Ebenfalls unerreicht. Der erste Akt hatte gerade angefangen, als die Maschine zurückkehrte. Ich fragte mich, warum um alles in der Welt der Motorradfahrer erneut am Holzmarkt auftaucht. Er fuhr ganz langsam. Dann war das Geräusch auf einmal weg. Ich nahm an, dass die Maschine abgestellt worden war. Vielleicht hat der Fahrer nur eine bestimmte Adresse gesucht, dachte ich, und konzentrierte mich wieder auf den ›Spiegel‹ und auf Wagner. Doch keine zwei Minuten später heulte der Motor mit einem Mal wieder auf. Das Motorrad ist mit einer enormen Beschleunigung losgefahren, wieder in die Okerstraße. Ich konnte nur noch hören, wie der Fahrer den dritten Gang einlegte und nochmals beschleunigte, dann war nichts mehr zu hören. Ich hätte mir bei all dem überhaupt nichts gedacht, wenn nicht eben dieser Wachtmeister bei uns geklingelt hätte, um zu fragen, ob wir heute Abend irgendetwas Ungewöhnliches bemerkt hätten.« Linnenweber blickte Helmut an. Vielleicht wartete er auf lobende Worte. Oder zumindest einen Dank.

»Sie sind nicht ans Fenster gegangen, um nachzusehen, was draußen los ist?«

»Warum sollte ich? Was ich hören kann, muss ich doch nicht auch noch sehen, oder?« Linnenweber fasste sich kurz an sein rechtes Ohr.

Helmut holte kurz Luft. Die nächste Frage konnte durchaus etwas heikel werden, bei so einem selbstherrlichen Menschen wie Georg Linnenweber. »Aber mit dem Motorradtyp sind Sie sich sicher?«

»Das ist so sicher wie das Amen in der Kirche. Ich bin mir sogar bezüglich des Baujahres sicher.« Linnenweber nickte, offenbar, um seine eigene Aussage zu bestätigen. Immerhin hatte er nicht empfindlich reagiert.

»Aha.« Helmut hoffte, dass er nicht so ungläubig aussah, wie er sich fühlte.

»2001 oder 2002. Eher 2002. Meine R 1150 war Baujahr 2001, und sie klang doch eine Nuance anders. Wobei ich noch ergänzen möchte, dass mit dem Auspuff jener BMW, die vorhin hier entlangfuhr, irgendetwas nicht stimmt. Es könnte sein, dass der Besitzer etwas verstellt hat. Es könnte aber auch sein, dass in einem der Töpfe ein kleines Loch ist. Das hört man womöglich ausschließlich bei einer sehr hohen Umdrehungszahl und vielleicht nur im dritten Gang. Mir war diese leichte Klangveränderung auch nur aufgefallen, als das Motorrad die Okerstraße Richtung Rosenwall fuhr.«

Helmut machte sich eine Notiz, dann fragte er: »Ist die R 1150 eigentlich ein gängiges Modell?«

»Sie war zwischen 2001 und 2003 das meistverkaufte Motorrad in Deutschland.«

Ausgerechnet, dachte Helmut. Hätte es nicht ein total außergewöhnliches Modell sein können? »Ich denke, das war es, Herr Linnenweber. Wenn wir noch weitere Informationen von Ihnen brauchen, würden wir uns bei Ihnen melden. Wenn Ihnen noch etwas einfällt, können Sie sich auch bei uns melden. Einen schönen Abend noch.« Helmut drückte Linnenweber eine seiner Karten in die Hand.

Aber so schnell ließ sich der ehemalige Direktor der Großen Schule nicht abwimmeln. »Können Sie mir nicht sagen, was hier passiert ist? Der Wachtmeister wollte mir keine Auskunft geben.«

Helmut schwankte zwischen Zurückweisung und Diplomatie. Er entschied sich für Letzteres. »Ich kann Ihnen nur sagen, dass es einen Raubüberfall mit Todesfolge auf die ›Villa Kunterbunt‹ gegeben hat.«

»Frau Berning-Schäfer! Das ist ja furchtbar. Und Sie meinen nun, der Fahrer der R 1150 hätte damit zu tun?«

»Wir werden ihn auf jeden Fall suchen. So, wie Sie die Situation beschreiben, könnte er zumindest ein weiterer Zeuge sein.«

Nachdem Linnenweber sich verabschiedet hatte, suchte Helmut nach Lisa. Sie stand, direkt unter einer Straßenlaterne, vor der Fahrschule, die sich neben der Boutique befand, und machte sich Notizen.

»Wo ist der Ehemann?«, fragte Helmut.

Lisa sah von ihren Notizen auf. »Die Psychologin kümmert sich um ihn. Was sagt denn der Zeuge?«

»Viel zu viel. Ehemaliger Lehrer. Er war Direktor der Großen Schule.« Helmut sah Lisa an und wartete auf einen Kommentar.

Doch Lisa zuckte bloß mit den Schultern. Sie stammte nicht aus Wolfenbüttel. »War was Brauchbares dabei?«

»Ich hoffe. Der Zeuge hat zwar nichts gesehen, aber er hat den Klang einer bestimmten BMW erkannt.« Helmut kam sich komisch vor, als er diese Zeugenaussage weitergab.

»Einer BMW? Also ein Motorrad?« Immerhin reagierte Lisa nicht mit Lachen. Stattdessen schien sofort ihr Interesse geweckt. Sie blickte Helmut mit ihren grauen Augen an und sah auf einmal nicht mehr so müde aus wie noch vor einer Stunde, als sie am Holzmarkt eingetroffen war. Lisa hatte einen langen Tag in der Dienststelle hinter sich. Sie hatte Dutzende von Telefonaten geführt. Sie war bei der KTU und in der Rechtsmedizin gewesen und in der TU Braunschweig auf der Suche nach Geologen und Bauingenieuren, die ihr etwas zum Verhalten einer Mine im Boden erklären sollten. Doch an der TU hatte sie vor verschlossenen Türen gestanden. Die Uni war 14 Tage lang komplett geschlossen. Auf diese Art und Weise wollte man Energie sparen. Das hatte Lisa herausgefunden, als sie später im Internet nach Gründen für die geschlossenen Gebäude gesucht hatte.

»Ja, ein Motorrad.«

»Welches Modell?«

Helmut sah in seinen Notizen nach. »R 1150 GS.«

»Puh, ausgerechnet.«

»Würdest du dieses Modell auch am Klang erkennen, wenn du in deiner Wohnung sitzt und es draußen herumfährt? So war das bei ihm.«

»Na ja, dass es eine BMW ist, das schon. Die haben einen charakteristischen Sound. Aber das Modell? Das würde ich nicht erkennen.«

»Unser Zeuge war sich sogar bezüglich des Baujahrs sicher.«

»Vielleicht sollte er sich bei ›Wetten dass‹ bewerben, solange es das noch gibt. Scherz beiseite! Welches Baujahr denn?«

Helmut blickte erneut auf seine Notizen. »Er schwankte zunächst zwischen 2001 und 2002, legte sich dann aber auf 2002 fest. Er war früher selbst eine R 1150 Baujahr 2001 gefahren, und die hatte angeblich anders geklungen.«

»Die Hochzeit der R 1150, na klar.« Lisa hob in spielerischer Verzweiflung den rechten Arm und ließ ihn wieder fallen.

»Wieso kennst du dich so gut damit aus?« Helmut hatte bislang noch nichts davon mitbekommen, dass Lisa sich für Motorräder interessierte. Dabei wusste er im Allgemeinen recht gut über ihr Leben Bescheid. Vor allem, wenn die beiden allein unterwegs oder in der Dienststelle waren, erzählte Lisa ihm viel von sich. Keine intimen Dinge, natürlich nicht. Aber sie erzählte ihm von ihren Eltern, von Unternehmungen mit Freundinnen und Kollegen und manchmal von ihren

Ex-Freunden (allerdings nie von David). In allen dienstlichen Angelegenheiten wandte Lisa sich ohnehin stets an Helmut. Manchmal nannte sie ihn scherzhaft ihren »Büro-Papi«. Vom Alter her kam das auch gut hin, schließlich war Lisa zwei Jahre jünger als Matthias, Helmuts jüngerer Sohn. Helmut sah sich selbst auch in der Rolle des väterlichen Ratgebers. Obwohl er Lisa äußerst attraktiv und sympathisch fand, wäre er auch niemals in eine andere Rolle geschlüpft.

»Zufall«, sagte Lisa. »Genau zu dieser Zeit hatte ich einen Freund, der leidenschaftlicher Biker war. Allerdings nicht BMW, sondern Yamaha. Aber er hatte von allen Marken Ahnung, und wenn ich mich nicht mit Händen und Füßen dagegen wehrte, erzählte er mir ausführlich davon. Frag mich aber nicht, warum ich mir das gemerkt habe. Seine Lieblingsfarbe könnte ich dir nicht mehr sagen. Auch nicht seine Augenfarbe. Aber, was meinst du, Helmut, kann man sich auf die Aussage dieses Lehrers verlassen?«

»Ich fürchte, wir haben sonst nicht viel. Oder hast du noch was aus Leo Schäfer herausbekommen?« Auf einmal hatte Helmut Lust auf eine Zigarette. Er musste sich beherrschen, da er nicht am Tatort rauchen wollte. Das fand er unpassend.

»Du meinst, außer, dass er total am Boden zerstört ist und nicht weiß, wie er seinen Töchtern erzählen soll, dass ihre Mutter ermordet wurde? Nein, viel hat er nicht erzählt. Er kann sich diesen Überfall nicht erklären. In Wolfenbüttel? Unfassbar. Ist es für uns ja auch. Ich fand auch, es ergab keinen Sinn, ihn nach Feinden oder Konkurrenten seiner Frau zu fragen, die sie auf diese Weise hätten umbringen können. Das hier ist doch eindeutig ein Raubüberfall!«

»Das sehe ich auch so. Es bleibt also zunächst bei unserem einzigen Zeugen hier. Wir können nur hoffen, dass seine Ohren ihn nicht täuschen. Ich werde eine Fahndung herausgeben. Nach einer BMW R 1150 GS. Baujahr wahrscheinlich 2002. Farbe unbekannt. Amtliches Kennzeichen unbekannt. Unbekannt ist ebenfalls, ob es neben dem Fahrer auch noch einen Beifahrer gibt. Ich werde auch die Streifenpolizisten in ein paar weitere Häuser schicken, bis zum Kornmarkt und in die Okerstraße und zum Rosenwall. Und dann will ich so schnell wie möglich einen Aufruf in den Zeitungen und im Radio haben. Dass wir nach Zeugen suchen, die heute Abend ein Motorrad gesehen haben. Immerhin haben wir einen Vorteil. Im Dezember ist die Zahl der Motorräder, die durch die Stadt fahren, vergleichsweise gering und dadurch fällt jedes Motorrad auf.«

Lisa nickte, sie hatte sich ein paar Notizen gemacht. Helmuts Worte waren zwar nicht als Arbeitsanweisung gedacht. Um das meiste würde er sich selbst kümmern, aber es war immer gut, eine Liste zu haben, die man nach und nach abhaken konnte. »Was hältst du von dieser Sache hier?«

»Du meinst, ob der Raubüberfall aus dem Ruder gelaufen ist und es eigentlich nur um die Kasse gegangen war?«

Lisa nickte.

»Schwer zu sagen. Nach Kampf sieht es nicht aus. Außer der Kasse liegt nichts auf dem Boden herum. Es wurde auch nichts zerwühlt. Nichts zerstört. Ich stelle mir das so vor: Es sind zwei Täter. Einer wartet draußen auf dem Motorrad. Der andere Kerl geht rein und verlangt Geld. Berning-Schäfer macht keine Anstalten, es ihm zu geben. Möglicherweise reicht das aus, dass der Täter zusticht. Er hat keine Zeit. Draußen wartet sein Kompagnon. Also macht er es auf die ganz harte Tour.«

Lisa runzelte die Stirn. »Aber wer macht so etwas? Wer braucht schnelles Geld in geringen Mengen? Hier in der Boutique gibt es doch nicht mehr als 1.000 Euro zu holen. Für mich riecht das nach Junkies.«

»Warten wir mal die Fahndung ab.«

»Vielleicht können wir gleich noch ein Bier trinken gehen«, schlug Lisa unvermittelt vor.

Helmut nickte. Auf eine Stunde mehr oder weniger würde es nicht angekommen, bis er wieder in Winnigstedt war. Morgen würde er ohnehin frei haben.

Es war halb zwölf, als sie schließlich in einer Kneipe saßen, die nicht nur an einer Straße namens »Zimmerhof« lag, sondern auch so hieß. Im Sommer saß man in einem kleinen Biergarten direkt über der Oker. Aber auch drinnen war es gemütlich. Außer Lisa und Helmut waren nur wenige Gäste im »Zimmerhof«. An einem Montagabend unmittelbar vor Silvester dürfte das auch nicht außergewöhnlich sein. Morgen Abend würde hier wesentlich mehr los sein.

Helmut würde dann zu Hause sein. Allein. Aber nicht einsam. Er würde dreimal mit Nils und Matthias skypen, um sich per Konferenz alles Gute zum neuen Jahr zu wünschen. Das war in den letzten Jahren zu einem Ritual geworden. Los ging es schon am frühen Nachmittag (nach mitteleuropäischer Zeit), wenn in Neuseeland das neue Jahr begann. Um Mitternacht folgte das zweite Telefonat, und am frühen Morgen schließlich das dritte, wenn in Mittelamerika der Jahreswechsel anstand. Zwischendurch schlief Helmut. Er ging davon aus, dass dann auch seine Söhne schliefen. Ihre Familien saßen ohnehin immer nur beim eigenen Jahreswechsel mit vor dem Computer.

Lisa und Helmut saßen an einem der Tische am Fenster. Von dort aus blickte man auf das schräg gegenüberliegende Stammhaus der Firma »Waldläufer«. Hier wurde Ende des 19. Jahrhunderts der berühmte Likör erstmals gebraut. Heute war die Firma längst zum Aushängeschild der Stadt Wolfenbüttel geworden. Selbst das Lessinghaus und die berühmte

Bibliothek von Herzog August konnten mit der Bedeutung des Getränks nicht mithalten.

Helmut rauchte bereits seine zweite Zigarette. Hier wurde, außer Erdnüssen, kein Essen serviert und der »Zimmerhof« war ganz offiziell eine Raucherkneipe geworden.

Eine Weile unterhielten sich Helmut und Lisa noch über den Raubmord. Sie erörterten die Chancen, den Täter zu fassen, und sie diskutierten darüber, ob es schon jetzt sinnvoll war, auch die Fahnder aus Braunschweig hinzuzuziehen. Lisa war dafür. Helmut wollte zunächst noch abwarten, ob man weitere Zeugen finden würde.

Schließlich kamen sie auf die Silvesternacht zu sprechen. Helmut erklärte Lisa sein Ritual. Lisa wunderte sich vor allem darüber, dass Helmut so gut mit dem Skypen vertraut war.

»Es war die einzige Möglichkeit, regelmäßig meine Söhne und ihre Familien zu sehen. Also habe ich alles daran gesetzt, mir die technischen Voraussetzungen zu schaffen und die Sache zu lernen.« Helmut trank einen Schluck Bier.

Lisa lächelte. »Aber vielleicht wäre es auch mal ganz schön für dich, wenn du an solchen Tagen unter Menschen kommst. Bist du nicht auch Weihnachten allein zu Hause gewesen?«

»Kommst du denn morgen unter Menschen?« Helmut wich bewusst Lisas Frage aus. Es war nicht das erste Mal, dass sie ihm Ratschläge dieser Art erteilte. Darin unterschied sie sich nicht von Nils und Matthias. Aber auch auf die Ratschläge seiner Söhne ging Helmut gewöhnlich nicht ein.

»Ja, komme ich.« Lisa kannte Helmuts Reaktion auf ihre Ratschläge. Sie grinste und schüttelte leicht den Kopf. »Ich bin in Wolfsburg und gehe mit Björn auf eine Party. Da werden 20 Menschen sein. Also reichlich.«

Björn war Lisas aktueller Freund. Sie hatten sich vor einem Dreivierteljahr auf einem Lehrgang in Hannover kennengelernt. Björn war KOK in Wolfsburg und zurzeit der Drogenfahndung zugeteilt. Er wollte jedoch, so erfuhr Helmut jetzt von Lisa, gern zur Mordkommission wechseln.

»Das ist auch einer der Gründe, warum ich noch mal unter vier Augen mit dir sprechen wollte«, sagte sie.

Helmut sah die Frage schon vor sich: Würde es ihm möglich sein, Björn ins Wolfenbütteler Ermittlungsteam zu holen, weil ein Wechsel innerhalb von Wolfsburg in nächster Zeit unmöglich war? Doch während Helmut noch überlegte, wie er es Lisa schonend beibringen konnte, dass er das für keine gute Idee hielt, weil Lisa und Björn ein Paar waren, sprach Lisa weiter.

»Vorgestern hat Björn auf jemanden geschossen. Notwehr, klar. Der Mann liegt im Krankenhaus. Sieht nicht gut aus. Björn ist total fertig. Ich weiß nicht, wie ich ihm helfen kann. Hast du vielleicht einen Tipp?«

Vor zehn Jahren hatte Helmut im Dienst einen Menschen erschossen. Ein libanesischer Drogendealer war mit einem Baseballschläger auf ihn zugestürmt. Helmut hatte auf den Arm gezielt. Er stand jedoch unter Stress und hatte sein Ziel verfehlt. Stattdessen hatte sein Schuss ins Herz getroffen. Der Mann war sofort tot. Abgesehen von der Familie des Toten hatte niemand Helmut einen Vorwurf gemacht. Es war eine klare Notwehrsituation gewesen. Der Libanese hätte Helmut zu Brei geschlagen. Er hatte massiv unter Drogeneinfluss gestanden, das Meth hatte seine natürliche Aggression vervielfacht. Diese Aggression hatte der Libanese schon mehrfach unter Beweis gestellt. Es war sowieso eher Zufall gewesen, dass der Mann gerade nicht im Gefängnis gesessen hatte.

Helmut musste sich zunächst durch ein paar schlafarme Nächte quälen. Doch mithilfe von Marianne und seiner damaligen Kollegen hatte er die Sache in den Griff bekommen. Natürlich dachte er auch heute noch hin und wieder an den Libanesen. Aber meist sah Helmut einfach nur einen großen, muskulösen Kerl mit irrem Blick, weißem Muskelshirt und Jogginghose, der ihn töten wollte.

Bei Björn war es eine ähnliche Geschichte. Björns Gegner hatte sogar eine Pistole in der Hand gehabt und wollte gerade auf Björn und seinen Kollegen schießen. Björn war schneller. Auch er hatte den Arm seines Gegners verfehlt. Immerhin hatte er nicht dessen Herz getroffen, sondern in den Bauch. Die Chancen, dass der Mann überlebte, lagen bei 50 zu 50.

Helmut erzählte Lisa seine Geschichte, die Lisa bis dahin nur in Auszügen kannte. »Marianne hat mir damals sehr geholfen. Einfach, indem sie die Sache ernst genommen und mit mir darüber geredet hat. Und vor allem, indem sie sagte: ›Ich bin froh, dass ich keine Polizistenwitwe bin.‹«

Lisas Augen sahen jetzt wieder sehr müde aus. »Du meinst also, mit meiner Hilfe wird Björn es schaffen?«

»Jede Wette, dass er das wird.«

Kurz darauf wünschten sie sich einen guten Rutsch. Sie würden sich erst in einer Woche wiedersehen. Lisa hatte sich die beiden Arbeitstage zwischen Neujahr und dem Wochenende freigenommen. Helmut hingegen würde an beiden Tagen ins Büro gehen – und hoffen, dass sich noch irgendwelche Zeugen des Raubüberfalls melden würden.

KAPITEL 8

Felix Conradis Leben bestand in erster Linie aus Sonnenschein. Selbst jetzt, als er durch den dunklen, ungemütlichen Januarmorgen joggte, brannte ein Licht nur für ihn. Die Lampe, die ihm die Wege im Lechlumer Holz ausleuchtete, war eine Mischung aus Grubenlampe und Taschenlampe. Sie war an einem Stirnband befestigt, das Felix über seinen frisch geschnittenen braunen Haaren trug.

Er war erst vorgestern beim Friseur gewesen und hatte sich das Haar über den Ohren und im Nacken ein paar Millimeter kürzen lassen. An der Stirn trug er es etwas länger. Unter der Woche war es gewissenhaft zurückgegelt, aber am Wochenende ließ er es bisweilen frei. Dann war er wieder der Felix aus Schul- und Studienzeiten. Der Popper – für die Jungs. Brian Ferry – für die Damen. Die perfekte Tolle – für sich.

Wie an, und das ist bitte wortwörtlich zu verstehen, jedem Morgen war er um 6.30 Uhr von seinem Bungalow am Schiefen Berg gestartet. Er hatte das kurze Waldstück westlich der B 79 durchquert und war durch den morgendlichen Berufsverkehr auf der Bundesstraße in den größeren Teil des Lechlumer Holzes gelaufen.

Hier würde er nun seine üblichen Runden drehen, die er schon seit zwölf Jahren lief. Felix hielt nichts davon, ständig neue Laufstrecken zu suchen, wie viele andere Jogger es taten. Beim Laufen zog er das Vertraute vor. Hinzu kam, dass er direkt von zu Hause aus loslaufen konnte und innerhalb von einer Minute im Wald war.

Regelmäßig hatten die Gleichgesinnten unter seinen Freunden, Kollegen und Geschäftspartnern versucht, ihn zu überreden, andere Strecken auszuprobieren. Hin und wieder war er schwach geworden beziehungsweise konnte gegenüber guten Geschäftspartnern schlecht Nein sagen. Aber sobald wie möglich war er stets zu »seinem Weg« zurückgekehrt. Andersherum hatte auch Felix versucht, Jogger für seine Strecke zu begeistern. Aber niemand war häufiger als vier- oder fünfmal mit ihm durchs Lechlumer Holz gelaufen. Aber er lief ohnehin am liebsten allein.

Heute hatte er sogar richtig viel Zeit. Sein erster Termin in der Kanzlei würde erst um 9.30 Uhr sein. Es war das monatliche Arbeitstreffen mit dem Personalchef von »Waldläufer«. Schon sein Vater war als Anwalt und Notar für das Unternehmen und seine Eigentümer tätig gewesen, vor allem für die Familie Ferber. Beide Mandate hatte Felix sozusagen geerbt. Für die unternehmensrechtlichen Angelegenheiten beschäftigte die neuerdings nach europäischem Recht firmierende AG mittlerweile eine große Hamburger Anwaltskanzlei. Schließlich hatten die »Waldläufer«-Manager das früher mittelständische Unternehmen zu einem echten Global Player gemacht, dessen Hauptabsatzmarkt die USA waren. Diesen Job zu übernehmen, wäre für ihn und seine vergleichsweise kleine Kanzlei ohnehin unmöglich gewesen. Er war aber bestens versorgt mit den arbeitsrechtlichen Vorgängen im Unternehmen und mit den privaten Angelegenheiten der Ferbers.

Zurzeit lenkte eine ehemalige Mitschülerin die Geschicke des Unternehmens, Susanne Ferber war Vorsitzende des Aufsichtsrates. Felix und sie hatten 1989 zusammen Abitur gemacht und waren seitdem befreundet. Häufig war er deshalb der Erste, den Susanne in geschäftliche oder private Überlegungen einweihte. Erst vor einem Vierteljahr hatte sie ihm von einigen vertraulichen Angelegenheiten berichtet.

Die beiden hatten in Susannes Wohnzimmer bei einer Tasse Tee zusammengesessen, als sie unvermittelt die Katze aus dem Sack ließ. Vor allem eine Sache roch nach großem Ärger.

Susanne hatte ihn zwar um juristischen Rat gebeten, ihn aber zugleich ermahnt, noch nichts in die Wege zu leiten, noch nicht einmal etwas Schriftliches zu verfassen. Sie hatten vereinbart, Anfang Februar wieder darüber zu sprechen. Bis dahin sollte Felix nur darüber nachdenken.

Natürlich galt es grundsätzlich, die Wünsche der Mandanten zu respektieren. Andererseits gab es Dinge, die ein Anwalt besser beurteilen konnte als sein Mandant. Wozu sonst hätte denn ein Mandant einen Anwalt gebraucht? In diesem Fall bedeutete das, dass er nicht nur darüber nachdachte. Er hatte für die brisante Angelegenheit auch ein Dokument angelegt. Auf knapp drei Seiten spielte er Vorteile und Nachteile durch, listete direkte und indirekte Folgen sowie alle juristischen und wirtschaftlichen Rahmenbedingungen auf. In einem Anfall von übertriebener Besorgnis hatte er die Datei auf dem Kanzleiserver »versteckt«. Der Speicherort war derart ungewöhnlich, dass er sich den genauen Pfad vorsichtshalber notiert hatte.

Im Gegensatz zu seiner Ehe, aus der zwei hübsche Mädchen, beide mittlerweile Teenager, hervorgegangen waren, war Susannes Ehe kinderlos geblieben. Sie hatte ihren Freund aus Schulzeiten geheiratet. Auch für ihn war Felix juristisch tätig. Lorenz Kusmann arbeitete als selbstständiger Softwareberater und musste sich hin und wieder mit zahlungsunwilligen Kunden herumärgern. Felix half ihm, an sein Geld zu kommen. Zuletzt allerdings nur noch selten. Offenbar hatte sich die Zahlungsmoral seiner Kunden verbessert.

Zusammen mit zwei weiteren Ehemaligen, Dirk und Jakob, organisierte Susanne alle fünf Jahre die Treffen des Abiturjahrgangs. Dirk betrieb eine kleine Kfz-Werkstatt, in die Felix regelmäßig sein Auto (natürlich mit »Abi '89«-Sticker) brachte. Ölwechsel, Reifenwechsel, all die kleinen Dinge, die man nicht in der Vertragswerkstatt machen lassen musste, um Garantien und Gewährleistungen zu behalten.

Im Grunde hätte er diese Dinge selbst erledigen können. Er fand aber, dass ein jeder seine Arbeit zu tun haben musste. Außerdem hatte er das Gefühl, Dirk immer mal wieder ein wenig unter die Arme greifen zu müssen. Finanziell war dieser nicht gerade auf Rosen gebettet, und die nächsten Monate würden diese Situation wohl nicht gerade verbessern.

Im Gegenzug wandte sich Dirk mit seinen seltenen juristischen Problemen an ihn. Mal zahlte ein Kunde nicht, mal sollte Dirk verklagt werden, da er angeblich eine Reparatur nicht richtig ausgeführt hatte.

Dirk und ihn verband aber nicht nur das Geschäftliche. Sie waren Freunde. Dirk zählte auch zu seinen losen Joggingpartnern, ab und zu spielten sie zudem Squash oder Badminton.

Zu Dieckmann hingegen hatte Felix kaum Kontakt. Schon zu Schulzeiten hatte die beiden wenig verbunden. Sie hatten nur zufällig ein paar gemeinsame Freunde, wie Dirk. Dieckmann war einfach nicht sein Fall. Es immer allen recht machen wollen. Ohne Ecken und Kanten – und letztlich nur durchschnittlich intelligent. Seine Freunde mussten entweder praktisch veranlagt sein, wie Dirk, oder sie mussten intellektuell sein, wie Martin Doschner. Martin war mit 0,8 der Zweitbeste des Jahrgangs gewesen. Hinter Felix, der noch ein Zehntel besser gewesen war.

Auf ihn traf dieses Sprichwort zu, dass ihm einfach alles zuflog. Jede Vokabel, ob Englisch, Französisch oder Latein, musste er nur ein einziges Mal hören und sollte sie niemals wieder vergessen. Das Gleiche galt für historische Daten und für jegliche Art von Formeln. Nur mit Gedichten (damals) und Dateipfaden (heute) hatte er Probleme, er schaffte es nur selten, sie auswendig zu lernen.

Viele Lehrer hatten sich gewundert, dass er trotz seiner intellektuellen Fähigkeiten und seines sowohl Technik als auch Kultur und Sport umfassenden Horizonts »nur« Jura studieren wollte. Sie wussten nicht, dass er nie etwas anderes gewollt hatte. Sein Vater war Anwalt gewesen, und dessen Vater ebenfalls und auch dessen Vater. Seit vier Generationen Anwälte. Eine wundervolle Familientradition. Er wünschte sich nichts sehnlicher, als dass auch mindestens eine seiner Töchter Anwältin wurde.

An der Uni hatten sich dann die Dozenten und Kommilitonen gewundert, dass er »nur« Anwalt werden wollte. Mit seinen beiden »guten« Examina hätte ihm jegliche Karriere offengestanden. Sowohl in der Wissenschaft als auch an Gerichten, in der Staatsanwaltschaft oder in großen Unternehmen. Man sah ihn schon als Bundesrichter oder als Richter am Internationalen Gerichtshof. Er hatte sie sich alle wundern lassen. Er wollte Anwalt werden.

Er lief durch eine kleine Senke. Hier und da war der Boden gefroren. An anderen Stellen war die Erde matschig. Man musste aufpassen, um nicht wegzurutschen. Die Grubenlampe leistete zwar gute Dienste, andererseits wollte er nicht die ganze Zeit über auf den Boden starren. Nein, das würde schon klappen. Und selbst wenn er wegrutschte und stürzte, dann wäre das auch kein Drama. Es gab Schlimmeres. Er dachte an Hannos Unfall und an den Überfall auf Ellen vor wenigen Tagen. Beide ehemalige Mitschüler.

Die schöne Ellen hatte er in den letzten Jahren regelmäßig gesehen. Er hatte Kinder und sie ein Bekleidungsgeschäft für Kinder. Da kreuzten sich die Wege zwangsläufig. Wenn er mit Jasmin und den Kindern in ihrer Boutique war, konnte er meist nicht umhin, Ellen zu betrachten. Wie sie, den Zeigefinger mit einer leicht theatralischen Geste ans Kinn gelegt, zu überlegen schien, ob dieses Kleid oder jene Jeans seinen Töchtern stand, und wie sie ihm hin und wieder einen Blick zuwarf, der verschwörerisch sein mochte.

Er lief durch die nächste Senke und hörte das Rascheln von Blättern irgendwo rechts vor sich. Vielleicht ein Reh? Egal, er musste jetzt wieder aufpassen, die nächste zugefrorene Pfütze.

Gerade als er überlegte, wie er es am besten vermeiden konnte, auszurutschen, blieb sein rechter Fuß hängen. Ehe er sich versah, lag sein Körper waagerecht in der Luft und näherte sich dem Boden, Kopf voran. Hoffentlich mache ich nicht den Schumi, dachte er, während er flog.

Kurz darauf war alles verschwommen. Er spürte etwas Warmes, Flüssiges an seiner Stirn. Felix wollte sich gerade an die Stelle fassen und, wenn möglich, aufstehen, als er mehr ahnte als sah, dass von oben etwas herabfiel. Er versuchte, den Kopf zur Seite zu drehen, um nach oben zu sehen. Aber da spürte er auch schon den nächsten Schlag.

KAPITEL 9

»So viel Pech, nicht zu fassen.« Der Notarzt schüttelte den Kopf, als er Helmut seine Beobachtungen schilderte. »Wenn mich nicht alles täuscht, ist der Mann erst gestolpert oder vielleicht auch ausgerutscht. Das kann man nicht so genau sagen, aber heute Morgen war der Boden hier bestimmt noch an einigen Stellen glatt. Seifig ist er stellenweise immer noch. Jedenfalls ist er gestürzt und seitlich mit dem Kopf auf diesen Stein hier geschlagen.« Der Arzt zeigte Helmut zunächst die blutige Wunde an der seitlichen Stirn des Mannes und danach einen großen Stein am Waldboden, der Blutspritzer aufwies. »Während er noch lag oder sich vielleicht gerade aufrichten wollte, kracht dieser riesige Ast runter und trifft ihn am Kopf. Das hat ihm garantiert den Rest gegeben. Schädeldachfraktur, womöglich Schädelbasisbruch. Das muss der Rechtsmediziner feststellen.«

Die Feuerwehrleute, die zusammen mit dem Notarzt am Unfallort eingetroffen waren, hatten den Ast zur Seite geräumt, damit der Arzt sich um den Mann kümmern konnte. Das hatte sich allerdings rasch als aussichtslos herausgestellt. Man musste sich nur die die zweite Wunde ansehen. Der Schädelknochen war deutlich hervorgetreten, Blutungen und Quetschungen, wohin man sah.

Kein Wunder, dass der Mann das nicht überlebt hatte, dachte Helmut. 19. Dezember, 30. Dezember, 7. Januar. Drei Wochen, drei Tote.

Wenn sie wenigstens Hannos Unfall als solchen zweifelsfrei zu den Akten legen könnten. Aber so weit waren sie noch nicht. Es gab noch immer ungeklärte Fragen: Warum fährt Hanno bis zum Rand des Feldes? Warum ist die Mine erst jetzt explodiert?

Beim Raubüberfall sah es nicht besser aus. Es gab Hunderte Fingerabdrücke in der Boutique. Sie waren mit nationalen und internationalen Datenbänken verglichen worden. Ohne Ergebnis. Ohne Ergebnis war auch der Versuch geblieben, weitere Zeugen aufzutreiben. Die Streifenpolizisten hatten in den Straßen rund um den Holzmarkt niemanden gefunden, der etwas, bestenfalls eine BMW R 1150, gesehen oder gehört hatte. Zum selben Resultat hatte der Aufruf über die Medien geführt.

Und nun lag hier mitten im Wald der nächste Tote. Ein Spaziergänger, der gegen 8 Uhr mit seinem Hund im Lechlumer Holz unterwegs war, hatte das Unfallopfer entdeckt und über Smartphone den Rettungsdienst verständigt. Dort hatte man die Information an die Polizei weitergegeben, sodass jetzt, um kurz vor 9 Uhr, knapp 20 Personen im Wald herumliefen. Darunter war auch ein Team der Spurensicherung, in erster Linie, um ein Fremdverschulden auszuschließen.

Wenn die Beobachtungen des Notarztes zutrafen, konnte man es ruhigen Gewissens tun. Helmut jedenfalls konnte sich nicht vorstellen, wie ein Mensch diesen riesigen Ast auf jemanden herabfallen lassen könnte. Der Ast war etwa vier Meter lang, einen knappen halben Meter dick, und er hatte weitere, zum Teil ebenfalls recht dicke Äste an den Seiten. Egal, ob er nun 80 Kilo wog oder 280 – kein Mensch würde ihn gezielt bewegen können.

Gleichwohl – da hatte der Notarzt recht gehabt – würde man die Leiche in die Rechtsmedizin bringen. Die KTU hatte bislang keinerlei verdächtige Spuren entdeckt. Fußabdrücke gab es zuhauf, aber das war in einem städtischen Wald, der von Joggern, Spaziergängern, Hundebesitzern und Radfahrern genutzt wurde, keine Überraschung.

Lisa hatte mit dem Hundebesitzer gesprochen, der den Toten gefunden hatte. Nachdem Helmut ihr vom Gespräch mit dem Arzt berichtet hatte, war Lisa an der Reihe. »Der Mann heißt Jörg Wienhaus, ist 50 Jahre alt und wohnt am Alten Weg, ein paar Meter vom Krankenhaus entfernt. Er geht hier jeden Morgen mit seinem Hund Gassi, bevor er zur Arbeit fährt. Er arbeitet als Buchhalter bei der Landmaschinenfabrik Welger. Er kennt übrigens den Toten. Der Mann wohnt bei ihm um die Ecke am Schiefen Berg, und er scheint wohl allgemein recht bekannt zu sein. Felix Conradi heißt er, Rechtsanwalt. Laut Wienhaus ist Conradi Mitte 40 und Familienvater. Mir sagt der Name nichts.«

»Mir schon. Conradi arbeitet als Notar für die Familie Ferber.«

»Die von ›Waldläufer‹?«

Helmut nickte, dann sprach er ein heikles Thema an: »Ich fürchte, jemand wird Conradis Familie benachrichtigen müssen.«

»Darum reiße ich mich nicht, Helmut. Ich würde lieber den Bericht schreiben.« Lisa sah knapp an ihm vorbei.

»Ich glaube, in solch einer Situation würde wohl jeder lieber einen Bericht schreiben. Ich kann das auch gern übernehmen, Lisa. Aber ich würde am liebsten mit dir zusammen zu Frau Conradi gehen.«

Lisa schüttelte lächelnd den Kopf.

Im Auto erkundigte Helmut sich nach Björn. Offenbar standen die Chancen besser, dass der Mann, den er angeschossen hatte, überleben würde. Allein das hatte Björns Gemütszustand erheblich verbessert. Es hatte ihm aber auch gutgetan, ausführlich mit Lisa darüber zu reden.

»Das war wirklich ein guter Tipp. Danke noch mal, Helmut.« Lisa saß am Steuer, dennoch warf sie Helmut rasch einen Handkuss rüber.

Ein paar Minuten später standen sie vor einem Bungalow am Schiefen Berg. Die Nobelwohngegend im Norden der Stadt hatte schon bessere Tage gesehen; einige der Bungalows schrien förmlich nach ein wenig Kosmetik. Doch der Bungalow der Familie Conradi war optisch bestens in Schuss. Die Fassade war strahlend weiß, alle Fenster sahen neu aus. Auch die weiße Haustür mit dem langen Edelmetallgriff und dem grünlich schimmernden großen Fenster aus Sicherheitsglas in der Mitte war gewiss noch keine drei Jahre alt. Selbst der kurze Weg, der von der Straße aufs Grundstück führte, war frisch gepflastert.

Lisa drückte auf die Klingel. Der Ton hallte drinnen im Flur lange nach. Ein paar Sekunden lang tat sich nichts. Dann sahen sie durch das Sicherheitsglas, wie sich schemenhaft eine weibliche Gestalt näherte. Kurz darauf wurde die Haustür ein kleines Stück geöffnet, aber festgehalten durch eine massive, silberne Kette.

Lisa und Helmut blickten in das Gesicht einer etwa 30-jährigen Frau, das nach oben durch ein rotes Stirnband begrenzt wurde und das zugleich eine rotbraune Mähne bändigen sollte. Die Frau trug enge, hochgekrempelte Jeans und ein weit geschnittenes, schwarzes, langärmliges T-Shirt mit dem weißen Konterfei eines Mannes mit Sonnenbrille und dem Schriftzug »Linkin Park« darunter. Während ihre nackten Füße in hellblauen Flip Flops steckten, trug sie an den Händen rosafarbene Gummihandschuhe. Sie sagte nichts, sondern blickte Lisa und Helmut ausdruckslos an.

»Frau Conradi?« Für Helmut war es zwar offensichtlich, dass das nicht Frau Conradi war, sondern die Putzfrau. Andererseits hätte es andersherum peinlich werden können: »Sind Sie die Putzfrau hier?« »Nein, ich bin die Dame des Hauses.«

»Sehe ich aus, wie jemand, der hier wohnt. Oder sehe ich aus wie die Putze?« Die Frau sprach ohne Akzent. So viel zur vorherrschenden Meinung, ausschließlich Polinnen und Rumäninnen würden als Putzfrau arbeiten. Womöglich ohne Aufenthaltsgenehmigung. Schwarz sowieso.

»Sie sehen aus, wie jemand, der putzt«, schaltete sich Lisa ein, »und das könnte durchaus auch Frau Conradi sein.«

»Könnte. Ist aber nicht. Was also? Staubsauger? Fernsehzeitschriften? Zeugen Jehovas? Aber was auch immer, ihr verschwendet eure Zeit, Leute. Die Herrschaften machen keine Haustürgeschäfte. Und ich werde den Teufel tun, welche für sie zu machen.« Die Frau machte Anstalten, die Haustür zu schließen.

Im letzten Moment gelang es Helmut, ihr seinen Ausweis unter die Nase zu halten. »Keine Haustürgeschäfte. Kripo Wolfenbüttel. Wir müssen mit Frau Conradi sprechen.«

Die Putzfrau rümpfte die Nase. »Kripo, das klingt ja mal gar nicht gut. Hier ist sowieso schon der Teufel los. Ständig ruft jemand aus Herrn Conradis Kanzlei an. Er hatte einen Termin und ist nicht erschienen. Keiner weiß, wo er ist. Ist heute Morgen joggen gegangen und kam nicht zurück. Außerdem sind alle Computer kaputt. Frau Conradi ist vorhin rübergefahren, um nach dem Rechten zu sehen. Normalerweise geht sie dienstags nicht in die Kanzlei.«

»Wo ist denn die Kanzlei?«, Lisa hatte ihren Notizblock gezückt.

»Sie werden lachen: Kanzleistraße 6.«

Nach lachen war Helmut und Lisa nicht zumute. Sie bedankten sich, reagierten aber nicht auf die Frage der Putzfrau, was denn eigentlich los sei.

In der Kanzlei ging es zu wie im Taubenschlag. Vier junge Damen in dunklen Kostümen oder Hosenanzügen liefen in dem Großraumbüro, in das Helmut und Lisa als Erstes gekommen waren, von links nach rechts oder von rechts nach links und schleppten Aktenordner und Laptops. Eine weitere Frau saß hinter einem kleinen Tresen und telefonierte. Sie war anscheinend die Empfangsdame. Als sie Helmut und Lisa hereinkommen sah, legte sie die Hand auf die Sprechmuschel und fragte: »Kommen Sie wegen der Computer?«

Helmut schüttelte den Kopf und zeigte seinen Ausweis. »Wir müssen mit Frau Conradi sprechen.«

Die Empfangsdame nahm wieder die Hand von der Sprechmuschel und sagte: »Ich rufe Sie gleich wieder an.« Dann legte sie auf. »Das ist jetzt schlecht. Frau Conradi spricht gerade mit einem Mandanten. Außerdem sind all unsere Computer im Arsch. Verzeihen Sie bitte meine Wortwahl! Es ist etwas chaotisch hier. Nichts geht. Alle Programme sind weg und alle Dokumente. Eine Katastrophe! Aber immerhin scheint die Softwarefirma unterwegs hierher zu sein. Unser eigentlicher Dienstleister ist auf Reisen. Ich dachte erst, Sie wären seine Vertretung. Zum Glück konnte wenigstens Frau Conradi kurzfristig kommen und mit unserem Klienten sprechen. Das sollte eigentlich ihr Mann machen, unser Chef. Aber der ist irgendwie verschwunden …« Die Frau hielt inne und blickte Lisa und Helmut mit großen Augen an. Sie hatte eins und eins zusammengezählt. Jetzt biss sie sich kräftig auf die Lippen. »Nein! Sagen Sie nicht, ihm ist etwas passiert.«

»Es wäre wirklich besser, wir könnten jetzt mit Frau Conradi sprechen.« Helmut war sich bewusst, dass auch die ausweichende Antwort deutlich genug war.

»Warten Sie bitte, ich hole sie.« Die Frau sprang auf und lief zu einer großen massiven Holztür am linken Ende des Raumes. Sie klopfte an und wartete erst gar nicht, ob jemand

»Herein« sagen würde, sondern ging direkt in das angrenzende Zimmer. Leises Murmeln war zu hören, wenige Augenblicke später stürmte eine etwa 40-jährige, schlanke Frau aus dem Zimmer. Auch sie trug einen dunklen Hosenanzug. Ihr braunes Haar war halblang und leicht asymmetrisch geschnitten, wie es eine Zeitlang in Mode gewesen war. Eine breite Strähne verdeckte ihre rechte Gesichtshälfte zum Teil, während die linke Hälfte komplett zu sehen war. Eine attraktive Frau, die jetzt allerdings sehr besorgt wirkte.

»Jasmin Conradi«, stellte sie sich vor und gab den beiden Polizisten die Hand. »Sie wollten mich sprechen? Haben Sie Felix gefunden?«

Helmut sah sich um und entdeckte, dass viele neugierige Augen sie musterten. Alle Geschäftigkeit war wie eingefroren. Kein Laptop, kein Ordner wechselte mehr den Ort. Auch die Empfangsdame stand in Hörweite. Und aus der Tür, hinter der Jasmin Conradi gerade noch gesessen hatte, schaute ein großer schlanker Mann in einem dunkelgrauen Nadelstreifenanzug zu ihnen herüber.

»Können wir in einen anderen Raum gehen, wo wir ungestört sind?« Helmut wusste, dass auf diese Art und Weise die bittere Wahrheit Stück für Stück ans Licht kam. Der Ehemann kommt nicht vom Joggen nach Hause. Er ist telefonisch nicht zu erreichen. Er lässt einen wichtigen Termin sausen. Er unterstützt seine Mitarbeiter nicht, als sie richtig Stress mit abgestürzten Computern haben. Dann taucht die Polizei auf und will einen dringend und ungestört sprechen …

So nahm die Katastrophe wohl auch in Jasmin Conradis Kopf langsam Konturen an. Helmut versuchte, ihre Gedanken der letzten Stunden nachzuvollziehen: Felix hat heute so viel Energie, dass er doppelt so weit und doppelt so lange läuft. Er hat beim Joggen jemanden getroffen, mit dem er sich verquatscht hat. Er ist hingefallen und muss nun langsam nach

Hause humpeln und kann keine Hilfe anfordern, weil er sein Smartphone nicht dabei hat. Er hat seine große Jugendliebe im Wald getroffen und ist umgehend im Bett mit ihr gelandet. Er war noch niemals in New York. Er hatte einen Unfall. Er hatte einen ernsten Unfall. Er hatte einen schlimmen Unfall. Er hatte einen sehr schlimmen Unfall.

Jasmin Conradi schluckte und führte die beiden Polizisten in ein leeres Zimmer, das genau gegenüber des Raumes lag, in dem sie zuvor mit dem Mandanten gesprochen hatte. Sie schloss die Tür. »Bitte, sagen Sie mir, was los ist.«

Helmut schüttelte den Kopf. »Frau Conradi, es tut mir leid, Ihr Mann hatte einen Unfall.«

»Ist er im Krankenhaus?«

Helmut schüttelte wieder den Kopf.

»Oh, Gott. Er ist tot, nicht wahr?«

»Es tut mir so leid«, sagte Lisa jetzt. »Wollen Sie sich nicht setzen?«

»Nein. Bitte erzählen Sie mir, was passiert ist.« Jasmin Conradi sah Lisa flehend an. Als Lisa bloß die Augen schloss und nicht weiter reagierte, wandte Jasmin Conradi ihren Kopf und blickte Helmut an.

Helmut berichtete ihr kurz von dem Unfall im Wald.

»Kann ich ihn sehen?« Alle paar Sekunden zuckte Jasmin Conradi zusammen. Es war kein stetes Zittern, sondern kam anfallartig.

Helmut überlegte kurz. »Ich denke ja. Sie müssen ihn ohnehin noch offiziell identifizieren. Allerdings hat der Spaziergänger, der ihn gefunden hat, ihn erkannt. Ein Herr Wienhaus, der am Alten Weg wohnt.«

»Aber, wie konnte das bloß passieren?«

»Ein schrecklicher Unfall.« Mehr konnte Helmut nicht sagen. Er konnte Jasmin Conradi nicht trösten und er konnte es ihr nicht erklären. Wie sollte er ihr auch erklären können, was im Wald geschehen war? Wem sollte man einen Vorwurf machen? Dem Förster, der den gefährlichen Ast nicht gesehen hatte? Sollte man den vielen Stürmen die Schuld geben, die in den letzten Jahren über Deutschland getobt und die Wälder so gefährlich gemacht hatten? Schuld an der Zunahme der Stürme war offenbar der Klimawandel. Und wer war schuld am Klimawandel?

Nein, Helmut konnte Jasmin Conradi nicht trösten.

Das aufwändige Beobachten und Planen hatte sich ausgezahlt. Die bevorzugte Laufstrecke des Anwalts zu kennen, war natürlich die Basis gewesen. Vor allem, da es praktisch seine einzige Laufstrecke war. Ein richtiges Gewohnheitstier. Und immer um die gleiche Uhrzeit los. Egal, ob Montag, Donnerstag oder Sonntag. Egal, ob Sturm, Regen oder Schnee.

So viel Eintönigkeit. Darüber konnte man nur den Kopf schütteln. Und sich zugleich freuen. Denn seine komplizierte Apparatur konnte er selbstverständlich nur einmal aufbauen und benutzen.

Er war sechs- oder siebenmal durch den Wald gegangen oder gelaufen, immer auf dem Pfad des Anwalts. Immer in der Mittagszeit.

Um diese Zeit war er natürlich nicht allein im Wald gewesen. Ein paar Rentner führten ihre kleinen Kläffer aus. Junge Mütter schoben Kinderwagen über die befestigten Wege. Jogger. Aber nicht der Anwalt. Der lief morgens. Ihm wollte er natürlich nicht begegnen.

Es spielte aber grundsätzlich keine Rolle, ob man ihn im Wald sah. Er tat ja nichts Auffälliges. Er war einfach nur ein weiterer Jogger oder Spaziergänger. Natürlich hatte er sich jedes Mal anders gekleidet, mal eine Brille (Fensterglas) getragen, mal eine Baseballkappe, mal eine Pudelmütze. Einmal hatte er sich sogar einen falschen Bart angeklebt. Meist hatte er zudem Kopfhörer im Ohr und tat so, als hörte er Musik. Das tat er natürlich nicht. Er hasste es, unterwegs zu sein und Musik zu hören. Aber niemand würde einen Spaziergänger ansprechen, der Musik hört. Wer nicht angesprochen wird, der fällt auch nicht auf.

Den Baum hatte er schon am zweiten Tag entdeckt. Ein Geschenk des Himmels. Ein dicker Ast war aus der Krone gebrochen und auf tiefer hängende Äste gefallen. Auf den ersten Blick sah es aus, als würde der Ast dort hingehören.

Der Ort war zwar genauso perfekt wie der Baum selbst. Es handelte sich um eine kleine Senke, an der sich häufig Wasser sammelte, das – je nach Temperatur – den Boden rutschig oder eisglatt machte (im Januar war eisglatt nicht auszuschließen). Die Senke war weit entfernt von der Bundesstraße und noch weiter entfernt von den nächsten Wohnhäusern. Außerdem gehörte dieser Streckenabschnitt nicht zu den beliebtesten Wegen im Wald. Schon gar nicht morgens. Das hatte er überprüft, allerdings schon vor etwas längerer Zeit.

Dennoch konnte er sich nicht einfach in den Baum setzen, warten, bis der Anwalt unter ihm auftaucht und ihm dann den Ast auf den Kopf werfen. Der Anwalt hätte den Baum nach wenigen Sekunden passiert. Diese Zeitspanne würde niemals ausreichen. Außerdem war der Ast viel zu schwer, um ihn aus sitzender Position zu Fall zu bringen. Treffen musste man auch noch.

Er brauchte also mehr Zeit. Und er brauchte mehr Kraft. Oder, statt eine größere Kraft aufzuwenden, könnte er auch dafür sorgen, dass der Ast nur noch einen kleinen Stoß benötigte, um zu fallen. Einen Stoß – oder einen Zug. Am vierten Tag im Wald hatte er die Lösung vor sich gesehen: Der Anwalt würde den Fall des Astes selbst auslösen!

Ein Draht, fast unsichtbar, quer über den Pfad gespannt und dann nach oben mit dem Ast verbunden. Stolpert der

Anwalt über den Draht, zieht er zugleich den Ast vom Baum. Und da er genau unter dem Baum zu Fall kommt, fällt ihm der Ast direkt auf den Kopf. Nur ein bisschen Physik. Ganz einfach. Wenn es denn tatsächlich klappte, was längst nicht ausgemacht war.

Leider hatte er keine Gelegenheit gehabt, seine Konstruktion zu testen. Er musste sich auf sein Glück verlassen. Zur Not wäre er vor Ort und konnte dem Glück ein wenig auf die Sprünge helfen.

Er war noch zweimal in der Senke gewesen. An der Stelle, wo der Anwalt nach seinem Sturz über den Draht vermutlich mit dem Kopf aufkommen würde, verteilte er größere Steine. Es konnte schließlich nicht schaden, wenn sich der Anwalt schon bei seinem Sturz ein wenig verletzen würde.

Dann war es endlich so weit. Alles war durchdacht und vorbereitet. Er musste an diesem Morgen nur noch den Draht spannen und auf den Anwalt warten. Um 4.15 Uhr war er in den Wald gekommen. Sein Auto hatte er in der Nähe der Fachhochschule geparkt. Das bedeutete zwar, dass er 15 Minuten Fußweg vor sich haben würde – jeweils –, aber hier zu parken, würde unauffällig sein. In seinem Rucksack hatte er den Draht, Filz, einen Baseballschläger, eine Strickleiter, Handschuhe und eine Nachtsichtbrille, die er aber erst im Wald aufsetzte. Auch die derben Arbeitshandschuhe streifte er erst dort über.

Er brauchte knapp anderthalb Stunden, um die Drahtkonstruktion zu befestigen. Mit ihrer Hilfe gelang es ihm, den Ast ein ganzes Stück nach vorn zu ziehen. Nur ein weiterer kleiner Zug würde reichen, ihn zum Fallen zu bringen. Hoffentlich.

Er versteckte sich im Gebüsch. Schon von Weitem sah er die Stirnlampe in der Dunkelheit leuchten. Dann hörte er die gleichmäßigen Atemzüge. Schließlich lief der Anwalt an ihm vorbei – und lag auch schon in der Luft. Er schlug hart *auf. Genau auf einen der Steine, die er dort hingelegt hatte. Das hatte sich gelohnt. Auch die Drahtkonstruktion funktionierte. Noch während der Anwalt fiel, hatte sich der Ast in Bewegung gesetzt. Er war das letzte kurze Stück auf dem Astwerk gerutscht und schließlich gefallen. Er krachte dem Anwalt genau in dem Moment auf den Hinterkopf, als der sich nach seinem Sturz wieder bewegen konnte. Und begrub ihn unter sich. Volltreffer! Er hatte das Glück auf seiner Seite.*

Aber der Anwalt schien sich noch zu bewegen. Es konnte ja nicht alles glatt laufen. Für diesen Fall hatte er seinen Baseballschläger im Rucksack. Es war nicht einfach, den Ast zu bewegen, um an die richtige Stelle des Hinterkopfes zu kommen. Aber es gelang ihm. Er schlug mit voller Wucht zu. Das sollte reichen.

Er würde gleich noch mal nachsehen. Vorher musste er den Draht entfernen. Dank des Filzes, den er teilweise um den Draht gewickelt hatte, hinterließ der Draht keine Spuren. Weder am Ast noch an den beiden Baumstümpfen, an denen er ihn über den Pfad gespannt hatte. Nach 20 Minuten waren Draht, Filz, Strickleiter und Baseballschläger wieder im Rucksack.

Ein letzter Blick auf den Anwalt. Reglos.

Auf dem Weg zum Auto begegnete er niemandem. Er konnte auch den Draht, den Filz, die Strickleiter und die Handschuhe ungestört entsorgen. Die Nachtsichtbrille würde er behalten. Ebenso den Baseballschläger. Er würde ihn gut verstecken und ihn eines Tages wieder hervorholen.

Vor allem würde er sein Glück auch weiterhin herausfordern. Vielleicht schon nächste Woche. Da ergab sich eine interessante Konstellation, die er ausnutzen wollte. Im Gegensatz zum Anwalt würde es zwar niemanden von ganz oben auf seiner Liste erwischen. Aber er würde seine Mission vorantreiben.

KAPITEL 10

Helmut, Lisa, David und Jonas hatten sich in Helmuts Büro versammelt. Sie tranken im Stehen Kaffee und blickten schweigend aus dem großen Fenster, direkt auf den Grünen Platz, eine der größten Kreuzungen in Wolfenbüttel.

Links, aus Sicht der Ermittler, ging es über die B 79 nach Braunschweig, rechts in die Innenstadt, nach hinten in die Auguststadt und nach vorn führte die Straße, als Fortsetzung der B 79, Richtung Asse inklusive Atommüll-Deponie.

Auf der B 79 waren an diesem Mittwochvormittag die meisten Autos unterwegs. Alle Fahrer hatten die Scheibenwischer angeschaltet. Es regnete durchgehend, der Himmel war grau und schwer. Mit zehn Grad war es noch immer viel zu warm für Januar.

Die Stimmung unter den Ermittlern hätte weiß Gott besser sein können. Und das lag nicht am miesen Wetter. Es lag an den drei Toten und an vielen offenen Fragen.

Die gab es weiterhin auch zur Mine. Höchstwahrscheinlich war sie eine jener 30.000 Minen, die weder die DDR-Grenztruppen noch später die Bundeswehr wiedergefunden hatten. Aber niemand konnte erklären, warum sie ausgerechnet jetzt explodiert war. Wahrscheinlich würde man auch niemals mit letzter Sicherheit sagen können, ob die Mine 50 Jahre ununterbrochen im Boden gelegen hatte.

Im Fall Ellen Berning-Schäfer hatten die Ermittler immerhin die letzten Restzweifel (die es im Grunde nie gegeben hatte) ausschließen können, dass jemand aus der engeren

Familie der Täter war. Leo Schäfer und die jüngste Tochter waren zur Tatzeit zusammen zu Hause, und die beiden älteren Kinder waren nachweislich in ihren neuen Heimatstädten Heidelberg bzw. Hamburg. Mit den zahlreichen Fingerabdrücken aus der »Villa Kunterbunt« konnte man, wie zu erwarten war, nichts anfangen. Es gab keine Augenzeugen. Nur den »Ohrenzeugen« Georg Linnenweber. Immerhin zur Tatwaffe gab es eindeutige Befunde. Dr. Rösner hatte bereits nach der ersten Untersuchung am Tatort die richtige Vermutung angestellt. Es handelte sich um ein Kampfmesser, wahrscheinlich um ein gängiges Modell der Firma Applegate-Fairbairn mit 15 cm langer Klinge.

Für Helmut war aber vor allem wichtig, dass Rösner auch dann die Tatwaffe würde identifizieren können, wenn es sich um ein weitverbreitetes Messer handelte.

»Wenn du mir die Waffe bringst, werde ich sie identifizieren. Keine Sorge. Trotz sorgfältiger Reinigung wird noch immer Blut der Toten dran sein. Und das werde ich finden«, hatte ihm der Pathologe versprochen.

Jetzt mussten sie nur noch dieses Messer finden.

Und nun der dritte Tote. Felix Conradi. Beim Joggen von einem Ast erschlagen. Warum der Ast ausgerechnet in dieser Sekunde gefallen war, würde man wohl nicht rekonstruieren können. Ein paar Sekunden früher oder später und Conradi wäre mit dem Schrecken davongekommen. Nun lag sein Leichnam in der Gerichtsmedizin.

Helmut musste seine Gedanken unterbrechen, denn Jonas fragte etwas in die Runde.

»Ist euch das eigentlich auch aufgefallen?« Jonas war der Sportlichste unter den Ermittlern. Vor allem Ausdauersport. Laufen, Schwimmen, Radfahren, ab und zu kombiniert als Triathlon. Darüber hinaus gehörte Jonas einer Gruppe von jungen Leuten an, die Parkour machten, die also vorzugsweise in Innenstädten Hindernisse überwanden: Zäune, Bänke, Mauern. Durch Klettern, Springen, Abrollen. Jonas sah auch aus wie ein Ausdauersportler, 1,75 Meter groß, schlank und drahtig. Meist bewegte er sich elegant wie ein Tänzer. Wenn es darauf ankam, konnte Jonas jedoch sprinten wie Usain Bolt, und er hatte die Kondition eines kenianischen Marathonläufers. Dafür war er beruflich etwas weniger ehrgeizig als beispielsweise David. Jonas war zwar knapp fünf Jahre älter als sein Kollege, aber einen Dienstgrad unter ihm.

Im Gegensatz zu David war Jonas auch nicht der Typ, dem die Frauen hinterherpfiffen, noch nicht einmal seine Freundin Franziska. Sein dunkelblondes Haar war strähnig und schütter. Sein Gesicht erinnerte an englische Fußballspieler aus der Ära vor David Beckham: blass, kleine, sehr runde Augen, Sommersprossen, gebrochene Nase. Dazu ein glasiger Blick, so als hätte er gestern Abend die letzte Runde ein Dutzend Mal bestellt. Dabei trank Jonas so gut wie keinen Alkohol.

»Kommt drauf an, was?« Lisa stellte ihre Kaffeetasse auf Helmuts Schreibtisch und blickte ihren Kollegen streng an. Jonas hatte die Angewohnheit, mysteriöse Fragen in den Raum zu stellen, bevor er zur Sache kam. »Und rede bitte nicht um den heißen Brei herum!«

»Ist ja gut.« Jonas hob abwehrend die Hände. »Wir haben drei Todesfälle. Erst Ackermann. Dann Berning-Schäfer. Jetzt Conradi.«

»Und?« Auch David klang ungeduldig. Dabei war er eigentlich derjenige unter den Ermittlern, dem Jonas' Eigenarten noch am ehesten gefielen. Auch die Eigenart, einige ihrer Fälle mit Krimis zu vergleichen. Doch David war schlecht gelaunt. Er hatte sich Silvester heftig mit seiner Freundin gestritten und seitdem nicht mehr mit ihr gesprochen.

»Na ja, A wie Ackermann. B wie Berning. C wie Conradi.« Jonas zählte die Namen mit den Fingern der rechten Hand ab. Daumen gleich Ackermann. Zeigefinger gleich Berning. Mittelfinger gleich Conradi.

Diese Geste erinnerte Helmut an Tobias, als der Junge die drei möglichen Motive für einen Mord an seinem Vater aufgezählt hatte.

»Okay, wie heißt der Krimi?« Lisa hielt nicht viel von Jonas' Vorliebe für das Verknüpfen von aktuellen Fällen mit Kriminalliteratur.

»›Die Morde des Herrn ABC‹, Agatha Christie. Der Mörder bringt erst jemanden um, dessen Initialen AA sind und der in einem Ort wohnt, der mit A anfängt …«

»Dann folgt BB aus B, dann CC aus C, dann DD aus D. Schon klar.«

»Nee, ist nicht klar«, äffte Jonas Lisa nach, »dieser Mord klappt nicht.«

»Weil Miss Marple ihn vorher überführt!«

Jonas warf David einen giftigen Blick zu. »Nein, es ist Hercule Poiroit, und er überführt den Täter nicht vorher, sondern …«

Doch das sollten die Ermittler nicht mehr erfahren, denn Helmut unterbrach das Geplänkel: »Ich glaube, das reicht jetzt. Ich habe jedenfalls genug gehört. Ich will auch gar nicht erst davon anfangen, dass es nichts bringt, bei jedem Fall Parallelen zur Kriminalliteratur zu suchen. Immerhin hat Jonas uns schon einige Male auf die richtige Spur gebracht. Und natürlich stimmt es, dass die drei Toten mit A, B und C anfangen. Wir haben aber keine drei Morde. Wir haben einen Raubüberfall mit Todesfolge und zwei Unfälle. Einverstanden, sehr ungewöhnliche Unfälle. Ich sehe allerdings auch keinen Zusammenhang zwischen den Opfern.«

»Na ja, immerhin waren sie alle Mitte 40«, gab Lisa zu bedenken.

»Und ich kann mir gut vorstellen, dass Berning-Schäfer

und Conradi sich kannten. Die gehörten doch beide zu den Oberen Zehntausend hier in Wolfenbüttel«, ergänzte David.

»Dazu gehörte Hanno ganz bestimmt nicht«, sagte Helmut. »Aber nicht, dass ihr denkt, er wäre nur ein dummer Bauer. Er hat studiert.«

»Wissen wir«, sagte Lisa.

»Ich weiß auch, an welcher Penne er seine Hochschulreife erworben hat«, ergänzte Jonas. »Der war auf dem Schloss, genau wie ich. Als ich in die siebte Klasse kam, machte er Abi. Mir war der Name von Anfang an irgendwie bekannt vorgekommen.«

»Kennt man sich da überhaupt, wenn man sechs Jahre auseinander ist?« Lisa schaute Jonas skeptisch an.

»Natürlich kannte er mich nicht, und ich kannte ihn auch nicht wirklich. Es gab da so ein paar Heldengeschichten mit ihm.«

»Heldengeschichten?« Helmut war perplex. Das war nicht der Hanno, den er aus Winnigstedt kannte.

»Einmal hat er einen Sportlehrer k. o. geworfen, mit einem Handball.«

»Mit Absicht?« Lisa wirkte bestürzt.

»Soweit ich weiß, nein. Dann wäre Hanno bestimmt von der Schule geflogen.«

»Weißt du zufällig, ob auch Berning-Schäfer oder Conradi aufs Schloss gegangen sind?« David war auf eine andere Wolfenbütteler Schule gegangen, das Theodor-Heuss-Gymnasium.

Jonas hob die Schultern. »Keine Ahnung.«

»Das können wir bestimmt in den Akten nachlesen.« Lisa griff sich Conradis Akte von Helmuts Schreibtisch und blätterte. Nach wenigen Augenblicken hatte sie gefunden, was sie suchte. »Hier steht es doch: Abitur am Gymnasium im Schloss 1989. Gucken wir doch gleich bei Berning-Schäfer.«

Wieder dauerte es nicht lange. »Abitur am Gymnasium im Schloss 1989. Jonas, weißt du, wann Hanno Abi gemacht hat, oder soll ich nachsehen?«

»Nein, musst du nicht. Ich bin im August '88 aufs Schloss gekommen, da hat Hannos letztes Jahr angefangen, also ebenfalls Abi '89.«

»Verdammt!« David schlug mit der Faust auf Helmuts Schreibtisch. »Drei Tote, die zusammen Abi gemacht haben. Das hört sich ziemlich seltsam an.«

Jonas meldete sich zu Wort. »Wir sollten mal einen Blick auf die Liste aller Abiturienten des Jahrgangs 1989 am Schloss werfen!«

»Vor allem beim Buchstaben D«, neckte Lisa ihn.

»Jetzt mal ruhig Blut, Leute«, unterbrach Helmut. »Wir werden nicht zur Direktorin der Schule gehen und eine Liste aller Angehörigen des Abiturjahrgangs 1989 verlangen. Was sollen wir der denn sagen? Dass die 89er gerade alle nacheinander umgebracht werden, ganz akkurat nach dem Alphabet? Wir möchten jetzt gern die anderen warnen, dass sie Türen und Fenster geschlossen halten und das Haus nicht verlassen. Die Direktorin wird uns entweder auslachen oder einen hysterischen Anfall kriegen. Nee, das geht nicht. Gibt es da nicht einen anderen Weg, an die Namen zu kommen? Ich bin zwar noch nicht wirklich überzeugt, dass wir sie brauchen, aber wer weiß?«

»Kein Problem«, sagte Lisa. »Wenn ich mich mal an deinen Rechner setzen darf?«

Helmut nickte und Lisa setzte sich auf seinen Platz. Kurz darauf hatte sie die Webseite des Gymnasiums im Schloss gefunden. Zu sehen waren Bilder des eindrucksvollen Schulgebäudes und ein paar Fotos von den Dreharbeiten zum Film »Der ganz große Traum«, in dem das Schloss als Kulisse diente.

»Huch, Daniel Brühl! Was macht der denn da?« David blickte Lisa neugierig über die Schulter.

Lisa erzählte ihm von dem Film.

»Aber hallo, dann ist der Brühl durch dasselbe Tor marschiert wie unser Freund Jonas. Respekt!«

»Nicht nur Daniel Brühl, David, auch Casanova.«

»Der Casanova?«

»Ja, der Casanova. Im Torbogen gibt es eine Gedenktafel, wo steht, dass er mal im Schloss geschlafen hat.«

»Weiß man, mit wem?« Lisa grinste.

»Mit dir also nicht?! Du würdest dich doch bestimmt daran erinnern, oder?«

Aber Lisa ging nicht darauf ein. Sie widmete sich wieder ihrer Suche. Es dauerte noch eine Weile, bis sie sich zu der Seite gesurft hatte, die sie suchte. »Ha!«

»Hast du was gefunden?« Helmut beugte sich über Lisa, um besser auf den Bildschirm schauen zu können.

»Zumindest den Weg, der ans Ziel führen könnte. Ich kenne das von meiner Schule, dass die Ehemaligen den Schulserver nutzen und jahrgangsweise Seiten erstellen können. Hier scheint das auch so zu sein.« Gerade erschien eine Liste aller Jahrgänge, die von diesem Angebot Gebrauch machten. Als sie den Jahrgang 1989 entdeckte, ballte Lisa die erhobene Hand zur Faust. »Yes!« Um sie gleich darauf wieder sinken zu lassen. Nachdem sie auf »1989« geklickt hatte, stand dort: »**Wir sind jetzt auf einem anderen Server!** Zugangsdaten gibt es bei mir. Jakob Dieckmann.« Der Eintrag stammte aus dem Jahr 2006.

»Jakob Dieckmann. Sagt dir der Name was?« Helmut sah Jonas an.

»Puh. Ich glaube, der war damals Schülersprecher.«

»Das würde doch passen. Jetzt kümmert er sich um die Webseiten seines Jahrgangs. Da kommt man aber nicht ran als Externer. Helmut, was meinst du? Soll ich Adresse oder Telefonnummer von Dieckmann googeln und mich bei ihm melden?« Lisa blickte Helmut fragend an.

»Ich weiß nicht. Eigentlich können wir ihm nichts anderes erzählen als der Direktorin, oder?«

»Direktor!« Lisa lächelte Helmut an.

»Bitte?«

»Das Gymnasium hat einen Direktor. Habe ich gerade auf deren Seiten gesehen. Ich kann Dieckmann ja mal googeln. Dann können wir immer noch überlegen, was wir machen.« Kurze Zeit später wusste Lisa, dass Dieckmann in Bochum wohnte und dort als Journalist tätig war.

»Bochum? Hilft uns jetzt nicht gerade weiter.« Jonas erntete mit seiner Bemerkung keinen Widerspruch. »Vielleicht sollten wir doch mal zur Schule gehen und nach der Liste fragen. Wir müssen dem Direktor ja nichts von Mordserien erzählen. Wir könnten beispielsweise behaupten, jemand wäre in einen Verkehrsunfall mit Fahrerflucht verwickelt und der hatte einen Sticker mit ›Abi '89 – Gymnasium im Schloss‹ am Auto kleben. Was meinst du, Helmut?«

»Das machst du dann aber selbst, Jonas. Es ist ja deine alte Schule. Ich hoffe, du hast keine allzu traurigen Erinnerungen daran.«

»Nein, nein! Schön, schön war die Zeit!« Jonas gelang zwar keine besonders gute Imitation von Freddy Quinn. Dennoch war die Stimmung mit einem Mal erheblich besser als noch eine Stunde zuvor. Immerhin hatten die Ermittler einen Haufen neuer Aufgaben. Und womöglich eine neue Richtung, in der sie suchen konnten. Eventuell würde die ganze Angelegenheit noch erheblich interessanter werden, als sie bislang gedacht hatten.

KAPITEL 11

Jakob hatte Dirk und ihn in eine von Studenten betriebene Kneipe im Ehrenfeld geführt, die »Goldkante«. Bis vor Kurzem war hier ein Computergeschäft untergebracht. Daran erinnerte noch das riesige Schaufenster, in dem sie jetzt saßen: Die Fensterbänke dienten als Sitzfläche.

Im Ehrenfeld gab es eine ganze Reihe solcher Lokale, dazu einige Boutiquen und Läden für Schmuck und Accessoires, auch alle von jungen Leuten betrieben, die zum Teil ihre eigenen Mode- oder Schmuckkollektionen verkauften.

Mario bezog sein weniges Wissen über das Ehrenfeld hauptsächlich von Jakob, der hier wohnte und die Kneipen häufig besuchte. Als Priester konnte er es sich hingegen nicht leisten, regelmäßig in der Kneipenlandschaft unterwegs zu sein. Schon gar nicht hier, denn einige Kneipen im Ehrenfeld wurden von Homosexuellen geführt und lockten andere Homosexuelle an.

Ein schwuler Priester! Das Nächste würden die Messdiener sein, an denen er sich verging. Leider hatte die katholische Kirche vieles dafür getan, sich diesen schlechten Ruf zu erwerben. Zuletzt noch dieser unsägliche Bischof von Limburg. Er konnte nur versuchen, besser zu sein. Das schaffte er auch. Mal abgesehen von Barbara.

Mario hatte andererseits ohnehin nicht das Bedürfnis, viel auszugehen. Andere würden ihm das unter Umständen nicht glauben, aber es war so: Am liebsten saß er in der spartanisch eingerichteten Wohnung, die ihm die Gemeinde zur Verfügung stellte, und sprach mit Gott.

Zugegeben, bisweilen sprach er auch mit Barbara. Schon seit der Mittelstufe war sie seine ... Es war schwer, ein einziges Wort dafür zu finden. Eine Zeitlang – hauptsächlich zu der Zeit, bevor er sich Gott versprochen hatte –, war sie seine Geliebte gewesen. Jetzt war sie das nur noch selten. Aber jedes Mal war einmal zu viel. Barbara war darüber hinaus seine beste Freundin. Das funktionierte immer, vor allem, wenn sie gerade anderweitig eine Beziehung hatte. Doch das hielt meist nicht lange an. Ihr größter, sie sagte: ihr einziger Wunsch, sei es, eine Beziehung mit Mario zu haben. Aber das durfte er nicht.

Ach, Mario, bis zuletzt hast du versucht, dir einzureden, dass niemand von uns weiß. Doch schon in der Schule war einigen von unseren Mitschülern klar, dass wir mehr als gute Freunde waren. Der kleine süße Mario und die langweilige Barbara. Bestimmt wollte sich das niemand wirklich vorstellen, wie wir uns küssen und ...

Es war ja garantiert niemand anders scharf auf einen von uns. Mir jedenfalls hat in der Schule niemand den Hof gemacht, wenn ich mal dieses altmodische Wort gebrauchen darf. Du hast dich ja einmal von dieser schrecklichen Ellen Berning verführen lassen. Na ja, verführen ist übertrieben, ich weiß. Ihr wart nur Eis essen und im Kino. Und angeblich habt ihr noch nicht einmal Händchen gehalten. Hast du mir wenigstens erzählt. Ich habe dir das geglaubt.

Die blöde Kuh wollte ich deswegen nicht fragen. Mit der wollte ich überhaupt nicht sprechen. Ich weiß nicht, was das Ganze damals sollte. Ich hatte erst angenommen, dass sie mich ärgern will. Aber dann wurde mir klar, dass sie mich im Grunde genommen überhaupt nicht wahrnahm. Warum sollte sie mich da ärgern wollen? Andere Menschen waren ihr ohnehin immer egal. Sie war zu sehr mit sich selbst beschäftigt.

Irgendwann bin ich zu dem Ergebnis gekommen, dass Ellen es einfach leid war, so viele Verehrer zu haben, und dass sie deswegen einen Freund vorgeschoben hat. Und dieser Freund warst du. Ausgerechnet du. Vielleicht wurde sie tatsächlich eine Weile von den anderen Jungs in Ruhe gelassen. Ich weiß es nicht. Ich weiß auch nicht, warum ihr auf einmal nicht mehr zusammen ins Kino oder Eis essen gegangen seid. Du hast ja nie wirklich ehrlich mit mir darüber gesprochen. Ich schätze, du hast dich irgendwie geschämt.

Aber auch zu diesem Ende habe ich eine Theorie entwickelt: Ellen hat ganz einfach keine Lust mehr gehabt. Möglicherweise war es ihr zu langweilig geworden. Damit möchte ich dir nicht zu nahe treten, verstehe das bitte nicht falsch. Aber für jemanden, der so materiell orientiert ist und bei dem sich alles nur um sich selbst dreht, für so jemanden muss ein mitfühlender Mensch wie du langweilig sein. Für mich bist du natürlich niemals langweilig gewesen. Ich konnte mich niemals satt an dir hören und sehen und fühlen. Niemals.

Wenn Barbara für ein paar Wochen, manchmal für ein paar Monate, glücklich mit jemand anderem zu sein schien, war ihre Freundschaft am innigsten. Sie holte sich Rat bei ihm und Mario gab ihn ihr gern. Er teilte ihre Freude über schöne Momente der Harmonie mit ihren Partnern, und er tröstete sie, wenn es mal nicht so gut lief.

Je glücklicher Barbara war, desto größer war außerdem die Chance, dass er mit seinen eigenen Sorgen zu ihr kommen konnte und Gehör fand. Wenn jemand aus der Gemeinde tödlich erkrankt war. Wenn eine Ehe in die Brüche zu gehen drohte. Wenn ein Kind aus der Gemeinde nicht mit Liebe großgezogen wurde. Dann wusste Barbara Rat.

Immerhin hatte auch sie mit Kindern zu tun, die nicht ihre eigenen waren. Sie war Gymnasiallehrerin in Münster und wurde dort mit so manchem Problem des 21. Jahrhunderts konfrontiert: Drogen, Gewalt, Cybermobbing, Magersucht, seelische und intellektuelle Verwahrlosung.

Aber kaum, dass ihre Beziehung in die Brüche gegangen war, begann sie wieder zu betteln, zu weinen, mit Selbstmord zu drohen. Sie rief an. Sie schrieb Briefe. Sie tauchte plötzlich vor seiner Wohnung auf. Mit fiebrigem Gesicht, mit Tränen in den Augen, mit einem Blick, der ihn schwach werden ließ. Wie oft hatte er sich gewünscht, in diesen Momenten stärker zu sein und seine Liebe zu Gott über seine Liebe zu Barbara zu stellen? Und wie oft hatte er sich schon gewünscht, mit jemandem darüber reden zu können?

Mit Jakob und Dirk war das nicht möglich. Schon gar nicht in der »Goldkante«, wo sie starke Cocktails und Bier tranken. Und wo sie den Altersdurchschnitt der Gäste erheblich erhöhten. Fast alle anderen Gäste waren Studenten. Doch wo Jakob trotzdem beinahe jeden Gast zumindest vom Sehen her kannte und begrüßte. Das war sein Viertel, er wohnte mit seiner Familie weniger als einen Kilometer entfernt. Trotz seiner familiären Verpflichtungen war Jakob abends oft unterwegs, um sich mit Freunden zu treffen.

Mario hätte es lieber gesehen, wenn sein Freund die familiären Dinge ernster genommen hätte. Er wusste nicht, warum, und es ging ihn selbstverständlich auch nichts an. Er machte sich aber Sorgen um sein Schäfchen, auch wenn dieses Schäfchen zu einer anderen Gemeinde gehörte. Hin und wieder tauchte Jakob allerdings in Maria Magdalena auf, der Höntroper Kirche, in der Mario Pfarrer war. Auch ansonsten trafen sie sich hin und wieder, so wie jetzt.

Es war ein wenig befremdlich, in einer Bochumer Kneipe zu sitzen und über die Schulzeit in Wolfenbüttel zu reden, die fast 25 Jahre zurücklag. Und an diesem Abend gab es noch mehr von diesen Weißt-du-noch-Geschichten zu erzählen als sonst. Das lag daran, dass auch Dirk dabei war. Ihn sah Mario weitaus seltener als Jakob. Dirk war in Wolfenbüttel geblieben; dorthin fuhr Mario nur noch selten.

Sie tauschten viele Anekdoten aus und erörterten zum 100. Mal die Frage, warum sich der Französisch-Lehrer Stefan Michalsky von heute auf morgen an eine andere Schule hatte versetzen lassen. Mitten im Schuljahr. In ihrem letzten Schuljahr. Die gängigste These blieb, dass er ein Verhältnis mit einer verheirateten Lehrerin hatte, das aufgeflogen war.

Am längsten sprachen sie über die drei toten Mitschüler. Dirk und Jakob hatten darüber nachgedacht, ihretwegen das Jubiläumstreffen abzusagen. Allein der Umstand, dass es erst in acht Monaten stattfinden würde, hatte sie bislang abgehalten.

»Es würde die Toten auch nicht wieder lebendig machen.« Er wählte bewusst diese Plattitüde, weil sie hier ganz einfach passte und von allen verstanden wurde. »Ich kann auf dem Treffen gern ein paar Worte über die Toten sprechen, wenn ihr mögt.«

Jakob und Dirk nickten ernst.

Lieber Mario, mache dir bitte keine Sorgen, dass jemals jemand diesen Brief zu lesen bekommt. Selbst du wirst ihn nun nicht mehr lesen. Bevor ich gehe, werde ich ihn in Stücke schneiden und verbrennen und die Asche in den Müll werfen. Oder, noch besser, ich werde sie von meinem Balkon aus verstreuen. Die Asche wird Richtung Aasee treiben. Westwärts. Das ist die vorherrschende Windrichtung hier.

Du warst ja so gut wie nie in meiner kleinen Wohnung hier in Münster. Fast immer musste ich zu dir kommen. Egal, ob du in Osnabrück, in Soest oder wie jetzt in Bochum gewohnt hast. Dir wäre es noch mehr wie ein Verrat an Gott vorgekommen, wenn du auch noch regelmäßig aus freiem Willen zu mir gekommen wärst. So konntest du dich ihm gegenüber damit herausreden, dass ich dich gewissermaßen überfallen hatte und du mein willenloses Opfer warst.

Recht so. Du solltest keine unnötige Schuld auf dich laden, nur weil ich dich geliebt habe. Und liebe. Und immer lieben werde. Und weil du mich geliebt hast. Das hast du doch, oder? Ich bin mir sicher. Ich habe dich auch dann geliebt, wenn ich mit anderen Männern zusammen war. Mit ihnen geschlafen habe. Manchmal sogar mit ihnen vor dem Fernseher eingeschlafen bin.

Immer und ewig. Selbst dort, wohin ich nun gehe. Oder gerade dort, weil ich dich dort treffen werde. Werde ich dich dort treffen? Ich hoffe es. Ich kann es aber nicht glauben. Nicht an ein Leben danach. Erst recht nicht an einen Gott, der mir meinen Liebsten weggenommen hat.

Ich weiß noch genau, wie es damals war, vor 22 Jahren. Ich sehe dich vor mir stehen. Klein und dunkel und lieb und traurig. Du erzählst, dass du dich für ein Leben als Priester entschieden hast. Mit allen Konsequenzen.

Unsere Liebe war eine dieser Konsequenzen. Ihr Ende war die zwingende Konsequenz. Aber ich wollte um dich kämpfen. Ja, zu Beginn habe ich sogar mit Gott gesprochen und ihn gebeten, er möge dir im Studium die Augen öffnen, dass das nicht deine Berufung ist. Dass du stattdessen Religionslehrer werden könntest.

Aber Gott wollte dich nicht wieder hergeben. Auf einmal warst du im Priesterseminar, dann in einer Gemeinde, bis du endlich deine erste eigene Gemeinde hattest. Doch in all der Zeit habe ich Gott immer mal wieder ein Schnippchen schlagen können, gewann kleine Gefechte gegen ihn, vielleicht sogar die eine oder andere Schlacht. Aber nicht den Krieg.

Du kannst dir nicht vorstellen, wie verzweifelt ich manchmal gewesen bin. Selbst wenn ich es dir erzählt habe, wirst du es nicht verstanden haben. Weil du an Gott glaubtest. Und daran, dass er meine Schmerzen lindern würde. So, wie er deine Schmerzen gelindert hat. Aber Gott war doch der Grund für meinen Schmerz. So deutlich durfte ich dir das freilich nicht sagen. Nur nichts gegen Gott. Oder gegen Jesus. Noch nicht mal gegen Maria. Nur nichts gegen deine zweite Familie.

Kurz nach 23 Uhr verließen sie die »Goldkante«. Die Straßen waren leer, abgesehen von einem Auto, das gerade gestartet wurde.

Dirk wollte zu Fuß zum Hauptbahnhof gehen und in die U-Bahn nach Herne steigen. Er schlief bei seiner Cousine. Er ging deshalb in eine andere Richtung als Jakob und Mario.

Jakob begleitete ihn bis zum Ende der Ehrenfeldstraße, dann ging er nach links Richtung Bergmannsheil. Jakob wohnte mit seiner Familie nur knapp 200 Meter entfernt von diesem Krankenhaus.

Mario musste nach rechts in die Bessemerstraße gehen, an der die S-Bahnstation lag. Er sah bereits die wuchtige Eisenbahnbrücke, die die Straße überquerte. Straße und Gehweg unter der Brücke waren in gelbes Licht getaucht. Die weiß gekachelten Wände waren mit Graffiti verschmiert.

Wie aus dem Nichts tauchte inmitten dieser Fassade eine breite Steintreppe auf. Sie führte zum Bahnsteig, wo die Linie S 1 verkehrte. Am linken Gleis ging es nach Dortmund, am rechten nach Düsseldorf. Über Essen, Mülheim und Duisburg. In diese Richtung musste er fahren. Aber nur eine Station, dann würde er in Höntrop aussteigen und müsste noch knapp fünf Minuten bis zu seiner Wohnung laufen.

Er blieb, als er den Bahnsteig erreichte, direkt an der Treppe stehen, um in den letzten Wagen der S-Bahn einsteigen zu können. Das war doppelt praktisch. Zum einen brauchte er hier in Ehrenfeld nicht weiter auf den Bahnsteig zu gehen.

Zum anderen wäre er auch in Höntrop direkt an der Treppe, die vom Bahnsteig zur Straße führte.

Er sah auf seine Uhr. Wenn die Bahn pünktlich käme, müsste er vier Minuten warten. Das reichte auch. Es war zwar nicht besonders kalt, schon gar nicht für einen Abend Mitte Januar. Aber es wehte doch ein recht unangenehmer Westwind, der den in West-Ost-Richtung ausgerichteten Bahnsteig direkt erreichte. Und natürlich war es nie wirklich schön, nachts allein auf eine S-Bahn zu warten.

Ach, Mario, wenn ich in einer meiner sechsten oder siebten Klassen mal einen Jungen aus Südamerika hatte, womöglich sogar aus Chile, brach es mir immer das Herz. Ich musste an dich denken, wie du als Zwölfjähriger in mein Leben getreten bist. Eine Bank vor mir in der 7b am Gymnasium im Schloss. Lateinklasse, zur Hälfte Katholiken, zur Hälfte Protestanten. Die 7c war die Französischklasse, ebenfalls zur Hälfte Katholiken, zur Hälfte Protestanten – wie es damals üblich war am Schloss.

Warum bist du nicht Protestant gewesen? Dann hättest du Gott und mich haben dürfen. Ich wäre dir eine gute Pastorenehefrau gewesen. Aber nein, du musstest Katholik sein und mein Schicksal werden.

Ich habe mich sofort in deinen dunklen Schopf verliebt, in deine damals noch so zarte Stimme, in deine Schüchternheit. Obwohl du keinen Grund hattest, schüchtern zu sein. Dein Vater war jemand in der Stadt, ein beliebter Arzt. Dennoch warst du schüchtern. Und so süß. So liebenswert. Meiner Liebe wert. Es hat ein paar Jahre gedauert, bis du es gemerkt hast. Ich glaube, es gab einige in der Klasse, die es eher gemerkt haben als du.

Dann waren wir eine Zeitlang ein Paar. Zumindest inoffiziell. Heimlich. Die anderen sollten denken, wir seien nur gute Freunde. Das war deine Idee. Ich fand sie gut. Mir war es egal, was die anderen dachten. Wenn sie dachten, ich habe nur wenig von dir, ich aber in Wirklichkeit viel mehr von dir hatte, so war es mir nur recht.

Natürlich konnten wir nicht alle täuschen. Aber dadurch, dass ich so unbedeutend, so unsichtbar war, waren wir nicht das Gesprächsthema Nummer eins. Das war die schönste Zeit. So kurz.

Dann fiel deine Entscheidung für Gott. Deine ewige Zerrissenheit. Dein Zaudern. Ich hätte dir so gern geholfen, dich in die eine, die richtige Richtung gelenkt. Aber du ließest dich nicht lenken. Ich wollte dich eifersüchtig machen mit meinen Freunden, meinen Liebhabern. Aber du warst nicht eifersüchtig. Stattdessen hast du dich gefreut, dass ich endlich jemanden gefunden habe, dass ich von dir losgekommen bin. Und du hast mit mir getrauert, wenn wieder eine Beziehung in die Brüche gegangen ist. Ich ließ sie alle in die Brüche gehen, spätestens nach ein paar Monaten, meist schon nach ein paar Wochen, manchmal schon nach einigen Tagen. Dann ließ ich mich von dir trösten.

Wie viele Beziehungen waren es? Wie viele Männer? 18? 20? 23? Oft waren es Kollegen an der Schule, an der ich gerade unterrichtete. Eigentlich keine gute Idee. Man sieht sich hinterher ständig wieder. Unschöne Situationen. Aber an der Schule war es am einfachsten, jemanden zu finden. Ich war nie der Typ, der abends loszieht, um Männer aufzureißen. Wenn ich es aber doch mal versucht habe, dann hat es immer geklappt. Ellen und all die anderen Püppchen würden sich wundern. Die unscheinbare Barbara. Aber so unscheinbar wie früher bin ich nicht mehr. Es war gut, mal einfach ein paar Pfund zuzulegen. Rotwein und Schokolade, das waren meine kleinen Helfer dabei. Sie sorgten dafür, dass meine Gesichtszüge weicher wurden, freundlicher. Du hast

gesagt: noch hübscher. Das war lieb von dir. Ob auch Ellen
von sich behaupten kann, dass sie mit Anfang 40 attrakti-
ver ist als mit 17?

Jetzt ist Ellen tot. Dieses Schicksal hätte ich ihr nicht
gewünscht. Allenfalls eine Warze auf der Nase. Sie wird nicht
zum Abiturtreffen kommen. Genauso wenig wie Felix und
Hanno.

Er hörte leise Schritte. Jemand kam die Treppe zum Bahnsteig hinauf. Nur eine Person, stellte er erleichtert fest. Dennoch hielt er es für ratsam, sich nicht umzudrehen. Er nahm
den Menschen, es war ein Mann, nur aus den Augenwinkeln
wahr. Kapuze tief ins Gesicht, Blick auf den Boden. Mario
war froh, als er hörte, dass der Mann auf die andere Seite
des Bahnsteigs ging. Er würde also auf die S 1 nach Dortmund warten.

Eine Durchsage gab es in Ehrenfeld nicht. Nur ein Signal gab Auskunft darüber, ob in der nächsten Minute mit
dem Zug zu rechnen war. Das Signal war soeben auf Grün
gesprungen, als er auch schon die drei trüben Lichter des
Zuges näher kommen sah. Er machte sich bereit, stieß sich
leicht von der Treppe ab und stellte sich direkt ans Gleis. Die
S-Bahn war nun auch deutlich zu hören. Bei der Einfahrt in
den S-Bahnhof musste sie bremsen.

Als die Bahn nur noch wenige Meter von ihm entfernt
war, nahm er eine Bewegung hinter sich wahr. Doch bevor
er darüber nachdenken konnte, was da vor sich ging, spürte
er einen heftigen Stoß in seinem Rücken und flog durch die
Luft. Von rechts rauschte ein dreiäugiger, kreischender Lind-
wurm auf ihn zu.

Dann war da dieser unglaubliche Schmerz. Danach nichts
mehr. Nicht die entsetzten Augen des Zugführers. Nicht das
infernalische Jaulen der Bremsen. Nicht die Schleifgeräusche

und das Knacken. Schon gar nicht die eiligen Schritte, die die Treppe vom Bahnsteig hinunterliefen.

Jetzt bist auch du tot, mein Liebster! Hast du dich meinetwegen vor den Zug geworfen? Oder gab es einen anderen Grund? Hat Gott dich verlassen? Warst du unheilbar krank und hattest Schmerzen? Nein, wenn es andere Gründe gegeben hätte, hättest du mir davon erzählt. Nur, wenn es meinetwegen gewesen wäre, hättest du mir nichts gesagt.

Aber wie du mir, so ich dir. Jeder, der uns auch nur ein wenig gekannt hat, wird ohnehin wissen, dass ich nur deshalb sterbe, weil du tot bist. Noch einmal: Werde ich dich dort sehen, mein Liebster?

Dann sind es schon fünf von uns, die innerhalb eines Monats gestorben sind. Was wird der Rest der Welt davon halten? Wird er sich fragen, ob eine Epidemie unter den Mitgliedern des Abiturjahrgangs 1989 ausgebrochen ist?

Es ist so verstörend. Wer wird überhaupt noch feiern wollen im September? Vielleicht Jakob, Dirk und Susanne? Falls sie überleben. Und wenn sie dann tatsächlich noch feiern wollen.

Ich glaube, sie werden nicht feiern. Ich habe die drei zwar lange nicht mehr gesehen. Aber du hast mir immer mal wieder von ihnen erzählt, da du Jakob alle paar Wochen triffst und hin und wieder auch Dirk.

Offenbar sind sie noch ganz die Alten. Früher mochte ich sie. Ich mochte sie, weil sie dich mochten. Ich glaube, dass sie mich auch mochten. Sie sind gut. Jakob hat mich sogar angerufen, um mir zu erzählen, was du gemacht hast. Er wollte nicht, dass ich es von der Polizei erfahre.

Nein, sie werden nicht feiern. Ich hoffe, sie überleben die Epidemie. Ihretwegen hatte ich früher einen »Abi '89-Aufkleber« an meinem Auto.

Jetzt steht eine Flasche Whisky vor mir und eine Schachtel

Schlaftabletten. Vorher trinke ich Gastrosil, damit ich nicht zu früh alles wieder erbreche.

Vorher werde ich – wie versprochen – diesen Brief zerreißen, verbrennen und die Asche vom Balkon fliegen lassen. Der Wind hat allerdings gedreht, die Asche wird doch nicht zum Aasee wehen.

Adieu, mein Liebster!

KAPITEL 12

»Friday on my Mind«, »Friday I'm in Love«, »Last Friday Night« – über diesen Freitag musste niemand ein Lied schreiben. Echt nicht! Jakob rieb sich die pochenden Schläfen. Er hatte sich gestern in der »Goldkante« mit Mario und Dirk getroffen. Sie hatten auf verstorbene Schulkameraden getrunken, auf die guten alten Zeiten und so weiter. Viele Gründe, viele Drinks.

11 Uhr. Eigentlich hätte er längst den ersten Artikel des Tages fertig haben müssen. Es standen schließlich noch weitere Artikel an. Um spätestens 14 Uhr würden die Kinder zu Hause sein. Dann war an ruhiges Arbeiten nicht mehr zu denken. Es gab ja noch ein weiteres Handicap. Er hatte seinen Laptop vor ein paar Tagen in der Straßenbahn liegen lassen. Wie blöd! Der Laptop war natürlich auch nicht wieder im Fundbüro der Bogestra aufgetaucht.

Immerhin hatte er seine Dateien auf einem USB-Stick gesichert. Doch sein alter Rechner war nur halb so schnell wie sein Laptop. Einen neuen Laptop konnte er sich erst leisten, wenn er ein paar Artikel geschrieben und verkauft hatte. Ein Teufelskreis. Und dann auch noch die ständigen Fahrten nach Wolfenbüttel. Die Termine beim Notar und …

Nein, darüber wollte er jetzt nicht nachdenken. Darüber dachte er ohnehin viel zu oft nach. Ohne Ergebnis. Es gab keine Lösungen, keine Antworten. Es war passiert und es passierte und es würde womöglich weiterhin passieren.

Diesen einen Satz noch, beschloss er. Vielleicht würde er

den zweiten Artikel noch anfangen können, bevor die Kinder nach Hause kamen. Allerdings musste er auch noch kochen. Warum um alles in der Welt ging Kerstin einem normalen Beruf nach, der sie Tag für Tag für acht Stunden in ein wunderschönes Büro führte, während er zu Hause arbeitete und sich zusätzlich um Haushalt und Kinder kümmerte? Der moderne Mann? Klar, er war der Prototyp. Gern doch. Damit konnte Kerstin hübsch angeben, wenn sie sich mit ihren Freundinnen auf dem Moltkemarkt traf. Die anderen Mädels von der Toskana-Fraktion hatten so einen tollen Mann nicht im Angebot.

Zu mehr als Spaghetti mit frischen Tomaten würde die Zeit nicht reichen, wenn er noch ein paar Zeilen schreiben wollte. Jetzt erst mal einen Espresso.

Er hatte gerade den Espressokocher mit Wasser und Kaffee gefüllt, als es an der Tür schellte. Er schaute vorsichtig durch das kleine Fenster, das schräg über der Haustür war. Er sah zwei groß gewachsene Männer in Mänteln, und er hätte mit Sicherheit nicht die Tür aufgemacht, wenn er nicht einen von ihnen gekannt hätte. Kriminalhauptkommissar Eric Vorberg, Mordkommission Bochum.

Die beiden Männer hielten ihm ihre Marken entgegen. Vorberg übernahm die Vorstellung. »Kriminalhauptkommissar Eric Vorberg, und das ist mein Kollege, Kriminaloberkommissar Henning Schmitt. Sie sind Jakob Dieckmann, nicht wahr? Ich glaube, wir sind uns auch schon begegnet.«

Sie gaben sich die Hand. »Ja, sind wir. Ich schreibe gelegentlich für die WAZ über Gerichtsprozesse. Kommen Sie doch bitte rein.« Er führte Vorberg und Schmitt in die Küche und bot ihnen Stühle an. »Kann ich Ihnen was zu trinken bringen? Ich koche mir gerade einen Espresso.«

»Nein, danke«, lehnte Vorberg für sich und seinen Kollegen ab.

Die beiden Männer hatten ihre Mäntel nicht abgelegt. Dennoch hatte er das Gefühl, dass sie etwas länger bleiben würden.

Schmitt, ein smarter Typ Anfang 30, hatte auch schon einen Notizblock vor sich liegen.

Jakob stellte den Herd an und setzte sich zu den beiden an den Tisch. »Was kann ich also für Sie tun?«

»Kennen Sie Mario Lopez?«, fragte Vorberg ohne Vorwarnung. Er war Mitte 50 und trug einen auffälligen Schnurrbart à la Heiner Brand. Allerdings wirkte der Kripobeamte ansonsten nicht wie ein Sportler. Er war beleibt und kurzatmig.

»Ja, klar. Wir haben uns erst gestern gesehen. Was ist mit ihm?«

»Ich habe schlechte Nachrichten. Herr Lopez ist letzte Nacht gestorben.«

»Wie bitte?«

»Er wurde von einer S-Bahn erfasst, am S-Bahnhof Ehrenfeld.« Vorberg blickte ihm fest in die Augen.

Jakob versuchte, sich zu fassen. Das war schwer genug. Der gestrige Abend raste an ihm vorbei, vom ersten Bier auf der Fensterbank bis zur Verabschiedung. Das war gerade mal zwölf Stunden her. »Was? Oh Gott. Wann ist das passiert?«

»Gegen 23.20 Uhr.« Vorberg hörte einen Augenblick lang auf, ihn zu taxieren. Er blickte stattdessen irritiert zum Espressokocher hinüber, der laut blubberte. Vorberg kannte wahrscheinlich nur die Kaffeemaschine im Büro. »Wie lange waren Sie gestern zusammen?«

Er hatte Mühe, sich zu konzentrieren. »Bis 23.10 Uhr ungefähr. Wir haben uns an der Ecke Bessemer Straße, Ehrenfeldstraße getrennt. Ich bin nach Hause gegangen und Mario zum S-Bahnhof.«

»Wo sind Sie vorher gewesen?« Vorberg war wieder voll bei der Sache, obwohl der Kocher zischte und dampfte. Der Espresso war fertig.

Jakob stand auf, murmelte eine Entschuldigung, nahm den Kocher von der Platte und schenkte sich einen doppelten Espresso ein. Als er wieder am Tisch saß, sagte er: »Wir waren in der ›Goldkante‹, Alte Hattinger Straße, also nur gut eine Minute entfernt von der Stelle, an der wir uns dann getrennt haben. Aber bitte, sagen Sie mir doch, was dort auf dem Bahnsteig passiert ist?«

»War sonst noch jemand dabei?« Vorberg ging nicht auf Jakobs Frage ein.

»Ja, Dirk Franke. Wir sind Schulfreunde.«

Schmitt notierte sich etwas, wahrscheinlich Dirks Namen. Aber die Fragen stellte weiterhin Vorberg. »Und wohin ist Franke gegangen, als Sie und Lopez zur Bessemer Straße gegangen sind?«

»Zum Hauptbahnhof. Er musste mit der U 35 nach Herne fahren.«

»Wohnt er dort?«

»Nein, seine Cousine wohnt in Herne. Dirk besucht sie.« Er trank den Espresso mit einem Schluck aus.

»Und wo wohnt er normalerweise?«

»In Wolfenbüttel.«

»Bitte, wo?«

»Wolfenbüttel. Das ist in Niedersachsen, bei Braunschweig.«

Die beiden Kommissare nickten. Braunschweig kannten sie garantiert vom Fußball. Schließlich hatte der VfL häufig genug gegen die Eintracht gespielt.

»Wir sind alle aus Wolfenbüttel. Mario und ich sind zufällig beide in Bochum gelandet, ich vor 20 Jahren, Mario vor fünf. Weil seine Cousine in Herne wohnt, ist Dirk auch immer mal wieder im Ruhrgebiet.«

»Und dann treffen Sie sich zu dritt?«

»Manchmal. Wenn es sich ergibt. Wie gestern. Können

Sie mir wirklich nicht sagen, was auf dem Bahnsteig passiert ist? Ich bin vielleicht der letzte Mensch, der Mario lebend gesehen hat. Das ist schon ein komisches Gefühl.«

»Lopez ist unter die einfahrende S-Bahn geraten. Weitere Einzelheiten erspare ich Ihnen. Dem Zugführer blieben sie nicht erspart. Der stand ganz schön unter Schock. Er konnte uns nur sagen, dass plötzlich ein Mann vor seinem Zug lag. Er konnte uns nicht sagen, ob der Mann gestolpert oder gesprungen war. Auch zu der dritten Möglichkeit konnte er keine Angabe machen: Ob der Mann eventuell von einem Dritten vor die einfahrende Bahn gestoßen wurde.«

Bei diesen Worten spürte Jakob die intensiven Blicke der Kommissare auf sich gerichtet. Er selbst schaute von Vorberg zu Schmitt und wieder zu Vorberg. Mindestens eine Minute lang sagte niemand ein Wort. Jakob dachte kurz darüber nach, ob er sich den restlichen Kaffee holen sollte. Diesen Gedanken verwarf er wieder. Der Appetit auf Espresso war ihm gründlich vergangen. Er dachte daran, dass in einer Stunde seine Kinder nach Hause kommen würden. Er fragte sich, ob er ihnen wohl noch etwas zu essen kochen konnte. Das ging schlecht, solange Vorberg und Schmitt noch bei ihm waren. Er dachte auch kurz darüber nach, was wohl passieren würde, wenn seine Kinder nach Hause kämen und die Polizisten noch immer da waren. Sie bekämen einen Riesenschreck, wenn sie erführen, dass es um den Tod des Pfarrers ging, mit dem ihr Vater befreundet war.

»Sie gehen davon aus, dass jemand Mario vor die S-Bahn gestoßen hat?«

»Wir können das zumindest nicht ausschließen. Können Sie sich denn vorstellen, dass jemand so etwas tun würde?«

»Nein, natürlich nicht.« Nach einer kurzen Pause fügte Jakob hinzu: »Was ich mich schon die ganze Zeit über frage, ist, warum Sie zu mir gekommen sind.«

»Lopez hatte seine Papiere bei sich. Wir konnten also rasch seine Identität feststellen. Auch, dass er Pfarrer in der Katholischen Gemeinde Maria Magdalena in Höntrop ist. In seiner Wohnung haben wir einen Kalender gefunden, in dem das gestrige Treffen mit Ihnen eingetragen war. Nun sind wir also hier und hoffen, dass Sie uns helfen können, die Sache aufzuklären.«

»Das würde ich gern. Ich weiß nur nicht, wie.« Am liebsten wäre den Herren wahrscheinlich gewesen, er würde zugeben, dass er Mario vor die S-Bahn gestoßen hat. Dann hätten sie ihren Fall rasch abgeschlossen.

»Sie könnten uns zum Beispiel sagen, in welcher Verfassung Herr Lopez gestern war.«

»Normal, würde ich sagen. Wir haben über die alten Zeiten gesprochen, ein paar Anekdoten erzählt und so. Im Herbst ist unser 25-jähriges Abiturtreffen ...« Er biss sich auf die Zähne.

»Was ist, Herr Dieckmann? Ist Ihnen nicht gut?« Vorberg wirkte ehrlich besorgt. Selbst Schmitt sah einen Moment lang von seinen Notizen auf.

»Vor Mario sind in den letzten Wochen schon drei andere Menschen aus unserem Jahrgang gestorben.«

»Wie bitte? Wie sind sie denn gestorben?«

»Einer ist mit dem Trecker über eine Mine gefahren, die wohl noch aus DDR-Zeiten auf seinem Feld lag. Eine wurde in ihrer Boutique überfallen und erstochen. Und einer ist im Wald von einem Ast erschlagen worden.«

»Und wo ist das alles passiert?«

»In Wolfenbüttel.«

Vorberg wandte sich an seinen Kollegen: »Henning, mach dir mal eine Notiz, dass du mit den Kollegen dort sprichst.« Dann drehte sich Vorberg wieder zu Jakob: »Gehen wir zunächst mal davon aus, dass diese Todesfälle nichts mit Lopez' Tod zu tun haben. Ich will noch mal auf gestern Abend zurückkommen. Sie sind, wie Sie selbst gesagt haben, vielleicht der letzte Mensch, der Lopez lebend gesehen hat. Sie sagen, dass Sie sich gegen 23.10 Uhr von ihm getrennt haben und direkt nach Hause gegangen sind. Gibt es dafür Zeugen?«

»Nicht, dass ich wüsste.«

»Wann genau sind Sie zu Hause gewesen?«

»Gegen 23.30 Uhr, schätze ich. Ich habe nicht auf die Uhr geschaut. Meine Frau schlief schon. Die Kinder auch. Die sind zwölf, zehn und acht.«

»Sie hätten also theoretisch die Zeit und die Gelegenheit gehabt, Lopez vor den Zug zu stoßen.« Vorberg beugte sich vor, um die Aussage einen Moment lang wirken zu lassen. »Wir sind aber nicht hier, weil wir Sie verdächtigen. Wir halten es vielmehr für möglich, dass Lopez sich selbst vor den Zug geworfen hat.«

»Das glaube ich nicht, das hätte Mario niemals getan. Wie ich vorhin gesagt habe: Er wirkte wie immer, glücklich und zufrieden.«

Vorberg lehnte sich wieder zurück. »Wir haben in Herrn Lopez' Wohnung Briefe gefunden. Zwar keinen Abschiedsbrief. Aber Briefe von einer Frau in Münster, mit der er offenbar schon länger ein intimes Verhältnis hatte.«

»Und?«

»Ich bitte Sie! Er ist katholischer Pfarrer.«

»Aber warum sollte er sich ausgerechnet jetzt deswegen umbringen?«

Zum ersten Mal schaltete sich Schmitt ein. »Bei der ersten Durchsicht der Briefe haben wir den Eindruck gewonnen, dass diese Dame Lopez zuletzt unter Druck gesetzt hat, die Beziehung zu intensivieren. Vielleicht hat er dem nicht mehr standhalten können und nur noch diesen einen Ausweg gesehen.« Schmitt blätterte in seinen Notizen. »Wie gesagt, diese intime Beziehung läuft schon lange. Wie lange genau, können wir nicht sagen, da nur die wenigsten Briefe datiert sind. Rein vom Inhalt her können wir aber annehmen, dass die Beziehung bis in die Studienzeit zurückreicht. Vielleicht sogar bis in die Schulzeit. Und da Sie mit Lopez zur Schule gegangen sind ...«

»... möchten Sie nun wissen, ob ich besagte Dame möglicherweise kenne. Ich nehme an, es handelt sich um Barbara. Barbara Wiechert.«

Schmitt nickte. »Und was wissen Sie über die Beziehung der beiden?«

»Das hat in der Tat schon in der Schule angefangen. Schon damals haben die beiden ein großes Geheimnis darum gemacht. Keine Ahnung, warum. Vielleicht wollten sie einfach nicht, dass man über sie redet. Irgendwie sind sie nie voneinander losgekommen. Es ist ja kein Verbrechen, auch wenn die katholische Kirche anderer Meinung ist.«

Vorberg und Schmitt nickten. Vorberg übernahm wieder die Befragung. »Wissen Sie zufällig, wie der aktuelle Stand ihrer Beziehung ist?«

»Nein. Das sollten Sie am besten Frau Wiechert fragen.«

»Das haben die Kollegen in Münster schon versucht. Sie haben sie allerdings nicht zu Hause angetroffen. Sie wird wohl auf der Arbeit sein. Scheint Lehrerin zu sein.«

»Das stimmt, Barbara ist Lehrerin.«

»Wir würden dann jetzt wieder gehen. Es kann aber gut sein, dass wir uns noch mal bei Ihnen melden. Wenn Ihnen noch irgendetwas einfällt, wäre es nett, wenn Sie sich bei mir melden.« Vorberg reichte Jakob eine Visitenkarte. »Wir müssen auch noch mit Herrn Franke sprechen. Haben Sie zufällig die Anschrift seiner Cousine in Herne?«

Jakob ging in den Flur. Das Adressbuch lag neben dem Telefon auf einem kleinen Beistelltisch. Er schlug die passende Seite auf und reichte Schmitt das Buch. »Ich weiß allerdings nicht genau, wie lange Dirk noch dort sein wird. Es kann sein, dass er heute schon wieder zurück nach Wolfenbüttel fährt.« Er legte das Adressbuch auf den Küchentisch.

»Wir werden es versuchen. Im Zweifelsfall werden wir die Kollegen in Wolfenbüttel bitten, mit Herrn Franke zu sprechen.« Mit diesen Worten standen die beiden Kripobeamten auf und gingen.

Er blickte den beiden lange nach. Ans Schreiben konnte er nun nicht mehr denken. Eigentlich auch nicht ans Kochen. Aber seine Kinder mussten natürlich etwas zu essen bekommen. Also setzte er Wasser auf. Zu den Nudeln würde es eine Fertigsoße geben.

Während das Wasser kochte, nahm er das Adressbuch vom Küchentisch. Darin befand sich auch ein aktueller Ausdruck der Telefon- und Adressliste seines Abiturjahrgangs. Das mit Mario musste Barbara ja nicht unbedingt von der Polizei erfahren.

KAPITEL 13

»Rate mal, wen ich gerade an der Strippe hatte?« Jonas stand in der Tür von Helmuts Büro und winkte mit seinem Notizblock.

»Sag es mir bitte einfach, Jonas. Ich bin nicht in der Stimmung für Ratespiele.« Drei ungeklärte Todesfälle, leichte Kopfschmerzen und eine triefende Nase. Helmut hatte nicht seinen besten Tag. Es war Freitagnachmittag, Mitte Januar. Draußen roch es mehr nach Frühling als nach Winter. Mal wieder knapp zehn Grad, und hin und wieder lugte sogar die Sonne zwischen den hellgrauen Wolken hervor. Dennoch hatte sich Helmut eine leichte Erkältung eingefangen. Vielleicht gestern auf dem Rückweg vom »Dorfkrug«? Es war windig gewesen, und er hatte nur die leichte Lederjacke angehabt. Keine Mütze. Keinen Schal.

Beim Skat hatte er ein Desaster erlebt. Er hatte gleich zu Beginn einen Grand mit Dreien verloren. Und direkt danach mit Pauken und Trompeten einen Null. Von diesen Niederlagen konnte Helmut sich nicht mehr erholen. Er musste an seinem Tisch praktisch alle Getränke bezahlen. Aus Frust darüber trank er das eine oder andere Bier mehr als gewöhnlich. Nicht zuletzt deshalb zog sich der Rückweg etwas in die Länge, denn Helmut torkelte mehr, als dass er gegangen wäre.

Schlechtes Wetter. Pech im Spiel. Kein Glück im Job. Und an Liebe wollte er wie üblich erst gar nicht denken. Und in keinem der Fälle waren sie in den letzten Tagen weitergekommen.

Bei Hanno war sogar das Gegenteil der Fall. Die KTU hatte einen ehemaligen NVA-Offizier aufgetrieben, der sich mit den russischen Landminen auskannte, die die DDR in den 6oer-Jahren entlang der deutsch-deutschen Grenze vergraben hatte. Seine erste Einschätzung schlug ein wie eine Bombe. Der Ex-Soldat behauptete, dass es sich nicht um eine Mine aus sowjetischer Produktion handelte. Er hielt die Kunststoffteile vielmehr für die Reste einer amerikanischen Mine, einer M14.

Das würde natürlich überhaupt keinen Sinn ergeben. Wie sollte denn eine US-Mine in das ehemalige deutsch-deutsche Grenzgebiet gekommen sein? Nun suchten die Kriminaltechniker nach weiteren Experten, die entweder etwas anderes behaupteten oder die Meinung des früheren NVA-Offiziers bestätigten.

Absoluter Stillstand herrschte bei Ellen Berning-Schäfer. Die BMW blieb verschwunden. Vielleicht war sie doch nur das Hirngespinst dieses ehemaligen Lehrers? Helmut hatte mehrfach über die Braunschweiger Zeitung nach Zeugen gesucht. Die Aufrufe standen sowohl im Mantelteil als auch auf den Lokalseiten für Wolfenbüttel, Braunschweig und Salzgitter. Ein letzter Aufruf würde in der kommenden Wochenendausgabe stehen.

Auch der genaue Unfallhergang von Felix Conradi stand noch nicht fest. Dr. Rösner hatte in seinem Bericht allerdings auf zwei Dinge hingewiesen, die er nicht mit letzter Gewissheit deuten konnte. Zum einen hatte Rösner eine winzige Abschürfung an Conradis rechtem Schienbein entdeckt. Sie war mit Mikrofasern versetzt, die von Conradis Sporthose stammten. Eine Erklärung konnte Rösner in seinem Bericht nicht liefern. Helmut hatte ihn angerufen und um eine Einschätzung jenseits des Berichts gebeten.

Rösner hatte sich eine Weile gesträubt, doch schließlich hatte er eine Vermutung in den Hörer geflüstert. »Mein erster Gedanke war, dass sich der Tote mit stabilem Faden oder mit Draht irgendetwas am Schienbein befestigt und den Faden zu fest geschnürt hat. Aber ich hatte den Mann ja hier liegen. Da war nichts an seinem Schienbein befestigt. Und im Bericht der KTU war davon auch nicht die Rede.«

Helmut hatte kurz überlegt. »Hätte er sich denn diese Abschürfung auch zuziehen können, wenn er über einen Draht gestolpert wäre?«

»Das hätte ich eventuell in Erwägung gezogen, wenn ich im Bericht der KTU einen Hinweis auf Draht am Tatort gelesen hätte. Den gab es aber nicht. Deswegen habe ich auch die andere Sache wieder verworfen.« Diese andere Sache hing mit der tödlichen Kopfverletzung zusammen. Rösner hatte praktisch an derselben Stelle des Schädels zwei Bruchstellen entdeckt. Die eine war etwas kleiner als die andere. Auch hierzu gab es keine Theorien im Bericht, und auch zu diesem Aspekt hatte Helmut den Pathologen um eine »private« Einschätzung gebeten.

»Man könnte meinen, dem Opfer sind zwei Äste auf fast dieselbe Stelle gefallen, ein großer und ein etwas kleinerer Ast. Aber im Bericht der KTU findet sich kein Hinweis, dass es einen zweiten Ast gegeben hat. Beschrieben wird nur der große Ast, der auch Blutspuren aufweist, die von Conradi stammen. Ich habe die KTU noch mal angerufen und explizit sowohl nach einem zweiten Ast als auch nach dem Draht gefragt. Fehlanzeige. Und bevor du fragst, Helmut. Natürlich wäre ich als Ermittler vielleicht auf folgendes Szenario gekommen: Das Opfer wird per Draht zu Fall gebracht, stürzt und fällt mit dem Kopf seitlich gegen einen Stein. Das erklärt die kleine, eher harmlose Wunde an Conradis Kopf. Als Nächstes lässt der Mörder – wie auch immer – einen riesigen Ast vom Baum fallen, der das Opfer am Hinterkopf erwischt. Da Conradi noch nicht tot ist, schlägt der Täter mit einem Knüppel auf die frische Wunde und beendet so sein grausiges Werk. Draht und Knüppel nimmt der Mörder anschließend wieder mit.«

»Du würdest einen guten Ermittler abgeben, Herbert«, hatte Helmut nur halb im Scherz gesagt.

»Ach, schmier mir doch keinen Honig um den Bart.« Rösner klang amüsiert. »Ich habe doch auch deine Berichte auf dem Tisch gehabt. Der Förster sagt aus, dass es nach den vielen Stürmen der letzten Monate jede Menge Geäst gab, das in Baumkronen hing. Und dass man dabei war, es nach und nach zu entfernen. Der Mann hatte einfach nur Pech. Er war ausgerechnet an einer Stelle im Wald unterwegs, die noch nicht wieder sicher war. Vor allem hatte er das unglaubliche Pech, dass er genau unter diesem Baum gestolpert oder ausgerutscht war, außerdem in exakt dem Moment, als der Ast aus der Krone rutschte.«

»Viel Pech, viele Zufälle«, sagte Helmut nur.

»Diese Dinge passieren nun mal.« Mit diesen Worten hatte Rösner aufgelegt.

Die Ermittler hatten daraufhin, mithilfe von Streifenbeamten, noch mal alle Anwohner der Straßen in der Nähe des Lechlumer Holzes befragt. Hatte jemand Anfang Januar etwas Auffälliges im Wald bemerkt? Beispielsweise jemanden beobachtet, der sich an irgendwelchen Bäumen zu schaffen machte oder Drähte mit sich herumtrug? Nichts. Sie hatten auch ein weiteres Mal mit dem Förster gesprochen. Der war sich sicher, den fraglichen Ast bereits im Dezember bemerkt zu haben. Genauso sicher war er sich allerdings, dass der Ast nicht bedrohlich in der Krone gehangen hatte. »Sonst hätte dieser Baum natürlich Priorität besessen«, hatte der Förster behauptet.

Jede andere Aussage hätte die Ermittler auch gewundert. Wer nimmt schon gern die Mitschuld am Tod eines Menschen auf sich? Und der Förster hatte zerknirscht einräumen müssen, dass es vielleicht klüger gewesen wäre, Teile des Waldes zu sperren, solange nicht alle Gefahrenstellen beseitigt waren.

Helmut hatte gerade noch einmal die Aussage des Försters gelesen, als Jonas ihn zum Raten animieren wollte.

»Na gut, kein Ratespiel! Es war Kriminaloberkommissar Henning Schmitt von der Kripo Bochum.« Jonas setzte sich an Helmuts Schreibtisch. Er wusste, dass er nicht auf eine entsprechende Einladung von Helmut zu warten brauchte.

»Bochum? Da müsste es jetzt bei mir klingeln, oder?« Helmut ließ den rechten Zeigefinger neben seinem Kopf rotieren. »Es geht also um diesen Dieckmann, nehme ich an. Ich hoffe mal, er ist nicht tot?« In Gedanken fügte er hinzu: »Dann würde ich jetzt wohl doch mal ein bestimmtes Werk von Agatha Christie lesen müssen.«

»Nein, ist er nicht. Aber er ist der letzte Mensch, der gestern Nacht jemanden gesehen hat, der fünf Minuten später gestorben ist. Und zufällig ist das jemand, mit dem Dieckmann 1989 Abitur gemacht hat.«

»Das kann doch nicht wahr sein!«

»Ich gehe davon aus, dass uns die Bochumer Kollegen keinen Bären aufbinden wollen. Soll ich dir die ganze Geschichte erzählen? David und Lisa sind beide schon zu Hause, oder?«

Helmut nickte.

»Also«, begann Jonas und sah auf seine Notizen, »auch der Tote wohnt in Bochum, Mario Lopez. Zum Glück nicht Diaz oder Dominguez. Lopez ist dort katholischer Pfarrer. Die beiden haben sich in einer Kneipe getroffen, die fußläufig von Dieckmanns Wohnung entfernt liegt …«

»Ist das normal, dass katholische Pfarrer sich mit alten Schulfreunden in der Kneipe treffen?« Helmut fragte mehr sich selbst als Jonas.

»Gute Frage. Ich weiß nicht, was bei katholischen Pfarrern normal ist. Aber zu diesem Thema kommt gleich noch mehr. Dieckmann also ist zu Fuß gekommen und Lopez mit der S-Bahn. Es gibt sowohl einen S-Bahnhof dort, wo Lopez wohnt, als auch einen dort, wo sich die Kneipe befindet. Ich habe mir das alles haarklein vom Kollegen Schmitt erklären lassen.« Jonas musste die nächste Seite in seinem Block aufschlagen. »Also, gegen 23.10 Uhr trennen sich Dieckmann und Lopez. Nach Aussage von Dieckmann. Er hat dann noch zehn Minuten Fußweg bis zu seiner Wohnung, Lopez eine Minute bis zum S-Bahnhof. Seine Bahn fährt dort um 23.18 Uhr. Lopez ist vor diese Bahn gefallen.« Jonas schlug die nächste Seite auf.

»Und jetzt glauben die Bochumer, Dieckmann hat Lopez vor den Zug gestoßen?«

»Nein, gerade das glauben sie nicht. Dieckmann hat zwar kein wasserdichtes Alibi. Aber das spielt wohl keine Rolle; denn der Zugführer hat ohnehin keine weitere Person auf dem Bahnsteig gesehen. Er hat nur Lopez dort stehen sehen. Ihn erst stehen sehen, und ihn dann plötzlich unter seinem Zug gehabt. Wie das passiert sein konnte, weiß der Zugführer nicht. Einer der später befragten Fahrgäste war sich nicht vollkommen sicher, ob sich nicht auch eine weitere Person auf dem Bahnsteig befand. Die meisten Fahrgäste haben gar nichts gesehen. Oder sie konnten nicht mehr befragt werden, weil sie an dieser Station ausgestiegen sind und nicht auf die Polizei gewartet haben. Viel wichtiger allerdings ist, dass die Kollegen ohnehin auf Selbstmord tippen.« Diesmal blätterte Jonas so schnell um, dass Helmut keine Zwischenfrage stellen konnte. Es wäre ohnehin nur die Frage gewesen, die Jonas nun beantwortete, ohne dass sie gestellt wurde. »So, ich erzähle dir auch gleich, warum die Kollegen darauf tippen. Sie konnten schnell feststellen, wie der Tote heißt und wo er wohnt, und sie waren noch in der Nacht in seiner Wohnung. Dort haben sie einen Haufen Liebesbriefe gefunden. Der Herr Pfarrer hatte offenbar jahrelang eine Geliebte!«

»Und die Bochumer glauben, das sei das Motiv für die Selbsttötung, weil so eine Beziehung in der katholischen Kirche nicht vorgesehen ist. Was hat denn Dieckmann dazu gesagt? Der sollte seinen Schulfreund wohl gut genug kennen, um das einschätzen zu können, und er hat ihn gerade noch live erlebt.« Helmuts Nase lief, er musste sich ein Taschentuch aus seinem Schreibtisch holen.

Jonas wartete, bis sein Chef sich die Nase geschnäuzt hatte. »Dieckmann sagt, Lopez sei wie immer gewesen. Weit entfernt von ›in fünf Minuten springe ich vor den Zug‹.«

»Dass er das sagt, spricht auch nicht unbedingt dafür, dass Dieckmann Lopez gestoßen hat. Wenn er gesagt hätte, Lopez habe einen ganz schlechten Eindruck auf ihn gemacht, wäre er doch erst recht raus gewesen aus der Nummer.« Helmut spürte noch immer ein Jucken in der Nase, aber er versuchte, es zu ignorieren.

»Ja, genau. Aber das Beste kommt erst noch, Helmut.«

»Ich muss nicht raten, oder?«

»Nein, musst du nicht. Also, wie ich vorhin schon sagte: Lopez hatte jahrelang ein Verhältnis. Jahrelang ist untertrieben. Die beiden kennen sich schon seit über 25 Jahren …«

»Bitte nicht!«

Jonas machte eine übertrieben entschuldigende Geste mit den Armen. »Tut mir leid. Ich kann es nicht ändern. Sie kennen sich aus der Schule, sie haben beide 1989 auf dem schönen Gymnasium im Schloss Abitur gemacht.«

»Dieser Jahrgang 1989 geht mir inzwischen schwer auf die Nerven. Wo wohnt denn diese Geliebte? Auch in Bochum? Wie heißt sie überhaupt?« Helmut konnte den Niesreiz nicht länger unterdrücken.

»Gesundheit! Sie heißt Barbara Wiechert, und sie lebt in Münster, wo sie als Lehrerin arbeitet. Die Münsteraner Polizei hat schon mehrmals versucht, mit ihr zu sprechen. Bisher erfolglos.« Jonas sah Helmut fragend an. Offensichtlich befürchtete er weitere Niesanfälle.

»Weißt du, wohin Lisa die Liste dieses Jahrgangs abgelegt hat, die du vom Direktor bekommen hast?«

Wenige Tage, nachdem die Ermittler herausgefunden hatten, dass die Toten gemeinsam zur Schule gegangen waren, war Jonas zum Gymnasium im Schloss gegangen. Dort hatte er den Direktor mit einer erfundenen Geschichte von einem Verkehrsunfall mit Fahrerflucht dazu gebracht, ihm eine Liste des Jahrgangs 1989 zu geben. Darauf befanden sich jedoch nur die Namen und die Geburtsdaten der ehemaligen Schüler. Keine Adressen, noch nicht mal die der Eltern anno 1989, und natürlich auch keine Namensänderungen aufgrund von Eheschließungen.

Jonas holte diese Liste und sie gingen die Namen durch. Jonas zeigte auf einen der Namen weiter oben auf der Liste.

Helmut las den Namen. »Susanne Ferber gehört auch zu diesem Jahrgang?«

Doch diesen Namen meinte Jonas gar nicht. Er schüttelte den Kopf und tippte noch mal auf die Liste, genau einen Namen tiefer.

»Dirk Franke? Was soll mit dem sein?« Jetzt ließ sich Helmut doch wieder auf eines von Jonas' Ratespielchen ein.

»Franke war gestern mit Lopez und Dieckmann in Bochum unterwegs. Er wohnt zwar in Wolfenbüttel, hat aber seine Cousine in Herne besucht. Herne liegt genau neben Bochum. Natürlich wollten die Bochumer Kollegen auch noch mit ihm sprechen. Aber als sie bei der Cousine aufkreuzten, war Franke schon unterwegs nach Wolfenbüttel. Er dürfte jetzt wieder hier sein. Die Bochumer bitten uns, mit ihm zu sprechen. Ich habe auch schon herausgefunden, wo er wohnt. Stobenstraße. Dort betreibt er auch eine kleine Kfz-Werkstatt.«

Die Stobenstraße war eine kleine Wohnstraße, die parallel zur Langen Herzogstraße verlief, der Wolfenbütteler Einkaufsstraße.

Auf der kurzen Fahrt berichtete Jonas, dass Dieckmann den Bochumer Kollegen von den anderen Todesfällen in seinem Abiturjahrgang erzählt hat. »Das fanden die Bochumer seltsam, vor allem, wo jetzt der vierte Tote hinzugekommen ist. Sie haben angeboten, Dieckmann noch mal auf den Zahn zu füllen, wenn wir es wünschen.«

»Eigentlich würde ich lieber selbst mal mit ihm sprechen. Bei ihm laufen doch die ganzen Fäden zusammen, was diesen Jahrgang angeht.«

Die Werkstatt lag etwa auf Hälfte der Stobenstraße. Eingezwängt zwischen Wohnhäusern führte ein Weg, der gerade mal breit genug für ein Auto war, auf einen Hinterhof. Ein Schild zeigte ihnen, dass sie richtig waren: »Kfz-Reparaturen. Dirk Franke«.

Links stand eine Baracke mit Wellblechdach, die wahrscheinlich als Büro diente, geradeaus war die Werkstatt. Das Tor stand offen, in der kleinen Halle brannte Licht.

»Übernimm du mal den Hauptteil der Fragen, Jonas. Du hast ja auch mit dem Kollegen aus Bochum gesprochen und bist besser im Bilde als ich.«

Sie gingen auf die kleine Halle zu. Links und rechts standen Autos, scheinbar ohne System. Es waren ganz unterschiedliche Marken, vom zwölf Jahre alten Golf bis zum nagelneuen BMW.

In der Halle konnten Helmut und Jonas zunächst niemanden entdecken, bis ihnen klar wurde, dass jemand unter dem Wagen lag, der in der Mitte der Halle stand. Es war ein dunkelgrauer Octavia, und ein Paar abgewetzter Bundeswehrstiefel lugte darunter hervor.

Der Mann unter dem Skoda fluchte. »Mist, verdammter!«

»Hallo!« Helmut fragte sich, warum der Mann keine Hebebühne besaß oder zumindest eine Grube, über die er die Autos fahren konnte.

»Was denn zum Teufel?« Der Mann robbte auf dem Rücken unter dem Auto hervor. Immer mehr von ihm kam zum Vorschein. Erst die kompletten Stiefel, dann eine verschmutzte Jeans und darüber schließlich eine Kombination aus verschiedenen verblichenen Pullovern. Der äußerste Pullover war genauso schmutzig wie die Jeans. Schließlich kam auch das Gesicht zum Vorschein, und kurz darauf stand der Mann vor ihnen.

Das nur leicht mit schwarzen Streifen verschmierte Gesicht unter dem blonden, lockigen Haar wirkte fast jugendlich. Es war glatt rasiert, mit einer Stupsnase in der Mitte und neugierig blinzelnden grünen Augen darüber und einer Menge Sommersprossen drum herum. Der Mann war etwa 1,75 Meter groß und leicht untersetzt.

»Ich hab heute eigentlich nicht auf«, sagte er.

»Wir kommen nicht wegen unseres Autos.« Helmut zeigte seine Dienstmarke und stellte sich und Jonas vor. »Sind Sie Dirk Franke?«

»Das bin ich. Kripo? Was kann ich für Sie tun? Außer Ihnen nicht die Hand zu geben.« Franke präsentierte seine schwarzen Hände.

Helmut lächelte. »Unsere Kollegen in Bochum haben uns gebeten, mit Ihnen zu sprechen.«

»Bochum? Da bin ich gestern Abend noch gewesen.« Franke zog die Augenbrauen hoch, dann fügte er hinzu: »Sollen wir vielleicht rüber in mein Büro gehen?«

Helmut und Jonas nahmen den Vorschlag gern an, denn

in der Halle war es kühl, und Helmut spürte es schon wieder in der Nase kribbeln.

Sie gingen zu dritt über den Hof, Franke federnden Schrittes vorweg. Die Tür zum sogenannten Büro war nicht abgeschlossen. Franke drückte sie einfach auf und sie gingen hinein.

Gegenüber der Eingangstür stand eine elektrische Heizung, die für stickige Wärme sorgte. Ansonsten fühlte sich Helmut an Kalles Kabuff erinnert. Es gab einen Schreibtisch mit einem Computer darauf und jeder Menge ungeordneter Papiere und kleiner gelber Zettel. An der Wand hing ein Kalender ohne Bilder sowie eine Urkunde, die darüber informierte, dass man es mit einem Kfz-Meister zu tun hatte. Neben der Urkunde war ein Brett angebracht, an dem ein paar Autoschlüssel hingen. Dann gab es noch ein aus Spanplatten gefertigtes Regal, in dem Ordner standen.

Helmut durfte sich auf Frankes Bürostuhl setzen, Jonas und Franke saßen auf weißen Klappstühlen aus Plastik. Franke bot ihnen Kaffee an, was sie dankend ablehnten.

Franke allerdings goss sich eine Tasse ein und fügte Würfelzucker hinzu. Er warf einen Blick auf das Smartphone, das ebenfalls auf dem kleinen Tisch lag. »Eigentlich sollte ich das immer mit in die Werkstatt nehmen, damit ich erreichbar bin. Da drüben kriege ich nicht mit, wenn das hier klingelt. Nur leider lasse ich es grundsätzlich hier liegen. Und siehe da: Vier verpasste Anrufe.« Er schüttelte den Kopf. »Was man nicht im Kopf hat.«

Jonas legte demonstrativ seinen Notizblock auf die letzten verbliebenen Quadratzentimeter des Tisches und räusperte sich. Es konnte losgehen. »Also, unsere Bochumer Kollegen bitten uns, ein paar Dinge zu überprüfen. Es geht um den gestrigen Abend in Bochum. Können Sie uns kurz schildern, mit wem Sie wo und wie lange gewesen sind?«

»Ich darf wohl erst erfahren, worum es eigentlich geht?«

»Uns wäre es lieber, wenn wir bei unserer Vorgehensweise bleiben. Ich hoffe, Sie verstehen das, Herr Franke.« Helmut konnte zwar gut nachvollziehen, dass Franke zunächst einmal wissen wollte, warum die Kripo unangemeldet bei ihm aufkreuzte. Aber manchmal war es besser, nicht sofort die Katze aus dem Sack zu lassen und einen Zeugen ganz unvoreingenommen erzählen zu lassen.

Franke seufzte. »Also, ich habe meine Cousine in Herne besucht. Fast immer, wenn ich bei ihr bin, treffe ich mich mit einem alten Schulfreund, der in Bochum lebt. Jakob Dieckmann. Gestern Abend war noch ein anderer alter Schulfreund mit dabei, der ebenfalls in Bochum wohnt. Mario Lopez. Wir waren in einer Kneipe, die in der Nähe von Jakobs Wohnung liegt. Wir haben was getrunken und sind anschließend alle nach Hause gegangen oder gefahren.«

»Wann genau haben Sie sich getrennt?« Jonas schielte auf seine Notizen.

»Das war zwischen 23 und 23.15 Uhr. Mario wollte eine bestimmte S-Bahn erreichen. Die fährt abends nur noch alle halbe Stunde. Der S-Bahnhof liegt nicht weit entfernt von der Kneipe. Dort, also vor der Kneipe, haben wir uns verabschiedet. Ich bin Richtung Hauptbahnhof gegangen, weil von dort die U-Bahn nach Herne fährt. Mario und Jakob sind in die entgegengesetzte Richtung gegangen, weil es da sowohl zum S-Bahnhof geht als auch zu Jakobs Wohnung.« Franke trank einen Schluck Kaffee.

Jonas machte sich fleißig Notizen. »Wann sind Sie zu Hause gewesen beziehungsweise bei Ihrer Cousine?«

Franke stellte die Tasse zurück auf den Tisch. »Erst gegen Mitternacht. Ich hatte etwas Pech mit der U-Bahn. Die ist mir direkt vor der Nase weggefahren. Ich musste eine Viertelstunde auf die nächste Bahn warten. Die fährt dann noch gut zehn Minuten, und dann muss ich in Herne auch noch ein paar Minuten bis zum Haus meiner Cousine laufen.«

»War dort noch jemand wach, als Sie angekommen sind?«

»Nein, die schliefen schon alle. Aber ich hatte einen eigenen Schlüssel.«

»Hat Sie wohl in der Bahn zufällig jemand gesehen?« Helmut wollte Jonas nicht alle Fragen überlassen, zumal es etwas sensibler wurde. Franke sollte ihnen ein Alibi liefern, ohne zu wissen, worum es ging.

Auch Franke musste wissen, was die Fragen der beiden Kommissare bezweckten. Er blickte Helmut fragend an. »Der Fahrkartenkontrolleur. Aber ob der sich an mich erinnert, weiß ich nicht. Ich hatte ja einen gültigen Fahrschein. Den hat er sich zeigen lassen und ist zum nächsten Fahrgast weitergegangen. Es war relativ viel los in der Bahn.«

»Und heute Morgen sind Sie zurück nach Wolfenbüttel gefahren?«, fragte Jonas.

Franke hatte die Tasse am Mund. Er stellte sie aber ab, ohne zu trinken. »Nicht gleich am Morgen. Zwischen 11 und 11.30 Uhr bin ich in Herne losgefahren. Gegen 14.30 Uhr war ich in Wolfenbüttel.«

»Mal etwas ganz anderes: Welchen Eindruck haben Ihre beiden Freunde gestern auf Sie gemacht?«

Franke blickte von Jonas zu Helmut und wieder zurück. »Mann, Sie machen einen echt fertig. Fragen sind das. Ich hoffe doch, dass ich gleich mal erfahre, was eigentlich los ist?«

»Das werden Sie, keine Sorge!« Helmut nickte Franke aufmunternd zu.

Franke griff einmal mehr nach seiner Tasse. Auf halbem Weg zum Mund überlegte er es sich aber offenbar anders und stellte die Tasse zurück auf den Tisch. »Jakob und Mario haben einen total normalen Eindruck auf mich gemacht. Wie gesagt, wir haben ein bisschen was getrunken. Und natür-

»Die Liste pflegt Jakob. Wenn es Änderungen gibt, schickt er Susanne und mir die aktuelle Version. Da wir uns allerdings erst Weihnachten getroffen haben, dürfte die Version, die ich habe, auf dem neuesten Stand sein.«

»Wir bräuchten ein Exemplar dieser Liste«, sagte Jonas.

»Puh, ich weiß nicht, ob das den Leuten recht wäre.«

»Das kann ich verstehen. Andererseits kommt uns diese ganze Angelegenheit doch recht seltsam vor. Vier aus Ihrem Jahrgang kommen innerhalb von einem Monat ums Leben …«

»Und jetzt glauben Sie, ein Mörder geht um, der nach und nach unseren ganzen Jahrgang beseitigen will?«

Helmut gab sich geschockt. »Das ist das Letzte, woran wir denken möchten. Dazu sind die Todesfälle auch viel zu unterschiedlich. Fremdeinwirkung scheint ausschließlich bei Ellen Berning-Schäfer vorzuliegen. Apropos: Hatten Sie auch zu den anderen Toten regelmäßig Kontakt? Die wohnten ja noch allesamt in Wolfenbüttel und Umgebung.«

Franke schien darüber nicht lange nachdenken zu müssen. »Zu Ellen gar nicht. Felix habe ich häufig gesehen. Er brachte mir seine Autos, und er hat mich hin und wieder juristisch unterstützt. Wir haben auch oft was unternommen, Squash oder Badminton gespielt.«

»Und Hanno Ackermann?«

»Hanno würde ich als guten Freund bezeichnen. Ich war häufig bei ihm in Winnigstedt. Ich habe mich auch um seine Autos und Trecker gekümmert. Wobei mir die Trecker nicht so liegen wie Autos.«

»Aber Ackermann hat Sie dennoch gebeten, es zu tun«, hakte Jonas nach.

»Ja. Ich habe auch nie was kaputt gemacht. Außerdem war Hanno dadurch nicht auf den Kfz-Mechaniker bei sich im Dorf angewiesen.«

»Was ist mit dem?« Helmut fand es höchst interessant, dass auf einmal die Rede von Kalle Neubauer war.

»Hannos Vater ist dort immer hingegangen, aber Hanno hatte das Gefühl, dieser Mechaniker hätte seinen Vater einige Male übers Ohr gehauen. Er scheint ohnehin recht teuer zu sein.«

»Und Sie haben die Arbeiten preisgünstiger erledigt?«

»Ich habe gar kein Geld genommen. Hanno hat mir in Winnigstedt kostenlos eine Scheune überlassen. Ich habe da ein paar alte Autos stehen, die ich wieder aufmöbeln und verkaufen will. Dafür hätte ich hier keinen Platz, wie Sie sich vorstellen können.«

Helmut sah zum Hof und zu der kleinen Halle hinüber. Er musste Franke recht geben. Hier war nur Platz für ein Dutzend Autos. »Gehört Ihnen diese Werkstatt?«

»Nein, ich bin nur der Pächter. Möchten Sie sonst noch was wissen?«

Helmut schwirrten noch eine Menge Fragen und halb gare Ideen im Kopf herum. Andererseits fühlte er sich schlapp. Seine Nase lief ständig, ein wenig kratzte es auch im Hals. Außerdem war er müde und freute sich auf den Feierabend und auf das Wochenende. Helmut war sich auch nicht sicher, ob Franke der richtige Ansprechpartner für seine Fragen wäre. Vielleicht würde er ein andermal erneut mit ihm sprechen. Mit ihm, mit Dieckmann und vielleicht auch mit Susanne Ferber. »Im Moment nicht. Aber wenn Sie uns noch die aktuelle Liste Ihrer ehemaligen Mitschüler geben könnten?«

»Na gut, ich kann sie Ihnen ausdrucken. Dazu müssen wir in meine Wohnung gehen. Die ist gleich schräg gegenüber.«

Keine zehn Minuten später saßen Helmut und Jonas wieder im Auto und fuhren zurück zur Dienststelle.

Jonas fragte Helmut, was er von dieser Sache in Bochum hielt.

Helmut musste nicht lange überlegen. »Ich meine, dass die Kollegen in Bochum besser eine neue Theorie entwickeln sollten. Dieckmann und Franke wollen von einem Selbstmordmotiv nichts wissen. Und mir kommt es, ehrlich gesagt, auch recht unwahrscheinlich vor. Mal sehen, wann die Kollegen in Münster diese Barbara Wiechert endlich sprechen können. Dann sind wir hoffentlich etwas schlauer.«

KAPITEL 14

Ursprünglich wollten sich Helmut, Lisa, David und Jonas am Montag um 10.30 Uhr in Helmuts Büro zur Zusammenfassung und Neubewertung der drei Todesfälle aus dem Jahrgang 1989 treffen.

Dieser Plan stammte noch vom frühen Freitagnachmittag. Dann war die Nachricht aus Bochum gekommen, dass Mario Lopez ums Leben gekommen war. Man wollte daraufhin die Zusammenfassung und Neubewertung der drei Todesfälle um eine Erstbewertung des Todes von Lopez ergänzen.

Nun hatte Helmut das Treffen um anderthalb Stunden vorverlegt. Eigentlich hätte er es auch unter ein neues Motto stellen müssen: »Neu- bzw. Erstbewertung der fünf Todesfälle aus dem Jahrgang 1989«.

Lisa hatte um 8 Uhr einen Anruf von der Kripo Bochum entgegengenommen. Dort war man von der Kripo Münster unterrichtet worden, dass Wiechert tot war.

»Nummer fünf, so eine Scheiße für euch«, hatte der Bochumer Kripobeamte zu Lisa gesagt, was unter Umständen tröstend gemeint war.

Die Beamten aus Münster hatten den ganzen Freitag und Samstag versucht, Wiechert zu erreichen. Sie hatten vor ihrer Wohnungstür gestanden, sie hatten angerufen, sie hatten mit Nachbarn gesprochen und mit Lehrerkollegen an Wiecherts Schule.

Niemand konnte ihnen sagen, wo sie sein könnte. Die Lehrerkollegen hatten sie am Freitag nach der sechsten Unterrichtsstunde, um kurz nach 13 Uhr, ins Wochenende verabschiedet. Von der Schule fuhr sie wie gewöhnlich mit dem Fahrrad nach Hause. Sie brauchte dafür eine Viertelstunde. Gegen 13.30 Uhr hatte ein Nachbar sie im Treppenhaus getroffen. Er war der letzte Mensch, der Wiechert gesehen hatte.

Nachdem es am Sonntagnachmittag noch immer keine Spur von ihr gab, wandten sich die Beamten an Wiecherts Vermieter. Sie konnten ihn überreden, dass er ihnen die Wohnung öffnete. Hier entdeckten die Beamten ihre Leiche. Sie lag friedlich auf dem Sofa.

Wiechert war seit Freitagnachmittag tot. Sie hatte offensichtlich erhebliche Mengen Schlafmittel und Alkohol zu sich genommen. Das hatte der Gerichtsmediziner aus Münster in einer ersten Untersuchung festgestellt. Es gab nicht den geringsten Hinweis auf Fremdeinwirkung, keine Spuren, dass jemand in der Wohnung gewesen war, und keine Zeugen, die etwas Verdächtiges bemerkt hatten. Andererseits fanden die Polizisten aus Münster keinen Abschiedsbrief. Zurzeit wurde die Wohnung noch einmal gründlicher untersucht. Über die Ergebnisse würden die Beamten aus Münster ihre Kollegen aus Bochum informieren.

Die Wolfenbütteler Ermittler hofften, ebenfalls informiert zu werden. Der Bochumer Kripobeamte hatte es Lisa fest zugesagt. Doch einstweilen mussten die Ermittler warten. Sie standen eng beieinander in der Ecke von Helmuts Büro. Sie hatten sich an die Fensterbänke gelehnt und tranken schweigend Kaffee. Ab und zu stieß einer von ihnen einen leichten Fluch aus.

Anders als bei ihrem Treffen am Tage nach Felix Conradis Tod, schauten sie nicht aus dem Fenster auf den Grünen Platz. Ihnen entging dadurch nicht nur der rege Verkehr auf der Kreuzung, sondern auch der leichte Sprühregen, der mit

Schneeflocken durchsetzt war. Noch hatte der Winter offenbar nicht aufgegeben. In höheren Lagen schneite es sogar, und für das Wochenende kündigten die Meteorologen auch für das niedersächsische Flachland Schneefall an. Doch noch war es nasskalt und schmuddelig.

»In Ordnung, Leute«, begann Helmut. »Wir haben folgende Möglichkeiten: Entweder reden wir über die beiden neuen Todesfälle oder wir setzen unseren ursprünglichen Plan um. Ich wäre dafür, Letzteres zu machen, zumindest so lange, bis wir etwas Neues aus Bochum oder Münster hören.«

Der ursprüngliche Plan sah vor, dass sie sich nur die ersten drei Todesfälle noch einmal gründlich vornehmen würden. Helmut hatte seine Kollegen bereits am Mittwoch gebeten, noch einmal alle Unterlagen zu den Fällen durchzugehen. Sie sollten darüber hinaus erneut Zeugen und Experten befragen und nach aktuellen Verbindungen der Toten untereinander suchen. Sie sollten auch alle relevanten Informationen anderer Dienststellen nutzen, bei Berning-Schäfer sogar bundesweit. Lisa sollte sich um diesen Fall kümmern. David und Jonas sollten sich mit Conradi beschäftigen. Helmut war für Hanno zuständig.

Alle nickten.

Da Hanno das erste Opfer war, fing Helmut an: »Also, was wissen wir über Hannos Tod? Wir wissen von seiner Frau und seinen Eltern, mit denen er zuvor gefrühstückt hat, dass Hanno am 18. Dezember, etwa 6.30 Uhr, auf dem Trecker, mitsamt Pflug, von seinem Hof in Winnigstedt losfährt, um sein Zuckerrübenfeld in Mattierzoll zu pflügen. Das Feld liegt anderthalb Kilometer vom Hof entfernt. Spätestens gegen 6.40 Uhr müsste Hanno dort gewesen sein.

Dass ein Bauer im Dezember pflügt, ist übrigens nicht ungewöhnlich. Ein paar Wochen zuvor hatte die Rübenkampagne geendet, also das Ernten der Zuckerrüben. In den

Wochen danach pflügen Bauern ihre Felder, um sie für die nächste Saison vorzubereiten.

Hanno dürfte etwa eine Dreiviertelstunde lang gepflügt haben. Dann geschieht etwas Unvorhergesehenes. Vielleicht ist Hanno abgelenkt, vielleicht einfach nur in Gedanken versunken. Er kommt jedenfalls zu nahe an den Feldrand, um noch mit dem Pflug am Trecker eine Kurve fahren zu können. Ein Bauer fährt ja beim Pflügen hin und her. Ausgerechnet hier liegt die Mine und detoniert; sie hat einen Druckzünder. Sie explodiert unter dem Motor und erwischt die Dieselleitung.

Das passiert laut dem Zeugen Horst Wessel um 7.30 Uhr. Er verständigt unmittelbar die Feuerwehr. Dort geht der Notruf um 7.34 Uhr ein.

Kommen wir zu dieser Mine. Wir wissen, dass im gesamten sogenannten Todesstreifen in den 60er-Jahren Minen verlegt worden sind, also auch auf diesem Acker, der damals natürlich nicht für die Landwirtschaft genutzt wurde. Wir wissen auch, dass lange vor der Wiedervereinigung die Minen wieder eingesammelt wurden. Aber man hat nicht alle gefunden. Auch nicht, als in den 90er-Jahren noch mal gesucht wurde. Das betrifft angeblich 30.000 Minen. Niemand weiß, wie viele davon noch funktionstüchtig sind. Dass sie es noch sein können, zeigen Unfälle, die alle paar Jahre im früheren Grenzgebiet passieren. Meist gehen sie glimpflich aus. Deswegen wird darüber nur lokal berichtet.

Aber diese Mine bereitet uns aus verschiedenen Gründen Kopfzerbrechen. Einerseits ihre Herkunft. Es ist höchstwahrscheinlich keine in der UdSSR produzierte Mine, sondern eine aus den USA. Unser Experte, ein früherer NVA-Offizier, behauptet, dass es sich um das Modell M14 handelt, das Mitte der 50er- bis Mitte der 70er-Jahre in den USA hergestellt wurde. Aber wie kommt sie nach Mattierzoll? Der Ex-

Offizier kann nicht ausschließen, dass die Russen den Amis ein paar dieser Minen gestohlen und dann an der Grenze verwendet haben. Dokumente darüber gibt es nicht. Wir wissen auch nicht, ob jemals woanders im früheren Grenzgebiet eine M14 gefunden wurde. Andererseits wissen wir noch immer nicht, warum die Mine all die Jahre im Boden gelegen hat, ohne in die Luft zu gehen. Immerhin wird der Acker seit 20 Jahren wieder bearbeitet.

Damit kommen wir automatisch zum dritten Aspekt. Vor dem Hintergrund, dass wir nun schon fünf tote 89er haben, muss folgende Frage erlaubt sein: Hat jemand die Mine erst kürzlich dort hingelegt, um Hanno zu töten? Falls ja, warum vergräbt er sie dann ausgerechnet am Feldrand? In 999 von 1.000 Fällen fährt Hanno nicht drüber und der Anschlag läuft ins Leere.«

»Vielleicht hat der Attentäter irgendwie dafür gesorgt, dass Hanno an diesem Morgen genau zu dieser Stelle fährt?«

»Interessanter Vorschlag, Jonas. Was meinen die anderen?«

»Überzeugt mich jetzt nicht so sehr«, räumte Lisa ein. »Könnte es nicht jemand sein, der sich ganz einfach nicht mit Landwirtschaft auskennt?«

»Das klingt besser«, stimmte David zu. »Und es würde auch die Familie als Attentäter ausschließen.«

»Ja, klar, wobei ich die Familie noch nicht mal ansatzweise auf der Rechnung hatte«, sagte Helmut. »Es würde allerdings das gesamte Dorf ausschließen, denn dort kennt sich jeder mit Landwirtschaft aus.«

»Wäre es denn ein Problem, die Dorfbewohner als Verdächtige auszuschließen?«, fragte David.

»Obwohl wir keine offizielle Mordermittlung führen, habe ich mich, wie ihr wisst, im Dorf umgehört. Demnach schien Hanno vor allem bei den Bauern nicht besonders gut gelitten gewesen zu sein.« Helmut wiederholte kurz die wesentlichen Fakten: Windkrafträder, Biogasanlage. Er erwähnte dabei explizit Jochen und kam auch auf Kalle und Gregor zu sprechen. Offenbar war Hanno der einzige Winnigstedter gewesen, der seine Fahrzeuge nicht bei Kalle reparieren ließ. Bei Gregor ging es um das leidige Thema Armdrücken.

»Okay«, begann David vorsichtig, »auch wenn wir Windpark und Armdrücken als mögliche Motive akzeptieren würden, bliebe doch die Tatsache, dass diese Leute aus dem Dorf stammen und die Mine woanders vergraben hätten.«

»Erwischt«, sagte Helmut lächelnd. Dass sein Stellvertreter ihn vor versammelter Mannschaft bloßstellte, machte ihm in der Tat nichts aus. Das geschah nur in Ausnahmefällen und war, wie eben, stets berechtigt. »Du hast vollkommen recht, David, das passt nicht. Ein Täter aus dem Dorf mit dorfinternen Motiven würde darüber hinaus am wenigsten zu den anderen Toten passen.«

»Wie meinst du das?«

»Ich fürchte, angesichts der anderen Toten aus dem Abiturjahrgang müssen wir sozusagen dreigleisig fahren, Lisa. Wir müssen Hannos Tod als Unfall betrachten, als einzelnen Mord und als Teil einer Serie.« Helmut machte eine kurze Pause und blickte seine Kollegen an. Niemand schien übermäßig geschockt angesichts des Wortes »Serie«. Also fuhr Helmut fort: »Wir können natürlich weiterhin an den großen Zufall glauben. Wir dürfen aber nicht ausschließen, dass jemand nachgeholfen hat. Jemand, der uns glauben machen möchte, dass es sich um Unfälle handelt. Bei Berning-Schäfer ist es offensichtlich, dass jemand nachgeholfen hat. Bei Conradi gibt es zumindest Ungereimtheiten. Das hören wir nachher von Jonas und David. Bei Hanno gibt es keine Klarheit bezüglich der Herkunft der Mine. Und bei Lopez und bei Wiechert wissen wir noch zu wenig. So weit alle einverstanden?«

Jonas und David nickten sofort, nach kurzem Zögern schloss sich auch Lisa an.

Helmut fuhr fort: »Lasst uns also eine Mordserie in Betracht ziehen, mit Hannos Tod als Startpunkt. Wir hätten also einen Täter, der es offensichtlich auf Mitglieder des Abiturjahrgangs 1989 abgesehen hat. Fünf von ihnen hat er schon erwischt: zwei in Wolfenbüttel, einen in Bochum, eine in Münster, einen in Winnigstedt. Das setzt eine gewisse Kenntnis dieser Orte voraus. Vor allem setzt es in allen Fällen voraus, dass unser Täter genau Bescheid weiß über das Leben seiner Opfer. Er kennt ihre Wohnorte, er kennt ihre Berufe, er weiß, was sie in ihrer Freizeit machen. Im Fall von Hanno hieße das: Unser Täter kennt ihn so gut, dass er weiß, dass Hanno in absehbarer Zeit diesen bestimmten Acker pflügen wird. Er weiß auch, wo dieser Acker ist. Ich greife jetzt bewusst mal vor. Der Mörder muss aber auch wissen, wann Ellen Berning-Schäfer allein in ihrem Geschäft ist, wann und wo Conradi joggt und wann Lopez in Bochum auf die S-Bahn wartet ...«

»Dieckmann und Franke!« Jonas war ganz aufgeregt. »Die haben die aktuellen Adressen und waren mit Lopez in Bochum unterwegs, kurz bevor er starb. Und Franke war mit Hanno befreundet!«

Helmut kratzte sich am Kopf. »Das ist richtig, Jonas. Aber wie du schon sagst: Er war mit Hanno befreundet. Hanno hat ihm praktisch umsonst eine Scheune überlassen. Nicht gerade das perfekte Mordmotiv, würde ich sagen. Die aktuellen Adressen besitzt übrigens auch Susanne Ferber.«

Lisa stieß sich von der Fensterbank ab. Sie setzte sich auf einen der Stühle vor Helmuts Schreibtisch. »Und Ferber kommt nicht infrage als Serienmörderin?«

Auch Helmut setzte sich. »Doch, natürlich. Da wir von Franke, Ferber und Dieckmann wissen, dass sie die aktuellen

Daten haben, fallen sie uns automatisch als Verdächtige ein. Aber wir wissen noch nicht einmal, ob der Serienmörder – wenn es ihn gibt – ebenfalls zum Abiturjahrgang 1989 gehört.«

»Das stimmt«, sagte Lisa. »Über die sozialen Netzwerke und über Google ist es total einfach, alle möglichen Daten über alle möglichen Leute herauszubekommen. Ihr erinnert euch doch an den Vormittag hier, als ich Dieckmann in Bochum gegoogelt habe. Ruckzuck hatte ich zig Infos über ihn. Wir dürfen aber nicht vergessen, dass es ein weiter Weg ist vom Besitz der aktuellen Adressen bis zur Mordserie. Und dann haben wir auch immer noch nicht von einem Motiv gesprochen.«

Den anderen war bewusst, dass Lisa damit ihre Zweifel an der Mordserie zum Ausdruck bringen wollte. Bis zu diesem Zeitpunkt hatte keiner von ihnen eigene Erfahrungen mit Mordserien.

Jonas hatte zwar Dutzende von Krimis gelesen, in denen Serienkiller ihr Unwesen trieben. Meist handelte es sich um Psychopathen, die ihre Opfer wahlweise sexuell missbrauchten oder erniedrigten, sie Wochen lang einsperrten, sie quälten oder sogar zu Tode folterten, sie tot oder lebendig verstümmelten – oder ein bisschen von all dem taten. Aber ein Krimi war ein Krimi. Und, das war Jonas klar, wenn sie es hier mit einem Serienkiller zu tun hätten, wäre das etwas komplett anderes. Denn der Krimi-Serienkiller tötete meist auf die gleiche Weise. Dieser Serienmörder hier wiederholte sich bislang noch nicht mal ansatzweise.

»Du hast recht, Lisa«, sagte Helmut. »Wir sind noch weit entfernt von Beweisen für eine Mordserie und mindestens ebenso weit entfernt von einem Motiv. Wir sollten diese Möglichkeit dennoch im Hinterkopf haben. Ich denke, dass wir jetzt mit Hanno durch sind und mit Berning-Schäfer weitermachen können.«

»Sollen wir vielleicht vorher frischen Kaffee besorgen?«

Mit Davids Vorschlag waren alle einverstanden, doch fünf Minuten später waren sie wieder in Helmuts Büros versammelt. Jetzt saßen alle an Helmuts Tisch und lauschten Lisas Ausführungen.

»Ich habe allerdings längst nicht so viel Neues zu berichten wie Helmut«, begann sie. Das war auch nicht anders zu erwarten gewesen. Helmut hatte einen Teil seiner Befragungen außerhalb der Dienstzeit in seinem Heimatdorf durchgeführt. Er hatte sich zwar eine Menge Notizen gemacht, sie aber noch nicht komplett seinen Kollegen dargelegt. Das hatte er vorhin nachgeholt. Bei Berning-Schäfer und Conradi hingegen waren alle Ermittler in etwa auf dem gleichen Stand. Wirklich Neues konnte sich erst seit dem vergangenen Mittwoch ergeben haben.

»Und auch nicht viel wirklich Konkretes«, fuhr Lisa fort. »Ich will aber zunächst noch mal in aller Kürze die wesentlichen Fakten vorstellen. Ellen Berning-Schäfer wird am 30. Dezember 2013 getötet, zwischen 19 und 19.30 Uhr. Sie befindet sich zu diesem Zeitpunkt in ihrem Kinderbekleidungsgeschäft ›Villa Kunterbunt‹ am Holzmarkt. Sie ist allein in ihrem Geschäft.

Laut Aussage ihres Mannes ist das nicht ungewöhnlich. Nur 20 Stunden pro Woche wird sie von einer Angestellten entweder unterstützt oder vertreten. Das wiederum hängt vom Wochentag ab, von der Uhrzeit, aber auch von der Jahreszeit. Vereinfacht kann man sagen: Zu zweit waren sie im Geschäft immer dann, wenn die Witterung wechselte, wenn Feste wie Weihnachten oder Ostern bevorstanden, am Wochenende und eher nachmittags als vormittags.

Für einen Abend wie den vor Silvester ist es laut Leo Schäfer vollkommen normal, dass seine Frau sich allein im Geschäft aufhält. Warum sie dort um 19 Uhr ist, weiß er nicht.

Geschäftsende ist 18.30 Uhr. Leo Schäfer kann sich allenfalls vorstellen, dass sie sich mit der letzten Kundin verquatscht hat. Eher unwahrscheinlich, aber nicht ganz auszuschließen sei, so Schäfer weiter, dass sie schon mit der alljährlichen Inventur angefangen hat. Eigentlich sollte die am 2. Januar gemacht werden, mithilfe der Angestellten. An diesem Tag sollte das Geschäft geschlossen bleiben.

In jedem Fall hat Schäfer seine Frau spätestens um 19.30 Uhr daheim erwartet. Die beiden wollten gemeinsam Vorbereitungen für den Silvesterabend treffen, an dem sie Gäste erwarteten.

Wenn es nach ihm gegangen wäre, so Schäfer, hätte Ellen an diesem Tag das Geschäft überhaupt nicht aufgemacht. Seine eigene Praxis, er ist Zahnarzt, war geschlossen. Genauso wie die Geschäfte in der Nachbarschaft der ›Villa Kunterbunt‹.

Aber offenbar war Berning-Schäfer nicht davon abzubringen, ihren Laden zu öffnen. Sie wollte vor allem für diejenigen Kunden da sein, die in den Tagen nach Weihnachten Gutscheine einlösen oder Kleidung umtauschen wollten. Wir wissen zwar nicht, wie viele Kunden an diesem Tag im Geschäft gewesen sind, da mit allergrößter Wahrscheinlichkeit nicht alle etwas gekauft haben. Aber wir wissen immerhin, dass elf Leute etwas gekauft haben. Hinzu kommen vier Kunden, die einen Gutschein eingelöst haben und drei, die etwas umgetauscht haben. Das hat die Auswertung des Geschäftsbuches ergeben, in das Berning-Schäfer alles akkurat eingetragen hat. Sie hatte also offenbar den richtigen Riecher gehabt bezüglich Umtausch und Gutscheinen.

Wenn wir nur die reinen Verkäufe nehmen, müssten ihre Einnahmen an diesem Tag bei rund 600 Euro gelegen haben. Ob das auch exakt die Summe ist, die am Abend in der Kasse war, wissen wir nicht. Die Kasse war ja leer. Sowohl Leo Schäfer als auch die Angestellte, Dagmar Rosen, gehen davon aus, dass Berning-Schäfer die Einnahmen des vorangegangenen Geschäftstages, das war Samstag, der 28. Dezember, zur Bank gebracht hatte. Folglich dürfte am Montagmorgen nur etwas Wechselgeld in der Kasse gewesen sein. Üblich seien, so Dagmar Rosen, zwischen 50 und 100 Euro. Das wiederum heißt, dass am Montagabend maximal 700 Euro in der Kasse waren.

Wie gesagt, zwischen 19 und 19.30 Uhr wird Ellen Berning-Schäfer getötet. Sowohl Leo Schäfer und die drei Töchter als auch Dagmar Rosen haben für diesen Zeitraum Alibis. Wir haben sie, wir ihr wisst, jedoch zu keinem Zeitpunkt verdächtigt.

Leo Schäfer kann uns keinen Menschen nennen, der seine Frau so sehr hasste, dass er sie umbringen würde. Er kennt überhaupt keine Feinde seiner Frau. Weder ihr Geschäftsleben noch ihr Privatleben hätten jemals Anlass dazu gegeben, dass sie sich Feinde macht.

Das mit dem Geschäftsleben lässt sich gut nachvollziehen. Dagmar Rosen war von Beginn an die einzige Angestellte. Es gibt also niemanden, den sie entlassen hat und der, oder die, sich nun rächen wollte. Es gab in all den Jahren auch keinen Lieferantenwechsel. Berning-Schäfer ist ihren Lieferanten treu geblieben. Wir wissen auch nichts von unzufriedenen Kunden.

Die Ehe war offenbar glücklich und harmonisch. Keine Rede von Affären oder so. Ich weiß nicht, ob wir das für bare Münze nehmen müssen. Wir alle haben Fotos von dieser Ellen gesehen. Ich sage mal so: Wenn ich in zehn Jahren so aussehe, werde ich ein Jahr lang ununterbrochen Kerzen in der Kirche anzünden. Leo Schäfer hatte nach menschlichem Ermessen keinerlei Grund, anderen Frauen auch nur hinterherzusehen. Wenn es um Männer geht, darf man sich allerdings nicht auf das menschliche Ermessen verlassen …«

Lisa legte, gewiss mit voller Absicht, eine Pause ein, damit die Männer sich ordentlich über die »sexistischen Vorurteile« beklagen konnten.

Helmut war Lisa einmal mehr dankbar für ihre flapsige Art. Sie hatte es geschafft, die Stimmung im Büro erheblich zu verbessern. Er war auch versucht gewesen, ihr zu sagen, dass sie ihr eigenes Aussehen keineswegs derart unter den Scheffel stellen musste. Lisas Haar war glatt und halblang und nicht blond wie Ellens (wenn es blond gewesen wäre, hätte Lisa es gefärbt; sie hasste blond, das hatte sie Helmut erzählt), sondern braun. Auch an Lisas Gesicht gab es, aus Helmuts Sicht, nichts auszusetzen. Ein leichter Schmollmund, die Nase unauffällig und die Augen in einem satten Grün.

Mit ein wenig Make-up hätte sie vielleicht sogar eine Ausstrahlung hinbekommen, die an die von Ellen Berning-Schäfer herangereicht hätte. Lisa jedoch hasste Make-up beinahe noch mehr als blonde Haare. Lisas Figur war zugegebenermaßen etwas weniger atemberaubend als Ellens. Aber diese Tatsache traf wohl auf 99,9 Prozent der weiblichen Bevölkerung nicht nur von Wolfenbüttel zu. Aber Lisa hatte schöne lange Beine, und allein das war ein Grund, dass ihr viele Männer auffällig lange hinterhersahen.

All das konnte er ihr jetzt natürlich nicht sagen. Andererseits hätten Jonas und David aus den Komplimenten keine falschen Schlüsse gezogen. Lisa schon gar nicht. Sie hätte gewusst, dass es die Betrachtungen eines stolzen (Ersatz-) Vaters waren, der selbst keine Tochter hatte. Nach der Geburt der beiden Söhne hätten er und Marianne gern weitere Kinder gehabt, am liebsten eine Tochter. Aber es hatte nicht geklappt. Nach zwei Fehlgeburten hatten sie es aufgegeben.

Jonas und David waren noch immer dabei, Lisa wegen ihres Sexismus zu foppen. Doch es war an der Zeit, dass Lisa weitermachte. Sie sah es offenbar genauso. »Ist ja gut, ist ja gut! Ich nehme das zurück. Also, Ellen ist eine tolle Frau gewesen, da sind wir uns einig. Eine Frau, die, darauf gehe ich jede Wette ein, von vielen Männern begehrt wurde. Wenn sie tatsächlich keinen Liebhaber gehabt haben sollte, so muss das natürlich nicht heißen, dass nicht der eine oder andere es versucht hat. Und zurückgewiesen wurde. So eine Zurückweisung kommt meist nicht gut an. Es kann einen Mann im Extremfall wütend machen und zum Messer greifen lassen. Die Frage ist, ob dieser Mann einen Raubüberfall vortäuschen würde, um vom eigentlichen Motiv abzulenken? Ich denke, wir sollten diese Option nicht ausschließen, ihr aber auch keine Priorität einräumen.

Bevor ich nun auf das Szenario eines Raubüberfalls eingehe, will ich natürlich auch versuchen, eine Verbindung von Ellen Berning-Schäfers Tod zu den anderen Todesfällen zu ziehen. Mal abgesehen davon, dass alle 1989 auf dem Schloss Abitur gemacht haben. Genau dieser Umstand scheint die einzige Verbindung zu Hanno zu sein. Es gibt keinerlei Hinweise darauf, dass die beiden sich seitdem gesehen haben, abgesehen von den Jahrgangstreffen alle fünf Jahre. Ich habe darüber allerdings nur mit der Familie und den Bekannten von Berning-Schäfer gesprochen. Helmut, hast du mal mit jemandem aus Hannos Umfeld darüber geredet?«

»Ja. Hannos Frau Melanie sagt, dass Franke der einzige vom Jahrgang war, mit dem Hanno Kontakt hatte. Ich hatte Melanie zudem gefragt, wo sie die Kleidung für ihre Kinder kauft. Sie hat sie auch in der ›Villa Kunterbunt‹ gekauft. Ihr war aber nicht bewusst, dass die Inhaberin mit Hanno zur Schule gegangen ist. Hanno kam niemals mit, wenn sie Kinderkleidung kaufte.«

»Das passt ja«, sagte Lisa. »Bei Conradi verhält es sich anders. Von seiner Frau wissen wir, dass er ein paar Mal mit in der ›Villa Kunterbunt‹ war. Er hatte sich bei diesen Gelegenheiten auch mit Ellen unterhalten. Laut Jasmin Conradi war das jedoch nur Smalltalk. Es gab kein freundschaftliches Verhältnis zwischen den beiden. Das wird auch von Leo Schäfer bestätigt. Ellen gehörte auch nicht zu Conradis Mandanten. Schäfer ist seit Schulzeiten mit jemandem befreundet, der sich als Anwalt niedergelassen hat und der sich um die Angelegenheiten der Familie Schäfer gekümmert hat.

Am Wochenende habe ich noch mal bei Leo Schäfer angerufen und mich nach Lopez erkundigt. Der Name sagte ihm nichts. Nachher werde ich ihn noch nach Wiechert fragen. Allerdings verspreche ich mir auch davon nicht viel. Ich hatte Leo Schäfer bereits gefragt, ob seine Frau noch Umgang mit ihren ehemaligen Mitschülern pflegte. Da tauchten nur ein paar Namen von ehemaligen Mitschülerinnen auf, die bei ihr Klamotten kaufen oder gekauft haben. Von der Wiechert war nicht die Rede. Wenn ich ihren Mann richtig verstehe, scheint Ellen während der Schulzeit kaum Freundschaften zu Mitschülern geschlossen zu haben. Kein Wunder also, dass sie auch jetzt wenig Kontakt zu ihnen hat. Es gibt nur eine Ausnahme. Das liegt aber daran, dass dieser ehemalige Mitschüler zugleich ihr Cousin ist. Er heißt Jens Tönnies …«

»Der Jens Tönnies?«

»Kennst du ihn, David?«

»Wenn das keine zufällige Namensgleichheit ist, dann ist das der Taktik-Trainer vom 1. FC Köln. Der war früher Hockey-Nationalspieler. Ich glaube, er war sogar in der Mannschaft, die 1992 Gold in Barcelona gewonnen hat.« David war absoluter Sportexperte. Man hätte ihn nachts anrufen können, um ihn zu fragen, wer gerade Tabellenführer in der italienischen Seria A war oder auf Platz neun der niederländischen Eredivisie stand. David hätte es garantiert gewusst.

Den Taktik-Trainer des 1. FC Köln hätte Helmut nicht gekannt. Obwohl er sich natürlich für Fußball interessierte.

Das war nur konsequent, wenn man im größten Moment der deutschen Fußballgeschichte auf die Welt gekommen war.

»Kann gut sein«, sagte Lisa. »Leo Schäfer hat Köln erwähnt. Dass seine Frau und Jens sich dort treffen würden, wenn sie Ende Januar zu einer Kindermodemesse fahren würde. Aber all das hilft uns hier nicht weiter, behaupte ich mal.«

»Eins noch, Lisa«, sagte Helmut, »weißt du, ob die Berning-Schäfer Kontakt zu den Ehemaligen hatte, die die Jahrgangstreffen vorbereiten?«

»Schäfer hat ihre Namen nicht erwähnt. Er sagte nur, dass seine Frau eine Einladung bekommen hat und dass sie seines Wissens nach zugesagt hat. Soll ich jetzt mit der Raubmordthese weitermachen?« Lisa blickte ihre Kollegen nacheinander an. Niemand hatte Einwände. »Wie gesagt, ich gehe davon aus, dass uns nur dieser Weg ans Ziel bringt. Natürlich basiert diese These zu einem großen Teil auf der Aussage von Georg Linnenweber, der ein Motorrad gehört hat.

Leider hat es in keiner Polizeidienststelle in Deutschland in den letzten Jahren einen Vermerk zu einer BMW R 1150 GS gegeben. Es gab in dieser Zeit allerdings einige Raubüberfälle auf Tankstellen und ländlich gelegene Supermärkte, bei denen ein Motorrad benutzt wurde. Zwei dieser Überfälle geschahen sogar in der Nähe: Celle im Juli 2013 und Magdeburg im Oktober 2013. Beide Male waren junge Frauen allein in der Tankstelle und der Täter kam mit Helm auf dem Kopf herein, drohte mit einem Messer und forderte in akzentfreiem Deutsch das Geld aus der Kasse. Die Frauen rückten das Geld heraus und der Täter fuhr mit einem Motorrad davon. Beide Angestellten konnten nur wenige Angaben zum Motorrad machen, nur dass es dunkel war und dass draußen ein Komplize gewartet hatte. Das deckt sich auch mit meinen Vermutungen. Es geht schneller, wenn der Komplize vor dem Geschäft wartet.

Okay, meine Theorie sieht folgendermaßen aus: Die Täter kurven durch die Stadt auf der Suche nach einer günstigen Gelegenheit. Sie entdecken das beleuchtete Geschäft auf dem ausgestorbenen Holzmarkt und versuchen ihr Glück. Der Beifahrer springt ab und geht rein. Er verlangt das Geld aus der Kasse. Als er es nicht bekommt, sticht er zu und nimmt es sich. Schnell und brutal. Danach verschwindet er mit seinem Komplizen.« Lisa blickte in die Runde. Schulterzucken, das sowohl Skepsis als auch Zustimmung bedeuten konnte.

»Danke, Lisa. Ich denke, deine These ist nicht schlechter als meine Vermutung, dass Berning-Schäfers Tod Teil einer Mordserie sein könnte. Aber wie du selbst sagst, basiert die Annahme eines Raubüberfalls mit Motorrad zum Teil auf dem, was der Zeuge Linnenweber gehört hat.« Helmut rieb sich das Kinn und blickte zu Lisa.

»Das stimmt, Helmut. Für mich ist es aber am plausibelsten.«

Helmut nickte. »Einverstanden. Lassen wir das einfach so stehen.« Er wandte sich an David und Jonas: »Was habt ihr Neues zu Conradi zu berichten?«

David und Jonas blickten sich an. Offenbar konnten sie sich nicht entscheiden, wer als Erster spricht.

Schließlich begann Jonas. »Aufgeklärt ist natürlich auch dieser Fall noch nicht. Da Dr. Rösner zwei Verletzungen nicht erklären kann, haben wir aber hier den Hauch eines Ansatzes, ein Tötungsdelikt in Betracht zu ziehen. Auch wenn sich niemand vorstellen kann, wie es umgesetzt worden sein könnte. Andererseits ist auch ein Unfall kaum vorstellbar. Müssen wir eigentlich noch mal den ganzen Unfallhergang rekapitulieren?«

»Ich denke, das ist nicht notwendig. Das dürfte uns allen noch gegenwärtig sein. Erzählt lieber, was ihr noch herausgefunden habt«, sagte Helmut.

»Okay«, sagte David. »Wir haben natürlich noch mal mit der Witwe gesprochen und sie nach möglichen Feinden ihres Mannes befragt. Er hatte keine, sagt sie. Keine Mandanten, die sich von ihm schlecht beraten fühlten. Keine Prozessgegner, die ihm übel genommen haben, dass er sie vor Gericht besiegt hat. Keine anderen Anwälte, die ihm seinen Erfolg neideten. Nichts dergleichen.«

»Dazu muss man wissen«, sagte Jonas, »dass Conradi die meiste Zeit mit notariellen Dingen befasst war. Erbschaften. Immobilien. Verträge. Da geht es zwar um Geld, aber meist haben da Vertragspartner miteinander zu tun und sind keine Gegner. Ein Notar gerät da nur selten in die Schusslinie. Wenn er nicht als Notar tätig war, hat Conradi fast ausschließlich mit Arbeitsrecht zu tun gehabt. In den meisten Fällen hat er die Firma ›Waldläufer‹ vertreten. Im ärgsten Fall ging es um die Rechtmäßigkeit von Entlassungen. Wenn aber die Rechtmäßigkeit einer Entlassung vom Gericht bestätigt wird, richtet sich der Zorn des Entlassenen nicht automatisch gegen den Anwalt der Gegenseite. Eher gegen die Firma, die ihn entlassen hat. Ich glaube nicht, dass wir in diesem Umfeld einen Verdächtigen finden könnten.«

Jetzt übernahm wieder David. »Ein Motiv allein reicht ja auch nicht. Die Ausführung kommt noch hinzu. Wenn wir also annehmen wollen, dass Conradi umgebracht wurde, müssen wir ein sehr ungewöhnliches Szenario entwerfen. Jemand muss diesen riesigen Ast genau in dem Augenblick zum Fallen bringen, in dem der Anwalt unter dem Baum herläuft. Immerhin ist der Ast so groß und der Weg darunter so schmal, dass er praktisch gar nicht danebenfallen kann. Dennoch: Wie kriege ich den Ast in der richtigen Sekunde zum Fallen?«

Jonas war wieder an der Reihe. »Praktischerweise war Conradi genau unter dem Baum gestürzt. Gestolpert? Ausgerutscht? Wir wissen es nicht. Wir können aber mal die gewagte These in den Raum stellen, dass Conradi genau an dieser Stelle zu Fall gebracht wurde, um die Chance zu erhöhen, ihn mit dem Ast zu erwischen. Was hat Dr. Rösner festgestellt? Eine hauchdünne Abschürfung am Schienbein? Okay, dann sagen wir mal, dass die Abschürfung durch einen Draht hervorgerufen wurde. Den Draht hat der Täter über den Weg gespannt, und Conradi stolpert darüber. Er knallt auf den Stein und zieht sich die erste Verletzung zu, seitlich am Kopf. Er rappelt sich wieder auf. In diesem Moment lässt der Mörder den Ast fallen. Der erwischt Conradi voll. Nächste Verletzung, diesmal am Hinterkopf. Und zugleich Exitus.«

Wechsel zu David. »Vielleicht auch noch nicht Exitus. Der Täter ist vor Ort, klar, sonst kann er den Fall des Astes nicht steuern. Falls er sieht, dass sein Opfer noch am Leben ist, nimmt er einen Knüppel oder Baseballschläger und zieht ihn Conradi über die Rübe. So nahe wie möglich an der Stelle, wo ihn schon der Ast erwischt hat. Das würde die kleinere Bruchstelle erklären, die Dr. Rösner gefunden hat.«

Jonas war wieder dran. »So, das dazu. Grimms Märchen? Ihr habt bestimmt ein paar Fragen. Ich vermute aber, das sind genau die Fragen, die auch wir uns gestellt haben. Zuallererst: Wer, bitte schön, kann denn wissen, dass Conradi an diesem Morgen um diese Zeit diesen Weg entlangjoggt und ihm dort diese Falle stellen? Erstaunlicherweise kann diese Frage leicht beantwortet werden. Jasmin Conradi sagt, dass halb Wolfenbüttel das weiß. Ihr Mann ist praktisch täglich um diese Zeit genau diese Strecke gelaufen. Häufig wurde er von Freunden, Bekannten, Geschäftspartnern oder Nachbarn begleitet. Manche sind nur einmal mit ihm gelaufen, andere immer mal wieder.«

David übernahm. »Ich weiß, ihr wollt Namen hören. Wir haben die Witwe natürlich gefragt. Sie hat uns Dutzende

Namen genannt. Wir haben alle aufgeschrieben. Wir haben sie auch mit den Namen des Jahrgangs 1989 verglichen. Offenbar traf Conradi einige ehemalige Mitschüler regelmäßig. Ich lese nicht alle Namen vor, sondern zunächst nur die, über die wir bislang schon gestolpert sind, als da wären: Susanne Ferber und Dirk Franke.« David ließ den zweiten Namen erst einmal auf Helmut und Lisa wirken. Helmut räusperte sich, aber er sagte zunächst nichts. Auch Lisa schien sprachlos.

»Vielleicht sollten wir Franke mal fragen, was er am Morgen des 7. Januar gemacht hat«, sagte Jonas schließlich in die Stille hinein.

»Natürlich können wir das tun, Jonas«, sagte Helmut freundlich. »Ich werde es spätestens in dem Moment tun, wenn du mir ein Motiv dafür lieferst, warum Franke Conradi umgebracht hat. Dass er zufällig seine Joggingstrecke kannte, reicht mir nicht.«

»Das ist mir klar.« Jonas wirkte ein wenig zerknirscht. Aber bevor sie das Thema weiter erörtern konnten, klingelte nebenan im Großraumbüro, das sich Lisa, Jonas und David teilten, das Telefon.

»Ich glaube, das ist mein Apparat«, sagte Lisa und rannte nach nebenan. »Ich denke, es ist Bochum«, rief sie rüber und nahm den Hörer ab.

Die Männer lauschten ein paar Minuten lang, wie Lisa mit dem Anrufer sprach beziehungsweise wie sie die meiste Zeit über zuhörte und sich mit flinker Hand Notizen machte. Ab und zu sagte Lisa Dinge wie »Ja«, oder »Verstehe« oder »Das gibt's doch nicht« oder »Oh, nein« oder »So ein Blödmann« oder »Na ja, so kann man sich auch rausreden.« Schließlich bedankte sie sich bei dem Anrufer, verabschiedete sich, legte auf und kam kopfschüttelnd zurück in Helmuts Büro. »Es war tatsächlich Bochum. Wieder Henning Schmitt. Netter Kerl, scheint mir. Was er mir erzählt hat, ist allerdings weniger nett. Die Kripo Münster hat sich noch mal Wiecherts Wohnung vorgenommen. Computer, Telefon, Smartphone und so weiter. Der letzte Anruf, den Wiechert entgegengenommen hat, am Freitagmittag um 13.30 Uhr, den konnten sie zurückverfolgen, indem sie die Nummer gewählt haben. Und wer geht ran? Jakob Dieckmann. Er hat Wiechert brühwarm erzählt, dass Lopez tot ist. Kaum, dass die Bochumer Kollegen bei ihm weg gewesen sind. Sowohl die Münsteraner als auch später die Bochumer Kollegen haben ihm kräftig den Kopf gewaschen. Dieckmann war wohl ein wenig zerknirscht. Aber so richtig hat er nicht eingesehen, dass er was falsch gemacht hat. Die Kollegen sind sich da jedoch ganz sicher. Für sie steht fest, dass sich Wiechert das Leben genommen hat, als sie hörte, dass ihr Liebhaber tot ist.«

»Wie Romeo und Julia«, sagte Jonas.

»Ich dachte, du kennst nur Krimis«, erwiderte David.

»Denken denn die Kollegen in Münster und Bochum, dass sie sich nicht das Leben genommen hätte, wenn sie ihr die Botschaft überbracht hätten?« Jonas ignorierte Davids Bemerkung.

Lisa hob die Schultern. »Schmitt behauptet, in Bochum hätten sie sie nicht allein gelassen, sondern sie psychologisch betreut. Das kann man glauben. Muss man aber nicht. Wichtiger ist, dass die Münsteraner noch mit ihr hätten sprechen können, wenn sie Wiechert lebend angetroffen hätten. Vielleicht hätten sie erfahren, wie realistisch die Annahme ist, dass Lopez sich vor den Zug geworfen hat. Da hat ihnen Dieckmann einen Strich durch die Rechnung gemacht. Schmitt war sauer deswegen. Die Bochumer haben Dieckmann im Präsidium antanzen lassen und ihn in die Mangel genommen. Bis eben, als Schmitt hier angerufen hat. Er hat uns angeboten, dass sie dafür sorgen, dass Dieckmann nach Wolfenbüttel kommt – falls auch wir ihn sprechen möchten.«

»Kein schlechter Vorschlag«, sagte Helmut. »Haben die Münsteraner sonst nichts in Wiecherts Wohnung gefunden. Briefe? Tagebücher? E-Mails?«

»Schmitt hat nichts in der Richtung erzählt. Da er mir sonst eine Menge erzählt hat, gehe ich davon aus, dass nichts gefunden wurde, was uns irgendwie weiterbringt. Ich kann ihn aber gern noch mal anrufen.« Lisa wollte schon wieder nach nebenan gehen.

»Du kriegst ja gar nicht genug von dem Kerl«, sagte David.

»Ja, ja.«

»Was bleibt«, begann Helmut, »ist, dass wir jetzt ein richtiges Motiv haben. Allerdings nur eines für den Selbstmord von Barbara Wiechert.«

»Und was ist, wenn Dieckmann mit voller Absicht bei Wiechert angerufen hat? Weil er wollte, dass sie sich umbringt. In der Nacht zuvor hat er Lopez vor die S-Bahn gestoßen. Er schlägt auf diese Weise zwei Fliegen mit einer Klappe.« Jonas blickte zufrieden in die Runde.

»Eben war Franke noch dein Täter, jetzt Dieckmann. Du bist ja ganz schön impulsiv heute, Jonas!«

Helmut hatte ein ähnlicher Kommentar auf der Zunge gelegen, aber Lisa war ihm zuvorgekommen.

»Eine Sache konnten wir aber noch gar nicht erzählen«, meldete sich David zu Wort und hatte rasch wieder die Aufmerksamkeit der anderen Ermittler. »Wir haben mit Jasmin Conradi nicht nur über die Jogginggewohnheiten ihres Mannes gesprochen, sondern auch über aktuelle Fälle. Wie gesagt, das meiste stellte sich als harmloses Arbeitsrecht heraus. Wir haben aber auch noch mal die Kanzlei unter die Lupe genommen. In Akten gewühlt, Schreibtische durchsucht. Bei den Computern war nichts mehr zu holen. Die sind ja einen Tag vor dem Tod von Conradi einem Virus zum Opfer gefallen.«

»Weiß man, was da genau passiert ist?«

»Ja, Lisa. Das hat uns Frau Conradi auch erzählt. Sie wiederum hat sich die Sache vom Softwareberater der Kanzlei erklären lassen. Das ist übrigens Lorenz Kusmann, der Ehemann von Susanne Ferber. Das zeigt uns einmal mehr, wie klein die Welt doch ist. Besonders hier in Wolfenbüttel. Kusmann hat herausgefunden, dass zwei der Angestellten regelmäßig ihre Laptops mit in die Kanzlei bringen, um daran zu arbeiten. Nicht aus Bequemlichkeit, sondern, weil sie so auch zu Hause weiterarbeiten können. Beide haben kleine Kinder. Nur hat dummerweise eine der beiden Frauen einen Trojaner auf dem Laptop gehabt, der nun ins Netzwerk der Kanzlei gelangen konnte, um alles zu zerstören. Was besonders schade ist, denn in Conradis Schreibtisch haben wir einen kleinen gelben Klebezettel gefunden. Den hier.« David zeigte den anderen den Zettel, er steckte in einer Klarsichtfolie. »Darauf stehen ein Dateipfad und ein Dateiname. Moment, ich lese euch das vor. ›D/Sekretariat/Archiv/Spesen/vor2009/ Süberleg.docx‹. Weder Jasmin Conradi noch die Angestellten in der Kanzlei können sich vorstellen, warum Conradi in diesem Ordner eine Datei gespeichert hat. Er hatte natürlich seinen eigenen Bereich auf dem Server.«

Jonas machte weiter: »Wir vermuten, dass Conradi dort mit Bedacht etwas gespeichert hat. Weil der Pfad so ungewöhnlich ist, hat er ihn sich vorsichtshalber notiert. Das Dokument muss irgendwie inoffiziell, vielleicht geheim, auf jeden Fall aber wichtig sein. Der Wortteil ›überleg‹ bedeutet wohl, dass sich in diesem Dokument irgendwelche Überlegungen befinden. Das S kann ein Tippfehler sein, es kann genauso gut für ein Wort stehen, das mit S beginnt. Wir haben in der Kanzlei herumgefragt, niemand konnte uns einen Hinweis geben.«

Helmut runzelte die Stirn. »Warum schreibt er nicht ›Überlegungen‹, wenn er ›Überlegungen‹ meint?«

»Keine Ahnung«, sagte David. »Vielleicht eine Art Reminiszenz an die Zeit, als nur acht Zeichen für einen Dateinamen möglich waren? Vielleicht war er einfach zu faul, noch mehr Buchstaben zu schreiben? Vielleicht ist er nach dem G auf die Entertaste gekommen und hatte keine Lust, die Datei neu abzuspeichern oder umzubenennen? Das werden wir wohl nie erfahren. Vor allem werden wir wohl leider nie erfahren, ob dieses Dokument irgendetwas mit seinem Tod zu tun hat.«

»Habt ihr denn die Laptops dieser beiden Angestellten untersucht? Da dürften ja noch einige Dateien drauf sein, die die Kanzlei betreffen«, sagte Lisa.

»Wir haben uns die Laptops angesehen. Da ist nur das drauf, woran die beiden gerade gearbeitet haben. Nichts Aufregendes. Hauptsächlich notarieller Kram. Grundbuchamt, Kataster. Banken«, sagte Jonas.

»Wäre ja auch zu schön, wenn wir mal bei einer Sache Glück hätten.« Helmut schüttelte den Kopf. Etwas später entließ er seine Kollegen aus der Besprechung. Alle hatten Aufgaben für die nächsten Tage.

Die arbeitsintensivste Aufgabe hatte Lisa. Sie sollte alle Fälle noch einmal zusammenfassen und so aufbereiten, dass auch ein Unbeteiligter sofort im Bilde war.

David sollte in der Zwischenzeit einen früheren Kollegen kontaktieren. Mit Falk Koslowski hatte David einen Teil der Ausbildung gemacht. Doch Koslowski hatte nach dem Fachhochschulstudium noch ein Universitätsstudium absolviert und einen Bachelor in Psychologie erworben. Nun arbeitete er als Fallanalytiker beim niedersächsischen Landeskriminalamt.

Helmut hoffte, dass Koslowski ihnen ein paar brauchbare Hinweise geben und vielleicht sogar abschätzen konnte, ob sie es tatsächlich mit einem Serienmörder zu tun haben könnten. David sollte Koslowski überreden, ein paar Stunden halboffiziell fürs Ermittlungsteam tätig zu werden. Helmut wollte nur ungern eine offizielle Anfrage ans LKA schicken. Im besten Fall würde es lange dauern, bis dort die Entscheidung gefallen war, ob man ihnen Koslowski überließ. Im wahrscheinlichsten Fall würde Helmut überhaupt keine Antwort bekommen.

Jonas sollte die Liste der Abiturienten, die Franke ihnen gegeben hatte, überprüfen. Waren alle Namen, alle Anschriften aktuell? Vor allem: Lebten alle noch? Die aktualisierte Liste würde nicht nur das Team gut gebrauchen können. Man würde sie auch Koslowski zur Verfügung stellen. Jonas wollte außerdem ein paar seiner Tony-Hill-Romane durchblättern, um etwas zu überprüfen.

Helmut schließlich würde mit Polizeipräsident Karl Breimer über die Medien sprechen. Im Wolfenbütteler Lokalteil der Braunschweiger Zeitung war über die Unfälle von Hanno und Conradi berichtet worden. Mehrere ausführliche Artikel hatte es zu Ellen Berning-Schäfers Tod gegeben, auch in der Bildzeitung. Aber noch hatte kein Journalist erwähnt, dass die Toten zusammen zur Schule gegangen waren.

Das würde sich bald ändern, fürchtete Helmut. Der Reporter der Bildzeitung hatte bereits herausgefunden, dass Conradi und Berning-Schäfer zusammen zur Schule gegangen waren. Er hatte sich mit dieser Erkenntnis an Helmut gewandt. Helmut hatte sich nicht äußern wollen. Es war ihm aber klar, dass der Reporter auf anderen Wegen an die Informationen gelangen konnte, die er brauchte. Er würde über die Schule und/oder übers Internet weitere Namen der Mitglieder dieses Jahrgangs herausfinden. Er würde sie besuchen und ausfragen. Genau wie er wohl auch die Familien von Berning-Schäfer und Conradi aufsuchen würde. Wenn es so richtig schieflief, würde er herausfinden, dass auch Hanno zu diesem Jahrgang gehörte.

Die Todesfälle Lopez und Wiechert würden zunächst lokale

Ereignisse sein. Aber das würde nicht lange so bleiben. Bald würde die erste Zeitung auch diese beiden Toten dem Abiturjahrgang 1989 des Gymnasiums im Schloss in Wolfenbüttel zuordnen. Dann wären es nicht mehr nur drei Tote, sondern fünf. Wenn das keine Sensation war! Prima geeignet, um Ängste zu schüren und eine kleine Hysterie auszulösen: Wer sind die nächsten Opfer? Wie schützt die Polizei sie? Helmut war der Meinung, dass es am besten wäre, selbst in die Offensive zu gehen. Vielleicht mit einer Pressekonferenz. Mal sehen, was Karl dazu meinte.

Ein wenig hatte ihm der kleine Pfarrer leidgetan, als er dort verloren auf dem Bahnsteig gestanden und auf seine S-Bahn gewartet hatte. Dennoch, diese Gelegenheit war perfekt.

Nur ein kleiner Stoß im richtigen Moment. Keine große Vorbereitung. Kaum ein Risiko, da sich niemand sonst auf dem Bahnsteig aufhielt und dem Fahrer der S-Bahn der Blick durch die Pfeiler verstellt war. Von den anderen Fahrgästen war auch keine Gefahr zu erwarten, die konnten genauso wenig sehen wie der Fahrer.

Und selbst wenn man eine weitere Person auf dem Bahnsteig gesehen hätte, hätte ihn niemand erkannt.

Dass sich direkt am nächsten Tag die Freundin des Pfarrers umbringen musste, hatte er hingegen nicht einkalkuliert. Es passte auch nicht wirklich in seinen Plan. Dieser Selbstmord würde nur für unnötige Verwirrung sorgen. Nicht zwangsweise für die Art von Verwirrung, die ihm in die Karten spielen würde. Im günstigsten Fall würde man Barbaras Tod als bewusst herbeigeführten Kollateralschaden betrachten.

Um die Sache wieder in die richtige Bahn zu lenken, würde er erneut und schneller als beabsichtigt handeln müssen. Diesmal würde wieder jemand von der Spitze der Liste dran sein. Jemand von ganz oben.

KAPITEL 15

Nun war also doch noch der Winter gekommen. Minusgrade. Reichlich Schnee. Ausgerechnet heute musste, okay, ausgerechnet heute wollte sie zum Reiterhof fahren. Sie hatte es sich schon seit ein paar Wochen vorgenommen und sich diesen Freitag frei gehalten. Jetzt würde sie das auch durchziehen und sich auf die 30 Kilometer lange Fahrt begeben. Immerhin hatte sie erst vor ein paar Wochen ihr Auto gründlich von Dirk checken lassen. Vor ein paar Tagen war es erneut bei ihm gewesen. Ein Scheinwerfer war ausgefallen.

Lorenz hatte einen freien Tag. Er wollte die Wochenendeinkäufe erledigen. Er war früh aufgestanden und direkt nach dem Frühstück losgefahren. Sie hatte aufgeräumt und sich kurz mit der Zeitung an den Küchentisch gesetzt. Natürlich gab es wieder allerhand Spekulationen über die »Mysteriöse Todesserie im Jahrgang 1989«. Längst stand die Frage im Raum: »Zufall oder Serienkiller?«

Das wusste Susanne auch nicht. Dirk, Jakob und sie waren jedoch der Meinung, dass man das Jahrgangstreffen ausfallen lassen musste. Als sie sich zuletzt zu dritt getroffen hatten, ging es ausschließlich um Hanno. Da war die Absage kein Thema. Seitdem hatte sie Dirk und Jakob nur noch jeweils allein getroffen.

Dirk war schon nach Ellens Tod der Meinung gewesen, man müsste absagen. Ihm schien diese Sache ohnehin besonders zu schaffen zu machen. Susanne hatte ihn aber überzeugen können, dass das übereilt war.

Nach Felix' Tod war es Jakob, der sie und Dirk unabhängig voneinander überreden konnte, nichts zu überstürzen. Doch nach Mario und Barbaras Tod hatte Jakob seine Meinung geändert. Ihn hatten mittlerweile einige E-Mails von anderen Ehemaligen erreicht, die sich offenbar ernsthaft Sorgen machten. Irgendwer hatte geschrieben, dass wohl ein Serienmörder unterwegs war, der es auf den Jahrgang abgesehen hatte. Jakob fühlte sich außerdem schuldig an Barbaras Tod, da er sie angerufen hatte, um ihr zu erzählen, dass Mario tot war.

Das hielt Susanne für Unsinn. Vielmehr hatte die Polizei Jakob diese Schuldgefühle eingeredet. Barbara war so sehr auf Mario fixiert, dass sie sich in jedem Fall umgebracht hätte – egal, wer der Überbringer dieser Nachricht gewesen wäre.

Der Gedanke an Jakob ließ sie lächeln. Trotz allem. Dieser Abend kurz nach Weihnachten, als sie für eine Viertelstunde allein mit ihm gewesen war, während Dirk und Lorenz in der Garage waren, hatte tief in ihr etwas geweckt.

Sie saß auf dem Sofa, schwenkte ihr Weinglas und blickte zu Jakob hinüber. Auch mit 44 sah er noch aus wie ein junger Mann. Anders konnte sie es nicht ausdrücken. Jung und frisch. Das Haar natürlich kürzer als zu Schulzeiten. Auch kürzer als in jenen Jahren Ende der 90er, als sie das nachgeholt hatten, was sie zehn Jahre zuvor verpasst hatten. In jener Zeit hatte Jakob, wie seinerzeit viele Männer, meist einen Dreitagebart getragen. Jetzt war er glatt rasiert. Beibehalten hatte er seine nachlässige Art, sich zu kleiden. Anzüge? Fehlanzeige. Immer nur in Bluejeans. Das Hemd lieber darüber als darin. Und dann seine braunen Augen, die so wunderbar zu seinen dunkelblonden Haaren passten. Reizvoll. Vor 25 Jahren war es reizvoll gewesen. Auch vor 15 Jahren. Und auch jetzt.

Vor 25 Jahren war sie schon mit Lorenz zusammen gewesen. Doch dann war da diese Theaterfreizeit gewesen. Dort hatte es einen Augenblick gegeben, da sie mit dem Gedanken gespielt hatte, sich von Lorenz zu trennen. Aber das hätte ihrem Pflichtbewusstsein widersprochen. Sie war mit Lorenz zusammen und konnte wegen einer Knutscherei nicht einfach Schluss machen. Auch wenn es nicht einfach nur Knutschen war. Jakob konnte das nicht verstehen. »Ich verstehe es ja selbst nicht«, hatte sie geflüstert. Beide hatten geweint.

An dem Abend kurz nach Weihnachten waren sie nach draußen auf die Terrasse gegangen. Dort hatte sie Jakob zwei Geheimnisse anvertraut – und ihm eine Frage gestellt: »Sollen wir uns irgendwann mal wieder treffen?« Sie fragte, ohne recht darüber nachzudenken (ein verheirateter Mann!).

Jakob schien zu ahnen, was sie mit »sich treffen« meinen könnte. Er musste schlucken. Bestimmt dachte auch er: eine verheiratete Frau! Das hatte ihm allerdings vor 15 Jahren nicht viel ausgemacht. Aber jetzt: eine verheiratete Frau und ein verheirateter Mann!

Doch schließlich hatte Jakob genickt.

Sie hatten ein Treffen vereinbart, auf neutralem Grund. Jakob war 14 Tage später wieder in Wolfenbüttel. Allein. Irgendeine Erbschaftssache. Sie hatten sich in Goslar getroffen. Doch am selben Tag war Felix gestorben und acht Tage zuvor Ellen. Nur für ein paar Augenblicke hatten sie das ausblenden können.

Sie vereinbarten dennoch das nächste Treffen. Zum Glück zog sich die Erbschaftsangelegenheit hin. Schon zehn Tage später war Jakob wieder allein in der alten Heimat. Sie trafen sich in Wernigerode. Diesmal brachte Jakob sozusagen zwei Tote mit. Mario und Barbara.

Dennoch war es schön. Irgendwie. Deshalb das nächste Versprechen, das nächste Treffen. Von Angesicht zu Angesicht vereinbart. Heute. Diesmal lagen nur sieben Tage dazwischen. Bis dahin keine Anrufe, keine SMS, keine E-Mail, kein

Brief. Keine Spuren. 15 Uhr. Vor dem Freizeithaus in Hornburg. Über 25 Jahre nach der Theaterfreizeit.

Danach? Keiner wusste, ob es in dem kleinen Dorf Hornburg ein Café gab oder ein Hotel. Zur Not würde man fahren müssen. Wohin auch immer. Und das andere »Danach«? Das langfristige »Danach«? Keine Ahnung.

Auch heute würde sie fahren müssen. Zunächst zum Reiterhof. Auf dem Rückweg dann nach Hornburg. Keine neuen Toten. Dafür hatte es zum ersten Mal in diesem Winter geschneit.

Lorenz hatte den Schnee vor der Einfahrt weggeräumt. Auch auf dem Fußweg vor ihrem Haus an der Lessingstraße, zwischen Schloss und Stadion. Eine prächtige Stadtvilla aus dem 19. Jahrhundert. Sie hatte sich als Schülerin in das Haus verliebt, als sie sieben Sommer lang zweimal pro Woche von der Schule zum Stadion gehen mussten. Das Stadion diente zugleich als Sportplatz für die Schulen der Umgebung. Sie hatte sich vorgenommen, die Villa sobald wie möglich zu kaufen. Allerdings hatte sie nach der Schulzeit noch über zehn Jahre warten müssen, bis sich die Gelegenheit ergab. Doch schließlich war die Besitzerin gestorben. Der Erbengemeinschaft kam Susannes Kaufangebot gelegen. Weniger den beiden Mietparteien, die hier gewohnt hatten. Leider konnte sie als Käuferin keinen Eigenbedarf geltend machen. Stattdessen hatte sie den Mietern nicht nur beim Finden eines adäquaten Ersatzes geholfen, sondern ihnen auch eine Menge Geld zugesteckt.

Lorenz war zunächst nicht begeistert davon gewesen, in einen Altbau (wie er die Villa einfach nur nannte) zu ziehen. Er hatte die modernen Annehmlichkeiten des 80er-Jahre-Bungalows geschätzt, in den sie noch vor ihrer Hochzeit gezogen waren. Doch dann durfte Lorenz das Haus an der

Lessingstraße, genau wie schon zuvor den Bungalow, nach seinen technischen Vorstellungen gestalten. Dazu gehörten Alarmanlagen, Überwachungskameras, ISDN, später LAN, WLAN und teurer technischer Schnickschnack wie computergesteuerte Zeitschaltungen für Heizung und Geschirrspüler, was Susanne weder genau verstand noch näher interessierte. Außerdem konnte Lorenz sich Büro- und Lagerräume einrichten und hatte Platz für seine Autos und sein Golfequipment. Und war zufrieden.

Susanne selbst war sogar glücklich. Sie hatte ihren Mädchentraum verwirklicht. Als Spross einer erfolgreichen Unternehmerfamilie war das finanziell keine besonders große Herausforderung gewesen. Das musste sie zugeben. Sie hatte sich ihre Vorfahren andererseits auch nicht ausgesucht. Das klang blöd, denn sie war sehr zufrieden mit ihren Vorfahren. Und sie konnte sich hervorragend damit arrangieren, qua Geburt die Geschicke eines Unternehmens lenken zu dürfen.

Aber sie hatte sich nicht einfach nur auf den Chefsessel gesetzt und Anweisungen erteilt. Ganz im Gegenteil. Nach dem Abitur hatte sie zunächst ein Jahr in der Firma volontiert. Sie hatte alle Bereiche durchlaufen: Produktion, Verwaltung, Vertrieb inklusive Außendienst. Sie hatte zugesehen, wie das Grundrezept des Likörs gemixt und wie es regelmäßig von Chemikern überwacht und kontrolliert wurde. Sie hatte stundenlang beobachtet, wie die zähe Flüssigkeit in Flaschen unterschiedlichster Form und Größe gefüllt wird.

Sie hatte den weiteren Weg dieser Flaschen verfolgt, zunächst innerhalb des Unternehmens, dann per Spedition zu den Verkaufsbüros und Handelsvertretern überall im Lande, zu den Großkunden und schließlich bis zum Einzelhandel beziehungsweise in die Gastronomie. Sie hatte auch einige der Partner im Ausland besucht, die den Likör in Lizenz herstellten und vertrieben.

Nach dem Volontariat studierte sie in St. Gallen und London, arbeitete danach jeweils anderthalb Jahre bei Signum und bei VW und kehrte schließlich zurück zu »Waldläufer«.

Schon damals war sie für den Posten im Aufsichtsrat vorgesehen; mittlerweile war aus der früheren GmbH & Co. KG eine AG geworden. Sie fühlte sich aber noch zu jung für diesen Posten, sie wollte lieber noch ein paar Jahre lang operativ arbeiten. Also schuf man ihr eine Pseudoposition im Vertrieb, die sie ein paar Jahre lang ausübte, bis sie den Moment gekommen sah, in den Aufsichtsrat zu wechseln und dessen Vorsitz zu übernehmen.

Mit diesem Wechsel schwand die letzte Chance dahin, eine Familie zu gründen. Sie hatten es ein paar Mal ernsthaft versucht. Immer erfolglos. In der Zeit um ihre Hochzeit herum, gleich nach ihrem Studium, war es ihnen ganz besonders ernst gewesen. Als es nach einem knappen Jahr nicht geklappt hatte, hatten sich beide untersuchen lassen. Weder bei ihr noch bei Lorenz gab es irgendetwas, das dagegensprach, dass Susanne schwanger werden konnte. Es schien ganz einfach Pech zu sein. Sie versuchten es eine Weile weiter, doch das sklavische Abpassen des idealen Zeitpunkts wurde immer mehr zum Lustkiller. Und jedem neuen Versuch folgte eine neue Menstruation, auf die man doch eigentlich vergeblich hatte warten wollen. Schließlich endete die Sache in einer kleinen Ehekrise.

Ausgerechnet zu diesem Zeitpunkt – und kurz bevor das unangenehme Thema einer künstlichen Befruchtung zur Sprache gekommen wäre – war Jakob wieder empfänglich geworden für die kleinen Signale, die sie ihm im Laufe der Jahre immer mal wieder gesendet hatte. Er war in Wolfenbüttel gewesen, damals noch ungebunden. Sie hatten zu dritt über das zehnjährige Jahrgangstreffen gesprochen, damals noch im Bungalow.

Dirk hatte wenig Zeit gehabt und war nach einer Stunde

verschwunden. Lorenz war auf einer längeren Geschäftsreise gewesen, irgendwo in Deutschland. So hatten Jakob
und sie auf dem Sofa gesessen, auch damals mit Rotweinglä-
sern in den Händen. Sie hatte – ohne Hintergedanken (ha,
von wegen!) – die Eurythmics aufgelegt. »When Tomorrow
Comes«. Das war »ihr Lied« aus der Zeit der Theater-AG.

»When you need someone to depend upon« – in Hornburg
hatte Jakob gesagt, er wäre gern abhängig von ihr.

Sie hatte es nicht zugelassen.

Zehn Jahre später gab es keine Abhängigkeiten. Da gab
es nur Spaß. Alle paar Wochen. Immer wenn Jakob in Wolfenbüttel und Lorenz gerade unterwegs war. Bei Jakob ganz
ohne Reue, er war ja ungebunden. Bei ihr hielt sich die Reue
in Grenzen. Wer wusste schon, was Lorenz so trieb, wenn
er unterwegs war?

Es hatte Momente gegeben, da hatte sie ernsthaft erwogen,
die Uhr komplett zurückzudrehen. Doch dann waren zwei
Dinge praktisch gleichzeitig geschehen. Lorenz brauchte sie,
da seine Mutter sterbenskrank war. Und Jakob hatte Kerstin kennengelernt. Vielleicht hätte er Susanne dennoch nicht
fallengelassen. Vielleicht hätte sie ihn dennoch nicht fallengelassen. Ohne es auszusprechen, nahmen sie diese parallelen Ereignisse aber als Wink des Schicksals, und so wurden
aus Liebhabern wieder Freunde. Nur manchmal, wenn sie
meinten, niemand würde sie beobachten, sahen sie einander
an wie Liebhaber.

Kurz nach Weihnachten 2013 sahen sie sich etwas zu lange
auf diese Weise an.

Sie spürte dieses Kribbeln im Bauch. Es war schön, endlich
mal die Rolle als erfolgreiche Geschäftsfrau und nur selten
zufriedene Ehefrau abzulegen und seinen Gefühlen freien
Lauf zu lassen.

Und Jakob? Sie hatte ihn natürlich gefragt. Er hatte etwas um den heißen Brei herumgeredet. Eine Ehekrise gab es bei ihm offenbar nicht. Aber vielleicht leichte Abnutzungserscheinungen? Die berühmte Midlife-Crisis? Er hatte nichts ausgeschlossen und nichts zugegeben. Zwischen den Zeilen ließ er jedoch erkennen, dass er all die Jahre irgendwie immer auf sie gewartet hatte. Vielleicht, ohne es selbst zu wissen. Jetzt wollte er für sie da und mit ihr zusammen sein, wann immer es ging. Ende offen.

Auch am Nachmittag würden sie wieder Liebhaber werden. Jakob musste vorher noch seine Erbschaftssache voranbringen, und sie musste vorher noch nach ihren Pferden schauen.

Eine Pferdenärrin war Susanne schon als kleines Mädchen gewesen. Sie hatte seit ihrem sechsten Geburtstag stets eigene Pferde gehabt. Ihre Familie besaß nicht nur Grundstücke in Wolfenbüttel und Umgebung, sondern auch Ländereien in Norddeutschland, vorrangig in der Lüneburger Heide. Jagdgrund gehörte dazu, für die älteren Herren der Sippe, aber auch zwei Gestüte. Allerdings lagen diese weit entfernt von Wolfenbüttel, sodass Susanne ihre Pferde immer nur an den Wochenenden oder in den Ferien sehen konnte. Mit 13 hatte sie eine Zeitlang mit dem Gedanken gespielt, Pferde nicht nur ihre Leidenschaft sein zu lassen, sondern sie auch zu ihrer Profession zu machen. Sie hatte sich darüber informiert, wie und wo sie sich zur Pferdewirtin ausbilden lassen konnte. Schließlich hatte sie diese Idee wieder zu den Akten gelegt. Ihre Familie hatte sie überzeugt, dass sie im Unternehmen arbeiten und trotzdem so viel mit Pferden zu tun haben konnte, wie sie wollte.

Allerdings sollte es nicht mehr so umständlich sein wie in ihrer Kindheit. 200 Kilometer und mehr Distanz zu ihren Pferden – das war viel zu weit. Mitte der 90er-Jahre hatte sie deshalb ein Gestüt oder zumindest einen Reiterhof in ihrer Nähe gesucht. In der Nähe von Jerxheim im Landkreis Helmstedt stand schließlich ein Reiterhof zum Verkauf. Die Besitzer wollten nach Südafrika auswandern. Ein Glücksfall. Zumal dieser Hof sozusagen fix und fertig war und bestens in Schuss. Sie konnte sogar das komplette Personal übernehmen, was sie auch gern tat, denn die Leute, die hier arbeiteten, machten allesamt einen tadellosen Eindruck.

Das sollte sich im Laufe der Jahre auch bestätigen. Susanne änderte praktisch nichts, sie löste auch keine der bestehenden Reitbeteiligungen auf und machte kein kleines Mädchen aus der Gegend unglücklich. Sie war einfach nur die neue Eigentümerin, die nichts besser wusste als die Experten vor Ort und auch sonst keinen Stress machte.

Sie kaufte allerdings ein paar zusätzliche Pferde, für die es keine Reitbeteiligungen gab. Verantwortlich für diese Pferde waren der Verwalter des Reiterhofes und dessen Töchter. Ansonsten standen die Pferde ausschließlich Susanne zur Verfügung.

Zwischen März und Oktober beherbergte der Hof Ferienkinder, die einzeln oder in Gruppen kamen und ein paar Tage, maximal aber 14 Tage dort blieben. Für komplette Schulklassen war der Hof zu klein. Allen Kindern, und somit auch Susanne, standen neben einer Reithalle verschiedene Außenanlagen zur Verfügung, darunter ein Parcours mit Hindernissen. Hinzu kam die freie Natur, Feldwege, Wiesen und ein kleines Waldstück mit Reitweg.

Heute allerdings würde sie nur ihre Pferde pflegen und allenfalls ein paar Runden durch die Reithalle drehen. Auch dort konnte man ein paar Hindernisse aufbauen.

Zwischen ihr und ihren Pferden lagen aber noch 30 Kilometer Landstraße. Sie hoffte, dass auch zwischen den Dörfern die Straßen geräumt sein würden. In der Lessingstraße türmte sich der Schnee auf den Gehwegen und am Straßenrand. Wenigstens war die Straße geräumt. Das galt auch für die anderen innerstädtischen Straßen.

Susanne fuhr gerade auf den Grünen Platz und das Polizeipräsidium zu und schnallte sich rasch an. Sie fuhr grundsätzlich ohne Gurt. Sie hatte den Anschnallgurt immer gehasst. Seit Erfindung des Airbags sah sie gar keinen Sinn mehr darin, sich anzuschnallen. Man landete doch im Kissen! Nur, wenn sie direkt an Polizeidienststellen vorbeifuhr, schnallte Susanne sich an. Ansonsten ignorierte sie das rote Männchen im Display ihres BMW. Dieses Symbol konnte man im Gegensatz zum Warnton leider nicht abstellen.

Soweit sie wusste, war am Grünen Platz auch die Mordkommission untergebracht. Also jene Beamten, die sich eventuell in diesem Moment den Kopf darüber zermarterten, was es mit der Todesserie auf sich hatte. Immer wieder drehten sich ihre Gedanken um die Toten. Dazu Jakob.

Eigentlich hatte sie für die nächste Zeit verschiedene Pläne gefasst, die ihr Leben zum Teil erheblich verändern würden und die nichts mit Jakob zu tun hatten. Das Verrückte aber war, dass sie sich (wegen der Toten und wegen Jakob) in den letzten Wochen kaum noch mit diesen Plänen beschäftigt hatte. Sie hatte sie zwar nicht über Bord geworfen, sie aber einstweilen zurückgestellt.

Sie hatte mittlerweile, längst wieder ohne Gurt, den Ortsausgang erreicht. Rechts lag der »Happy Imbiss«. Ein Laden aus den 80ern mit einem Namen aus den 80ern, der jeglichem Zeitgeist erfolgreich getrotzt hatte. Andere Geschäftsleute wären vermutlich längst auf die Idee gekommen, Filialen zu eröffnen, wenn ihr Laden seit 30 Jahren derart brummen würde. »Happy Imbiss Zwei«, »Happy Imbiss Drei« ... Hier nicht. Hier gab es nur den einen »Happy Imbiss«. Mit dem besten Schaschlik weit und breit.

Dieser Imbiss war für Susanne einer der Gründe, keine

Vegetarierin zu werden. Eigentlich wäre sie der Typ dafür gewesen. Sie lebte gesund. Bewegte sich viel, Jogging, Yoga, Radfahren, Schwimmen. Sie aß auch nur ausnahmsweise im Imbiss. Außer Rotwein trank sie keinen Alkohol. Sie rauchte nicht. Es hatte sie nie interessiert, deshalb hatte sie es nie ausprobiert. Rauch störte sie aber auch nicht. Sie hatte sich immer wohlgefühlt unter Rauchern. Schon in der Schule.

Früher war die Brücke vor dem Schloss Treffpunkt der rauchenden Schüler gewesen. Das war von der Schulleitung toleriert worden. Wie das wohl jetzt war? Obwohl sie keine fünf Minuten entfernt von ihrer ehemaligen Schule wohnte, war sie noch nie auf die Idee gekommen, mal nachzuschauen, wie es dort jetzt in den großen Pausen zuging. Sie interessierte sich zwar noch für ihre alte Schule, aber halt nur als »ihre alte Schule«. Das aktuelle Schulleben ging sie irgendwie nichts an. Aber sie hing an ihrem Jahrgang und an den Lehrern, die sie damals hatten. Sie freute sich auch immer, wenn sie einen der alten Pauker in der Stadt traf. In einer Kleinstadt wie Wolfenbüttel war das jederzeit möglich.

Für Susanne war es auch eine Selbstverständlichkeit gewesen, Ja zu sagen, als Jakob und Dirk sie vier Jahre nach dem Abi gefragt hatten, ob sie Lust hätte, das Treffen zum Fünfjährigen mit zu organisieren. Seitdem planten sie stets zusammen die Treffen.

Im Gegensatz zur Stadt Wolfenbüttel bekannten sich in den Dörfern des Landkreises viele Bürger zu ihrem Widerstand gegen das Zwischenlager für Atommüll im Salzbergwerk in der Asse, einem kleinen bewaldeten Höhenzug, der an der B 79 lag. Zeichen ihres Widerstandes war ein großes gelbes A, aus drei dünnen Holzstücken gefertigt. Das A konnte man in den Garten stellen oder an den Gartenzaun nageln. Je näher man der Asse kam, desto häufiger tauchte es auf.

Susanne hatte kein A in ihrem Garten stehen. Sie hatte auch nie den Sticker »Atomkraft – nein danke« am Auto gehabt. Dennoch war sie gegen Atomkraft (und für erneuerbare Energien) und natürlich wollte sie nicht, dass direkt vor ihrer Haustür ein derart marodes Zwischenlager betrieben wurde.

Rund um die Asse hatte es eine Spur kräftiger geschneit als in Wolfenbüttel. Zum Glück waren die Straßen geräumt. Dafür lagen nun die Straßengräben voller Schneehaufen. Noch waren sie weiß, schneeweiß, aber durch die Autoabgase würde sich das bald ändern. Es herrschte ohnehin recht viel Verkehr für einen Freitagvormittag.

Ihre Gedanken schweiften wieder ab. Sie musste Jakob nachher unbedingt nach Dirk fragen. Als sie ihren Wagen kürzlich bei ihm abgeholt hatte, wirkte er irgendwie anders als sonst, abwesend. Natürlich gingen ihm die Todesfälle besonders nahe. Er hatte zu allen Toten ein gutes, sogar freundschaftliches Verhältnis gehabt. Abgesehen von Ellen. Vielleicht setzte ihm die Sache mehr zu, als er gegenüber Susanne zugeben wollte?

Ob er sich vielleicht Jakob anvertraut hatte? Schließlich war Dirk kürzlich in Bochum gewesen. Sie würde Jakob danach fragen. Um es nicht zu vergessen, hatte sie sich eine Notiz gemacht. Den Zettel bewahrte sie in ihrer Handtasche auf.

Da sich aufgrund der etwas unsicheren Straßenverhältnisse niemand so recht traute zu überholen, hatte sich auf der B 79 eine lange Schlange gebildet. Susanne steckte mittendrin. Sechs Fahrzeuge fuhren vor ihr, darunter zwei Lieferwagen und ein Lkw. Etwa genauso viele Fahrzeuge waren hinter ihr. Unmittelbar hinter ihr war ein Postauto. Das Postauto verabschiedete sich allerdings im nächsten Dorf, Remlingen. Es wurde durch einen blauen Einser-BMW ersetzt. Sozusagen ihr Zwilling, denn sie fuhr selbst einen dunkelblauen Einser-BMW. Vor ihr fuhr ein weißer Lieferwagen.

Remlingen war das letzte Dorf, das direkt an der Asse lag. Hinter dem Ort wurde es wieder flacher und auf den Feldern lag etwas weniger Weiß. Dafür setzte nun wieder leichter Schneefall ein. Sie musste den Scheibenwischer betätigen. Sie fuhr maximal 80, meist etwas weniger, je nachdem, wie schnell der Lieferwagen vor ihr fuhr.

Dem Fahrer des dunkelblauen BMW war das offensichtlich zu langsam, denn er überholte sowohl Susanne als auch den Lieferwagen. Zwischen Remlingen und Semmenstedt war das kein Problem. Hier gab es nur eine einzige Kurve sowie einen Abzweig. Der Rest war freie Strecke.

Einen Moment lang überlegte auch Susanne, ob sie den Lieferwagen überholen sollte. Gerade als sie den Blinker setzen wollte, zischte ein schwarzer SUV an ihr vorbei. Ein Cayenne. Den hatte sie gar nicht kommen sehen. Sie zuckte zusammen und brach den Überholvorgang ab. Sie versuchte, einen Blick auf den Fahrer zu werfen, der sie und den Lieferwagen so dreist überholt hatte, aber die Scheiben des Wagens waren abgedunkelt. Sie hatte nur einen Schatten erahnt.

In diesem Moment bog der Lieferwagen nach rechts ab, noch vor dem Ortsschild von Semmenstedt. Genau wie der andere BMW hatte auch der Porsche mittlerweile dieses Schild passiert. Bremslichter funkelten. Der BMW bog links auf die B 82, während der SUV 200 Meter später nach rechts abbog, auch das war die B 82.

Der kleine Autokorso hatte sich also mehr oder weniger aufgelöst. Er bestand nur noch aus vier Fahrzeugen, zwei fuhren hinter ihr und einer fuhr vor ihr. Der Straßenverlauf zwischen Semmenstedt und Roklum war etwas spektakulärer als der zwischen Remlingen und Semmenstedt. Es gab einige Kurven und es ging ständig bergauf und bergab. Unmittel-

bar vor einer scharfen und früher sehr unfallträchtigen Linkskurve stand ein Blitzkasten. 70 km/h waren erlaubt.

Der Wagen vor ihr nahm die Kurve sehr spontan mit 60.
Susanne musste heftig bremsen. So ein Sonntagsfahrer! Einen
Moment lang befürchtete sie, dass das Bremspedal nicht
zurückfedern würde, doch dann kehrte es schließlich in die
Ausgangsstellung zurück.

Das konnte sie wirklich nicht gebrauchen, dass die Bremse
aufmuckte. Das spannendste Stück stand ihr erst noch bevor:
die Serpentinen zwischen Jerxheim Bahnhof und Jerxheim.

In Roklum musste sie die B 79 verlassen, nach links auf
die Landstraße nach Winnigstedt.

Im Gegensatz zu den anderen Dörfern auf ihrer Fahrt
zeigte sich Winnigstedt umgehend in seiner ganzen Pracht.
Keine Hügel, keine Kurven versperrten die Sicht auf die wenigen Hundert Häuser, die beiden Kirchtürme, die Bäume und
die Windkrafträder, die um das Dorf herum standen.

Susanne war sich bewusst, dass sie eventuell an Hannos Hof
vorbeifahren würde, den sie allerdings nie besucht hatte. Jedes
Mal, wenn sie an einem Bauernhof vorüberfuhr, warf sie einen
Blick auf Gebäude und Fahrzeuge. Aber was hätte sie finden
können? Hanno selbst natürlich nicht. Seine Familie kannte
sie nicht. Vielleicht einen von Jakobs Stickern? »Abi '89«.
Sie hatte natürlich einen solchen Aufkleber an ihrem BMW.

Auf halbem Weg durch das Dorf sah sie einen Mann, der
den Gehweg vom Schnee befreite. Wie eine Maschine fräste
er sich mit seinem Schneeschieber durch die weißen Massen.
Er schleuderte den Schnee meterhoch in die Luft. Scheinbar
war es ihm egal, wohin der Schnee flog.

Natürlich landeten ein paar der Fuhren auf der Straße,
eine kurz vor ihrem Auto, eine auf dem Auto. Sie bremste
und sah zu dem Mann hinüber. Sie wollte gerade ihre Fens-
terscheibe herunterfahren lassen, als sie der Blick des Man-

nes traf. Schwarze Augen funkelten sie böse an. Der Mund war ein Strich. Unter dem Wollpullover spannte sich der gesamte Oberkörper bedrohlich an. Sie konnte die Gedanken des Mannes praktisch lesen. »Was fährst du auch gerade jetzt hier lang, du Tusse? Sieh zu, dass du Land gewinnst, sonst decke ich deine ganze Angeber-Karre mit Schnee ein!«

Sie ließ die Scheibe oben und fuhr weiter. Schließlich erreichte sie den Ortsausgang, der am Fuße eines kleinen Hügels hinter einer Linkskurve lag. Hügel rauf, Hügel runter, dann eine scharfe Rechtskurve. Ein paar weitere Hügel. Nach einer weiteren sehr scharfen Linkskurve passierte Susanne das Ortsschild von Gevensleben, Landkreis Helmstedt.

Die Landstraße schleppte sich in den Ort hinauf, vorbei an Bauernhöfen, bis schließlich eine scharfe Rechtskurve in den Ortskern führte.

In Gevensleben war der Räumdienst nicht ganz so aufmerksam gewesen wie in den anderen Dörfern. Der Schnee war nur notdürftig an den Rand geschoben worden, wo er sich zwar nicht meterhoch türmte, aber die Fahrbahn erheblich verengte. Gerade kam ihr ein Auto entgegen und sie wäre fast in einen Schneeberg geraten. Immerhin hatte der Schneefall, der bei Remlingen eingesetzt hatte, wieder aufgehört.

Eine scharfe Linkskurve, dann ging es steil bergab nach Watenstedt. Zum Glück war diese Straße gut geräumt. Dennoch fuhr Susanne nur 50. An fast jeder Kurve, an der sie zuletzt bremsen musste, hatte sie das Gefühl gehabt, dass etwas mit der Bremse nicht stimmte. Das Bremspedal stotterte sich jedes Mal zurück in die Ausgangsstellung. Sie würde nächste Woche noch mal zu Dirk fahren müssen.

Jetzt musste sie schon wieder bremsen, denn kaum in Watenstedt, musste sie an einer Abzweigung scharf nach rechts abbiegen. Sie war sofort wieder aus dem Ort heraus. Auf gerader Strecke und innerhalb von knapp drei Minuten kam sie nach Beierstedt, das sie ebenfalls nur streifte, um weitere vier Minuten später Jerxheim Bahnhof zu erreichen.

Hier stieß Susanne wieder auf eine größere Straße, die B 240. Nachdem sie seit Roklum nur noch selten anderen Autos begegnet war, herrschte hier wieder dichterer Verkehr. Sie musste sogar knapp eine halbe Minute warten, bis sie sich nach links, Richtung Jerxheim, einfädeln konnte. Nun hatte sie nur noch die etwa einen Kilometer langen Serpentinen vor sich, bevor sie ihren Reiterhof erreichen würde.

Sie fuhr gerade auf die erste Kurve zu, als sie meinte, ein Déjà-vu-Erlebnis zu haben. Ein schwarzer Porsche Cayenne war hinter ihr? Dasselbe Auto wie vorhin? Es sah ganz so aus. Abgedunkelte Scheiben. Der Fahrer, den sie im Rückspiegel zu erkennen versuchte, nur ein Schatten. Nachdem er vorhin so dreist an ihr vorbeigeschossen war, saß er ihr nun fast im Heck. Der hatte es ja mächtig eilig. Geschäftstermin? Fehlte nur, dass er die Lichthupe betätigte. Was erwartete er denn? Dass sie bei Eis, Schnee und Serpentinen schneller als 60 fuhr? Quatsch. Sie konnte auch nicht rechts heranfahren, um ihn vorbeizulassen. Rechts war die Leitplanke, dahinter ging es ein paar Meter nach unten.

Immerhin, der Porsche ließ sich etwas zurückfallen. Oh Gott, aber nur, um zu überholen. Hier? Mitten in den Serpentinen? Da ist doch Gegenverkehr. Jetzt ist da Gegenverkehr! Der spinnt doch! Das schafft der niemals!

Doch der Porsche schaffte es. Der Fahrer ignorierte das Hupen des entgegenkommenden Toyotas und das Entsetzen in den Augen des Fahrers. Er ignorierte ihr Hupen und ihr Fluchen. Und bestimmt war es dem Porschefahrer auch egal, dass sie voll in die Eisen steigen musste, als er sie schnitt, um rechtzeitig wieder auf die rechte Spur zu kommen.

»Arschloch«, fluchte sie laut und nahm wieder Fahrt auf. Die Gedanken noch beim rücksichtslosen Porschefahrer, drückte sie etwas zu fest aufs Gaspedal. Mit knapp 70 fuhr sie auf die nächste Linkskurve zu. Das war allerdings genau die Kurve, die sie auch bei trockenem Sommerwetter mit 50 nahm.

Oh, da muss ich wohl bremsen, schoss es ihr durch den Kopf. Sie trat aufs Bremspedal. Doch das Pedal reagierte nun ganz komisch, eher so wie die Kupplung. Ohne Wirkung. Der Tacho zeigte fast 80 und die Leitplanke kam näher. Sie trat erneut aufs Bremspedal. Nichts. Nächster Versuch. Nichts. Handbremse?

Doch in diesem Moment durchbrach der BMW die Leitplanke und flog die Böschung hinunter. Der Aufprall hatte den Beifahrer-Airbag ausgelöst. Das nahm sie noch wahr. Sie wollte sich gerade fragen, warum nicht auch der Fahrer-Airbag auftauchte, da sauste sie schon durch die Frontscheibe. Über das Für und Wider von Anschnallgurten brauchte sie sich nie wieder Gedanken zu machen.

KAPITEL 16

Das herrschaftliche Haus der Familie Wettenstedt war erst kürzlich aufwändig renoviert worden. Dank der frischen gelben Farbe sah es wie aus dem Ei gepellt aus. Sogar die Nebengebäude hatten neue Farbe abbekommen.

Alle paar Jahre verpasste Jochen seinem Anwesen ein Facelifting. Nicht, dass die schmucken Gründerzeithäuser es nötig gehabt hätten. Aber man musste den anderen von Zeit zu Zeit zeigen, dass man es sich leisten konnte.

Aufgrund des strahlend weißen Schnees, der vom letzten Abend an bis in die frühen Morgenstunden gefallen war, wirkte das Gelb noch strahlender. Und natürlich verliehen der weiße Schnee und die gelben Häuser dem Bild vom gepellten Ei einen zusätzlichen Sinn.

Helmut stand an diesem ansonsten trüben Freitagmorgen Ende Januar staunend vor dem Haus und kam sich mit seinem eigenen kleinen mausgrauen Bungalow etwas minderwertig vor.

Er war zu Fuß gekommen und hatte es genossen, durch den Schnee zu stiefeln. Hier und da hatte er Dorfbewohner getroffen, die den Gehweg vor ihrem Haus vom Schnee befreiten. Helmut hatte den Schneeschieber zur Hand genommen, bevor er zu Jochen gegangen war. Nur vor Gregors Haus lag der Schnee noch genauso da, wie er seit gestern gefallen war.

Bestimmt schlief Gregor noch. So wie er letzten Abend beim Skat Bier und Korn in sich hineingeschüttet hatte, wäre das auch nicht verwunderlich gewesen. Der einsetzende

Schneefall am späten Abend war das Signal für Gregor gewesen, sich ausnahmsweise einmal gehen zu lassen.

»Morgen wird eh nichts laufen«, hatte er verkündet. Gregor arbeitete auf dem Bau, der Schnee würde einen Außeneinsatz verhindern und er würde am Freitag frei haben. Nachher würde er sich verkatert und schlecht gelaunt durch den Schnee auf seinem Hof und auf dem Gehweg davor wühlen. Dann sollte man ihm besser nicht in die Quere kommen.

Gestern Abend war es Helmut, nach vielen vergeblichen Anläufen, endlich gelungen, Jochen auf einen Termin für den heutigen Morgen festzunageln. Es sei wichtig und dienstlich, hatte er Jochen versichert, bis ihm dieser endlich diese Audienz gewährte.

Helmut wäre es wesentlich lieber gewesen, dieses Gespräch schon längst geführt zu haben. Aber in den letzten Tagen hatte er wenig Zeit gehabt, sich mit Hannos Unfall zu beschäftigen. Außerdem war er ein paar Mal bei Jochen abgeblitzt.

Helmut drückte auf die Klingel, halb in der Erwartung, der Butler oder der Hofnarr würden ihm öffnen oder zumindest Jochens Frau Magda. Doch es war der Bürgermeister höchstpersönlich, der ihn einließ.

»Grüß dich, Helmut.«

»Grüß dich, Jochen.«

Mit großer Geste geleitete Jochen Helmut durch den quadratischen Flur in die sogenannte gute Stube beziehungsweise das einerseits mit einem großen Kreuz an der Wand, andererseits mit Jagdszenen in Öl, mit Hirschgeweihen und anderen Jagdtrophäen ausstaffierte Wohnzimmer. Fehlte nur das Löwenfell vor dem Kamin (der Kamin selbst fehlte nicht), aber auf Großwildjagd in Afrika war Jochen noch nicht gewesen.

Jochen trug wie üblich ein kariertes Sakko in den Grundtönen Beige, Grün und Braun, mit hellbraunen Lederbesätzen an den Ellbogen. Englischer Landadel. Selbst seine Pfeife lag griffbereit auf dem niedrigen Tisch mit der ovalen Marmorplatte, gleich neben der Morgenzeitung. Um den Tisch herum waren ein dreisitziges Sofa und zwei Sessel gruppiert. Alles aus braunem Leder.

Jochen fuhr sich durchs schüttere Haar. Seine Stirn glänzte. War er etwa nervös? Doch dazu passten weder der leicht amüsierte Gesichtsausdruck noch die wachen grauen Augen, die er auf Helmut richtete. »Also, Helmut, was kann ich für dich tun?« Jochen kam gleich zur Sache, ohne Helmut etwas zu trinken anzubieten.

»Ich brauche deine Hilfe, Jochen, und ein paar Auskünfte. Es geht um Hanno.«

»Das habe ich mir gedacht. Also, dann schieß mal los.«

Immerhin lud Jochen ihn ein, sich zu setzen. Helmut entschied sich für einen der beiden Sessel, er legte sich sein Notizbuch auf den Schoß. Jochen setzte sich in den anderen Sessel. Dort schien er auch zuvor gesessen zu haben, denn Pfeife und Morgenzeitung lagen genau vor ihm.

»Als Erstes möchte ich eine Sache überprüfen. Es heißt, du hättest vor zehn Jahren eine Mine auf einem deiner Äcker gefunden.«

»Wer behauptet das denn?«

»Hannos Vater hat es mir erzählt.«

»Da bringt der gute Heinrich aber gehörig was durcheinander. Wollen wir ihm zugutehalten, dass das mit der Mine zusammenhängt, die seinem Jungen das Leben gekostet hat. Das Einzige, was ich je auf meinem Acker gefunden habe, waren ein paar Patronenhülsen. Und das ist mindestens zwölf Jahre her. Ich habe die Hülsen längst weggeworfen.«

Helmut machte sich eine kurze Notiz und wechselte das Thema: »Du hast bestimmt gehört, dass in den letzten Wochen vier ehemalige Mitschüler von Hanno gestorben sind.«

»Natürlich, die Zeitungen sind ja voll davon. Aber was hat das mit mir zu tun?« Jochen hatte sich nach vorn gebeugt. Helmut konnte seinen Atem riechen. Eine schwüle Wolke aus Kaffee und Pfeifentabak.

»Natürlich kann es Zufall sein, dass fünf Mitglieder eines Abiturjahrgangs innerhalb so kurzer Zeit gewaltsam ums Leben kommen. Wir müssen aber auch die Alternative in Betracht ziehen.«

»Und die wäre?«

»Dass sie umgebracht wurden.«

»Umgebracht? Das ist das, was auch die Zeitungen vermuten. Ich dachte, das wären die üblichen journalistischen Hirngespinste.«

»Vielleicht sind es nur Hirngespinste, vielleicht auch nicht.«

»Ich weiß immer noch nicht, was ich damit zu tun haben soll.« Jochen schob seine rechte Hand nach vorn, als ob er zu seiner Pfeife greifen wollte, aber dann überlegte er es sich offenbar anders.

»Lass uns zunächst bei Hanno bleiben. Wir fragen uns beispielsweise, wie es sein kann, dass die Mine 50 Jahre lang im Boden gelegen hat, ohne dass dort jemand drübergefahren oder -gelaufen ist? Es ist natürlich möglich, dass die Mine im Laufe der Zeit durch Erosionen immer tiefer in den Boden gesunken ist. Aber dass sie dann wieder nach oben gekommen ist, erscheint wesentlich unwahrscheinlicher. Es sei denn, dass man bei der Wiederurbarmachung des Bodens sehr tief graben musste. Du hast doch auch altes Brachland im früheren Todesstreifen erworben und wieder urbar gemacht. Musstest du da sehr tief in den Boden?«

»Was heißt schon sehr tief? Fünf Meter vielleicht. Keine Ahnung, ob das diese Vorgänge erklärt.« Jetzt schnappte sich Jochen doch seine Pfeife.

»Es könnte zumindest ein Ansatz sein. Es gibt da aber noch ein weiteres Problem. Unsere Kriminaltechniker sind sich anhand der gefundenen Kunststoffreste sicher, dass es sich um eine Mine aus amerikanischer Produktion handelt.«

»Was?« Jochen legte die Pfeife wieder beiseite.

»Wir haben Militärhistoriker gefragt. Keiner von ihnen hat je gehört, dass an der Grenze US-Minen eingesetzt wurden. Wir haben ja keine Minen vergraben, und die DDR hat natürlich sowjetische Minen verwendet.«

Jochen runzelte die Stirn. »Aber wie kommen dann diese Reste dorthin?«

»Das ist die Frage. Wenn es wirklich eine amerikanische Mine ist, müssen wir uns natürlich fragen: Hat jemand diese Mine dort vergraben, um Hanno umzubringen?« Helmut machte eine Pause. »Hast du mitbekommen, wo diese Mine vergraben war?«

»Auf Hannos Feld. Wo sonst?« Jochen wirkte verwirrt.

»Ich meinte, ob du weißt, wo genau auf dem Feld?«

»Nein, woher soll ich das denn wissen?«

»Kann ja sein, dass du es gehört hast oder dass du an dem Morgen in Mattierzoll gewesen bist.«

»War ich nicht. Wieso? Was ist denn an der Stelle so besonders?«

Das widersprach dem, was David Helmut an jenem Morgen berichtet hatte. Aber egal. »Die Mine lag am äußersten Rand des Feldes, direkt am Graben. Also an einer Stelle, wo Hanno normalerweise nicht mit dem Trecker hinkommen würde, sondern höchstens mit dem Pflug.«

»Ich kann mir vorstellen, was du meinst«, unterbrach Jochen. »Aber was soll das bedeuten?«

»Wir wissen es nicht. Deswegen wollte ich dich fragen, ob es ganz allgemein beim Bearbeiten des Ackers Gelegenheiten gibt, wo man mit dem Trecker bis an die äußersten

Ränder fahren muss?« Helmut wollte möglichst unbeholfen klingen. So konnte er Jochen eventuell zum Dozieren bringen, ihn redseliger machen.

»Es gibt Bauern, die ihre Felder kreisförmig bearbeiten, von außen nach innen. Aber das ist die Ausnahme. Wenn ein tiefer Graben so nah am Feldrand liegt, ist es ziemlich riskant. Hanno ist also mit dem Traktor bis an den Rand gefahren?«

»Ja. Wir nehmen an, dass er irgendwie abgelenkt war. Vielleicht auch ein Sekundenschlaf.« Helmut kratzte sich am Kinn. »Leider liefert uns auch deine Einschätzung keine Erklärung dafür, warum jemand die Mine ausgerechnet dorthin gelegt haben sollte, um Hanno umzubringen. Zumindest nicht jemand, der sich mit Landwirtschaft auskennt.«

»Dann war es vielleicht jemand, der sich nicht mit Landwirtschaft auskennt. Ich weiß aber nicht, wohin das hier noch führen soll.« Endlich griff Jochen wieder nach seiner Pfeife. Diesmal schnappte er sich auch gleich ein Streichholz und zündete sie an. Einen Moment lang war Jochens Gesicht hinter dem Rauch verschwunden. Dann löste sich der Rauch wieder auf und verteilte sich. Wenige Augenblicke später waberte der Duft von Pfeifentabak durch die gute Stube.

Helmut liebte diesen Duft, und in diesem Moment inspirierte er ihn zu einer weiteren Frage, die Jochen aus der Reserve locken sollte. »Es führt uns zu der Frage, ob dir jemand einfällt, der dafür verantwortlich sein könnte?«

»Du meinst, ich soll jemanden ans Messer liefern?«

»Jochen, ich bitte dich. Es geht vielleicht darum, den hinterlistigen Mord an einem dreifachen Familienvater aufzuklären, und nicht darum, jemanden ans Messer zu liefern. Und das hier ist dein Dorf, du kennst alles und jeden.«

Jochen schüttelte genervt den Kopf. »Nein, Helmut, ich kann mir niemanden vorstellen, der so etwas tun würde.«

Draußen hatte wieder leichter Schneefall eingesetzt. Vielleicht würde Helmut nachher erneut den Weg vor seinem Haus fegen müssen. Er müsste ohnehin noch mal nach Hause gehen und seinen Wagen holen, um in die Dienststelle zu fahren. Aber vorher wollte er noch mehr aus Jochen herauskitzeln. »Aber uneingeschränkt beliebt war Hanno im Dorf nicht, oder?«

»Wie meinst du das?«

»Er hat beispielsweise seine Fahrzeuge nicht zu Kalle gebracht.«

»War das so? Falls ja, wäre mir das nicht aufgefallen.«

»Aber vielleicht ist es Kalle aufgefallen?«

»Und wenn schon? Kalle hat genug zu tun. Und, glaube mir, Helmut, Kalle würde Hanno nicht umbringen, nur weil der seine Fahrzeuge woanders reparieren lässt.«

»Es wurden schon Leute aus noch nichtigeren Anlässen umgebracht.«

»Mach dich doch nicht lächerlich!«

Aber genau das hatte Helmut vor. »Soweit ich weiß, hatte auch Gregor so seine Probleme mit Hanno.«

»Gregor? Ich weiß nicht, ob der Hanno überhaupt wahrgenommen hat.«

»Es heißt, er hätte sich gern mal mit Hanno zum Armdrücken getroffen. Und Hanno hat ihm die kalte Schulter gezeigt.«

»Und deswegen hat ihn nun also Gregor umgebracht. Glaubst du eigentlich selbst den ganzen Mist, den du erzählst, Helmut?«

Vieles davon glaubte Helmut in der Tat nicht, aber vielleicht traf ja zumindest eine Sache zu. »Und was ist mit den anderen Bauern im Dorf? Hanno hat ja ein paar Alleingänge gestartet. Windkrafträder. Demnächst eine Biogasanlage. Vielleicht Ferienwohnungen.«

»Ferienwohnungen? Das höre ich zum ersten Mal.«

»Die Sache mit den Windkrafträdern ist dir aber geläufig?«

»Allerdings.« Jochen kniff die Augen zusammen.

»Ihr anderen Bauern wart dagegen, dass Hanno die Räder aufstellt, oder?«

»Sagen wir mal so: Wir hätten es lieber gesehen, wenn alle Bauern des Dorfes an einem Strang gezogen hätten.«

»Aber ihr konntet ihn nicht umstimmen?«

»Nein, konnten wir nicht.«

»Und jetzt wollte er diese Biogasanlage bauen. Hat er dir davon erzählt?«

»Wo denkst du hin? Der Herr Diplomagrarwirt kommt doch nicht zu mir, um über seine Pläne zu sprechen.«

»Und wie hast du davon erfahren?« Mittlerweile hatten sie einen schönen Rhythmus gefunden, fand Helmut. Er stellte Fragen und Jochen antwortete tatsächlich.

»Er musste natürlich einen Bauantrag stellen beim Land-kreis. Da kenne ich zufällig den zuständigen Beamten.«

»Musste er wegen der Windkrafträder keinen Bauantrag stellen?«

»Die betreffenden Felder liegen im Landkreis Helmstedt. Den Antrag hatte ein Bauer aus Gevensleben gestellt.«

»Und ihr anderen Bauern habt dann erst davon erfahren, als die Windkrafträder aufgestellt wurden?« Helmut gab sich Mühe, im Plural zu sprechen. Ihm war natürlich klar, dass diese ganze Sache mit den Windkrafträdern keinem Bauern so nahe gegangen war wie Jochen. Ihm das jetzt ständig unter die Nase zu reiben, wäre allerdings kaum zielführend gewe-sen. Andererseits wusste Helmut, dass Jochen schlau genug war zu wissen, dass es hier ausschließlich um ihn ging. Nur würde er das von sich aus garantiert nicht ansprechen.

»Gewissermaßen.«

»Noch mal zurück zur geplanten Biogasanlage. Du hast darüber also nicht mit Hanno gesprochen?«

»Nur mit seinem Vater. Zu ihm hatte ich immer ein ausgezeichnetes Verhältnis. Er hat jedoch keinen Einfluss mehr auf seinen Sohn.« Jochen schüttelte den Kopf. Sein Gesichtsausdruck war voller Mitleid für den armen Heinrich, der seinen Sohn nicht im Griff hatte. Das konnte Jochen natürlich nicht passieren.

»Was ist eigentlich so verkehrt an einer Biogasanlage?«

»In Winnigstedt brauchen wir keine Biogasanlage. Es gibt vier Kilometer entfernt in Gevensleben eine. Da können unsere Bauern ihr Zeugs hinbringen. Das hat doch Hanno auch jahrelang so gemacht. Lief doch wunderbar.«

»Aber welche Nachteile hätte denn eine eigene Winnigstedter Anlage?«

»Die würde sich nicht rentieren.«

»Das wäre doch Hannos Problem und nicht das Problem des ganzen Dorfes.«

»Weißt du das? Solche Probleme lassen sich nicht alle von vornherein abschätzen.«

»Hätte man denn irgendwie Hannos Biogasanlage verhindern können? Du hast gerade von dem Bauantrag beim Landkreis gesprochen.«

»Ich hätte schon versucht, sie zu verhindern.«

Genau wie Kurtchen Ebert es gesagt hat, dachte Helmut. »Und wie?«

»Mir wäre schon etwas eingefallen.« Nach einer kurzen Pause und einem Blick aus dem Fenster, wo der Schneefall wieder nachgelassen hatte, fügte Jochen hinzu: »Aber bestimmt nicht, indem ich eine Mine auf Hannos Acker vergrabe. Falls es das ist, worauf du hinauswillst, Helmut.«

»Darauf will ich ganz bestimmt nicht hinaus, Jochen. Ich will auch nicht andeuten, dass Kalle oder Gregor diesen Einfall hatten. Ich will mir nur ein Bild machen. Und du hast mir dabei sehr geholfen. Dafür bin ich dir dankbar.« Obwohl du mir noch nicht einmal ein Glas Wasser angeboten hast.

»War es das also?« Jochen war schon aufgestanden. Die Audienz war beendet. Immerhin brachte er Helmut noch zur Tür und gab ihm zum Abschied die Hand.

»Wir sehen uns!«

»Ja, Jochen, bis dann.«

Helmut stapfte zurück zum Ganterplatz und dann durch die Teichstraße und die Hauptstraße langsam zu seinem kleinen Bungalow, den er vor über 30 Jahren größtenteils selbst gebaut hatte. Er hatte gegraben, gemauert, Estrich verlegt, verputzt, gestrichen, tapeziert, gefliest und er hatte beim Dachdecken geholfen. Sanitär und Elektrik waren die einzigen größeren Gewerke, an die er sich nicht allein getraut hatte. Zweieinhalb Jahre hatte der Hausbau gedauert. Eine lange Zeit. Der Bungalow war aber rechtzeitig zu Nils' Geburt fertig gewesen.

Was hatte er erfahren? Nicht viel Neues auf den ersten Blick. Bis auf die Sache mit der Mine auf Jochens Acker wurde immerhin alles andere bestätigt, das Helmut von Dritten gehört hatte. Jochen war eindeutig sauer wegen der Windkrafträder und der Biogasanlage. Die Biogasanlage hätte er garantiert gestoppt, und zwar durch seine Kontakte bei den Ämtern und seinen Einfluss im Gemeinderat.

Das wäre zugleich Jochens Rache wegen der Windkrafträder gewesen. Eine weitere Racheaktion schien da vollkommen unnötig. Schon gar keine tödliche Mine. Und die hätte Jochen sowieso nicht an der letzten Ecke des Ackers deponiert. Es sei denn, er wusste, dass Hanno sein Feld kreisförmig pflügte. Aber das tat Hanno nicht. Helmut erinnerte sich genau an die parallelen Furchen auf Hannos Feld.

Gregor? Kalle? Auch die beiden hätten die Mine zielführender vergraben.

Apropos Gregor. Der hatte mittlerweile den Gehweg vor seinem Haus geräumt. Offenbar hatte er einen Teil des Schnees einfach auf die Straße geschleudert. Dort lagen überall kleine Schneehaufen.

Kurz bevor er sein Haus erreichte, beschloss Helmut spontan, sich noch eine halbe Stunde Freizeit zu gönnen. Er drehte um und marschierte einen Teil des Weges zurück, nahm dann aber den kürzesten Weg zum Dorffriedhof.

Der Friedhof lag an der nördlichen Ausfallstraße ungeschützt auf einer kleinen Anhöhe. Er wurde regelmäßig vom Nordwind oder von heftigem Regen heimgesucht. Wenn man Pech hatte, von beidem gleichzeitig. Beerdigungen im Herbst oder im Winter waren auch aus diesem Grund alles andere als ein Vergnügen. Vor fünf Wochen, bei Hannos Beerdigung, hatten sie – was das Wetter betrifft – Glück gehabt. Kaum Wind, kein Regen.

Marianne war sogar bei Sonnenschein beerdigt worden. Es war windstill gewesen. Einzig Vogelgezwitscher hatte die Worte des Pfarrers begleitet. Mitte Mai. Vier Tage nach ihrem Tod. Acht Tage, nachdem Helmut sie mit zunächst unerklärlichen Kopfschmerzen ins Krankenhaus gebracht hatte. 49 Jahre, sieben Monate und neun Tage, nachdem sie geboren wurde – und in dieser Zeit niemals ernsthaft krank gewesen war.

Jetzt lag Schnee auf ihrem Grab. Der erste Schnee in diesem Winter. Im letzten Winter hatte das Grab wochenlang unter einer Schneedecke gelegen.

Helmut wischte mit dem Arm den Schnee vom Grabstein. Vogelgezwitscher konnte er nicht herbeiwischen. Bis auf das leise Säuseln des Windes (heute aus dem Osten und nicht aus dem Norden) war es still. Schneestill.

Wie oft hatte Helmut hier gestanden und Marianne von

seinem Leben, von seinem Leben ohne sie, erzählt, von den Jungs und ihren Familien? Dabei war das doch überflüssig, denn Marianne war dort oben im Himmel und konnte all das mit eigenen Augen sehen.

Konnte sie doch, oder?

Aber Helmut wollte ihr trotzdem etwas erzählen. Auch für seine Arbeit hatte sich Marianne früher immer sehr interessiert. Also erzählte Helmut ihr jetzt von den aktuellen Fällen.

Genau in diesem Augenblick fiel ein Klumpen Schnee aus den Birkenzweigen, die sich leicht über Mariannes Grab neigten. Der Schnee streifte den Grabstein und hinterließ einen kleinen feuchten Fleck direkt auf Mariannes Mädchennamen.

»Marianne Jordan, geb. Schuster.«

Einige ihrer Vorfahren aus der männlichen Linie (aber nicht ihr Vater und nicht ihr Großvater, die Helmut beide kannte) hatten wahrscheinlich als Schuster gearbeitet, und irgendwann ging der Beruf im Familiennamen auf.

Marianne war immerhin eine gute Kundin aller Schuster in der Gegend gewesen. Im Gegensatz zu vielen anderen Frauen hatte Marianne nicht den Ehrgeiz besessen, so viele Schuhe wie möglich zu besitzen. Stattdessen wollte sie ihre Schuhe möglichst lange besitzen. Darum ließ sie sie, solange es möglich war, reparieren, bevor sie sie wegwarf und neue Schuhe kaufte.

Helmut fiel in diesem Augenblick ein Sprichwort ein. »Andersherum wird ein Schuh daraus.« Es gab da diesen verschwommenen Gedanken, den er schon länger mit sich herumtrug. Er hatte ihn bisher nur nie so recht fassen können. Jetzt packte er ihn, so fest er konnte.

Helmut verabschiedete sich von Marianne. Er lief so schnell er konnte nach Hause. Im Auto wollte er seine Gedanken ordnen, um dann seine Überlegungen mit den Kollegen zu besprechen.

Da er zu Hause noch rasch ein paar Scheiben Brot gegessen hatte, kam er erst gegen 13 Uhr in der Dienststelle an. Und dort sollten seine Gedanken an Schuhe so schnell dahinschwinden wie Schnee in der Mittagssonne.

Rasch brachte Lisa Helmut auf den neuesten Stand: Susanne Ferber hatte einen tödlichen Autounfall gehabt. Auf der B 240 zwischen Jerxheim Bahnhof und Jerxheim war sie auf einer abschüssigen Serpentinenstrecke unter bislang ungeklärten Umständen von der Fahrbahn abgekommen und mit hoher Geschwindigkeit durch die Leitplanke gekracht.

Sie war durch die Frontscheibe aus dem Fahrzeug geflogen und hatte sich verschiedene Verletzungen am Kopf und an inneren Organen zugezogen. Sie war sofort tot.

Nach den ersten, in einem kurzen Bericht zusammengefassten Erkenntnissen der zuständigen Polizeidienststelle Helmstedt war Ferber nicht angeschnallt gewesen. Außerdem hatte scheinbar der Fahrer-Airbag nicht funktioniert. Genau aus diesen beiden Gründen war Ferber durch die Frontscheibe geschleudert worden.

Weiterhin lag die Zeugenaussage von Marius Schanz vor. Schanz war ebenfalls auf der B 240 unterwegs gewesen, allerdings in entgegengesetzter Richtung.

Schanz berichtete von einem waghalsigen Manöver. Dabei hatte, ausgerechnet vor der schärfsten Kurve in den Serpentinen, ein schwarzer Porsche Cayenne Ferbers BMW überholt. Schanz kam den beiden Autos zu diesem Zeitpunkt entgegen. Er sah den Porsche immer näher kommen, auf seiner Fahrbahn.

Der Fahrer des Cayennes scherte erst im allerletzten Moment vor Ferbers BMW ein und zwang Ferber, nach Beobachtung von Schanz, zu einer Vollbremsung.

Auch Schanz hatte heftig bremsen müssen, um den Frontalzusammenstoß mit dem Porsche zu vermeiden. Natürlich hatte sich Schanz nicht das Kennzeichen des Porsches merken können. Mit einer Beschreibung des Fahrers konnte er auch nicht dienen. »Es ging alles so schnell. Außerdem waren die Scheiben getönt.«

Den Unfall hatte Schanz im Rückspiegel gesehen. Er war nach dem Beinahe-Zusammenprall nur sehr langsam weitergefahren. Er hatte gesehen, wie auch Ferber weiterfuhr. »Ich habe mich gewundert, dass der BMW so schnell wieder Geschwindigkeit aufnahm. Da kam ja sofort die nächste Kurve. Und dann krachte der BMW auch schon durch die Leitplanke.«

Schanz wendete und fuhr bergab zur Unfallstelle. »Ich denke, Scheiße, gerade hier, wo es die Böschung runtergeht. Mit Bäumen. Der BMW ist tatsächlich gegen einen der Bäume gekracht. Ich rufe also sofort die 110. Dann kraxel ich die Böschung runter. Gar nicht so leicht im Schnee. Dann sehe ich den Körper dort liegen.«

Die Kollegen aus Helmstedt hatten sich als kompetent und kooperativ erwiesen. Anhand des Kennzeichens von Ferbers Wagen hatten sie schnell deren Identität ermittelt und umgehend in Wolfenbüttel angerufen. Dort ließen sie sich von Lisa davon überzeugen, dass es am besten sei, wenn die Kriminaltechnik aus Braunschweig zum Unfallort kommen würde. Auch Jonas und David waren nach Jerxheim gefahren.

Lisa hatte in den letzten anderthalb Stunden regelmäßig versucht, Helmut zu erreichen. Sie hatte ihm mehrfach auf Anrufbeantworter und Mailbox gesprochen.

Aber Helmut hatte sein Mobiltelefon ausgeschaltet, als er zu Jochen gegangen war. Er wollte nicht angerufen werden, wenn er ein so wichtiges Gespräch führte. Er wollte auch nicht angerufen werden, als er auf dem Friedhof war und mit Marianne sprach.

Nach dem Besuch auf dem Friedhof hätte er es anschalten können. Da hatte er jedoch nur Schuhe im Kopf gehabt. Er hatte sein Mobiltelefon vorübergehend total vergessen. Als er schließlich nach Hause kam, dachte er nicht im Traum daran, einen Blick auf seinen AB zu werfen. Zu Hause dachte er noch immer an die Schuhe – und daran, dass es ganz sinnvoll wäre, eine Kleinigkeit zu essen.

Dabei wäre es praktisch gewesen, wenn Lisa Helmut erreicht hätte, solange er noch in Winnigstedt war. Denn die Entfernung von Winnigstedt bis zur Unfallstelle betrug nur etwa zehn Kilometer. Von Wolfenbüttel aus waren es über 30 Kilometer.

Jetzt, da David, Jonas, die KTU und ein paar Polizisten aus Helmstedt vor Ort waren, würde es allerdings keinen Sinn ergeben, wenn auch Helmut und Lisa dorthin fuhren.

»Wurde die Ferber schon eindeutig identifiziert?« Helmut hatte gerade selbst den per Mail eingetroffenen Helmstedter Bericht gelesen. Dort stand nichts von einer Identifizierung. Allerdings wurde der Name Susanne Ferber ausdrücklich erwähnt. Das würde man nur anhand der Fahrzeugdaten nicht tun.

»Ja. Einer der Streifenpolizisten, die zuerst am Unfallort waren, kannte sie. Die Ferber besitzt einen Reiterhof in Jerxheim. Der Beamte wohnt dort offenbar.«

»Ich kenne diese Serpentinen. Die sind bei Motorradfahrern beliebt. Es macht Spaß, dort hinunterzufahren. Auch mit dem Auto.« Helmut schüttelte den Kopf. »Wenn wir nur wüssten, was dort genau passiert ist.«

»Schon seltsam, dass sie nicht angeschnallt war und dass der Airbag nicht funktionierte und dass sie bei Eis und Schnee diese Serpentinen fährt und dass sie dann mit hoher Geschwindigkeit durch die Leitplanke kracht.«

»So, wie du es zusammenfasst, Lisa, klingt es, als ob Ferber all das mit Absicht gemacht hat.«

»Warum nicht? Der nächste Selbstmord im Abiturjahrgang 1989.«

»Und dieser Porschefahrer? Vielleicht hat er den Unfall mit verursacht. Gibt es sonst niemanden, der ihn gesehen hat?«

Lisa setzte sich auf die Kante von Helmuts Schreibtisch. Bislang hatte sie gestanden. Genau wie Helmut. »Noch nicht. Aber der Unfall liegt ja erst knapp drei Stunden zurück. Vielleicht finden wir noch jemanden? Wir informieren auf jeden Fall die Zeitungen und machen einen Aufruf. Vielleicht meldet sich der Porschefahrer von selbst. Er hat ja eventuell nichts Strafbares getan.«

Helmut stieß heftig Luft aus und verdrehte die Augen. Die Chance, dass sich dieser Rennfahrer bei ihnen melden würde, lag bei eins zu einer Million. »Wurde der Ehemann schon informiert?«

»Ach, sorry! Das hätte ich dir vorhin schon sagen müssen, als es um das Identifizieren ging. Es gab dort in Jerxheim eine Art Kettenreaktion. Der Beamte erkennt Ferber und geht davon aus, dass sie zu ihrem Reiterhof wollte. Schon im nächsten Augenblick hat er dort angerufen. Er hat erfahren, dass man dort tatsächlich Ferber erwartete. Also hat er den Leuten vom Reiterhof von dem Unfall erzählt. Und die Leute vom Reiterhof wiederum haben umgehend Ferbers Mann angerufen. Kusmann ist direkt nach Jerxheim gefahren. Ich habe mit David gesprochen, kurz bevor du gekommen bist. Da war Kusmann gerade eingetroffen.«

»Hm.« Helmut war damit nicht glücklich. Nicht dass er sich darum gerissen hätte, Kusmann persönlich die Nachricht vom Tod seiner Frau zu überbringen. Aber dass er die Nachricht über Umwege erfahren hat? Das gehörte sich nicht. Immerhin schien dieser Beamte aus Helmstedt nicht aus Böswilligkeit, sondern aus Übereifer gehandelt zu haben. Und jetzt war das Kind ohnehin in den Brunnen gefallen. »Kannst du David bitte noch mal anrufen, Lisa?«

Lisa nickte.

»Sag ihm bitte, er und Jonas sollen noch nicht mit Kusmann reden. Außer ihm Beileid auszusprechen, natürlich. David soll Kusmann aber sagen, er solle am späten Nachmittag möglichst zu Hause sein.«

Lisa machte sich Notizen. »Möchtest du dann mit ihm reden?«

»Ja. Und einer von euch soll mitkommen. Ach, Lisa, noch zwei Dinge. Ich möchte, dass Ferbers Auto zum am Gründlichsten untersuchten Auto in der Geschichte der niedersächsischen Polizei wird.«

Lisa nickte. »Und das andere Ding?«

»Sorg bitte dafür, dass Koslowski auch die Akten zu Ferbers Tod bekommt, sobald es Akten gibt.«

David hatte seinen Freund überreden können, dem Team halboffiziell zu helfen. Der Fallanalytiker des LKA sah sich momentan in seiner Freizeit die Akten an und würde in ein paar Tagen nach Wolfenbüttel kommen. Zum einen wollte er sich einige Tatorte bzw. Unfallorte ansehen. Zum anderen wollte er gern das ganze Team treffen und allen seine Ideen mitteilen.

KAPITEL 17

»Dabei hatte Susanne noch so viele Pläne.« Lorenz Kusmann
schüttelte verzweifelt den Kopf. Dann blickte er Helmut und
Lisa an, als wollte er fragen: »Warum? Warum geschieht all
das?«

Helmut und Lisa waren seit einer halben Stunde bei Kusmann. Kusmann wirkte nicht gerade wie am Boden zerstört,
aber er wirkte müde. Bestimmt hatte er ein starkes Beruhigungsmittel zu sich genommen. So kurz nach dem Tod seiner Frau hatte er außerdem die Tragweite des Ganzen noch
nicht erfassen können. Er hatte in der Mittagszeit an der B
240 zwischen Jerxheim Bahnhof und Jerxheim die entstellte
Leiche seiner Frau gesehen, und er hatte sie offiziell identifiziert. Kusmann hatte sich außerdem bereit erklärt, am späten Nachmittag Helmut und Lisa zu empfangen.

Kusmann sah ganz und gar nicht aus wie ein »Nerd«, wie
Lisa es formuliert hatte. Er war kein verhuschter Typ in Cord-
hose und kariertem Hemd, der Tag und Nacht vor seinem
Computer saß und Software programmierte. Kusmann war
etwa Mitte 40. Seine kurzen Haare waren zu gleichen Teilen
blond und grau. Sein Gesicht sah wettergegerbt aus. Auch
das sprach dagegen, dass Kusmann den größten Teil seiner
Zeit drinnen verbrachte. Es erinnerte eher an jemanden, der
regelmäßig auf einem Segelboot unterwegs war. Vielleicht
auch auf Golfplätzen. Das schöne Leben reicher Leute.

Kusmanns Dreitagebart wirkte gepflegt, fast wie getrimmt.
Durch das mutmaßliche Beruhigungsmittel waren seine grau-

blauen Augen leicht getrübt. Und doch meinte Helmut eine gewisse Kühle darin zu erkennen. Wahrscheinlich war Kusmann auch ohne Beruhigungsmittel ein Mann, der sich gut unter Kontrolle haben konnte.

Helmut sah sich in dem spärlich möblierten Wohnzimmer um. Die Möbel waren hell und wirkten teuer. Vom Designer, nicht vom Discounter. Es gab ein Sofa, auf dem vermutlich vier Leute bequem nebeneinandersitzen konnten.

Lisa und Helmut saßen darauf, jeder in einer Ecke, anderthalb Meter ungenutzten Raum zwischen sich. Kusmann hatte in einem der beiden Sessel Platz genommen, die natürlich von Stoff und Farbe her haargenau zum Sofa passten.

Die Sessel waren schräg zum Sofa platziert. Zwischen den Sesseln und dem Sofa befand sich ein niedriger Glastisch. Darauf standen eine Flasche Wasser, drei halb getrunkene Gläser sowie drei längst geleerte Espressotassen.

Kusmann hatte sich als umsichtiger Gastgeber erwiesen. Er hätte sogar den Kamin angefeuert, der am anderen Ende des Wohnzimmers und zugleich am Übergang zum Essbereich stand.

Doch Lisa und Helmut hatten ihm glaubhaft versichert, dass ihnen die Fußbodenheizung vollkommen ausreichte. Sie wollten eigentlich auch keinen zweiten Espresso trinken. Und doch hatten sie zugestimmt, dass Kusmann zwischendurch noch einmal in die Küche ging, um den Kaffee zuzubereiten.

Offensichtlich musste Kusmann irgendetwas tun, um sich abzulenken. Sei es nur, ein paar Knöpfe an einem Kaffeevollautomaten zu betätigen.

Helmut und Lisa hatten die Unterbrechung genutzt, um sich umzusehen. Durch die große Fensterfront hatte man gute Sicht auf den Garten. Hohe Bäume, offenbar viele Jahrzehnte alt, bestimmten das Bild, im Hintergrund begrenzte eine Hecke das Grundstück.

Dahinter lag die Lessingstraße, die rechts zum Wolfenbütteler Leichtathletik- und Fußballstadion führte. Links
gelangte man zu einigen der herausragenden Wolfenbütteler
Sehenswürdigkeiten. Dazu gehörte neben dem Barockschloss
(wo früher Casanova genächtigt hatte, und wo heute Schüler über Mathe, Physik, Latein etc. büffelten) an erster Stelle
die Herzog-August-Bibliothek. Sie war weltweit berühmt
für ihre einzigartige Sammlung an romanischer Literatur des
16. und 17. Jahrhunderts.

Im Wohnzimmer gab es – abgesehen von den Sesseln, dem
Sofa, dem niedrigen Glastisch und dem Kamin – nicht mehr
viele Möbel. Ein antiker rotbrauner Sekretär, der nicht so
recht mit den hellen Sitzmöbeln harmonieren wollte, stand
in der linken Ecke. Daneben stand eine Steinplastik, die
den Torso eines Mannes darstellte. Weitere Kunst hing an
den Wänden. Abstrakte Gemälde, in bunten Farben gemalt.
Bestimmt sündhaft teuer.

Nicht zuletzt deshalb waren das Wohnzimmer, die Diele
sowie der Eingangsbereich vor dem Haus mit Überwachungskameras ausgestattet. Sie waren Helmut sofort aufgefallen,
obwohl sie dezent positioniert und winzig waren. An der
Kamera am Eingangsbereich leuchtete ein rotes Licht, sie war
offenbar an. Die Kameras in der Diele und im Wohnzimmer
hingegen schienen ausgeschaltet.

Im Laufe ihrer Befragung hatten Lisa und Helmut erfahren, dass Susanne Ferber gewöhnlich nicht angeschnallt war,
wenn sie Auto fuhr. Und dass sie erst kürzlich ihr Auto zu
Dirk Franke gebracht hatte. Irgendein Problem mit dem
Abblendlicht, das Franke aber beheben konnte.

Gerade hatte Kusmann über Susannes Pläne sprechen wollen. Er hatte jedoch noch nicht gesagt, worum es sich dabei
handelte. Er saß für einen Moment stumm da und blickte
aus dem Fenster in seinen Garten. Die hohen Bäume hingen

voller Schnee, und auch auf der Hecke lag eine knapp zehn Zentimeter dicke Schneeschicht.

»Welche Pläne waren das?«

Kusmann blickte Helmut durchdringend an, beinahe so, als müsste er zunächst überlegen, ob Helmut überhaupt vertrauenswürdig genug war, dass man ihm diese Dinge mitteilte. Endlich antwortete er: »Ein paar Dinge betreffen die Firma. Ich denke nicht, dass das für Sie überhaupt von Interesse ist. Da geht es um neue Vertriebswege oder Marketingstrategien in den sozialen Netzwerken. Andere Pläne betreffen soziale Projekte in Wolfenbüttel. Beispielsweise wollte Susanne ihr Grundstück in der Stobenstraße zu einem Jugendzentrum umbauen. Sie wollte eine Anlaufstelle für Jugendliche schaffen, die nicht von der Kirche oder der Kommune kontrolliert wird. Das Angebot sollte ganz breit sein: Freizeitaktivitäten, Berufsorientierung, Wissen.«

»Sagten Sie Stobenstraße?« Helmut war hellhörig geworden.

»Ja, genau. Dort besitzt Susanne ein ganz schönes Grundstück, das sie zurzeit noch Dirk überlässt …« Kusmann hielt mitten im Satz inne. Er schluckte. »Verzeihen Sie, ich habe mich noch nicht daran gewöhnen können, in der Vergangenheitsform über Susanne zu sprechen.«

»Reden Sie von Dirk Franke?«, fragte Lisa.

»Ja, natürlich. Er betreibt dort seine Kfz-Werkstatt.« Kusmann sprach diese Worte ganz gelassen aus. Logisch, er konnte sich ihrer möglichen Tragweite gar nicht bewusst sein.

»Kannte Franke denn die Pläne Ihrer Frau bezüglich des Grundstücks?« Helmut ließ sich die Überraschung nicht anmerken: Susanne Ferber war also Frankes Verpächterin.

»Das kann ich Ihnen nicht sagen, Herr Jordan.«

»Für Herrn Franke wäre das ein herber Verlust gewesen, wenn er seine Werkstatt hätte schließen müssen«, hakte Lisa nach.

»Ich weiß nicht, ob er sie hätte schließen müssen. Er hätte sie ja auch anderswo betreiben können. Ich glaube, ganz ehrlich gesagt, auch nicht, dass Susanne ihn so mir nichts, dir nichts vom Hof gejagt hätte. Schließlich waren die beiden befreundet. Ich kann mir vorstellen, dass Susanne Dirk dabei geholfen hätte, einen alternativen Standort zu finden.« Kusmann nickte. Wahrscheinlich, um sich selbst zuzustimmen. Natürlich würde sich seine Frau weiterhin um ihren guten alten Schulfreund kümmern.

»Wissen Sie, ob Ihre Frau sonst noch jemandem von ihren Plänen erzählt hat?«, fragte Helmut.

»Ich kann mir gut vorstellen, dass Susanne darüber mit Felix gesprochen hat.«

»Felix Conradi?« Helmut wurde mit einem Mal ganz heiß.

»Ja. Felix war unser Anwalt und ein guter Freund der Familie. Er hat sich um all unsere Angelegenheiten gekümmert. Für mich war er tätig, wenn ich mal Ärger mit meinen Kunden hatte. Für Susanne hat er praktisch alles erledigt. Er hätte sich garantiert auch um das Grundstück in der Stobenstraße gekümmert.«

»Umso ärgerlicher, dass in seiner Kanzlei alle Dokumente vernichtet wurden. Ansonsten hätten wir dort unter Umständen etwas dazu finden können«, sagte Lisa.

»Ja, sehr ärgerlich. Auch für mich, da ich verantwortlich bin für die Sicherheit des Kanzleinetzwerks. Ich konnte allerdings nicht ahnen, dass Felix' Mitarbeiterinnen ihre Laptops von zu Hause mitbringen, ans Netzwerk anschließen und so diesen Virus einschleusen. Wirklich bitter. Zum Glück haben sie sich nicht vollständig auf digitale Akten verlassen, sondern das meiste auch in Papierform aufbewahrt. Jasmin möchte die Kanzlei gern weiterführen. Mal sehen, was daraus wird. Immerhin wird ihr Schwiegervater sie unterstützen.«

»Sie konnten damals keine Datei retten?«, fragte Helmut.

Kusmann schüttelte betrübt den Kopf. »Nein, ich war an diesem Vormittag unterwegs und unglücklicherweise nur schlecht zu erreichen. Man hatte sich an jemand anders gewandt. Jemand, den ich für solche Notfälle empfohlen hatte. Aber da war es ohnehin schon zu spät. Es war nichts wiederherzustellen.«

»Wirklich schade. Zumal wir auf Herrn Conradis Schreibtisch einen Zettel gefunden haben, auf dem er einen Dateipfad notiert hat. Sonst nichts. Die Angestellten haben sich darüber gewundert. Dieser Speicherort wurde ansonsten nie von Conradi genutzt. Wir fragen uns, ob er diesen Ort ganz bewusst gewählt hat, um dort ein wichtiges oder, sagen wir mal etwas übertrieben, ein geheimes Dokument zu verstecken. Und da der Ort so ungewöhnlich war, hat er sich den Pfad vorsichtshalber aufgeschrieben. Können Sie sich vorstellen, dass jemand so etwas macht? Sie sind ja aus der Branche.«

Kusmann hatte Helmut interessiert zugehört. Jetzt nickte er bedächtig. »Es ist in der Tat nicht ungewöhnlich, ein Dokument gewissermaßen an einem öffentlichen Platz zu verstecken. Es gibt da so eine Geschichte von Poe, wo ein Brief versteckt wird, indem man ihn gerade eben nicht versteckt. Ich finde, das ähnelt einander. Ob Felix so etwas nötig hatte, weiß ich allerdings nicht. Er hätte genauso gut seinen eigenen Bereich im Netzwerk nutzen können. Also, keine Ahnung. Tut mir leid. Wissen Sie zufällig, wie dieser Dateipfad heißt?«

»Den Pfad weiß ich leider nicht auswendig«, antwortete Helmut, »nur den Namen des Dokuments, ›Süberlegung. docx‹. Wahrscheinlich ein Fantasiename.«

Kusmann schien angestrengt nachzudenken. Schließlich zuckte er die Schultern. »Könnte schon sein, dass das S für Susanne steht, oder?«

»Oder für Stobenstraße«, schlug Helmut vor.

»Klar, das wäre genauso logisch«, räumte Kusmann ein.

»Aber letztlich hilft uns das nicht weiter. Ohne das Dokument wissen wir nicht, was Herr Conradi aufgeschrieben hat.« Helmut legte eine kleine Pause ein, bevor er zum unangenehmen Teil der Befragung kam. »Wir müssen das leider fragen, Herr Kusmann«, begann Helmut zögernd und in der Hoffnung, dass Kusmann ihm etwas entgegenkommen würde, »auch wenn Ihre Frau gerade erst gestorben ist und es sich offenbar um einen Unfall handelt. Es gibt aber ein ungelöstes Rätsel um ein Auto, das den Wagen Ihrer Frau kurz vor dem Unfall gefährlich geschnitten hat. Wir wissen noch nicht, ob es einen Zusammenhang gibt. Aber wir müssen alles bedenken. Also, um es kurz zu machen: Wo sind Sie heute Vormittag zwischen 11 und 13 Uhr gewesen?«

Kusmanns Gesichtsausdruck konnte man nicht ansehen, ob er wütend wegen dieser Frage war, ob sie ihn traurig stimmte oder ob er Verständnis dafür aufbrachte. Er holte aber tief Luft, und daraus schloss Helmut dann doch, dass Kusmann die Frage letztlich missbilligte. »Ich war unterwegs, um ein paar Dinge zu erledigen. Gegen 12.30 Uhr bin ich nach Hause gekommen. Ich habe mich an den Rechner gesetzt und dabei ein Müsli gegessen.«

»Was für Dinge waren das?« Jetzt schaltete sich wieder Lisa ein. In den letzten Minuten hatte sie sich vor allem Notizen gemacht.

»Dies und das. Wenn ich freitags keine Kundentermine habe und Susanne entweder im Büro ist oder, wie heute, anderweitig unterwegs, erledige ich schon mal ein paar Einkäufe. Ich war im Getränkemarkt, beim Weinhändler und im Supermarkt. Dann bin ich noch in Braunschweig an der TU gewesen. An einigen Schwarzen Brettern habe ich Jobangebote aufgehängt. Ab und zu suche ich Informatikstudenten für kleinere Projekte.«

»Und das machen Sie nicht online?« Lisa konnte es offenbar nicht glauben, dass es hier und da noch Reste analogen Lebens gab.

Zum ersten Mal lächelte Kusmann. »Doch, doch, ich mache es vor allem online. Aber Sie ahnen nicht, wie viele Studenten an ihren guten alten Schwarzen Brettern hängen, und wie gerne sie sich diese kleinen Schnipsel mit der Telefonnummer abreißen. Und bevor Sie fragen: Natürlich sind meine Zettel auch mit QR-Codes versehen. Für diejenigen Studenten, die gern das Traditionelle mit dem Zeitgemäßen kombinieren.«

»Haben Sie zufällig Zeugen für diese Tätigkeiten?«

Lisa war nun so richtig bei der Sache. Sie ging es auch nicht zu forsch an, fand Helmut. Er konnte sich ein klein wenig zurücknehmen und seine Gedanken sortieren. Kusmann wirkte weiterhin sehr gefasst. Jetzt ging es ihm gewiss vor allem darum, dieses Gespräch hinter sich zu bringen. Helmut hoffte, dass es Kusmann klar sein musste, dass die Polizei den Ehemann einer vielleicht gewaltsam ums Leben gekommenen Frau nach seinem Alibi fragen musste, dass alles andere fahrlässig wäre. Selbst wenn es sich bei der Ehefrau um das sechste Opfer einer Mordserie handeln könnte.

»Der Weinhändler wird sich auf jeden Fall an mich erinnern«, antwortete Kusmann. »Er kennt mich, und ich habe mich eine Weile mit ihm unterhalten. Ob sich jemand im Getränkemarkt oder im Supermarkt an mich erinnert, weiß ich nicht. Ich habe aber noch die Bons. An der TU wird mich gewiss niemand wahrgenommen haben. Das Wintersemester geht in die Schlussphase, da herrscht viel Betrieb, und jeder ist doch sehr mit sich selbst beschäftigt.«

»Waren Sie als Letztes an der Uni?«, fragte Lisa.

»Ja, genau, das habe ich mir für den Schluss aufgehoben.«

»Was meinen Sie, wann sind Sie ungefähr dort gewesen?«

»Kurz nach 11 Uhr, spätestens 11.15 Uhr. Und gegen 12 Uhr bin ich wieder weg von dort. Direkt nach Hause. Dann habe ich mich, wie schon gesagt, an den Rechner gesetzt. Kurz danach kam dann der Anruf vom Reiterhof.« Kusmann schluckte. Er beugte sich nach vorn und vergrub kurz das Gesicht in seinen Händen.

Ob er wohl weinte, fragte sich Helmut. Doch als Kusmann sich wieder aufrichtete, waren seine Augen nicht feucht.

»Danke, Herr Kusmann«, sagte Helmut. »Wenn Sie uns noch den Namen des Weinhändlers sagen und uns die Bons zeigen würden? Ich glaube, dann hätten wir diese Sache erledigt. Wie gesagt, es tut mir leid, dass wir Sie ausgerechnet jetzt danach fragen mussten.«

Kusmann nickte. Dann stand er auf und ging in die Diele. Nach wenigen Augenblicken kam er zurück und drückte Lisa die Bons und die Visitenkarte des Weinhändlers in die Hand.

Ein paar Minuten später saßen Helmut und Lisa im Wagen. Sie fuhren nicht sofort los, sondern betrachteten noch einmal die imposante Stadtvilla, in der Kusmann fortan allein wohnen musste.

»Und, was meinst du?«, fragte Helmut.

»Ein hübscher Witwer«, sagte Lisa und zwinkerte Helmut zu. »Aber zum Verlieben reicht es nicht. Man muss aber sagen, dass er sich gut hält.«

»Beruhigungsmittel?«

»Könnte sein. Beruhigungsmittel oder ein hohes Maß an Selbstdisziplin. Ich glaube, dieser Mann hat gern alles unter Kontrolle. Sind dir die ganzen Überwachungskameras aufgefallen?«

Helmut nickte. »Da gäbe es auch einiges zu holen, schätze ich. Wenn ich an die Bilder denke und an diese Plastik. Bestimmt alles Originale.«

Diesmal nickte Lisa.

»Aber eigentlich wollte ich mit meiner Frage nicht auf Kusmann hinaus.«

»Sondern auf Franke. Ist mir schon klar, Helmut. Ich wollte dich nur foppen. Das ist zwar in dieser Situation total unangemessen, aber ich konnte nicht anders. Ich denke, wir sollten uns noch mal intensiv mit Franke beschäftigen. Ferbers Auto war kürzlich in seiner Werkstatt. Und er hätte vielleicht ein Motiv, sie umzubringen. Falls er von ihren Plänen mit der Stobenstraße wusste.«

»Und genau das werden wir ihn fragen, Lisa.«

Doch in der Dienststelle sollte sie zunächst eine andere Überraschung erwarten. David und Jonas waren aus Jerxheim zurückgekehrt. Sie hatten die Handtasche von Susanne Ferber gründlich untersucht und darin einen kleinen gelben Zettel gefunden. »Nachher Jakob wegen Dirk fragen« stand darauf.

»Oha«, sagte Lisa. »Das klingt ja fast so, als hatte Ferber vor, heute noch mit Dieckmann zu sprechen.«

»Falls diese Notiz aktuell ist«, sagte Jonas. »Aber selbst wenn sie aktuell ist, muss das nichts heißen. Immerhin bereiten Ferber und Dieckmann zusammen das Jahrgangstreffen vor. Da wäre es doch normal, wenn sie miteinander sprechen.«

»Aber warum ›wegen Dirk‹?« Lisa schien mit dieser These nicht zufrieden zu sein.

»Mir kommt das irgendwie auch nicht ganz koscher vor«, sagte Helmut. »Wir müssen unbedingt mit Dieckmann sprechen. Lisa, kannst du gleich noch mal diesen Henning Schmitt aus Bochum anrufen? Die sollen Dieckmann möglichst noch an diesem Wochenende aufsuchen und ihm sagen, dass ich ihn sprechen möchte. Am besten direkt am Montag. Entweder komme ich nach Bochum oder er kommt nach Wolfenbüttel.«

Lisa nickte und ging direkt zu ihrem Telefon. Kurz darauf hatte sie Henning Schmitt am Apparat und erklärte ihm Helmuts Wunsch. Schmitt versprach ihr, sich darum zu kümmern.

KAPITEL 18

Auch am Samstag schneite es noch leicht und die Dorfbewohner mussten ein weiteres Mal ihre Schneeschieber und Besen aus dem Schuppen holen. Helmut hatte das noch vor sich. Er war schon um 6.30 Uhr aufgewacht und hatte den Kopf voller Fragen. Ferbers Tod hatte der Angelegenheit ganz neue Dynamik verliehen.

Gestern, kurz nach ihrem Abstecher in die Dienststelle, waren Lisa und er in die Stobenstraße gefahren. Sie wollten Franke mit ihren neuen Erkenntnissen konfrontieren. Vor allem wollten sie ihn fragen, ob er von Ferbers Plänen gewusst hat. Und natürlich wollten sie ihm auch ein paar Fragen zu Ferbers Auto stellen.

Allerdings hatten sie Franke weder in seiner Werkstatt noch in seiner Wohnung angetroffen. Am Montag würden sie es erneut versuchen.

Es war abzusehen gewesen, dass die Medien nun intensiver über die Vorkommnisse berichten würden. Tatsächlich war Ferbers tödlicher Unfall gestern in den Abendnachrichten des NDR erwähnt worden. In der Braunschweiger Zeitung hatte es die Nachricht auf die Titelseite geschafft. Der Wolfenbütteler Lokalteil widmete dem Thema sogar drei Seiten. Alle Todesfälle wurden detailliert beschrieben. Längst hatte man herausgefunden, dass kürzlich in Bochum und Münster ebenfalls Mitglieder des Abiturjahrgangs 1989 gestorben waren.

Helmut war in allen Zeitungen zitiert worden. Aber nur mit ein paar Floskeln: »In alle Richtungen ermitteln«;

»Außer bei Ellen Berning-Schäfer gibt es keine Beweise für ein Gewaltverbrechen«; »Ein Zufall ist unwahrscheinlich, aber nicht vollkommen auszuschließen«; »Eine vergleichbare Serie hat es in Deutschland nach unserem Kenntnisstand noch nicht gegeben«; »Enge Zusammenarbeit mit den Kollegen in Bochum und Münster«; »Noch nicht an einen Fallanalytiker gedacht«; »Keine besonderen Anweisungen aus dem Innenministerium«; »Bildung einer Sondereinsatzgruppe offen«.

Für die nächste Woche war zudem eine Pressekonferenz geplant. Ob es tatsächlich dazu kommen würde, war jedoch noch immer nicht klar. Karl Breimer hatte sich vor Ferbers Tod noch nicht dazu durchringen können.

Helmut hatte ihn Anfang der Woche in Braunschweig besucht. Die beiden hatten lange über das Für und Wider einer Pressekonferenz diskutiert. Sie waren zu keiner endgültigen Entscheidung gekommen und wollten die Medien zunächst mit einer Pressemitteilung informieren.

Doch diese Mitteilung war nicht mehr vor Freitag erschienen. Sie war irgendwo im Abstimmungsprozess zwischen Wolfenbüttel und Braunschweig stecken geblieben.

Jetzt, nach Ferbers Tod, musste man ohnehin einen neuen Text verfassen. Andererseits war es dafür eigentlich zu spät, da die Medien längst über alle relevanten Informationen verfügten und diese ausbreiteten und auf ihre Weise interpretierten. »Geht ein Serienkiller um, der es auf den Jahrgang 1989 abgesehen hat?«, hatte in der Bildzeitung gestanden.

Natürlich wusste Helmut, dass die Zusammenarbeit mit den Medien wichtig war. Man musste nur an den Aufruf denken nach dem Raubüberfall auf Berning-Schäfer. Andererseits saßen ihnen die Medien häufig schnell im Nacken. Sie riefen nach Aufklärung. Nach Sicherheit für die unbescholtenen Bürger des Landes. Sie konnten schnell eine Hysterie auslösen.

Noch war es nicht so weit. Das mochte daran liegen, dass der Kreis der Opfer begrenzt war. Innerhalb dieses Kreises dürfte es allerdings bereits jetzt eine gewisse Hysterie geben.

Wie die Stimmungslage im Abiturjahrgang 1989 war, würde Helmut unter Umständen bereits am Montag erfahren. Dann würde er mit Dieckmann sprechen.

Noch am Freitag war Henning Schmitt zu Dieckmanns Wohnung gefahren, hatte ihn aber nicht angetroffen. Von dessen Ehefrau hatte Schmitt erfahren, dass Dieckmann wegen eines Notartermins in Wolfenbüttel war.

Ausgerechnet an jenem Freitag, an dem Ferber gestorben war und diesen Notizzettel in der Handtasche hatte, dachte Helmut. Schmitt hatte Dieckmann schließlich mobil erreicht. Der Journalist hatte zugesichert, dass er am Montag zur Kripo Wolfenbüttel kommen würde.

Aber jetzt war Samstagmorgen. Helmut machte sich Frühstück. Während der Kaffee durch den Filter sickerte, füllte er eine große Porzellanschüssel mit Müsli. Er schnitt eine Kiwi und eine Banane. Die Stücke gab er hinzu. Ein bisschen Joghurt darüber. Fertig.

Beim Essen las er ein weiteres Mal die Berichte in der Braunschweiger Zeitung. Helmut fand, dass er im Großen und Ganzen korrekt zitiert worden war. Man warf der Polizei auch keine Untätigkeit oder Unfähigkeit vor. Man hatte Mitgefühl mit den Opfern und mit ihren Angehörigen. Und man sorgte sich um die Sicherheit aller anderen, die 1989 ihr Abitur auf dem Gymnasium im Schloss gemacht hatten. Zwei von ihnen hatte man ausfindig gemacht und ließ sie im Wolfenbütteler Lokalteil ausführlich zu Wort kommen, inklusive Foto.

Sonja Müller hatte Angst, sie könnte die Nächste auf der Todesliste sein. Was würde aus ihren Kindern werden? Die waren zehn, acht und sechs Jahre alt. Wegen ihrer Kinder war

Müller eine gute Kundin von Ellen gewesen. Müller beschrieb Ellen als »sehr nette Person«. An Susanne Ferber lobte sie vor allem ihr soziales Engagement. Zu den anderen Toten konnte Sonja Müller nicht viel sagen. Sie würde fortan vorsichtig sein, ließ sie sich am Schluss zitieren.

Zum Glück setzt Müller dabei nicht auf uns, dachte Helmut. Was sollte die Polizei auch unternehmen? Den ganzen Jahrgang unter Polizeischutz stellen? Rund um die Uhr bewachen? Überall in Deutschland und zum Teil auch im Ausland? Wie viele Hundert Beamte brauchte man wohl dafür? Wie viel Geld würde das den Steuerzahler kosten? Und am Ende gab es doch keinen Serienmörder. Andererseits konnte Helmut natürlich die Sorge von Sonja Müller verstehen.

Carsten Pollmann machte sich keinerlei Sorgen. Er konnte nicht glauben, dass die Todesfälle in einem Zusammenhang standen. Er glaubte an den Zufall. Und er kannte Fälle aus den USA und aus Australien, wo noch viel unglaublichere Dinge geschehen waren. »Manchmal sterben die Leute halt«, sagte Pollmann. Persönliche Worte hatte er ausschließlich für Mario Lopez übrig, den er als »guten Freund« bezeichnete.

Eine knappe halbe Stunde später, mittlerweile war es 8.30 Uhr, ging Helmut nach draußen. Kurz darauf hatte er den größten Teil des Schnees zu einem Haufen zusammengeschoben. Nun schnappte er sich den Besen und wollte die Reste zusammenfegen, als er laute Stimmen hörte.

Helmut ließ den Besen fallen und ging den Weg hinab, der von seinem Haus direkt auf die Straße führte. Auf der Straße sah er zwei Gestalten, die hintereinander herliefen. Die hintere Gestalt, daran gab es keinen Zweifel, war Gregor. Er verfolgte jemanden, der die Straße entlang in Richtung Helmut lief. Tobias Ackermann!

»Bleib stehen, du Sauhund«, rief Gregor.

Tobias lief durch die dünne Schneedecke auf der Straße. Er sah sich nicht um. Gregor war wenige Meter hinter ihm. Aber er kam nicht näher. Das wäre auch erstaunlich gewesen bei einem 60-jährigen Mann, der hinter einem Teenager herläuft.

Doch nun, fast auf Höhe von Helmuts Grundstück, rutschte Tobias aus. Er ruderte wild mit den Armen. Einen winzigen Augenblick lang hing er fast waagerecht in der Luft. Dann verlangte die Schwerkraft unmissverständlich ihr Recht. Tobias landete auf dem Po und fiel nach hinten. Er hatte keine Chance, sich aufzurichten. Gregor war sofort bei ihm und packte ihn brutal am rechten Arm. Während er Tobias hochzog, brüllte er: »Hab ich dich!«

Tobias schlug um sich, aber seine Schläge prallten an Gregor ab, als trüge er eine Rüstung und nicht einfach einen Rollkragenpullover.

Gregor ging den Weg zurück und schleifte Tobias hinter sich her, als wäre der Junge ein frisch erlegtes Reh.

Tobias versuchte, sich aufzurichten oder sich zu befreien. Aber das war unmöglich. Er konnte seinen Arm nicht aus Gregors Griff lösen. Sein Körper hinterließ eine schmale Schneise im Schnee. Zehn, zwölf Meter mochten die beiden bereits auf diese bizarre Weise zurückgelegt haben.

»Lass den Jungen los«, rief Helmut und rannte endlich auf die Straße.

»Misch dich nicht ein«, rief Gregor, ohne sich auch nur umzudrehen.

Tobias zappelte hilflos.

Nach wenigen Sekunden erreichte Helmut das ungleiche Paar. »Loslassen, hab ich gesagt!«

»Misch dich nicht ein, habe ich gesagt!« Gregor blieb stehen. Er drehte sich um. Seine dunklen Augen funkelten.

Auch Helmut war nun stehen geblieben.

Tobias versuchte, die Situation auszunutzen. Er wollte

seinem Peiniger einen Tritt verpassen. Er ließ sich ein paar Zentimeter nach hinten fallen und trat zu. Er hatte bestimmt gehofft, Gregor zwischen die Beine zu treffen. Doch er lag zu weit weg. Sein Fuß wischte nur an Gregors Knie entlang.

»Halt dich bloß ruhig«, knurrte Gregor ihn an. Dann wandte er sich an Helmut: »Ich sage dir das jetzt nur ein einziges Mal, Helmut. Danach sieh zu, dass du Land gewinnst. Diese kleine Mistkröte hier hat mein Haus beschmiert. Ich schleife ihn jetzt dorthin, damit er die Schweinerei wieder wegmacht.«

Gregor hatte sich auf Helmut konzentriert und nicht bemerkt, dass Tobias in der Zwischenzeit einen Schneeball geformt hatte; schließlich lag er mitten im Schnee. Er hatte den Ball hart gedrückt und schleuderte ihn, während er sich kurz aufrichtete, mit aller Wucht auf Gregors Gesicht.

Er landete einen Volltreffer und erwischte Gregors linkes Auge. Der Kopf zuckte zurück. Reflexartig lockerte er den Griff um Tobias' Arm, sodass dieser sich befreien konnte. Statt aber wegzulaufen, stürzte sich Tobias auf Gregor.

Gregor hatte sich aber wieder gefangen und konnte Tobias' Schläge mühelos abwehren. Er stieß Tobias zurück und wollte nun seinerseits zuschlagen.

Doch in der Zwischenzeit hatte sich Helmut von hinten herangeschlichen. Mit beiden Händen packte er Gregors rechten Arm und wollte ihn auf den Rücken drehen. Der gute alte Polizeigriff.

Aber Helmut war nicht schnell und auch nicht kräftig genug. Gregor übte einen gewaltigen Gegendruck aus. Ein paar Sekunden lang herrschte Stillstand. Helmuts beide Arme gegen Gregors rechten Arm. Helmut mobilisierte seine letzten Kraftreserven. Einen halben Wimpernschlag lang hoffte er, Gregors Arm weiter nach hinten zerren zu können. Doch dann gab es einen gewaltigen Ruck, und mit einem Mal waren

Helmuts Arme vor Gregors Körper und sein Kopf direkt hinter Gregors Kopf. Zeitgleich ließ Gregor seinen Hinterkopf nach hinten sausen. Helmut duckte sich zur Seite. Der Kopf streifte ihn nur an der Stirn. Doch durch diese Bewegung hatte Helmut nun jeden Zugriff auf Gregors Arm verloren.

Gregor drehte sich um. »Helmut, Helmut. Wieder mal zu mutig und zu wenig helle.« Dann hob er seine rechte Faust und ließ sie auf Helmut sausen.

Jetzt zahlt sich das jahrelange Training in Selbstverteidigung endlich mal aus, dachte Helmut. Er riss seinen rechten Arm hoch, um den Schlag abzuwehren. Das gelang ihm sogar ganz gut.

Doch dummerweise war die Rechte nur eine Finte gewesen; im selben Moment, als seine rechte Faust an Helmuts Verteidigung abprallte, schoss Gregors linke Faust vor. In einem leichten Bogen von unten nach oben explodierte sie in Helmuts Bauch.

Helmut krümmte sich. Seine Augen schossen aus ihren Höhlen. Er schnappte nach Luft. Noch so ein Treffer und Müsli und Kaffee würden sich wieder verabschieden. Er spürte Gregors Hand in seinen Haaren. Offenbar wollte Gregor ihn wieder in die Senkrechte befördern, um ihm den nächsten Hieb zu verpassen.

Aus den Augenwinkeln konnte Helmut sehen, wie sich Tobias von hinten näherte. Er hatte etwas in der Hand.

Einen Stein!

Helmut hatte das Nein auf den Lippen, doch bevor er es aussprechen konnte, schlug Tobias den Stein mit voller Wucht auf Gregors Hinterkopf.

Gregor blickte einen Moment lang ungläubig drein. Er ließ Helmuts Haare los und sackte langsam in den Schnee.

Tobias stand über ihm und betrachtete den faustgroßen, blutigen Stein in seiner Hand.

Gregor lag im Schnee, der sich um seinen Kopf herum rot färbte.

In diesem Moment hielt neben ihnen ein Auto. Kurtchen Ebert ließ die Seitenscheibe herunterfahren und streckte seinen Kopf heraus. »Mein Gott, was ist denn hier los?«

»Hast du dein Handy dabei?« Helmut hatte seines im Haus gelassen. Ursprünglich wollte er schließlich nur Schnee schippen.

Kurtchen nickte.

»Ruf bitte einen Rettungswagen.«

Kurtchen schaute ihn nur fragend an.

»Kurtchen, es ist dringend.«

Endlich nahm Kurtchen sein Handy und wählte.

Helmut kniete sich neben Gregor, der noch immer reglos im Schnee lag. Er fühlte mit der Hand den Puls an Gregors Hals. Zum Glück gab es noch einen.

Kurtchen war ausgestiegen und sah sich Gregor an. »Der Rettungswagen ist unterwegs, nicht wahr.«

»Hast du eine Decke?«

Kurtchen holte eine goldene Rettungsdecke aus dem Kofferraum. Zusammen mit Helmut wickelte er Gregor darin ein. Mehr konnten sie im Augenblick nicht tun.

»Willst du mir endlich sagen, was hier los ist?« Kurtchen sah von Helmut zu Tobias und entdeckte den blutigen Stein in seiner Hand. »Oder du?«

»Ich wollt Herrn Jordan nur helfen«, stammelte Tobias.

»Indem du Gregor einen Stein über den Kopf ziehst, nicht wahr?«

»Ich wusste nicht, was ich sonst machen soll. Er hat auf Herrn Jordan eingeprügelt. Er hätte ihn vielleicht umgebracht. Mich hat er vorher auch schon geschlagen.« Tobias hatte Tränen in den Augen, er schniefte laut.

»Aber warum prügelt Gregor auf euch ein?« Kurtchen sah jetzt wieder Helmut an.

Dennoch antwortete Tobias. »Er hat mich erwischt, wie ich was an sein Haus geschrieben habe.«

»Was hast du da eigentlich drangeschrieben?«, fragte Helmut.

»Mörder.«

»Wie bitte?«, fragten Helmut und Ebert gleichzeitig.

»Ja, Mörder. Gregor Pahlke hat meinen Vater umgebracht. Da bin ich mir ganz sicher.« Tobias schniefte erneut. Seine Wangen waren gerötet. Er sah aus, als stünde er kurz vor dem Zusammenbruch. Dennoch lag auch Trotz in seinen Augen.

Helmut blickte auf den weiterhin reglosen Körper von Gregor. In diesem Moment sah er vollkommen ungefährlich aus. Aber noch vor wenigen Minuten hatte Helmut am eigenen Leib gespürt, dass das auch ganz anders sein konnte.

»Aber dein Vater ist doch über eine DDR-Mine gefahren, nicht wahr«, sagte Kurtchen. »Was hat denn Gregor damit zu tun?«

»Der hat diese Mine da hingelegt. Die hatte die DDR gar nicht vergessen.«

»Wie kommst du denn darauf?«, fragte Helmut.

»Ich hab lange drüber nachgedacht. Und ich hab Herrn Pahlke in den letzten Wochen beschattet. Er war ständig in dem Militärladen am Bruchweg.«

Helmut kannte diesen Laden von außen. Uniformen. Mützen. Abzeichen. Das Zeug stammte wohl aus der früheren DDR.

»Ich hab mich über den Laden schlaugemacht. Im Internet und so. Da haben die eine eigene Seite. Sie behaupten, sie können ALLES beschaffen, was ihre Kunden sich so wünschen. ALLES war in großen Buchstaben geschrieben.«

»Und du meinst, zu ALLES gehört auch eine Mine?«, fragte Helmut.

Tobias nickte.

»Aber dass Gregor Wochen nach dem Unfall in dieses Geschäft geht, beweist doch gar nichts«, sagte Helmut.

»Wenn er jetzt dahin geht, ist er früher bestimmt auch dahin gegangen«, beharrte Tobias. »Ich bin auch mal hingegangen. Ich hab gesagt, ich interessiere mich für alte NVA-Waffen und so. Der Mann hat mich ausgelacht. Aber das heißt nichts.«

»Es heißt immerhin, dass sie Jugendlichen keine Waffen verkaufen.« Helmut war versucht, Tobias zu erzählen, dass Gregor die Mine wohl kaum an den Rand des Feldes gelegt hätte. Aber in diesem Moment kam der Rettungswagen um die Kurve gefahren.

Helmut erzählte dem Rettungsarzt, was geschehen war, während die Sanitäter Gregor vorsichtig auf eine Trage hoben.

Zuvor hatte der Arzt Gregor untersucht. Nun schüttelte er den Kopf. Er sah von Helmut zu Tobias. Von Tobias zu Kurtchen. Und wieder zu Helmut. Und schüttelte wieder den Kopf. »Ich verstehe das alles nicht mehr. Diese ganze sinnlose Gewalt.«

»Bringen Sie ihn nach Wolfenbüttel?«, fragte Helmut.

Der Notarzt nickte.

»Ich werde mich dann erkundigen, wie es ihm geht«, versprach Helmut.

»Tun Sie das«, erwiderte der Arzt trocken. »Ich nehme an, Sie werden auch einen Bericht verfassen?«

Diesmal nickte Helmut. Er hatte dem Arzt glaubhaft versichern können, dass er als Kommissar bei der Kripo Wolfenbüttel tätig war. Seinen Dienstausweis hatte er genauso wenig eingesteckt gehabt wie sein Smartphone, als er zum Schneeschippen nach draußen gegangen war.

Kurz darauf fuhr der Rettungswagen davon.

»Kann ich noch irgendetwas tun, Helmut?«, fragte Kurtchen.

»Nein, fahr ruhig nach Hause oder wohin du gerade unterwegs warst.«

»Und was ist mit mir?«, wollte Tobias wissen.

»Du gehst nach Hause. Und ich komme mit. Aber vorher gibst du mir noch den Stein.« Helmut hatte aus jahrelanger Gewohnheit immer einige Plastiktüten in seinen Jacken. In eine der Tüten ließ er den Stein gleiten.

Den Weg zum Hof der Ackermanns legten Helmut und Tobias schweigend zurück.

Melanie öffnete ihnen die Tür, Tobias' Bruder Ben stand hinter ihr.

»Können wir kurz reden?«, fragte Helmut.

»Ja, komm rein. Ben, gehst du bitte in dein Zimmer!« Melanie sah zu Tobias.

»Tobias sollte besser dabei sein«, sagte Helmut.

Zehn Minuten später saßen sie bei einer Tasse Kaffee am Küchentisch. Helmut hatte Melanie mit den wichtigsten Fakten versorgt.

Immer wieder hatte Melanie ihren Sohn fragend angeblickt. Der hatte mal den Blick abgewandt, mal trotzig genickt.

»Was wird jetzt aus Tobias? Muss er ins …«

»Ins Gefängnis? Um Himmels willen, nein. Ich will es nicht zu dramatisch klingen lassen. Aber möglicherweise hat er mir und sich selbst das Leben gerettet. Ich weiß nicht, wie lange Gregor auf uns eingeprügelt hätte. Wenn er mal anfängt, ist er schwer zu stoppen. Natürlich wird Tobias einigen Ärger kriegen. Wegen der Schmierereien und wegen seines Schlages.«

Es ging noch eine Weile hin und her wegen dieses Ärgers. Natürlich konnte Helmut Melanie nicht versprechen, dass Tobias nur mit einem blauen Auge davonkommen würde. Aber Helmut würde sein Bestes tun und in seinem Bericht ausdrücklich auf die Notwehrlage von Tobias hinweisen. Und natürlich würde Helmut ausführlich darauf eingehen, dass Gregor einen Polizeibeamten tätlich angegriffen hatte. Gregor konnte mit einer Anzeige und einem Verfahren rechnen. Sofern er selbst nicht allzu viel Schaden genommen hatte. Schließlich kamen sie auf den Inhalt von Tobias Schmiereien an Gregors Haus zu sprechen.

»Wie kommst du denn bloß darauf, dass Herr Pahlke ein Mörder sein könnte?«, fragte Melanie ihren Sohn.

Tobias erklärte es ihr.

Melanie schüttelte ungläubig den Kopf. Als Tobias ihr erzählte, dass er selbst in dem Geschäft gewesen war, um angeblich eine Waffe zu kaufen, blickte sie ihn ärgerlich an. »Bist du verrückt, so ein Risiko einzugehen?« Sie wandte sich an Helmut. »Was meinst du, könnte da was dran sein?«

»Ich darf natürlich nicht allzu viel über unsere Ermittlungsergebnisse verraten, Melanie. Du hast bestimmt in der Zeitung gelesen, dass fünf ehemalige Schulkameraden von Hanno ums Leben gekommen sind.«

Melanie nickte.

»Wir wissen nicht, ob es einen Zusammenhang gibt. Wir betrachten Hannos Tod weiterhin als Unfall. Wenn aber jemand nachgeholfen und eine Mine auf dem Acker vergraben hat, dann hieße das für uns, dass dieselbe Person möglicherweise auch bei den anderen Unfällen und Selbstmorden nachgeholfen hat. In diesem Fall würden wir aber nicht Gregor verdächtigen, sondern jemanden, der mit allen Toten zu tun hat oder hatte. Also beispielsweise einen früheren Schulkameraden.«

»Hanno hatte keinen Kontakt zu seinen Schulkameraden. Er sah sie nur bei den Jahrgangstreffen.« Melanie schenkte Kaffee nach.

»Und was ist mit Dirk Franke?«

»Stimmt, mit Dirk ist Hanno ja auch zur Schule gegangen. Das vergesse ich immer. Die beiden waren eng befreundet. Hanno hat ihm eine alte Scheune überlassen und er hat unsere Fahrzeuge repariert. Du glaubst doch nicht, dass Dirk ...«

»Nein, nein«, beeilte sich Helmut.

»Das wäre wirklich absurd. Dirk ist ein ausgesprochen netter Mensch. Er war auf der Beerdigung und er hat uns erst kürzlich besucht. Er versteht sich sehr gut mit meinem Schwiegervater. Wir haben beschlossen, ihm die Scheune weiterhin zu überlassen. Und er wird weiterhin unsere Fahrzeuge reparieren. Hast du ihn mal kennengelernt?«

»Ja, ich bin in seiner Werkstatt gewesen. Du hast recht, Melanie, er ist ein netter Kerl. Und Hanno hatte zu keinem anderen Mitschüler Kontakt?«

»Nein. Abgesehen von Dirk hat Hanno in der Schule keine Freundschaften geschlossen. Auf der Uni war es nicht anders. Aus dieser Zeit gab es auch genau einen Freund, mit dem er sich regelmäßig getroffen und der uns mit seiner Familie hier ein paarmal besucht hat.«

»Und hier im Dorf?« Wenigstens diese eine harmlose Frage, dachte Helmut. Sie konnte sich sowohl auf Freunde als auch auf mögliche Feinde beziehen.

Melanie lachte. »Hier im Dorf? Das musst du doch wissen, Helmut. Hier im Dorf hatte Hanno keine Freunde. Natürlich gibt es eine Menge Leute, mit denen wir als Familie gut auskommen. Solange es keine größeren Bauern sind. Wir sind keine Außenseiter. Ich selbst habe einige gute Freundinnen. Auch die Kinder kommen gut klar. Aber Hanno? Er wurde allenfalls akzeptiert. Aber nicht wirklich gemocht. Das hatte er unserem lieben Bürgermeister zu verdanken.«

»Was hat Jochen denn gemacht?« Jetzt war Helmut also doch mittendrin.

»Er hat versucht, zu verhindern, dass Hanno sich am

Windpark beteiligt. Und er hat die anderen Bauern überredet, sich nicht zu beteiligen. Ich wette, er hat sogar einigen von ihnen gedroht. Schließlich sind einige kleinere Bauern Jochens Pächter und von ihm abhängig. Jochen hätte auch versucht, zu verhindern, dass Hanno eine Biogasanlage baut. Er hätte versucht, zu verhindern, dass die anderen Bauern ihre Bioabfälle zu Hanno bringen, wenn er sie doch gebaut hätte. Vielleicht hätte er sogar verhindern wollen, dass wir hier Ferienwohnungen einrichten.«

»Puh. Ganz schön heftige Vorwürfe!«

»Mag sein. Ich kann auch keinen dieser Vorwürfe beweisen. Frag doch unseren Bürgermeister, Helmut.«

»Ich war gestern bei ihm. Du hast recht. Er war sauer wegen der Windkrafträder. Er wollte keine Biogasanlage in Winnigstedt. Aber von euren Ferienwohnungen wusste er offensichtlich nichts.«

Melanie zuckte die Schultern. »Das glaube ich nicht. Der Kerl weiß alles, was hier vor sich geht. Es kann aber sein, dass ihm die Ferienwohnungen nicht wichtig genug waren.«

»Vielleicht steckt er mit Gregor unter einer Decke oder so.« Tobias hatte zuvor still dagesessen, Wasser getrunken und ihnen zugehört. Nur, als Helmut Gregor als Verdächtigen ausgeschlossen hatte, war er etwas unruhig geworden. Er hatte nur den Kopf geschüttelt und nichts gesagt.

Helmut sah ihn an. Tobias erwiderte seinen Blick. Dann sah er zu seiner Mutter. Sie schüttelte liebevoll den Kopf und lächelte ihren Sohn an.

»Warum denn nicht? Beide haben Papa gehasst.«

»Aber du hast doch gehört, was Herr Jordan gesagt hat. Es gibt keinerlei Hinweise darauf, dass Papa keinen Unfall hatte. Und Gregor ist unverdächtig. Das Gleiche dürfte für den Bürgermeister gelten.« Melanie blickte fragend zu Helmut.

Helmut nickte.

»Siehst du, Tobias?«

Helmut schaute hilflos zu, wie Melanie seine alles andere als zweifelsfreien Aussagen benutzte, um ihren Sohn zu bremsen. Er musste aufbrechen. Er wollte in die Dienststelle fahren, um dort den Bericht zu schreiben. Lisa hatte an diesem Samstag Dienst. Mit ihr würde er über diese Sache reden müssen. Und er würde am Nachmittag zum Krankenhaus fahren, um sich nach Gregor zu erkundigen. Aber vorher musste er noch eine Sache erfahren. »Wo hattest du eigentlich auf einmal diesen Stein her, Tobias?« Der Stein steckte jetzt, gut verpackt in einer Plastiktüte, in seiner Jackentasche. Ein sehr praktischer Stein. Faustgroß, passend für Tobias' Faust, und wie ein kleiner Pflasterstein geformt.

»Der lag da rum und so, ich habe ihn mir geschnappt und …«

Gute Antwort, Tobias, dachte Helmut. Gut für seinen Bericht. Helmut hätte ungern geschrieben, dass Tobias den Stein schon bei sich getragen hatte, als er zu Gregors Haus marschiert war, um »Mörder« an die Hauswand zu schreiben.

KAPITEL 19

Das restliche Wochenende war für Helmut enorm hektisch verlaufen. Dienstfrei hatte er nur auf dem Papier gehabt. Er war den ganzen Samstagnachmittag in der Dienststelle gewesen sowie mehrere Stunden am Sonntagnachmittag. Er hatte den Bericht über die Schlägerei mit Gregor geschrieben und sich mit Lisa (Samstag) bzw. mit Jonas (Sonntag) unterhalten. Schließlich hatte er sich am Sonntag noch auf das Gespräch mit Dieckmann vorbereitet.

Im Krankenhaus war er noch nicht gewesen. Gregors Kopfverletzung war gravierender als zunächst angenommen. Das hatte man ihm telefonisch mitgeteilt. Die Ärzte hatten Gregor vorübergehend in ein künstliches Koma versetzt. Prognosen gab es nicht. Weder zur Länge des Komas, noch zum Grad der Verletzung, noch zum Heilungsprozess, noch zur Gefahr von bleibenden Schäden. Man konnte nur hoffen.

Für Tobias und schätzungsweise auch für Helmut würde das Klima im Dorf in nächster Zeit wohl etwas rauer werden. Gregor hatte viele Freunde. Die würden es Tobias und Helmut übel nehmen, dass sie Gregor (aus ihrer Sicht) ins Koma geprügelt hatten. Sie würden womöglich an der Wahrheit nicht interessiert sein. Und je schlechter es Gregor ging, desto erboster wären die Leute. Helmut hatte einen ersten Vorgeschmack darauf bekommen, als er am Samstagabend Gisela Pahlke besuchen wollte. Sie hatte ihm einfach die Tür vor der Nase zugeknallt.

Andererseits, wenn es Gregor eines Tages wieder besser gehen sollte, wenn er wieder ganz der Alte sein würde, wäre die Lage keineswegs besser. Im Gegenteil. Es war zu erwarten, dass Gregor sich rächen wollte.

Jetzt las Helmut den vorläufigen Bericht der KTU zu Ferbers BMW. Es gab jede Menge Informationen zu Geschwindigkeit, Straßenverhältnissen etc. Aber einige Dinge stachen heraus. Erstens war jetzt sicher, dass Susanne Ferber zum Zeitpunkt des Unfalls nicht angeschnallt gewesen war. Zweitens hatte der Fahrer-Airbag nicht funktioniert. Er war über den Bordcomputer deaktiviert worden. Offenbar war es keine große Sache, das zu tun. Man musste nur wissen, wie. Drittens war die Bremsflüssigkeit offenbar alt. So alt, dass sie schon viel Wasser aufgenommen hatte.

»Während frische Bremsflüssigkeit den Bremsdruck stabil weitergibt«, las Helmut im Bericht, »reagiert die mit Wasser und Schmutz versetzte alte Flüssigkeit träge und weich. Besonders gefährlich wird es, wenn die Bremsen durch häufigen Gebrauch heiß werden. Das Wasser in der Bremsflüssigkeit bildet Dampfblasen, die den Druck auf das Bremspedal wirkungslos machen. Bei der Bremse kommt nichts mehr an, der Tritt geht ins Leere. Nur solange die Bremse kalt ist, kann sie auch mit alter Flüssigkeit funktionieren.«

Und nun fährt die Ferber ausgerechnet eine Serpentinenstrecke und wird von einem anderen Fahrzeug zu einer Vollbremsung gezwungen. Zu allem Überfluss war der Fahrer-Airbag deaktiviert und sie war nicht angeschnallt. Und geschneit hatte es auch. Da war also alles zusammengekommen. Erneut sah der Zufall nicht nach Zufall aus.

Am Morgen waren Helmut und Lisa bei Franke gewesen.

Franke hatte einen wesentlich niedergeschlageneren Eindruck gemacht als zehn Tage zuvor. Offenbar ging ihm Ferbers Tod näher als der von Lopez, mit dem Helmut und Jonas ihn seinerzeit konfrontiert hatten. Aber Franke hatte vorbehaltlos bestätigt, dass Susanne Ferber ihm erst kürzlich ihren BMW zur Reparatur gebracht hatte.

Helmut hatte ihn nach Ferbers Anschnallgewohnheiten, nach ihrem Airbag und nach der Bremsflüssigkeit gefragt.

Franke wusste, dass Ferber sich so gut wie nie anschnallte, weil sie meinte, ein Airbag reichte doch völlig aus. Franke fand das nicht gut. Deswegen hatte er Susanne nicht dabei geholfen, den Signalton zu deaktivieren, der ertönte, wenn ein Fahrzeuginsasse nicht angeschnallt ist. »Das Piepen sollte sie immer daran erinnern, dass sie etwas Falsches tut«, hatte Franke kopfschüttelnd gesagt.

Dennoch war der Signalton laut KTU-Bericht deaktiviert worden. »Das hat sie dann offenbar selbst gemacht. Oder es woanders machen lassen.«

Behauptete Franke.

Franke wusste, wie man einen Airbag deaktiviert. Aber den Fahrer-Airbag in Ferbers BMW hatte er nicht deaktiviert. »Natürlich nicht, das wäre ja lebensgefährlich.«

Behauptete Franke.

Franke wusste, wie gefährlich alte Bremsflüssigkeit war. Aber er hatte Ferbers BMW nicht mit alter Bremsflüssigkeit versorgt. »Natürlich nicht.« Er hatte sich bei der letzten Reparatur ausschließlich um den defekten Scheinwerfer gekümmert. Alles andere hatte er Anfang Oktober 2013 gecheckt. Auch die Bremsen. Er hatte damals auch die Bremsflüssigkeit erneuert. Und nach knapp vier Monaten war die natürlich noch nicht alt.

Behauptete Franke.

Und einmal mehr musste Helmut sich fragen, warum Franke über viele Dinge so bereitwillig Auskunft gab, die eigentlich recht heikel für ihn waren. Entweder war Franke so unschuldig, wie er sich gab. Oder er war auf eine Art und Weise abgebrüht, wie Helmut es selten, vielleicht noch nie erlebt hatte.

Denn natürlich ergab sich aus all dem ein mögliches Szenario, das zumindest diesen Fall klären konnte. Franke fühlt sich in seiner Existenz bedroht, weil Ferber auf dem Grundstück in der Stobenstraße, das bisher Franke für seine Kfz-Werkstatt nutzt, ein Jugendzentrum errichten will. Um das zu verhindern, bringt er Ferber um. Der Mord soll wie ein Unfall aussehen. Deshalb manipuliert er ihr Fahrzeug. Er deaktiviert den Fahrer-Airbag. Das wiederum ist besonders perfide, weil er weiß, dass Ferber sich grundsätzlich nicht anschnallt und darum bei einem Aufprall völlig ungeschützt ist. Und er ersetzt die neue Bremsflüssigkeit durch alte, damit die Bremsen bei häufiger Nutzung versagen. Nun muss Franke nur noch darauf warten, dass Ferber eine gefährliche Strecke wie die Serpentinen bei Jerxheim fährt. Am besten zwingt er sie dort zu einer Vollbremsung, um die Sache zu beschleunigen.

So weit, so gut. So weit, so schlecht, besser gesagt. Helmut und Lisa hatten Franke natürlich gefragt, was er am Freitagvormittag gemacht hatte. Franke war beim Augenarzt gewesen. Das ließ sich leicht überprüfen. Wenn es stimmte, konnte Franke nicht der Fahrer des Cayennes gewesen sein. Woher hätte Franke auch wissen können, dass Ferber an diesem Vormittag um diese Zeit diese Serpentinen entlangfahren würde? Nun, sie hätte es ihm erzählt haben können.

Helmut und Lisa hatten Franke auch zu Ferbers Plänen mit der Stobenstraße gefragt. Franke hatte die Stirn gerunzelt, er hatte aber nicht überrascht gewirkt. »Ja, sicher. Susanne hat mir davon erzählt. Ich fand die Idee toll.«

»Und Ihr Betrieb hier?«, hatte Lisa gefragt.

»Ich hätte umziehen müssen. Ist doch klar. Die Lage hier ist zwar gut, aber viel Platz habe ich nicht. Das sehen Sie ja. Von daher wäre der Umzug wahrscheinlich sogar gut für mich gewesen.«

»Und wohin wären Sie gezogen?« Helmut hatte sich immer

mal wieder in der Halle umgesehen. In der unsinnigen Hoffnung, dass er irgendwo einen Behälter entdecken würde, auf dem »Gebrauchte Bremsflüssigkeit« oder so ähnlich stand. Natürlich hatte er keinen solchen Behälter entdeckt. Natürlich konnte fast jeder Behälter hier gebrauchte Bremsflüssigkeit enthalten. Vielleicht eine Durchsuchung? Aber kein Richter dieser Welt hätte Helmut in diesem Stadium der Ermittlungen einen Durchsuchungsbeschluss ausgestellt.

»Susanne hatte versprochen, dass sie etwas für mich finden würde.«

Helmut und Lisa hatten sich kurz angesehen. Dann hatte Helmut gefragt: »Frau Ferber wollte Ihnen einen neuen Standort besorgen?«

»Ja, das wollte Susanne unbedingt. Aus ihrer Sicht hätte sie mir das hier weggenommen. Für sie war es selbstverständlich, dass sie mir dann Ersatz besorgen müsste. So war Susanne.« Bei diesen Worten hatte Franke die Hände vors Gesicht geschlagen. Als er sie wieder weggenommen hatte, war sein Gesicht voller Tränen gewesen.

Ferber hätte Franke also einen neuen Standort besorgt. Behauptete Franke. Und Helmut hatte nicht das Gefühl, dass er log. Aber Gefühle waren Gefühle. Deshalb hatten Helmut und Lisa Franke noch nach seinen Alibis für die Zeit der Tode von Berning-Schäfer und Conradi gefragt.

Franke hatte genervt die Augen gerollt. Aber er hatte ihnen geantwortet. Zum Zeitpunkt von Ellens Tod war Franke mit einem anderen ehemaligen Mitschüler zusammen gewesen, Holger Behrens. Die beiden Männer hatten sich am 30. Dezember gegen 18 Uhr zufällig in der Wolfenbütteler Fußgängerzone getroffen und waren bis 21 Uhr in einer Kneipe unter den Krambuden.

Lisa hatte Holger Behrens später angerufen. Behrens hatte Frankes Aussage bestätigt. Er konnte sogar noch ein paar

Bekannte benennen, denen die beiden im Laufe des Abends begegnet waren.

Am Morgen des 7. Januar war Franke nach eigenen Angaben ab 7 Uhr in seiner Werkstatt gewesen. Der erste Kunde war eine halbe Stunde später erschienen.

Conradi war etwa um 7 Uhr gestorben. Die Entfernung vom Lechlumer Holz bis zur Stobenstraße konnte man um diese Uhrzeit durchaus in einer Viertelstunde bewältigen. Es handelte sich folglich nicht um ein vollkommen wasserdichtes Alibi. Besonders viel Zeit wäre Franke allerdings nicht geblieben.

Franke hatte Lisa den Namen des ersten Kunden aufgeschrieben. Lisa hatte ihn bereits sprechen können. Der Kunde hatte Frankes Angaben bestätigt und gesagt, Franke hätte ölverschmiert unter einem Auto gelegen. Der Kunde wollte sich aber nicht festlegen, ob er eher um 7.25 Uhr oder um 7.35 Uhr bei Franke eingetroffen war. Dabei waren diese zehn Minuten vielleicht entscheidend.

Eine letzte Frage war Helmut dann doch noch eingefallen. »War eigentlich für das letzte Wochenende ein Treffen des Vorbereitungsteams geplant?«

»Nein. Wie kommen Sie darauf?«

Helmut hatte ihm von dem Notizzettel erzählt, den sie in Ferbers Auto gefunden hatten.

»Ich weiß nicht, was Susanne Jakob hätte fragen wollen. Keine Ahnung.«

Helmut hatte daraufhin gefragt, ob Franke sich vorstellen konnte, dass Ferber und Dieckmann sich am Freitag oder Samstag hatten treffen wollen. Auch dazu hatte Franke nichts sagen können. In diesem Augenblick hatte Helmut zum ersten Mal den Eindruck, dass Franke nicht aufrichtig zu ihnen war.

Helmut sah auf die Uhr. In ein paar Minuten würde Dieckmann kommen. Helmut hatte überlegt, ihn in den Verhörraum bringen zu lassen. Aber dazu bestand keine Notwendigkeit. Dieckmann war ein Zeuge. Zunächst einmal.

Helmut hatte sich schließlich dafür entschieden, die Befragung in seinem Büro durchzuführen. Zusammen mit Jonas. Und es würde Kaffee geben. Ein bisschen für nette Atmosphäre sorgen. Drei Männer, die sich unterhalten und Kaffee trinken. Zunächst einmal.

Kurz darauf saßen sie tatsächlich zu dritt in Helmuts Büro. Auf dem kleinen Besprechungstisch standen Wasser und Kaffee sowie ein Aufnahmegerät.

Jakob Dieckmann war keiner von diesen Journalisten, die einen Raum betreten und sofort im Mittelpunkt stehen müssen. Eher jemand, der sich zurücknimmt. Nicht ganz 1,80 Meter groß, schlank, dunkelblonde Haare, kantiges Gesicht, braune Augen, unauffällige Nase, schmaler Mund, unrasiert, mindestens seit vorgestern. Etwas verschlafen vielleicht. Dieckmann trug eine dieser Funktionsjacken, wie sie auch David meist trug. Grün. Dazu Jeans und derbe braune Schuhe. Unter der Jacke war eine graue Strickjacke.

Dieckmann wirkte nervös. Nun ja, er war auf einem Polizeirevier. Und erst vor wenigen Tagen hatte er mit einem unvorsichtigen Anruf womöglich eine ehemalige Mitschülerin dazu gebracht, dass sie Selbstmord beging. Und er war der letzte Mensch, der am Abend davor einen anderen ehemaligen Mitschüler lebend gesehen hatte. Vier weitere frühere Mitschüler waren in den letzten sechs Wochen ums Leben gekommen. Da konnte man schon mal nervös sein, oder?

»Wir müssen unbedingt mehr über Ihren Abiturjahrgang erfahren, um verstehen zu können, warum sechs Menschen gestorben sind«, eröffnete Helmut die Runde, nachdem sich alle gesetzt hatten. Jonas würde sich Notizen machen, auch wenn das Aufnahmegerät mitlief. »Können Sie sich die Toten irgendwie erklären?« Helmut schenkte Kaffee ein.

Dieckmann ließ ein paar Tropfen Dosenmilch in seine Tasse fallen. »Nein, überhaupt nicht.«

»Fühlen Sie sich auch bedroht?«

»Eigentlich nicht. Es handelt sich doch um Unfälle oder Selbstmorde. Abgesehen von Ellen. Oder liegen Ihnen mittlerweile andere Erkenntnisse vor?«

»Sie haben gegenüber der Kripo Bochum ausgesagt, dass Sie bei Lopez Selbstmord ausschließen.« Helmut ging nicht auf Dieckmanns Gegenfrage ein.

»Dabei bleibe ich auch. Das Verhältnis mit Barbara als Erklärung zu nennen, halte ich für Blödsinn.«

Da Helmut das genauso sah, wechselte er das Thema. »Jetzt aber zunächst mal was anderes. Sie planen alle fünf Jahre die Treffen Ihres Abiturjahrgangs. Und Sie scheinen alle Ehemaligen gut zu kennen und regen Kontakt zu pflegen.«

»Dass ich mit vielen in regem Kontakt stehe, würde ich nicht behaupten. Bis auf ein paar Mails hier und da. Kennen, das passt schon eher, oder besser gesagt: Ich weiß von den meisten, wo sie wohnen und was sie so machen. Beruf, Familie. Ich plane diese Treffen aber nicht allein, sondern zusammen mit Dirk Franke und Susanne Ferber ...« Dieckmann schien nicht weitersprechen zu können. Er schluckte ein paar Mal.

Helmut entschied, nachzuhaken. »Waren Sie enger mit ihr befreundet?«

»Ja, schon in der Schule.«

»Waren Sie damals ein Paar?«

»Nein, das nicht.« Dieckmann zögerte.

»Aber?«

»Sie war da schon mit Lorenz zusammen.«

»Sie war damals schon mit ihrem jetzigen Ehemann zusammen?«

»Ja, die beiden kamen zusammen, als wir in der 10. Klasse waren. Lorenz war zwei Jahrgänge über uns. Susanne und ich waren damals also nur gute Freunde. Nach dem Abitur haben wir uns eine Zeitlang aus den Augen verloren. Wir haben uns erst beim Planen fürs Fünfjährige das erste Mal wiedergesehen.«

»Und was ist mit Franke?« Helmut würde später auf die Beziehung von Dieckmann und Ferber zurückkommen.

»Der war auch von Anfang an dabei. Dirk war in Wolfenbüttel, ich war im Westen von Deutschland, Susanne damals im Süden. So hatte jeder von uns zumindest ein paar ehemalige Mitschüler in seiner näheren Umgebung wohnen. Die hatten sich ja nach dem Abi in alle Winde verstreut. Nur 30, 40 sind in Wolfenbüttel oder Braunschweig geblieben.«

»Wie viele waren denn insgesamt in Ihrem Jahrgang?«, fragte Jonas.

»105.«

Jonas nickte. »Kamen die alle zum fünfjährigen Treffen? Ich frage auch aus persönlichem Interesse. Ich erinnere mich an mein eigenes fünfjähriges Treffen. Da ist knapp die Hälfte gekommen. Beim Zehnjährigen waren es noch weniger. Es gab aber keinen besonders guten Zusammenhalt in unserem Jahrgang.«

»Klar, damit hängt das zusammen. Bei uns war das wesentlich besser. 92 sind gekommen.«

»Und wie war das bei den Treffen danach?« Helmuts alte Hauptschulklasse hatte sich kein einziges Mal wieder getroffen.

»Das Rekordtreffen war das Zehnjährige, da waren wir 97. Ich denke, es ist normal, dass gerade dieses Treffen die meisten Leute anlockt. Alle sind mit ihrer Ausbildung fertig.

Kaum jemand hat eine Familie gegründet. Anschließend ging es auch bergab. Zum 15-Jährigen sind 80 gekommen. In der Zwischenzeit waren zwei Ehemalige bei einem Flugzeugabsturz gestorben. Zum 20-Jährigen kamen 71. Da fehlten uns auch schon einige Adressen. Normalerweise haben immer alle dran gedacht, uns zu benachrichtigen, wenn sie umziehen. Aber für einige war das Abitur nach 20 Jahren schon zu lange her. Wer sich bei uns nicht meldet und auch zu anderen aus dem Jahrgang keinen Kontakt hat, von dem findet man nur durch Zufall noch aktuelle Anschriften. Google. Facebook. Xing. Oder falls die Eltern noch dort wohnen, wo sie zu Schulzeiten gewohnt haben. Aber bei einigen geht nichts mehr, vor allem bei denen, die geheiratet und nun einen anderen Nachnamen haben.«

»Und alle Treffen wurden von Frau Ferber, Herrn Franke und Ihnen vorbereitet?« Helmut wollte Kaffee nachfüllen, aber Dieckmann hielt seine Hand über die Tasse. Also bekam nur Jonas frischen Kaffee.

»Ja, das hatte sich gut eingespielt und wir hatten alle immer noch Lust, es zu machen. Aber interessiert Sie das wirklich? Diese ganzen Zahlen?« Dieckmann sah erst Helmut an, dann Jonas.

»Je mehr wir über Ihren Abiturjahrgang wissen, desto besser. Wenn Informationen darunter sind, die nutzlos sind – kein Problem. Hatte bei den Treffen mal jemand gefehlt, der jetzt zu den Todesopfern gehört?«

»1994 waren alle da. 1999 konnte Hanno nicht kommen, er hatte sich ein Bein gebrochen. 2004 war er wieder da und die anderen auch.«

»Führen Sie darüber Buch?« Helmut lächelte in sich hinein. Ein wenig kauzig wirkte Dieckmann schon.

»Ja, klar. Aber das weiß ich noch aus dem Kopf.«

»Wie sah es denn 2009 aus?«, fragte Jonas.

»Auch da waren alle sechs da. Dafür konnte Dirk nicht kommen. Irgendetwas war ihm dazwischengekommen. Was besonders traurig war, da er zum 15-Jährigen auch nur kurz kommen konnte.«

»Was heißt das genau: Nur ganz kurz?«, fragte Helmut.

»2004 war er kurz vor dem Treffen krank geworden. Er kam trotzdem. Aber er blieb nur anderthalb Stunden.«

»Schade für ihn«, sagte Helmut. »Herr Franke ist ja einer von denen, die in Wolfenbüttel geblieben sind?«

»Genau. Er hat in Braunschweig Maschinenbau studiert, das Studium aber abgebrochen.«

»Warum?«, fragte Jonas.

»Unglückliche Beziehung. Das hatte ihn völlig fertiggemacht. Hat eine Weile gedauert, bis er sich wieder gefangen hat. Dirk hat dann eine Lehre zum Kfz-Mechaniker gemacht und ein paar Jahre in einer Werkstatt in Wolfenbüttel gearbeitet und dann den Meister gemacht. Dann hat er sich selbstständig gemacht, er hat einen kleinen Betrieb in der Stobenstraße.«

Das wusste Helmut alles schon. Es wurde Zeit, das Thema zu wechseln: »Wie gut kannten Sie eigentlich die Toten, beispielsweise Hanno?«

»Mit Hanno hatte ich eher wenig zu tun. Der war mehr so der schweigsame Typ. Ich weiß bestimmt wesentlich mehr über ihn, als er je über mich gewusst hat. Es gibt da diese Anekdote – ich frage noch mal: Interessiert Sie das wirklich? Diese Geschichten aus der Schule?«

»Erzählen Sie ruhig. Je mehr wir über die Toten wissen, desto besser.«

»Nun, zunächst muss man wissen, dass Hanno unheimlich kräftig war. Und dann passierte da diese Sache im Sportunterricht.«

Dieckmann erzählte dann die Anekdote, die sie schon von

Jonas gehört hatten. Hanno hatte den Sportlehrer mit einem Handball k. o. geworfen.

»Hatte das keine Konsequenzen für Hanno?« Das wussten sie noch nicht.

»Ich kenne die Story auch nur vom Hörensagen. Angeblich hat der Sportlehrer alle Schüler aus der Halle geschickt, um allein mit Hanno zu reden. Hanno hat nie erzählt, was der Lehrer gesagt hat. Jedenfalls gab es keine Bestrafung, keinen Verweis. Er wurde später auch nicht bestraft, als er im Klassenzimmer den Lautsprecher von der Wand gerissen hat.«

»Man konnte sich damals offenbar allerhand an Ihrer Schule erlauben?« Diesen kleinen Scherz wollte sich Helmut nicht verkneifen.

»Weiß ich nicht.« Dieckmann hatte den Witz offenbar nicht verstanden. Er sah etwas betreten drein. »Bei der Sache mit dem Lautsprecher muss man dazusagen, dass Hanno ihn auf Wunsch des Lehrers zerstört hat. Den hatte es genervt, dass ständig irgendwelche Durchsagen über den Lautsprecher kamen.«

»Und wie war Ihr Verhältnis zu Ellen?« Helmut hätte gern noch mehr Anekdoten über Hanno gehört, aber Jonas war ihm zuvorgekommen.

»Puh! Ellen war in der Mittelstufe nicht in meiner Klasse, und in der Oberstufe hatten wir nur zwei Grundkurse gemeinsam. Unser Verhältnis war okay, aber nicht gerade eng.«

»Kommen wir zu Felix Conradi.« Helmut wollte die Liste chronologisch abarbeiten.

»Felix würde ich als guten Bekannten bezeichnen. Er war genau wie ich mit Dirk befreundet. Allein dadurch haben wir uns recht oft gesehen.«

»Er war aber nicht Ihr Notar.« Helmut wählte bewusst die Aussage- und nicht die Frageform.

»Huch, wie kommen Sie jetzt darauf?«

Helmut erklärte, dass die Kripo Bochum von Dieckmanns Frau erfahren hatte, dass er letzten Freitag bei einem Wolfenbütteler Notar gewesen ist.

»Ach so. Das stimmt. Aber diese Erbschaftsangelegenheit, um die es hier geht, die wurde von Verwandten angestoßen, die schon länger bei einem anderen Notar sind.«

»Würden Sie Ihr Verhältnis zu Mario Lopez als freundschaftlich beschreiben?«, fragte Jonas.

»Ja, das würde ich.«

»Und Barbara Wiechert?«

»Nicht so eng. Vielleicht, wenn Mario und Barbara offiziell ein Paar gewesen wären? Aber das war nicht drin, wie Sie bestimmt wissen.«

»Aber immerhin haben Sie Wiechert prompt angerufen, als Sie von Lopez' Tod erfahren haben.«

Dieckmann sah Jonas an. »Ich fand, ich war ihr irgendwie schuldig, dass sie das von mir erfährt und nicht von der Polizei. Ich hatte nach dem Telefonat auch nicht den Eindruck, dass sie sich was antun will. Sie hat sich bei mir bedankt und gesagt, dass sie für Mario beten will.«

»Bleibt noch Susanne Ferber.« Es war an der Zeit, den letzten Trumpf auszuspielen, dachte Helmut.

»Haben wir das nicht schon zu Beginn erörtert?« Dieckmann schielte auffällig auf seine leere Tasse. Vielleicht bereute er mittlerweile, keinen zweiten Kaffee genommen zu haben.

»Ich habe das Gefühl, dass Sie mir da noch nicht alles erzählt haben.« Helmut füllte Dieckmanns Tasse mit frischem Kaffee.

»Ist das denn tatsächlich auch im richtigen Leben so, dass Polizisten Gefühle und Intuitionen haben?«

»Ich habe manchmal welche. Manchmal habe ich auch einen kleinen Merkzettel. Den haben wir in Frau Ferbers Handtasche gefunden.« Helmut zeigte Dieckmann den Notizzettel. »Jakob nachher wegen Dirk fragen«, stand darauf.

»Ja, und? Was meinen Sie, was das bedeuten soll?« Dieckmann sah von Helmut zu Jonas.

Helmut half ihm auf die Sprünge. »Dass Frau Ferber sich an dem Tag, als sie tödlich verunglückt ist, noch mit Ihnen treffen wollte.«

»Aber der Zettel kann doch schon seit Monaten in der Handtasche gelegen haben. Vielleicht ging es um ein Telefonat. Wir wollten uns jedenfalls am Freitag nicht treffen.«

»Herr Dieckmann!« Helmut zwang sich dazu, etwas lauter zu werden. »Das glauben Sie doch selbst nicht. Wir haben die Handtasche gründlich durchsucht. Da ist nichts drin, was nicht tagesaktuell wäre. Und Sie sind am Freitag in Wolfenbüttel gewesen. Dieser Notartermin. Wir haben uns übrigens erlaubt, all Ihre Notartermine zu überprüfen.«

»Verdächtigen Sie mich etwa?« Dieckmann war empört.

Das war gut. Er würde nun etwas weniger gelassen und vorsichtig sein.

Jonas übernahm. »Sie wohnen 300 Kilometer entfernt von Wolfenbüttel, Sie sind zuletzt aber häufig hier gewesen. Klar, die Termine beim Notar. Andererseits waren Sie kurz vor Ackermanns Tod in Wolfenbüttel. Sie waren an den Todestagen von Conradi und Ferber in Wolfenbüttel. Sie haben Lopez als Letzter lebend gesehen. Und Sie wohnen nur eine knappe Autostunde entfernt von Wiechert.«

Dieckmann biss sich auf die Lippen. »Mag sein, dass ich nicht weit entfernt von Münster wohne. Aber kurz nachdem ich mit Barbara telefoniert habe, sind meine Kinder nach Hause gekommen, und ich habe mich den ganzen Nachmittag um sie gekümmert. Da kann ich wohl schlecht mal eben nach Münster gefahren sein, um Barbara beim Selbstmord zu helfen. Sie haben außerdem Ellen vergessen, wenn Sie schon alle Toten aufzählen. Als Ellen gestorben ist, war ich in Bochum. Auch dafür gibt es Zeugen. Meine komplette Familie.«

Helmut winkte ab. »Gegebenenfalls werden wir das überprüfen. Jetzt interessiert mich nur Ihr geplantes Treffen mit
Frau Ferber. Wo sollte das denn stattfinden?«

Dieckmann schüttelte den Kopf. »Außerdem dachte ich,
das mit Hanno und Felix seien Unfälle gewesen.«

»Das dachten wir auch zunächst«, sagte Helmut. »Jetzt
sind wir uns da nicht mehr so sicher. Es wäre mir dennoch
lieber, Sie würden meine Frage beantworten: Wo sollte Ihr
Treffen stattfinden?«

Dieckmann gab auf. »In Hornburg. Da gibt es ein Freizeithaus. Unsere Theater-AG, also die der Schule, hat sich
dort vor den Premieren zum Proben getroffen. Susanne und
ich, wir waren damals in der Theater-AG. Und dieses Freizeithaus hat eine gewisse Bedeutung für uns.«

»Eine romantische?«, fragte Jonas.

»Wenn Sie so wollen!«

»Damals? Trotz Kusmann?« Helmut konnte sich das Grinsen nicht verkneifen.

»Ja, das eine Mal«, gab Dieckmann zu.

»Und Ihr geplantes Treffen am Freitag, hatte das auch eine
romantische Bedeutung?«

»Kann das erst mal unter uns bleiben?«

»Kommt darauf an. Versprechen können wir nichts.«

Dieckmann schloss die Augen. »Ja, hätte es gehabt. Seit
Weihnachten haben wir uns ein paar Mal getroffen, immer
wenn ich Termine beim Notar hatte.«

»Wo genau haben Sie sich getroffen?«

»In Hotels.« Dieckmann wirkte zerknirscht.

»Verstehe. Und was ist mit Kusmann? Und mit Ihrer Familie?«

»So weit waren wir noch nicht, uns darüber Gedanken zu
machen, Herr Jordan.«

»Hm.« Helmut sah auf die Uhr. Sie saßen nun seit anderthalb Stunden zusammen. Sie hatten eine Menge über den Jahrgang 1989 erfahren. Dieckmann hatte sich bis eben als kooperativ und gesprächig erwiesen. Und er war Helmut durchaus sympathisch. Mal abgesehen davon, dass er als Familienvater eine Affäre mit einer ebenfalls verheirateten Frau begonnen hatte.

»Ich kann es Ihnen nicht besser erklären.« Dieckmann atmete hörbar ein und aus. »Aber jetzt mal ehrlich. Was glauben Sie denn nun, ist Hanno, Felix und den anderen zugestoßen? Stimmt das denn, was die Zeitungen schreiben: dass es einen Serienmörder gibt? Ihre Fragen an mich vorhin, die zielten ja auch in diese Richtung, oder?«

Helmut sah keinen Grund, nicht wenigstens ein paar Informationen preiszugeben. »Wir dürfen nichts ausschließen. Weder eine unfassbare Reihe von Zufällen noch eine Mordserie. Mit Morden, die auf den ersten und zweiten Blick wie Unfälle oder Selbstmorde aussehen sollen. Für diese Morde müsste es aber ein Motiv geben. Auch aus diesem Grund sprechen wir gerade mit Ihnen, Herr Dieckmann. Lassen Sie uns also noch einmal auf die Toten zurückkommen. Fällt Ihnen irgendetwas ein, was sie miteinander verbindet? Irgendetwas aus Schulzeiten? Oder auch aus der Zeit danach?«

Dieckmann trank einen Schluck Kaffee. »Alle sechs, das geht gar nicht. Die Frauen hatten nichts miteinander zu tun. Susanne hat Ellen nie gemocht. Zu Barbara hatte sie ein gutes Verhältnis, aber kein enges. Susanne war die Einzige der Frauen, die überhaupt Freundschaften innerhalb des Jahrgangs geschlossen hatte. Barbara war eine Einzelgängerin. Ellen hat nur an sich gedacht. Auch die toten Männer verbindet nichts. Nichts, von dem ich wüsste. Es gab nur die Beziehung von Mario und Barbara. Und es gab die Freundschaft zwischen Susanne und Felix, und Felix war darüber hinaus Susannes Anwalt.«

So schnell wollte Helmut nicht aufgeben. »Also gut, wenn

es keine Verbindung zwischen den Toten gibt, bliebe noch die Frage, was die sechs haben, jeder für sich, dass ein Mörder gerade sie umbringen will? Sie und keinen anderen Ihres Abiturjahrgangs?«

»Na ja, Mario war in unserem Jahrgang der Einzige mit dunkler Hautfarbe. Der einzige Südamerikaner. Auf dem Schloss gab es zu dieser Zeit kaum Schüler mit ausländischen Wurzeln. Ellen war sehr attraktiv. Die anderen, puh. Klar, Felix war der Jahrgangsbeste.«

Helmut nickte. »Das ist vielleicht schon ein Muster. Der einzige Ausländer. Eine sehr hübsche Person. Der Beste. Und Susanne Ferber?«

»Ebenfalls sehr hübsch. Auch ziemlich intelligent. Sehr bekannt in Wolfenbüttel. Wegen ›Waldläufer‹, klar. Und natürlich wohlhabend.«

»Sehen Sie«, rief Helmut. »Es sind durchaus hervorstechende Eigenschaften zu finden. Was ist mit Hanno? Der einzige Bauernsohn? Der Einzige vom Land?«

»Nein, das trifft beides nicht zu.«

»Was sonst? Diese Geschichten mit dem Sportlehrer und dem Lautsprecher?«

»Ja klar, aber was ist daran eine hervorstechende Eigenschaft?«

»Hm. Und Wiechert?« Helmut wollte einen Schluck Kaffee trinken, seinen ersten. Aber mittlerweile war der Kaffee eiskalt. Helmut gab es nach einem kleinen Schluck auf.

»Durchschnittlich in der Schule. Eher unscheinbar, würde ich sagen.«

»Aber bei vier Opfern haben wir im Handumdrehen bemerkenswerte Eigenschaften herausgefunden. Immerhin. Und vielleicht fällt Ihnen bei den anderen beiden auch noch etwas ein.« Der kalte Kaffee hatte einen bitteren Nachgeschmack. Helmut verzog das Gesicht.

Dieckmann blickte ihn irritiert an. »Aber hilft Ihnen das denn weiter?«

»Zunächst einmal nicht«, musste Helmut zugeben. Vielleicht würden aber diese Informationen Falk Koslowski helfen. Der Fallanalytiker musste rasch das Vernehmungsprotokoll bekommen.

Doch zuvor hatte Jonas noch eine Frage: »Was wird eigentlich aus dem Treffen zum 25-jährigen Jubiläum?«

»Das werde ich absagen.«

Jonas nickte.

»Und wie geht es jetzt weiter? Für mich, meine ich.« Wieder blickte Dieckmann zunächst Helmut an und danach Jonas.

»Sie können gehen«, antwortete Helmut. »Aber es kann jederzeit passieren, dass wir noch mal mit Ihnen sprechen müssen. Oder die Kollegen in Bochum. Wissen Sie schon, wann Sie das nächste Mal in Wolfenbüttel sein werden?«

»Zu Susannes Beerdigung am Freitag. Lohnt sich für mich kaum, nach Bochum zu fahren. Aber ich habe dort zu tun. Und ich muss mich auch an zwei Tagen um die Kinder kümmern, wenn meine Frau arbeitet.«

»Sie gehen an diesen Tagen nicht arbeiten?« Helmut hatte sich niemals um Nils und Matthias kümmern müssen.

»Ich arbeite dann zu Hause. Ich bin freier Journalist. Entweder bin ich unterwegs, um zu recherchieren. Oder ich sitze zu Hause am Rechner.«

»Kommt man so über die Runden?«, fragte Jonas.

»Für Freie sah es schon mal besser aus. Früher konnte man sich die Tageszeitung, für die man schreiben wollte, fast aussuchen. Aber alle Zeitungen sparen jetzt, und sie entlassen ihre festen Schreiber. So werden die festen zu freien Schreibern. Und unsereins hat mehr Konkurrenz.«

»War das bei Ihnen auch so, dass Sie früher fest angestellt waren?«

»Ja, aber nur ganz zu Anfang. Ich bin allerdings freiwillig in die Selbstständigkeit gewechselt. Ende der 90er.«

»Bereuen Sie diesen Schritt?«

Das klang fast so, als interessierte sich Jonas für einen Berufswechsel. Hoffentlich nicht, dachte Helmut.

»Was heißt bereuen? Vielleicht hätte es auch mich längst erwischt, dass ich zwangsweise ein Freier werde. Damals konnte ich mir das immerhin noch selbst aussuchen. Und hatte bessere Startbedingungen.«

Bevor Jonas weitere Fragen zum Journalismus stellen konnte, drückte Helmut demonstrativ auf die Stopptaste des Aufnahmegerätes.

Jonas sah ihn fragend an.

Helmut schüttelte unauffällig den Kopf.

Jonas zuckte mit den Schultern.

Kurz darauf, nachdem sie Dieckmann verabschiedet hatten, fragte Helmut: »Möchtest du in den Journalismus wechseln oder warum fragst du Dieckmann nach seiner Arbeit aus?«

»Ich bleibe bei euch. Ich wollte nur ausloten, wie er beruflich so dasteht. Du erinnerst dich, ich wollte noch mal in meinen Tony-Hill-Büchern stöbern, dieser Profiler. Da gibt es einen Fall, wo ein Psychopath mehrere Menschen vergiftet. Die sind alle auf seine Schule gegangen, wenn auch nicht in seinen Jahrgang. Und alle haben etwas vollbracht, was eigentlich er vollbringen wollte. Und hier haben wir diesen Dieckmann, der sich gerade so durchschlägt, und daneben haben wir all diese Leute, die es irgendwie geschafft haben, Conradi, Ferber und so.«

»Mag sein, Jonas. Da gibt es vielleicht Parallelen. Mir scheint es aber für Dieckmann, von Bochum aus, etwas zu kompliziert zu sein, die Morde in Wolfenbüttel zu planen und durchzuführen. Falls es Morde sind.«

»Stimmt auch wieder! Was nehmen wir sonst aus diesem Gespräch mit?«

»Einiges. Und wir können Koslowski noch eine ganze Menge Stoff liefern. Sorgst du dafür, dass die Vernehmung so schnell wie möglich niedergeschrieben und an ihn geschickt wird?«

Jonas nickte. Er nahm das Aufnahmegerät und verließ das Büro.

Helmut sah ihm nach. Das Gespräch mit Dieckmann hatte ihn an ein Vorhaben erinnert, das er am Wochenende gefasst hatte. Heute würde er es nicht mehr in Angriff nehmen. Aber spätestens übermorgen. Zuvor müsste Lisa ihm noch bei einer Recherche im Internet helfen.

KAPITEL 20

»Oh, der Mann, der Liberty Valance erschoss.«

Helmut blickte sich um. Aber da war niemand, der sonst hätte gemeint sein können. Es war früher Mittwochabend, etwa 17.30 Uhr, und noch hell. Mittlerweile war Ende Januar.

Helmut hatte nach der Arbeit sein Auto nach Hause gebracht und war sofort wieder losgegangen. Ein paar Minuten durch die Kälte, das konnte nicht schaden. Noch immer lag Schnee, aber seit dem Wochenende war kein neuer hinzugekommen.

Jetzt stand Helmut vor dem Geschäft namens »Militaria Winnigstedt«. Mit Lisas Hilfe hatte er sich am Nachmittag über den Laden informiert. Er besaß einen eignen Auftritt im Internet. Im Impressum hatte gestanden, von wem das Geschäft betrieben wurde.

Einer der beiden Verantwortlichen war Bernd Rethmann. Direkt nach der Wende war Rethmann Skinhead geworden und hatte mit seinen Kumpanen, die zum Teil aus Orten jenseits der gefallenen Grenze stammten, im Dorf für Unruhe gesorgt. Angeblich hatte sich Rethmann später von der rechten Szene losgesagt. Er galt jetzt als unpolitisch und unproblematisch. Er hatte geheiratet und ein Haus in dem kleinen Neubaugebiet am Grandberg gebaut. Wie so viele aus dem Dorf arbeitete er bei VW. Den Militaria-Laden betrieb er nur nebenbei. Diese Zusatzinformation verdankte Helmut allerdings nicht dem Internet, sondern einem kurzen Anruf bei Kurtchen Ebert.

Der andere Mann hinter dem Geschäft hieß Steffen Gärtner. Gärtner war bis 1989 Leutnant bei der NVA gewesen. Er wohnte erst seit ein paar Jahren im Dorf. Beide Informationen stammten ebenfalls von Kurtchen.

Steffen Gärtner war ganz offensichtlich der Mann, der Helmut angesprochen hatte. Bernd Rethmann hätte Helmut erkannt.

Der Mann stand in der offenen Tür des Ladens und rauchte. Mit seinen knapp zwei Metern und seinem breiten Kreuz füllte er die Tür vollkommen aus. An einen feschen NVA-Leutnant erinnerte nichts mehr. Steffen Gärtner (wenn er es tatsächlich war) hatte lockige schwarze Haare, die ihm über die Schulter fielen. Sein Mund wurde von einem dünnen schwarzen Bart umrahmt, der wie mit dem Lineal gezogen wirkte. In seiner Nase steckte ein kleiner Ring. Der Ring in seinem rechten Ohr war wesentlich größer und auffälliger. Zu sehen war er allerdings nur, wenn sich Gärtner die Haare nach hinten strich, was nicht so oft geschah. Steffen Gärtner war nicht der Typ, der ständig in seinen Haaren herumfummelte.

Trotz der Kälte trug Gärtner nur ein schwarzes T-Shirt mit einer Jeansweste darüber. Auf der Weste waren verschiedene Aufnäher, die Helmut nicht kannte. Es schien aber nichts Politisches dabei zu sein. Wenn doch, dann erkannte Helmut die Botschaft dahinter nicht.

Gärtner musterte Helmut mit wachen, dunklen, fast schwarzen Augen. Er schnippte seine Zigarette weg.

»Ich verstehe nicht, was Sie meinen«, sagte Helmut. Er hatte die Hände tief in den Taschen seiner Jacke vergraben.

»Wohl kein Cineast, was?«

Vom Gehweg führte eine dreistufige Treppe zum Eingang des Ladens. Gärtner überragte Helmut dadurch um fast einen Meter.

»Doch, durchaus.« Helmut musste seinen Kopf in den Nacken legen, um Gärtners Gesicht zu erkennen. »Und ich kenne auch diesen Film. Ich weiß nur nicht, was das mit mir zu tun hat.«

»Sie sind doch Kriminalhauptkommissar Helmut Jordan?« Gärtner hatte die Arme vor der Brust verschränkt.

»Ja, der bin ich.« Helmut war überrascht, dass dieser Mann seinen Namen kannte.

Gärtner nickte. »Sie sind also der Mann, der Liberty Valance erschoss. Beziehungsweise der Mann, der Gregor Pahlke niedergestreckt hat.«

»Aber ich habe Gregor nicht niedergestreckt.« Helmut wurde immer verwirrter.

»Sehen Sie, Herr Kriminalhauptkommissar. Da haben wir es doch, die Lösung! Durchs Dorf wabert die Geschichte, dass Sie letzten Samstag Gregor krankenhausreif geprügelt haben. Für die Leute im Dorf sind Sie also der Mann, der Gregor niedergestreckt hat. Sie haben also sozusagen die Rolle von James Stewart. Wie in dem Film. Aber lassen wir das …«

»Einen Moment bitte, Herr …«

»Gärtner. Steffen Gärtner.«

»Also Herr Gärtner, wer erzählt denn dieses Märchen, ich hätte Gregor krankenhausreif geprügelt? Das würde mich schon interessieren.«

»Namen kann ich Ihnen leider nicht nennen, Herr Kriminalhauptkommissar. Ich denke, für die Verbreitung dieser Legende ist, wie so oft, eine gewisse Eigendynamik verantwortlich. Aber freuen Sie sich doch! Macht sich gut im Lebenslauf.« Gärtner stand noch immer stramm vor dem Eingang seines Geschäftes.

»Gut im Lebenslauf? Das denke ich nicht. Gregor liegt im künstlichen Koma im Krankenhaus. Und er ist beliebt im Dorf.«

»Beliebt? Das muss ein anderer Gregor Pahlke sein. Der, den ich kenne, ist nicht gerade sehr beliebt. Schiss haben alle vor ihm. Das ist alles. Selbst ich hätte kein Interesse, mich mit ihm anzulegen. Und, sehen Sie mich an, Herr Kriminalhauptkommissar: Sehe ich wie ein Schisser aus?« Gärtner streckte sein Kinn um ein paar Millimeter nach vorn.

Helmut hatte Gärtner allerdings schon zur Genüge bewundert, er fragte nur: »Können wir vielleicht reingehen?«

»Klar, kommen Sie.« Gärtner drehte sich um und ging hinein.

Das Geschäft war höchstens 30 Quadratmeter groß. Links war ein kleiner Tresen mit einer gläsernen Auslage und einem Apothekerschrank dahinter. In der Vitrine erkannte Helmut Abzeichen und Orden. Links in der Ecke stand eine Schaufensterpuppe, die eine NVA-Uniform trug. Landstreitkräfte, soweit Helmut es beurteilen konnte. Ihr gegenüber stand eine weitere Schaufensterpuppe. Sie trug eine Uniform der Roten Armee. Waffengattung unbekannt. Ansonsten gab es noch ein paar Regale mit T-Shirts und Hemden oder mit Helmen und Schirmmützen sowie zwei Ständer. An einem Ständer hingen Jacken und Mäntel. Am anderen Ständer hingen ausschließlich Hosen. Jacken und Hosen hingen auch im Schaufenster, das ansonsten mit Rucksäcken, Kompassen, Mützen, Helmen, Schulterstücken, Kragenspiegeln, Ärmelabzeichen und Orden drapiert war. Unter dem Schaufenster standen Bergschuhe und Knobelbecher. Die Knobelbecher waren schwarz und glänzend. Parat für die Parade, sozusagen.

»Sehen Sie sich ruhig um«, sagte Gärtner. »Suchen Sie etwas Bestimmtes?«

»Ich bin eigentlich gar nicht auf der Suche nach Militaria.«

»War auch nur ein Scherz, Herr Kriminalhauptkommissar. Ich nehme mal an, Sie sind wegen Gregor und Tobias Ackermann hier. Also wegen dem jungen Mann, der in Wirklichkeit Liberty Valance erschossen hat.«

»Woher wissen Sie das alles, Herr Gärtner? Auch meinen Namen?«

Gärtner stand hinter dem Tresen, er lehnte sich an den Apothekerschrank. Die Arme hatte er noch immer vor der Brust verschränkt. »Wenn ich mich als Geschäftsmann in so einem kleinen Dorf niederlasse, will ich natürlich wissen, worauf ich mich einlasse und mit wem ich es zu tun haben könnte. Und wenn da ein Kriminalkommissar unter den Bewohnern ist, will ich natürlich erst recht Bescheid wissen. Ich selbst komme ja nicht von hier, sondern von drüben, wie ihr es hier immer noch so gern nennt. Aber mein Kompagnon, Bernd Rethmann, der ist ein waschechter Winnigstedter. Kennen Sie ihn?«

Helmut nickte. So langsam sollte er versuchen, das Gespräch in den Griff zu bekommen. Bislang war es Gärtner, der Ton und Rhythmus bestimmte. Irgendwie ein interessanter Typ, musste Helmut fast gegen seinen Willen zugeben. Die DDR-Armeevergangenheit und die Militaria-Gegenwart in Kombination mit seinem Rocker-Outfit waren eigentlich eindeutige Argumente, diesen Mann nicht zu mögen. Helmut war alles Militärische zuwider. Er hasste es auch, seine Dienstwaffe tragen zu müssen. Noch mehr verabscheute er es, damit auf Menschen schießen zu müssen. Ein paar Mal war es nicht anders gegangen. Da hatte er abdrücken müssen. Einmal waren die Schüsse tödlich gewesen. In einer absoluten Notwehrsituation. Der Libanese mit dem Baseballschläger.

Aber Gärtner hatte etwas an sich, das so überhaupt nicht zu seiner Vergangenheit und seinem Äußeren passen wollte. Charme und Witz – und auch Ehrlichkeit. Zumindest auf den ersten Blick. Es blieb abzuwarten, ob all das auch einem zweiten oder dritten Blick standhalten würde. Falls es überhaupt nötig war, sich so intensiv mit Gärtner zu beschäftigen.

Gärtner hatte mittlerweile einen Tabaksbeutel hervorgeholt und drehte sich in Seelenruhe eine Zigarette. »Sehen Sie! Und Bernd kennt Sie natürlich auch. Er weiß eine Menge über Sie. Aber Sie wollten ja nach Gregor und Tobias fragen. Also, ich habe gesehen, wie Tobias einige Male hinter Gregor her spionierte, wenn Gregor in mein Geschäft gekommen ist. Dann taucht der Junge auf einmal hier im Laden auf und will eine Knarre kaufen. Verrückt. Ich habe ihn natürlich rausgeschmissen. Und nun zieht Tobias Gregor einen Stein über die Rübe. Da muss ich nur eins und eins zusammenzählen, wenn kurz darauf die Kripo in meinem Geschäft auftaucht. Stört es Sie, wenn ich rauche?«

Helmut schüttelte den Kopf, und Gärtner steckte sich eine Zigarette an.

»Was wollte denn Gregor hier kaufen? Militaria, das ist schon klar. Aber war es etwas Bestimmtes?«, fragte Helmut.

Obwohl Gärtner darauf achtete, den Rauch von Helmut wegzupusten, stieg Helmut Qualm in die Nase. Den Rauch von Selbstgedrehten hatte er immer als sehr unangenehm empfunden.

»Gregor ist ein Sammler. Er sammelt alle Arten von Militaria. Wirklich alles.« Bei jedem zweiten Zug blies Gärtner den Rauch durch die Nase aus. Das hatte Helmut seit ewigen Zeiten nicht gesehen. Selbst Heini rauchte nicht auf diese Weise.

»Also nicht nur NVA und Rote Armee?«

»Nein, nicht nur. Ich würde mal sagen, Gregor sammelt alles, was nach 1900 produziert wurde. Quer durch die Länder. Quer durch die Kontinente. Der muss bei sich zu Hause alles voll stehen haben mit dem Zeug. Der hat bestimmt mehr Militaria, als ich hier habe. Ich habe seine Sammlung leider noch nicht gesehen. Ich glaub, Gregor ist kein großer Gastgeber vor dem Herrn.« Gärtner aschte auf den Fußboden.

»Wenn Sie sagen, Gregor sammelt so ziemlich alles, was nach 1900 produziert wurde, heißt das dann, dass auch ...«

»Nazikrams dabei ist? Aber sicher. SS, SA, SD, Waffen-SS, Gestapo, Wehrmacht. Die ganze Palette. Aber nicht, dass Sie denken, Gregor wäre ein Nazi oder ein Neonazi. Weit entfernt. Sie kennen ihn doch. Wenn der einen mit seinen kohlrabenschwarzen Augen fixiert, denkt man glatt, der hat Zigeunerblut in sich. Würde auch zu seinem Temperament passen. Nee, der Gregor ist kein Nazi, der ist noch nicht mal ansatzweise rechts, würde ich behaupten. Der will einfach nur sammeln.« Gärtner ließ seine Kippe fallen und trat sie aus.

»Und diese Naziartikel, kauft er die auch bei Ihnen?«

Gärtner hob in einer theatralischen Geste die Hände. »Um Himmels willen! Es ist doch verboten, mit so etwas zu handeln.«

»Ich denke, Sie wären nicht der erste Mensch, der etwas Verbotenes tut, Herr Gärtner. Aber egal, das interessiert mich im Moment nicht. Mich würde vielmehr interessieren, ob Sie auch Waffen verkaufen.«

»Ausschließlich Messer und Bajonette«, sagte Gärtner schnell. »Die liegen in diesem schönen Apothekerschrank hinter mir. Das ist auch nicht verboten. Haben Sie vielleicht an etwas Konkretes gedacht?«

»An Minen zum Beispiel.«

»Huch, Minen! Darunter machen Sie es wohl nicht, was? Aber ich muss Sie enttäuschen. Mit Minen kann ich nicht dienen.«

»Ich selbst will auch keine Mine kaufen, Herr Gärtner. Ich möchte aber gern wissen, ob schon mal jemand bei Ihnen gewesen ist, der nach einer Mine gefragt hat. Soweit ich weiß, waren Sie früher bei der NVA. Unter Umständen haben Sie noch gute Kontakte und können viele Produkte der NVA und der Roten Armee problemlos erwerben.«

»Das stimmt. Ich war zuletzt Leutnant bei der NVA. Dann kam die Wende, und ich durfte noch eine Weile in der Bundeswehr dienen. Ich hatte mir schließlich während meiner Zeit in der DDR-Armee nichts zuschulden kommen lassen. Es stimmt auch, dass ich noch immer gute Kontakte habe und an einige Dinge herankomme. Minen gehören jedoch nicht dazu. Eine Mine ist schon etwas anderes als eine alte Uniformjacke. Aber an wen dachten Sie denn, der hier bei mir danach gefragt haben könnte? Doch nicht Gregor?«

Helmut zuckte mit den Schultern.

»Hören Sie, Herr Kriminalhauptkommissar, Sie kennen doch Gregor. Der regelt alles mit den Fäusten. Der würde noch nicht einmal ein Messer benutzen, geschweige denn eine Mine. Sie denken doch wohl nicht …«

Aber Helmut ließ Gärtner nicht ausreden. Er wollte verhindern, dass er das Thema Hanno anschnitt. »Haben Sie mal von dieser Geschichte gehört, dass Jochen auf einem seiner Felder im ehemaligen Grenzstreifen eine alte Mine gefunden hat?«

Gärtner sah Helmut überrascht an. Helmut war sich sicher, dass diese Überraschung nicht gespielt war.

»Jochen? Eine alte Mine? Nein, davon weiß ich nichts. Wer hat das denn erzählt?«

»Das tut jetzt nichts zur Sache. Sind Sie sicher?«

»Vollkommen. Ich weiß nur von ein paar leeren Patronenhülsen, die er mal gefunden hat. Die hat er mir sogar gezeigt. Kann sein, dass er sie mir verkaufen wollte, auch wenn er nichts davon gesagt hat. Ich wäre aber ohnehin nicht daran interessiert gewesen. Wie gesagt, ich handele nicht mit Waffen. Was soll ich da mit leeren Patronenhülsen?«

Das deckte sich eins zu eins mit der Geschichte, die Jochen Helmut erzählt hatte. Also doch nur ein paar Patronenhülsen. Helmut startete einen weiteren Versuch: »Ich frage mal so. Falls Sie eines Tages doch mit Waffen handeln möchten, wüssten Sie dann, an wen Sie sich wenden müssten, um welche zu bekommen?«

»Sie stellen vielleicht Fragen. Und so viele Konjunktive! Klar, ich wüsste schon die eine oder andere Adresse. Es ist aber mittlerweile schwierig, an Material aus der Zeit des Kalten Krieges zu kommen. Darum hätte man sich vor 15 oder 20 Jahren kümmern müssen. Da gab es einen Schwarzmarkt an der Rennstrecke in Oschersleben.«

»Hätte man da auch Minen bekommen?«

»Sie immer mit Ihren Minen. Ich denke, Sie sind da einer Sache auf der Spur, die mit Hannos Unfall zu tun hat. Das würde auch das Verhalten von Tobias erklären. Denkt der Junge etwa, Gregor hätte bei mir eine Mine bestellt, die er dann auf Hannos Feld versteckt hat?«

»Können Sie bitte mir das Fragen überlassen? Was würden Sie denn sagen: Hätte man auf diesem Schwarzmarkt in Oschersleben Minen bekommen können?«

»Wenn Sie Minen meinen, die die DDR an der Grenze eingesetzt hat, dann gilt meine Antwort von eben noch. Vor 15 Jahren wäre das vielleicht nicht unmöglich gewesen. Man musste nur an einen besonders skrupellosen Rotarmisten geraten. Die haben ja angeblich sogar waffenfähiges Plutonium verkauft. Ich sage Ihnen was, Herr Kriminalhauptkommissar. Mir gefällt es ganz und gar nicht, dass Tobias das denkt. Mit so etwas wie Minen habe ich nichts zu tun und will ich auch nichts zu tun haben.« Gärtner stieß sich geschickt mit der Schulter vom Apothekenschrank ab und lehnte sich leicht über den Tresen; er flüsterte jetzt fast. »Ich habe zufällig gehört, dass jemand aus dem Dorf vor ungefähr 15 Jahren Stammkunde auf dem Schwarzmarkt in Oschersleben gewesen ist. Es war aber nicht Gregor. Mehr sage ich nicht. Von Gregor habe ich diese Geschichte allerdings gehört. Er hat mir den Namen des Stammkunden aber nicht verraten. Obwohl auch so schon klar wurde, wer dafür alles infrage kommen würde.«

»Jochen?«

»Um Gottes willen! Jochen ist fast mein Nachbar, dem würde ich niemals etwas Schlechtes nachsagen.«

Das stimmte, Jochens Hof lag keine 100 Meter entfernt von Gärtners Geschäft.

»Wer war es dann?«

»Sehe ich aus wie ein Singvogel, Herr Kriminalhauptkommissar?«

»Ich könnte Sie auch vorladen, Herr Gärtner.«

»Das mag sein. Aber bis dahin habe ich absolut alles vergessen. Sogar, dass es hier im Dorf bestimmt ein paar Typen gibt, die sich besonders für Rennstrecken und Autos interessieren, und die gut Bescheid wissen, was sich im Umfeld dieser Rennstrecken so tut. Das muss jetzt aber wirklich reichen.« Steffen Gärtner musterte Helmut mit seinen wachen Augen. »Und Sie möchten wirklich nichts kaufen? Ein schöner Orden vielleicht? Kann sein, dass Erich Honecker ihn höchstpersönlich verliehen hat.«

»Auch dann nicht«, antwortete Helmut lächelnd. »Eine Frage noch, Herr Gärtner. Halten Sie es für möglich, dass damals auf diesem Schwarzmarkt auch US-Minen verkauft wurden?«

»US-Minen? Jetzt machen Sie mich aber wirklich neugierig. Sagen Sie nicht, die Mine auf Hannos Feld stammte aus den USA!«

»Und falls doch, hätte man sie damals in Oschersleben kaufen können?«

»Ich glaube, damals war beinahe alles möglich. Welcher Typ denn?«

»Bitte?«

»Welcher Minentyp?«

»M 14.«

»So, so.« Steffen Gärtner zog die Augenbrauen hoch und lächelte.

»Aber erzählen Sie niemandem davon.« Helmut wollte gerade gehen, als ihm noch eine Frage einfiel: »Sie kennen nicht zufällig jemanden, der damals in Oschersleben als Verkäufer tätig war?«

Steffen Gärtner lachte laut. »Mann, Sie sind ja schlimmer als Columbo! Die wichtigste Frage stellen Sie im Gehen. Wenn Sie mir versprechen, dass Sie ihn nur als Zeugen brauchen, sage ich Ihnen einen Namen.«

»Das kann ich zusagen.«

»Nils Linkens. Ich habe aber keine Ahnung, wo der Kerl jetzt steckt. Da müssen Sie eventuell ein bisschen suchen.«

Helmut verabschiedete sich von Steffen Gärtner und trat hinaus in den kalten Januarabend. Mittlerweile war es dunkel geworden. Helmut ging schnell zurück zu seinem Haus.

Unterwegs traf er den Versicherungsvertreter Rolf Kramer samt Schäferhund Harry. Helmut nutzte die Gelegenheit und ließ sich von Rolf kurz auf den neuesten Stand bringen, was die Lebensversicherung von Hanno betraf.

Sobald eindeutig feststand, dass es sich um einen durch eine frühere DDR-Mine verursachten Unfall handelte, würde die Versicherung umgehend bezahlen, behauptete Rolf.

Zu Hause machte sich Helmut eine Flasche Bier auf. Eigentlich hätte er zunächst etwas essen müssen, aber er verspürte in diesem Moment keinen Hunger. Er musste nachdenken. Die Umschreibung von Gärtner, dass es im Dorf Typen gab, die sich für Autos interessierten und so weiter, das lief womöglich auf Kalle hinaus. Helmut wusste, dass Kalle regelmäßig am Nürburgring und am Hockenheimring gewesen war. Formel 1, DTM, Motorradrennen. Warum nicht auch Oschersleben?

Andererseits, was würde es bedeuten, wenn Kalle vor 15 Jahren eine Mine gekauft hatte? Was wollte er mit dieser Mine? Sie einfach nur haben? Hatte er 15 Jahre gewartet, um sie jetzt auf Hannos Feld zu vergraben? Falls ja, warum vergrub er sie am Rand des Ackers, wo sie im Normalfall nur geringen Schaden anrichtete? Und warum lud er kurz vor dem Unfall alle Einwohner von Mattierzoll zu einer Fahrt nach Wernigerode ein? Damit jemand anders in aller Ruhe die Mine auf Hannos Feld vergraben kann? Jochen? Gregor? Aber auch sie hätten die Mine nicht am äußersten Rand des Ackers vergraben.

Helmut musste unbedingt diesen Nils Linkens aufspüren.

Helmut hatte sein Bier schnell geleert. Doch bevor er die zweite Flasche öffnen würde, wollte er rasch ein paar Scheiben Brot essen.

KAPITEL 21

Am folgenden Tag herrschte schon am frühen Morgen hektisches Treiben in der Dienststelle. Alle Ermittler hatten es geschafft, um 7.30 Uhr dort zu sein. Sie hatten im Besprechungsraum den Tisch gedeckt, Kaffeetassen, Kaffeekannen, Zucker, Milch, Kekse, Wasserflaschen und Gläser.

Normalerweise nutzten sie diesen etwas zu groß und zu unpersönlich geratenen Raum nur selten, und nie, wenn sie nur zu viert waren. Aber heute bekamen sie Besuch von außerhalb. Für 9 Uhr hatte sich der Fallanalytiker Falk Koslowski angekündigt.

Schnell stand fest, dass Falk jemand war, der dem Team ernsthaft helfen wollte. Er war pünktlich gekommen und hatte seinen alten Kumpel David herzlich begrüßt. Aber auch Helmut, Lisa und Jonas gegenüber hatte er sofort ein freundschaftliches Verhalten an den Tag gelegt. Er bestand darauf, von allen geduzt zu werden.

Falks gesamte Erscheinung passte zu diesem lockeren Auftreten. Er war knapp 1,90 Meter groß, hatte breite Schultern und lange dunkelbraune Haare, die er zu einem Zopf gebunden hatte. Sein Teint war dunkel, fast südländisch, und er hatte einen Kinnbart. Sein Mund stand immer leicht offen und ließ gerade, weiße Zähne erkennen. Über einer auffälligen, möglicherweise mindestens einmal gebrochenen Nase, strahlten blaugraue Augen. Immer wenn er etwas lesen musste, setzte Falk eine Brille auf, die ansonsten an einem Lederband vor seiner Brust baumelte.

Insgesamt wirkte Falk wie eine Mischung aus Gemein-schaftskundelehrer und Pirat. Zum Piraten fehlte nur noch ein großer, glitzernder Ohrring. Zum Gemeinschaftskunde-lehrer fehlte vielleicht nur ein selbst gestrickter Rollkragen-pullover. Stattdessen trug Falk ein strahlend weißes Hemd mit auffälligen silbernen Knöpfen. Die obersten Knöpfe hatte er offen gelassen und zeigte seinen stark behaarten Brust-korb. Da die Hemdärmel hochgekrempelt waren, konnte man erkennen, dass Falks Arme ebenfalls stark behaart waren.

Falk hatte einen dicken Leitzordner mitgebracht. Er ent-hielt, wie sich später herausstellen sollte, nicht nur das Mate-rial, das die Ermittler ihm geschickt hatten, sondern auch eigene Erkenntnisse und Theorien.

Nach einer Runde Smalltalk, der ersten Tasse Kaffee und ein paar Keksen konnte es losgehen. Falk hatte sich erkun-digt, ob es für die anderen in Ordnung war, wenn er erst ein-mal eine Viertelstunde (»Vielleicht auch etwas länger«) ein-fach drauflos erzählen würde.

Alle waren damit einverstanden gewesen.

Lisa bot sich an, Protokoll zu führen.

Schließlich legte Falk los. »Erwartet bitte keine Wunder von mir. Ich hoffe aber, dass ich euch zumindest ein paar Hinweise geben kann. Vollständige Profile von Opfern und vor allem von Tätern kann ich allerdings nicht liefern. Also nichts mit Tony Hill, Jonas. Dein Hinweis ist jedoch inter-essant. Da gibt es tatsächlich gewisse Parallelen.

Fest steht: Euer Fall ist äußerst ungewöhnlich. Wenn es tatsächlich nur ein Fall ist. Lasst uns aber mal davon aus-gehen. Spätestens nach dem sechsten Opfer sollte das nicht mehr so abwegig sein. Dann hätten wir also einen Serientä-ter, der drei Unfälle inszeniert hat sowie zwei Selbstmorde und einen Raubüberfall. Puh!

Sehen wir uns mal kurz die Vorgehensweisen an, zunächst bei Hanno. Helmut weist darauf hin, dass die Stelle, an der die Mine lag, im Grunde genommen ungefährlich ist. Dass es nur Zufall war, dass Hanno dort entlangfuhr. Was aber heißt das? Wusste unser Täter nicht, dass die Mine an dieser Stelle falsch liegt? War er schlecht vorbereitet?

Dagegen spricht, dass er erhebliche Vorarbeit geleistet haben muss. Er hat herausgefunden, welche Felder Hanno gehören und dass Hanno dieses bestimmte Feld in absehbarer Zeit pflügen will.

Er kann das eigentlich nur von Hanno persönlich erfahren oder durch monatelanges Beobachten herausgefunden haben. Schließlich führt Hanno kein Online-Tagebuch über seine Landwirtschaft. Ich habe das vorsichtshalber recherchiert.

Und der Täter muss eine Mine besorgt haben. Das klingt alles eher nach einem guten Plan. Vielleicht war die Lage der Mine sogar fester Bestandteil dieses Plans, vielleicht hat der Täter Hanno mit irgendeinem Trick an diese Stelle gelockt?

Die Vorgehensweise bei Ellen unterscheidet sich in vielerlei Hinsicht von den anderen Taten. Nur in diesem Fall sucht der Täter die direkte Konfrontation mit dem Opfer. Überhaupt ist nur hier offensichtlich, dass es sich um eine Straftat handelt. Und es war garantiert längere Vorarbeit und Beobachtung nötig. Wann ist Ellen allein im Geschäft, an einem Tag, an dem sonst in der Umgebung nichts los ist?

Unklar ist noch, ob der Täter mit einem Motorrad vorgefahren ist oder ob diese vom Zeugen gehörte BMW nur zufällig gerade dort herumfuhr und der Täter zu Fuß gekommen ist. In jedem Fall hat er sich das Geld aus der Kasse geschnappt, um einen Raubüberfall vorzutäuschen.

Felix' Unfall ist perfekt inszeniert. Allein die Vorbereitung! Der Täter muss gewusst haben, dass der Anwalt diesen Weg zum Joggen benutzt, an diesem Tag, um diese Uhrzeit. Und er muss sich sicher gewesen sein, dass außer ihm und Felix um diese Zeit niemand im Wald sein würde.

Ich habe mir die Stelle angesehen. Hübsch abgelegen. Wer dort joggt, muss unter diesem Baum herlaufen. Ich habe in der Nähe mehrere Bäume gefunden, an denen große Äste lose baumeln. Ein kräftiger Ruck würde wohl reichen, sie zum Fallen zu bringen. Irgendwie muss ja auch unser Täter den Ast im richtigen Moment zum Fallen gebracht haben. Durch Stoßen oder Ziehen. Vorher bringt er sein Opfer mit einem über den Weg gespannten Draht zu Fall. Wie gesagt, perfekt vorbereitet und durchgeführt. Keine verwertbare Spur im Wald! Nur der Kratzer an Felix' Bein und die zweite Bruchstelle am Schädel.

Bei Mario war eine längere Vorbereitung eventuell gar nicht erforderlich. Vielleicht hat der Täter spontan die Situation genutzt und Mario vor die Bahn gestoßen. Dazu muss er in Bochum gewesen sein. Er musste auch wissen, dass Mario diese S-Bahn benutzen will. Er muss ihn also beschattet haben.

Wie die Inszenierung von Barbaras Selbstmord vor sich gegangen sein soll, ohne auch nur eine einzige Spur zu hinterlassen, kann ich nicht sagen. Ich vermute aber, dass das gar nicht nötig war. Die Briefe zeigen es eindeutig: Barbara hing so sehr an Mario, dass sie sich praktisch in dem Moment umbringt, als sie von seinem Tod erfährt, der ja unter Umständen auch ein Selbstmord war – zumindest könnte sie das annehmen. Vielleicht hat unser Täter genau diesen Dominoeffekt einkalkuliert und bewusst herbeigeführt. Zwei Fliegen mit einer Klappe!

Bleibt Susanne. Unser Mann manipuliert Bremse und Airbag, um dafür zu sorgen, dass Susanne tödlich verunglückt. Womöglich bedrängt er sie auf den Serpentinen, um die Fehlfunktion der Bremse zum passenden Zeitpunkt herbeizuführen. Natürlich bleiben auch hier Fragen: Wie kommt er an Susannes Auto heran? Woher weiß er, dass sie an diesem Freitag nach Jerxheim fährt?

Darüber sollten wir nachher diskutieren. Ebenso darüber, ob es überhaupt sein kann, dass ein Mörder so viele verschiedene Tötungsarten wählt.

Kommen wir aber zunächst zu den sechs Opfern. Ich habe sie mir mal genau betrachtet. Dabei hat mir das lange Gespräch sehr geholfen, das Helmut und Jonas mit Jakob Dieckmann geführt haben.

Also, sie alle sind auffällige Persönlichkeiten. Hanno wirft den Sportlehrer mit einem Handball k. o., er wird gemeinhin als besonders kräftig beschrieben. Ich möchte daraus gern folgern, dass Hanno der Stärkste des Jahrgangs war.

Das mag etwas komisch klingen, aber wir haben einen Superlativ. Und Superlative können wir auch für die anderen Opfer finden. Ellen scheint die Schönste des Jahrgangs gewesen zu sein und Felix der Schlaueste. Bei Susanne ist es sogar ganz einfach: Sie war die Reichste. Mario ist der Einzige mit ausländischen Wurzeln. Er wird als außerordentlich nett beschrieben. Er ist der Einzige, der Priester geworden ist. Der Ausländischste? Der Netteste? Oder mein bevorzugter Superlativ für Mario: der Heiligste des Jahrgangs. Zu Barbara finde ich in den Akten keinen Hinweis auf eine positiv besetzte Besonderheit. Um es aber nicht allzu kompliziert zu machen, und weil ich ohnehin davon ausgehe, dass sie sozusagen nur der Beifang war, habe ich mir für sie einen Behelfssuperlativ ausgedacht, der letztlich auf einer Bemerkung von Dieckmann fußt: Barbara war die Unscheinbarste des Jahrgangs.

Ich glaube, man muss kein Fachmann für Täterprofile sein, um daraus zu schließen, dass der Täter möglicherweise aus krankhaftem Neid oder Eifersucht heraus handelt. Er bringt diejenigen um, die etwas Besonderes darstellen. Er selbst – oder sie, was ich nicht vermute – wird eher nichts Besonderes sein.

Ein nächster Schritt wäre zu fragen, ob der Täter selbst ein 89er ist? Ich meine ja. Warum sollte ein Unbeteiligter die besonderen Menschen eines Abiturjahrgangs beneiden und deshalb töten wollen?

Kommen wir zur nächsten Frage: Warum gerade jetzt, so viele Jahre nach der Schulzeit? Immerhin steht das 25-Jährige an. Hier würde der Täter wieder auf all diese Besonderen treffen. Das will er verhindern, indem er sie umbringt. Dadurch verhindert er möglicherweise sogar das Treffen als solches. Dieckmann hat ja schon angedeutet, dass er das Treffen absagt.

Ich fasse mal zusammen: Wir haben sechs Tote, von denen wir, versuchsweise, annehmen wollten, dass sie alle vom selben Mörder umgebracht worden sind. Dann hätten wir einen akribisch geplanten, aber eventuell amateurhaft durchgeführten Anschlag mit einer Mine. Einen brutalen Raubüberfall. Einen perfekt ausgeführten Unfall im Wald. Einen spontanen Stoß vor eine S-Bahn, der automatisch einen Selbstmord provoziert. Und einen technisch ausgefeilt herbeigeführten Autounfall.

Ich glaube, so etwas hat es noch nicht gegeben, nirgendwo. Und wenn die Opfer nicht 1989 zusammen Abi gemacht hätten, würden wir nicht hier sitzen. Wir sitzen aber hier und müssen uns der Frage stellen: Ist das hier das berühmte erste Mal? Oder gibt es doch nicht nur diesen einen Täter, sondern einen verdammt großen Haufen an Zufällen?

Aber diese Frage möchte ich gern zur Diskussion stellen. Ich kann nämlich nicht mehr.« Falk ließ die Zunge aus dem Mund hängen. Ein paar Sekunden später hatte er ein großes Glas Wasser geleert.

Helmut übernahm. »Zunächst mal vielen Dank für deine Ausführungen. Ich bin beeindruckt. Und alles allein durch Aktenstudium!«

»An zwei Tatorten bin ich gewesen: im Wald und auf dem Feld.« Falk füllte erneut sein Glas mit Wasser.

»Das bringt uns enorm weiter. Deine Ausführungen zeigen auch, dass wir uns jetzt wirklich auf die Suche nach einem Serienmörder machen müssen, so wie es die Medien fordern. Ich habe bei Hanno eine andere Spur verfolgt, aber deine These klingt doch ziemlich plausibel. Ich weiß nicht, wie es euch geht.« Helmut sah seine Kollegen an.

Alle nickten heftig. Auch sie waren von Falks schnörkellos vorgetragener Analyse offenbar ein wenig euphorisiert.

»Echt stark, Falk, vor allem die Sache mit den Superlativen«, sagte David. »Ich sehe das ähnlich wie Helmut. Da draußen läuft ein Serienkiller herum und wir müssen ihn schnell fassen.«

Lisa war dran: »Ich war bislang überzeugt davon, dass Ellen Berning-Schäfer das Opfer eines Raubüberfalls ist. Dass es nur ein beschissener Zufall war, dass das zeitgleich mit den anderen Taten geschehen ist. Jetzt sehe ich das etwas anders. Ellens Profil passt haargenau. Die Schönste, das war sie garantiert.«

»Genau«, stimmte Jonas zu. »Wir müssen uns auch die Alternative zur Mordserie vor Augen führen: fünf vollkommen voneinander unabhängige Todesfälle – wenn wir mal davon ausgehen, dass Barbara wegen Mario Selbstmord begeht.«

»Falk, würdest du den Serienmörder als Psychopathen bezeichnen?«, fragte Lisa.

»Puh, ich glaube, niemand wird mir widersprechen, wenn ich behaupte, dass jemand nicht ganz normal im Kopf sein kann, der sechs Menschen umbringt. Wir würden diese Menschen nicht umbringen, um ihnen nicht begegnen zu müssen. Wir würden ganz einfach nicht zum Jahrgangstreffen gehen.« Falk füllte erneut sein Wasserglas und leerte es in einem Zug. »Spannend wird es, wenn wir uns überlegen, warum keiner der Morde auf den ersten Blick wie ein solcher aussieht. Ich denke, dass es sich um einen sehr intelligenten Menschen handelt. Ihm wird also bewusst sein, dass niemand an einen Zufall glaubt, wenn sechs Menschen aus demselben Abiturjahrgang innerhalb weniger Wochen eines unnatürlichen Todes sterben. Er muss wissen, dass die Polizei jeden Stein zweimal umdreht und letztlich Hinweise auf eine Straftat findet.«

»Ich wäre da vorsichtig«, sagte Lisa. »Auch nach acht Wochen haben wir bei keinem der Unfälle einen solchen Hinweis gefunden. Die einzige Hoffnung ist Susanne Ferbers Auto.«

»Guter Einwand«, sagte Falk. »Vielleicht haben wir es mit einem Täter zu tun, der nicht mit seinem Werk prahlen möchte, sondern mit einem, der nur ein bestimmtes Ziel verfolgt.«

»Hast du dir Gedanken darüber gemacht, wer der Täter sein könnte?«, fragte Lisa.

»Das habe ich. Ich hätte es von selbst nicht angesprochen. Aber jetzt, wo du mich fragst. Ich habe mir die Lebensläufe aller 89er angesehen. Dabei ging es mir zunächst darum zu definieren, aus wem nichts Besonderes geworden ist. Das waren einige. Ist auch logisch, es können nicht alle Aufsichtsratsvorsitzende oder Notar werden. Es muss auch Hausfrauen und Hausmänner geben, Sekretärinnen und brotlose Künstler.

Wenn allerdings jemand in Passau oder Lörrach wohnt, ist es schwierig, Morde in Wolfenbüttel zu planen und durchzuführen. Dadurch schieden einige Kandidaten aus. Letztlich blieben vier übrig.

Ich glaube, es ist keine Überraschung für euch, wenn ich zuerst Jakob Dieckmann und Dirk Franke nenne. Der eine schlägt sich mehr schlecht als recht als freier Journalist durch, der andere als Kfz-Mechaniker.

Dieckmann wohnt zwar in Bochum, aber er ist regelmäßig in Wolfenbüttel. Vor allem laufen bei ihm die Fäden zusammen: Er pflegt die Namensliste des Jahrgangs und weiß immer von allen, wo sie wohnen und was sie machen.

Auch Franke hat Zugriff auf diese Liste. Bei ihm käme als Motiv unter Umständen noch die Sache mit der Werkstatt hinzu.

Dann wäre da noch Carsten Pollmann. Sein Vater war früher Bürgermeister, er selbst ist nur Sachbearbeiter im Ordnungsamt.

Und zuletzt Holger Behrens, der zurzeit arbeitslos ist und das auch in den letzten 20 Jahren häufig war.

Das wären meine Kandidaten. Ohne Gewähr. Täterprofile sind nicht mein Spezialgebiet. Es kann trotzdem nicht schaden, Alibis zu überprüfen, auch wenn ihr es bei Dieckmann und Franke zum Teil schon getan habt.«

Kurz darauf musste Falk zurück nach Hannover fahren. Aber er ließ den Ermittlern nicht nur eine Kopie seiner Aufzeichnungen zurück, sondern auch jede Menge neue Aufgaben. Über allem stand nun natürlich die Jagd auf den Serienmörder.

KAPITEL 22

Wieder näherte sich eine Woche ihrem Ende. Es war Freitagmittag. Helmut saß allein im Büro. Es war einer jener Tage, an denen er sich seine eigenen Stullen mit zum Dienst gebracht hatte. Jonas, David und Lisa waren in der Kantine. Doch das Tagesgericht (Chicken Nuggets mit Pommes) entsprach nicht Helmuts derzeitigen Vorstellungen von einem anständigen Mittagessen. Er würde erst am Abend warm essen. Von vorgestern hatte er noch reichlich Gulasch übrig. Jetzt also die Stullen, die er mit Kaffee runterspülte.

Gestern, nach Falks Vortrag, waren sie voller Hoffnung gewesen, der Aufklärung der Fälle näher gekommen zu sein. Falk hatte ihnen vier Namen genannt. Sie hatten gestern und heute mit allen vier Personen gesprochen.

Helmut hatte Dieckmann in Bochum angerufen. Der war alles andere als begeistert, schon wieder von Helmut zu hören. Aber Helmut war unerbittlich geblieben und noch einmal alle Todesfälle durchgegangen – Resultat: Für die Morde an Berning-Schäfer und Conradi besaß Dieckmann Alibis, aber die stammten von Familienmitgliedern. Dieckmann war allerdings auf keinen Fall der Porschefahrer, zu diesem Zeitpunkt saß er beim Notar.

Da niemand wusste, wann die Mine auf Hannos Feld gelegt worden war, war es sinnlos, nach einem Alibi zu fragen; das galt für alle Kandidaten. Letztlich kamen dafür alle vier infrage. Dieckmann konnte zudem der Mörder von Lopez und damit indirekt von Wiechert sein – und theoretisch auch derjenige, der an Ferbers BMW herumgefummelt hatte.

Was war mit Motiven? Falk hatte krankhaften Neid genannt. Und den Versuch, das nächste Jahrgangstreffen zu verhindern. Dieckmann plante diese Treffen. Plante er sie, um sie anschließend zu verhindern? Und wie passte die neu entflammte Affäre mit Ferber hierhin? Wahrscheinlich gar nicht. Von Bochum aus die Attentate auf Hanno und Felix zu planen, das klang nur in der Theorie machbar. Die Praxis sah so aus: 300 Kilometer hin, Notartermin, Hanno beobachten, Susanne treffen, 300 Kilometer zurück. Und das alle paar Tage! Sehr vage, aber noch kein Grund, Dieckmann endgültig von der Liste der Verdächtigen zu streichen.

David hatte sich mit Franke unterhalten. Frankes Alibi für den Raubüberfall war überprüft, ebenso das Alibi für Ferbers Unfall. Zu Conradi gab es nichts Neues. Es blieb bei Frankes Aussage, ab 7 Uhr in seiner Werkstatt gewesen zu sein. Den ersten Zeugen gab es für 7.30 Uhr. Theoretisch hätte Franke Zeit gehabt, den Anwalt umzubringen.

Ähnlich verhielt es sich bei Lopez. David hatte nach dem Gespräch mit Franke erneut mit der Kripo Bochum gesprochen und sich über Fahrpläne und Einsatzzeiten von Kontrolleuren informiert. Alles ließ sich minutiös rekonstruieren. Lopez war von einer S-Bahn erfasst worden, die um 23.18 Uhr in Bochum-Ehrenfeld angekommen war. Franke hatte ausgesagt, dass ihm am Bochumer Hauptbahnhof eine U-Bahn der Linie U 35 vor der Nase weggefahren war. Das ließ sich nicht überprüfen. Franke hatte behauptet, dass er in der U-Bahn, die er 15 Minuten später nahm, kontrolliert wurde. Laut des Verkehrsbetriebs Bogestra waren in der fraglichen Nacht Kontrolleure ausschließlich in der U 35 eingesetzt worden, die den Hauptbahnhof um 23.35 Uhr in Richtung Herne verließ. Folglich dürfte Franke diese Bahn benutzt haben.

KOK Schmitt hatte die Strecke zwischen dem S-Bahn-hof und dem tief unter der Erde gelegenen Bahnsteig der U 35 im Hauptbahnhof testweise zu Fuß zurückgelegt. Auf dem Hinweg war er gegangen und hatte knapp 18 Minuten gebraucht. Auf dem Rückweg war er teilweise gelaufen und hatte weniger als eine Viertelstunde gebraucht. Franke hätte den Weg also in 17 Minuten schaffen können.

Auch bei Franke zog Helmut einen Strich: Franke war nicht Berning-Schäfers Mörder und nicht der Porschefah-rer. Es war aber nicht auszuschließen, dass er zu den fragli-chen Zeitpunkten an den Tatorten in Wolfenbüttel (Conradi) und Bochum (Lopez) gewesen war. Es war nicht auszuschlie-ßen, dass er eine Mine auf Hannos Feld deponiert hatte. Und es war nicht auszuschließen, dass er Ferbers Auto manipu-liert hatte.

Motive? Siehe Dieckmann. Immerhin war Franke schon auf einem der Jahrgangstreffen nicht gewesen; auf einem ande-ren war er nur kurz geblieben. Das betraf ausgerechnet die letzten beiden Treffen. War ihm das diesmal nicht genug? Sollte diesmal das ganze Treffen ausfallen?

Helmut dachte an Melanies Worte. Ihr Mann und Dirk Franke waren Freunde gewesen. Aus Hannos Sicht war Franke einer seiner beiden einzigen Freunde. Laut Melanie schien auch Dirk viel Wert auf diese Freundschaft gelegt zu haben. Außerdem profitierte er davon, dass Hanno ihm eine Scheune kostenlos überließ. Warum sollte Dirk ausgerech-net einen seiner besten Freunde umbringen, um das Jahr-gangstreffen zu verhindern? Da gab es doch genug andere Kandidaten.

Blieb noch die Sache mit der Stobenstraße. Franke behaup-tete, dass Ferber ihm dabei helfen wollte, Ersatz zu finden. Wenn das aber nicht stimmte? Dann hätte Franke allen Grund, sauer auf sie zu sein. Und das hätte nichts mit Neid zu tun. Dann wäre es aus Frankes Sicht darum gegangen, seine Existenz zu sichern.

Ferbers Pläne würden eventuell auch Conradis Tod erklären. Vielleicht wollte Franke einen Mitwisser loswerden?

Aber auch Kusmann war ein Mitwisser. Lopez, Wiechert, Hanno und Berning-Schäfer hingegen waren keine Mitwisser. Sollte Franke also zwei ehemalige Mitschüler aus Existenzangst ermordet haben und vier weitere aus Neid? All das ergab einfach keinen Sinn.

Hinzu kam, dass Helmut Franke für jemanden hielt, der sich vom Verlust eines Grundstücks nicht aus der Spur bringen lassen würde. Er würde sich garantiert auch ohne Ferbers Hilfe ein anderes Grundstück suchen und zur Not ein paar Euro mehr Pacht bezahlen.

Oder?

Außerdem stand überhaupt nicht fest, dass Franke das Grundstück nach Ferbers Tod behalten durfte. Darüber hatten die Erben zu entscheiden, das musste Franke wissen.

Oder?

Helmut wollte Franke jedenfalls vorläufig nicht von der Liste der Tatverdächtigen streichen.

Der Name Holger Behrens konnte jedoch umgehend verschwinden. Jonas hatte den Mann aufgespürt, der in einer winzigen Wohnung in einem baufälligen Haus in der Auguststadt hauste.

Behrens war seit einem Jahr arbeitslos. Und es war nicht das erste Mal, dass er ohne Job dastand. Behrens hatte 1989 sein Abitur nur mit Ach und Krach bestanden. Schon damals hatte er ein ungesundes Verhältnis zu Alkohol und Drogen gehabt. Von den Drogen war er los. Vom Alkohol nicht. Behrens hatte ein Studium und drei Ausbildungen geschmissen. Er hatte eine Zeitlang im Reifenhandel eines Schulfreundes gearbeitet, in Warenlagern ausgeholfen und Zeitungen ausgetragen. Taxifahrer hätte noch in diese Karriere gepasst. Aber Behrens' Liebe zum Alkohol war allen Taxiunternehmen der Stadt bekannt.

Aber all das spielte keine Rolle. Für den Überfall auf Berning-Schäfer hatte Behrens bekanntlich ein Alibi. Und das galt buchstäblich auch für alle anderen (möglichen) Morde.

Der Name Carsten Pollmann würde auf der Liste stehen bleiben.

»Der Kerl hat mir die ganze Zeit auf den Busen geguckt«, hatte Lisa erzählt.

Sie hatte Pollmann in dessen Büro besucht. Pollmann war Sachbearbeiter im Ordnungsamt. Das hatte sein Vater eingefädelt, als er Oberbürgermeister von Wolfenbüttel war. Carsten Pollmann hatte direkt nach Abitur und Wehrdienst eine Ausbildung bei der Stadtverwaltung begonnen. Wenn sein Vater nicht ein paar Jahre später abgewählt worden wäre, hätte er dort womöglich dank Vitamin B eine erfolgreichere Karriere hingelegt.

»Er hat mich auch nicht wirklich ernst genommen«, hatte Lisa weiter berichtet. »Lässt den Macho heraushängen. Fragt mich, wie es als Frau bei der Kripo ist und so. Ob ich in einer Beziehung bin. Er wollte mich sogar auf einen Kaffee einladen. Er benimmt sich, als wäre er der König von Wolfenbüttel. Er kann alles und er weiß alles und er hat alles im Griff. Der Bürgermeister hingegen ist eine Pfeife und der Leiter des Ordnungsamtes eine Flasche. Und seine Kollegen sind alle Arschkriecher. Und so weiter. Und dann siehst du diesen Typ da sitzen, fette Plauze, kaum noch Haare auf dem Kopf. Bah.«

Viel entscheidender aber war, dass Pollmann der erste Verdächtige war, der kein Alibi für den Überfall auf die »Villa Kunterbunt« hatte.

»Da war ich zu Hause und habe ferngesehen.« Pollmann wohnte nach seiner Scheidung allein in einer Wohnung am Schwedendamm, eine Viertelstunde entfernt vom Holzmarkt.

»Zeugen?« Lisa rutschte auf dem schlecht gepolsterten Behördenstuhl etwas nach vorne.

»Nein, ich war allein. Aber Sie können mir glauben. Können denn diese Augen lügen?« Pollmann zwinkerte Lisa zu.

»Wie ist denn Ihr Verhältnis zu Ellen Berning-Schäfer?«

»Ellen? Heißer Feger. Damals wie heute. In der Schule hatten wir eine schöne Zeit. Habe sie auch noch ein paar Mal getroffen seit damals.« Pollmann blickte Lisa verschwörerisch an.

»Und was haben Sie so gemacht, wenn Sie sich getroffen haben?«

»Ach, dies und das. Sie wissen schon.«

»Geht's etwas genauer, Herr Pollmann?«

»Der Gentleman genießt und schweigt.«

»Wollen Sie andeuten, dass Sie und Frau Berning-Schäfer ein intimes Verhältnis miteinander hatten?«

»Um Himmels willen! Ellen war eine verheiratete Frau.«

»Und warum machen Sie dann diese Andeutungen?«

»Welche Andeutungen, Frau Kommissarin?«

»Also gut, lassen wir dieses Thema. Haben Sie eigentlich ein Motorrad?«

Pollmann stutzte. »Wie kommen Sie denn auf einmal darauf? Ach du Scheiße. Jetzt verstehe ich. Ellens Mörder war wahrscheinlich auf einem Motorrad gekommen. Das stand ja damals fett in der Zeitung … Sie verdächtigen mich doch nicht etwa ernsthaft? Ich sollte besser mal meinen Anwalt zurate ziehen!«

»Das müssen Sie wissen. Dann würden wir allerdings unsere kleine Unterhaltung in der Dienststelle fortsetzen.«

»War nur ein Spaß, Frau Kommissarin.«

Lisa konnte kaum noch an sich halten. Sie war kurz davor, über den Schreibtisch zu hechten und Pollmann die Faust auf die Nase zu knallen. Sie dachte an Helmut und beherrschte sich im letzten Augenblick.

Es stellte sich heraus, dass Pollmann zwar kein eigenes Motorrad, aber auch für keinen der Unfälle bzw. Selbstmorde ein wasserdichtes Alibi hatte. Als Conradi ermordet wurde, war er angeblich auf dem Weg von seiner Wohnung zur Arbeit. Dort war er um 8 Uhr eingetroffen. Das konnte der Pförtner der Stadtverwaltung bestätigen. Es hätte Pollmann aber genug Zeit gelassen, Conradi zu töten.

Am Abend von Lopez' Tod war Pollmann in seiner Wohnung (allein). Es war also nicht auszuschließen, dass er am Donnerstagabend nach der Arbeit nach Bochum gefahren war, um Lopez vor die S-Bahn zu stoßen.

Für die vorab inszenierten Unfälle von Hanno und von Susanne Ferber hatte keiner der Verdächtigen eindeutige Alibis. Pollmann auch nicht.

Helmut hatte, nachdem Lisa ihm von ihrem Gespräch mit Pollmann erzählt hatte, ein weiteres Mal bei Dieckmann angerufen.

»Wie würden Sie das Verhältnis von Carsten Pollmann und Ellen Berning-Schäfer charakterisieren?«, fragte Helmut, nachdem er Dieckmann versichert hatte, dass es diesmal nicht um ihn selbst ging.

»Carsten? Der war früher hinter Ellen her. Aber die hätte ihn nicht mit dem Arsch angeguckt. Entschuldigen Sie bitte meine Ausdrucksweise.«

»Können Sie sich vorstellen, dass die beiden später ein Verhältnis hatten?«

Dieckmann lachte in den Hörer.

»Also eher nicht?«

»Auf keinen Fall. Carsten ist ein Typ, der sich für unwiderstehlich hält. Ich kann sie alle haben und so. Typischer Fall von Selbstüberschätzung. Wieso fragen Sie das alles? Verdächtigen Sie jetzt Carsten?«

»Irgendwann kommen von Ihnen immer diese Gegenfragen. Typisch Journalist! Aber um Ihre Frage zu beantworten: Kein Kommentar.«

Pollmann schien also eher ein Abgewiesener zu sein. In der Schule. Vielleicht erst kürzlich? Ein Motiv? Wenn auch nur für diesen einen Mord?

Gerade wollte Helmut sein Resümee zu Pollmann schreiben, als das Telefon klingelte.

Helmut brauchte einige Augenblicke, bis er den Anrufer verstand und den Namen zuordnen konnte. Und es sollte noch etwas länger dauern, bis Helmut sich wieder mit Carsten Pollmann beschäftigen würde.

»Oberstudiendirektor a. D. Georg Linnenweber«, sagte der Anrufer im dritten Anlauf.

Der Mann rief von einem Handy aus an, die Verbindung war schlecht. Aber Helmut fiel endlich ein, um wen es sich handelte: Um den Augenzeugen, der eigentlich ein Ohrenzeuge war. Linnenweber hatte das Motorrad gehört, mit dem möglicherweise Ellen Berning-Schäfers Mörder unterwegs gewesen war.

»Ah, hallo Herr Linnenweber. Ich verstehe Sie nur sehr schlecht.« Helmut fiel ein, dass er Linnenweber nicht besonders gemocht hatte.

»Ich telefoniere von einem Handy aus, Herr Kriminalhauptkommissar. Ich musste mir dieses Gerät leihen, denn natürlich besitze ich selbst kein Handy. Was sollte ich auch damit? Wenn ich unterwegs bin, bin ich unterwegs. Dann muss ich auch nicht telefonieren. Wo soll denn der Sinn von so einem mobilen Telefon sein?«

»Was kann ich für Sie tun, Herr Linnenweber?« Helmut erinnerte sich, dass der ehemalige Rektor der Großen Schule gern Monologe hielt.

»Das Motorrad ist hier«, hauchte Linnenweber in den Hörer.

»Wie bitte? Welches Motorrad?«

»Die BMW R 1150 GS, die ich am 30. Dezember auf dem Holzmarkt gehört habe. Sie erinnern sich doch?« Linnenweber flüsterte noch immer.

»Ich verstehe Sie sehr schlecht. Wo sind Sie, Herr Linnenweber?«

»Ich bin in Mattierzoll.«

»Entschuldigung, sagten Sie gerade Mattierzoll?« Das kann doch nicht wahr sein, dachte Helmut. Sollte sich hier etwa ein Kreis schließen, der noch gar nicht gezogen worden war? Oder war das wieder nur so ein blöder Zufall?

Linnenweber sprach jetzt wieder lauter. »Ja, Mattierzoll. An der Bundesstraße 79. Früher ein Grenzübersichtspunkt, heute ein Erinnerungsmal an die Zeit des geteilten Deutschlands. Für mich als ehemaligen Geschichtslehrer natürlich von großer Bedeutung. Mattierzoll hat aber auch eine handfeste Bedeutung für mich. Als Student habe ich in den Semesterferien in der hiesigen Molkerei gearbeitet. Das war in den 60er-Jahren. Aber schon in den 70ern wurde die Molkerei geschlossen. Damals wanderte alles nach Wolfenbüttel. Aber auch das hielt nicht lange an. Auch die Molkerei Wolfenbüttel hat längst ihren Betrieb eingestellt. Alles wurde nach Göttingen verlagert. Wer weiß, ob die Molkerei dort noch in Betrieb ist. Oder wie eine Molkerei heutzutage heißt. Ich habe irgendwann aufgehört, mich damit zu beschäftigen.«

»Und wo genau in Mattierzoll stehen Sie, Herr Linnenweber? Am ehemaligen Grenzübersichtspunkt?«

»Nein, dort stehe ich nicht. Mir geht es heute mehr um meine Zeit in der Molkerei. Auf deren Gelände stehe ich. Hinter mir befindet sich die Ruine der früheren Ziegelei. Die Ziegelei ist schon mindestens so lange geschlossen wie die Molkerei. Es sieht ein bisschen aus wie in einem US-amerikanischen Slumviertel. Ich verstehe nicht, warum man diese Gebäude nicht einfach abreißt, wenn man offensichtlich nicht willens ist, sie zu erhalten. Und vor mir, aber auf der gegenüberliegenden Straßenseite, befindet sich der ›Trucker-Imbiss‹. Davor steht unser Motorrad. Es ist schwarz. Das Kennzeichen lautet S wie Siegfried, Z wie Zacharias, also Salzgitter, dann A wie Anton und P wie Paula, dann 777. Ganz einfach zu merken. Fahrer und Beifahrer sind gerade hineingegangen, vor etwa fünf Minuten. Ich hätte Sie auch schon eher angerufen, Herr Kriminalhauptkommissar, schließlich trage ich Ihre Visitenkarte immer bei mir. Aber glauben Sie bitte nicht, dass die Telekom in Mattierzoll einen öffentlichen Münzsprecher unterhält. Zum Glück konnte ich einen Fernfahrer überreden, der gerade aus dem Schnellrestaurant gekommen ist, mir sein Mobiltelefon auszuleihen.« Der frühere Oberstudiendirektor musste endlich Luft holen.

»Sind Sie sicher, Herr Linnenweber, ich meine, mit dem Motorrad?« Mittlerweile waren Lisa, Jonas und David aus der Kantine zurückgekehrt. Sie standen in der Tür zu Helmuts Büro und hörten neugierig zu.

»Zu hundert Prozent. Ich hatte Ihnen doch damals erzählt, dass die Maschine wahrscheinlich ein kleines Loch im Auspuff hat, das sich aber erst oder ausschließlich im dritten Gang bemerkbar macht. Nun, dieses Loch ist ein wenig größer geworden. Es gibt also eine minimale Änderung des Klangs. Es ist aber genau die minimale Änderung des Klangs, die durch ein größer werdendes Loch im Auspuff hervorgerufen wird. Wenn Sie verstehen, was ich meine. Das passt. Glauben Sie mir. Schon als ich die Maschine über die B 79 von Roklum nach Mattierzoll kommen hörte, war ich mir sicher, dass dies unsere BMW ist. Ich denke, es ist das Beste, wenn Sie hier ein paar Beamte herschicken, um diese beiden jungen Männer zu befragen.«

»Das werde ich tun.« Helmut hielt kurz die Hand auf die Sprechmuschel. »Ich brauche zwei Streifenwagen, die sofort nach Mattierzoll fahren könnten. Wir fahren auch. Lisa, check doch bitte vorher mal den Halter eines Motorrades mit dem amtlichen Kennzeichen S wie Siegfried, Z wie Zacharias, also Salzgitter, dann A wie Anton und P wie Paula, dann 777. Alles andere gleich.« Nun sprach Helmut wieder in den Hörer: »Sie bleiben aber, wo Sie sind, Herr Linnenweber. Sie spielen mir nicht den Helden!«

»Keine Sorge, Herr Kriminalhauptkommissar. Seien Sie aber gewiss, dass Sie die jungen Männer hier noch antreffen werden.«

»Wie meinen Sie das?«

»Sie werden ihr Motorrad zunächst nicht benutzen können.«

»Um Himmels willen! Was haben Sie getan?«

Linnenweber wechselte in eine Art Plauderton. »Ach, wissen Sie, auf so einen alten Kerl wie mich achtet doch keiner. Während ich nach jemandem Ausschau gehalten habe, der mir vielleicht sein Mobiltelefon leihen könnte, sah ich, dass die BMW dort so gänzlich unbeaufsichtigt herumstand. Die beiden Männer waren am Tresen mit ihrer Bestellung beschäftigt. Ich schlenderte also scheinbar bewundernd um die BMW herum, habe heimlich meinen Nagelknipser herausgeholt und damit ein Kabel durchtrennt. Zack. Eine Sekunde, und fertig. Viele sichtbare Kabel gibt es heutzutage nicht mehr an Motorrädern. Man muss halt ein bisschen gucken und sich auskennen. Kurz darauf traf ich diesen Fernfahrer, der mir sein Mobiltelefon geliehen hat.«

Helmut konnte sich noch an die erste Befragung des pensionierten Rektors erinnern, als der plötzlich seinen Nagelknipser aus der Tasche geholt und munter seinen Finger bearbeitet hatte. »Aber jetzt bleiben Sie bitte möglichst unauffällig auf der anderen Straßenseite, Herr Linnenweber. Wenn es tatsächlich sein sollte, dass diese beide Kerle mit Raubüberfällen in Verbindung stehen, könnte es gefährlich werden.«

»Jawohl! Ich bleibe hier und freue mich auf Ihren Einsatz.«

Hoffentlich werden wir alle hinterher noch Grund zur Freude haben. Helmut wusste nicht, wovor er mehr Angst haben sollte: Vor einer kniffligen Aktion, die unter Umständen nicht ohne Gewalt über die Bühne gehen würde? Oder davor, dass Linnenweber sich schlicht täuschte? Dass er sich sozusagen verhört hatte? Dass man also ein paar Streifenwagen nach Mattierzoll schickte, um dort zwei vollkommen unbescholtene Motorradfahrer anzutreffen?

Immerhin hatte Linnenweber von einem schwarzen Motorrad gesprochen, das würde zu den dunklen Motorrädern in Celle und Magdeburg passen.

Doch bevor sie losfahren würden, müsste zunächst Lisa wiederkommen, am besten mit einem eindeutigen Ergebnis.

Sie kam genau in diesem Moment zurück. »Treffer. Der Halter der BMW heißt Axel Polter. Wohnhaft in Salzgitter-Lebenstedt. Kronenstraße 4. 31 Jahre alt. Knapp sechs davon hat er in diversen Gefängnissen verbracht. Unter anderem wegen Raubüberfalls. Auch Nötigung hatten wir schon. Körperverletzung. Und das alles fing schon an, als Axel 14 war. Ist seit anderthalb Jahren auf freiem Fuß. Von einer geregelten Arbeit ist nichts bekannt. Er ist seitdem allerdings auch nicht wieder auffällig geworden. Oder wurde zumindest nicht erwischt.« Lisa hatte noch rasch ein Foto von Axel Polter ausgedruckt und zeigte es den anderen.

»Also los«, sagte Helmut. »Sind die Streifen informiert?«

Jonas nickte. »Nehmen wir einen Wagen oder zwei?«

»Zwei. Ich fahre mit Lisa. Ich informiere euch und die Streifenbeamten über Funk, womit wir es zu tun haben und womit wir schlimmstenfalls rechnen müssen.«

»Gibt es auch ein bestenfalls?«, fragte Jonas.

»Bestenfalls erwischen wir die Mörder von Ellen Berning-Schäfer.« Noch im selben Moment, als er das sagte, fiel Helmut ein, dass die Sache auch einen ganz anderen Haken haben konnte. Doch diesen Gedanken schob er zunächst weit von sich.

Vier Polizeifahrzeuge – Helmut saß mit Lisa im vordersten Auto – jagten über die B 79. Wendessen, Groß Denkte, Wittmar, Remlingen, Semmenstedt, Roklum. Die Dörfer flogen nur so an ihnen vorbei, schließlich erreichte die Karawane die ersten Häuser von Mattierzoll.

In den kleinen Ort gelangten sie durch eine scharfe Rechtskurve. Gleich dahinter, auf der rechten Seite, war der Imbiss. Er grenzte an das stetig wachsende Außengelände von Kalles Firma. Gegenüber befanden sich die Ruinen der früheren Mattierzoller Betriebe: Molkerei und Ziegelei.

Helmut erkannte Oberstudiendirektor a. D. Linnenweber, der sich hinter einem Strauch postiert hatte. Dann sah Helmut die schwarze BMW, die auf dem Parkplatz neben dem Imbiss parkte. Hinter der Glasfront erkannte er zwei schwarz gekleidete Gestalten.

Noch bevor Helmut per Funk Instruktionen erteilen konnte, sprangen die beiden Männer auf. Sie hatten wohl die Streifenwagen bemerkt und deren Anwesenheit offensichtlich auf sich bezogen.

Dieser Reflex ließ darauf schließen, dass die Männer zumindest irgendeinen Dreck am Stecken haben dürften. Sie sprinteten zum Ausgang des Lokals und waren schon durch die Tür, bevor Helmut und Lisa aus ihrem Wagen gestiegen waren. Die Männer setzten im Laufen ihre Helme auf und waren kurz darauf an ihrem Motorrad.

Beim Aufsteigen betätigte der Fahrer den Anlasser. Doch nichts geschah. Er versuchte es erneut. Erfolglos.

Der zweite Mann wollte sich die vergeblichen Versuche offenbar nicht länger ansehen. Er riss seinen Helm vom Kopf, warf ihn weg und lief zum seitlichen Ende des Parkplatzes, sprang über eine Hecke und gleich darauf über einen Wassergraben. Schon war er auf der Bundesstraße.

Dort traf gerade das letzte Fahrzeug der Polizeikolonne ein. Es war der Wagen, in dem Jonas und David saßen. Sie mussten scharf bremsen, um den Mann nicht anzufahren.

Der Mann lief quer über die Straße, zunächst Richtung Ortsausgang. Doch dann überlegte er es sich spontan anders, schlug einen Haken und rannte direkt auf die Molkerei zu.

Jonas war als Erster aus dem Fahrzeug gesprungen. Er nahm die Verfolgung des Mannes auf.

Auch David sprintete hinter ihm her. Er hatte aber schon einen Rückstand von einigen Metern.

Der Fahrer der BMW hatte es mittlerweile aufgegeben, seine Maschine anzuwerfen. Er versuchte, das Ende des Parkplatzes zu erreichen.

Lisa und die zweiköpfige Besatzung des ersten Streifenwagens, der am Imbiss eingetroffen war, folgten ihm. Sie waren nur wenige Meter hinter dem Mann.

Nachdem Helmut sich vergewissert hatte, dass Linnenweber nicht etwa den Versuch gestartet hatte, den Mann aufzuhalten, der Richtung Molkerei gerannt kam, sondern sich stattdessen im Gebüsch versteckte, beauftragte er die beiden Beamten des zweiten Streifenwagens, Jonas und David zu unterstützen. Er selbst lief hinter Lisa her, die zusammen mit den beiden Streifenpolizisten hinter dem Fahrer her waren.

Der Fahrer war inzwischen behände über den Zaun geklettert, der den Parkplatz an diesem Ende begrenzte.

Lisa und die beiden Streifenpolizisten waren ihm auf den Fersen.

Helmut fühlte sich zu alt für Kletterpartien. Aber er kannte sich hier aus und wusste, wie er, ohne einen Zaun überwinden zu müssen, auf die andere Seite gelangte. Zwischen Imbiss und Werkstatt gab es einen schmalen Pfad, der zugleich an die Rückseiten der Häuser der Bahnhofstraße führte. Helmut lief los.

Der Beifahrer hatte das Ziegeleigelände erreicht. Hier stand alles voller ausrangierter Fahrzeuge, alter Tonnen und Tanks, überall lag Geröll herum. Die Ziegelei selbst war ein Backsteingebäude, dessen Fenster seit Jahrzehnten kaputt waren.

Der Flüchtige lief quer über das Gelände. Ab und zu sprang er über alte Geräte oder Mauerreste.

Jonas war ihm bereits näher gekommen. Die Hindernisse machten ihm, dank Parkour, überhaupt nichts aus.

Gerade erreichte der Flüchtige die Mauer, die das Fabrikgelände begrenzte. Er sprang, erreichte knapp den Mauersims und wollte sich hochziehen. Zunächst rutschte er ab, doch mit dem zweiten Schwung gelang es ihm, auf die Mauer zu gelangen. Er sprang auf das Nachbargrundstück.

Jonas konnte die Mauer im ersten Anlauf überwinden. Er war in dem Moment oben angelangt, als der Flüchtige hinuntersprang, zweieinhalb Meter tiefer landete und sich abrollte. Ohne zu zögern, stürzte sich Jonas auf den Mann.

Helmut hatte die Rückseite der Häuser erreicht und folgte dem Pfad, der nun parallel zu einer Reihe von Gärten führte. Die Gärten waren nur durch niedrige Jägerzäune vom Pfad getrennt, sodass Helmut in sie hineinsehen konnte.

Der Motorradfahrer lief durch einen der Gärten und sprang gerade auf die etwa anderthalb Meter hohe Hecke, die diesen Garten vom nächsten Garten trennte.

Lisa und die beiden Streifenpolizisten waren dicht hinter ihm. Sie hatten ihre Pistolen noch nicht gezogen.

Der Motorradfahrer war nach seinem Sprung über die

Hecke für einen Moment nicht zu sehen. Doch dann tauchte er wieder auf – genau in dem Garten, an dem auch Helmut in diesem Moment vorbeilief.

Helmut griff nach seiner Waffe und entsicherte sie. »Halt! Stehen bleiben!«

Jonas war danebengesprungen.

Der Flüchtige hatte ihn rechtzeitig bemerkt und war zur Seite gerollt. Jetzt stand der Mann über Jonas und ließ einen Totschläger durch die Luft zischen.

Jonas wollte sich gerade aufrichten und konnte im letzten Moment seinen linken Arm heben. Der Totschläger hätte ihn vermutlich am Kopf getroffen. So erwischte er ihn am Oberarm, kurz über dem Ellbogen. Ein brennender Schmerz durchfuhr Jonas. Sein linker Arm war taub. Dennoch warf er sich seinem Gegner entgegen.

Der hatte gerade wieder mit dem Totschläger ausholen können, wurde aber durch Jonas' Körper in seiner Bewegung gebremst. Beide verloren das Gleichgewicht und fielen.

Jonas landete zwar auf dem Mann, zugleich aber auf seinem linken Arm. Er schrie vor Schmerzen auf. Gerade als Jonas sich, halb im Stehen, halb im Knien, orientieren wollte, traf ihn der Stiefel des anderen Mannes im Unterleib. Jonas taumelte und fiel.

Der Motorradfahrer hatte nicht auf Helmuts Ruf reagiert. Er lief auf den nächsten Garten zu.

Lisa und die beiden Streifenpolizisten waren im selben Garten wie er. Keine fünf Meter entfernt. Auch sie hatten nun ihre Waffen in der Hand. Lisa rief: »Halt! Stehen bleiben!«

Helmut richtete seine Waffe auf den Flüchtenden. »Letzte Warnung! Stehen bleiben oder ich schieße!« Helmut war knapp zehn Meter entfernt – und hätte niemals geschossen, solange nicht der Motorradfahrer ebenfalls eine Schusswaffe in der Hand gehabt hätte.

Doch der Mann blieb endlich stehen.

Einen Augenblick später hatten ihn die Polizisten erreicht und ihm Handschellen angelegt. Einer der beiden Streifenpolizisten riss dem Motorradfahrer unsanft den schwarzen Helm vom Kopf.

In diesem Moment hatte auch Helmut die anderen erreicht.

»He, was soll das? Wir sitzen da friedlich im Imbiss und auf einmal ist die Polizei hinter uns her.« Der Motorradfahrer, den Helmut aufgrund des Fotos, das Lisa zuvor ausgedruckt hatte, als Axel Polter identifizieren konnte, versuchte, ein empörtes Gesicht zu machen.

»Sie sind weggelaufen, als Sie uns gesehen haben. Da sind wir hinter Ihnen her. Wenn jemand die Polizei sieht und wegläuft, hat das meist zu bedeuten, dass er ein schlechtes Gewissen hat. Haben Sie ein schlechtes Gewissen, Herr Polter? Sie sind doch Axel Polter, oder?« Helmut hatte mittlerweile, genau wie Lisa und die beiden Streifenpolizisten, seine Dienstwaffe wieder weggesteckt.

»Wer will das wissen?« Polter blickte Helmut herausfordernd an.

»Kriminalhauptkommissar Helmut Jordan will das wissen. Kripo Wolfenbüttel. Unsere Aufgabe ist es, Straftaten gegen das Leben aufzuklären, also Mord, Totschlag, fahrlässige Tötung.«

»Hä? Und was soll das mit mir zu tun haben?«

Doch bevor Helmut antworten konnte, waren Schüsse zu hören.

Als David, mit etwas mehr Mühe als Jonas, auf die Mauer geklettert war, sah er, dass Jonas am Boden lag und sich krümmte.

Der Flüchtige stand über Jonas und hielt ein Messer in der Hand. Er packte Jonas gerade an der Jacke und wollte ihn hochziehen.

David befürchtete, dass der Mann zum letzten Strohhalm greifen wollte, um zu verschwinden: Er wollte Jonas als Geisel nehmen. Ihm die Klinge an den Hals halten und ein Fluchtfahrzeug erpressen.

»Messer weg!« David saß auf der Mauer und zielte mit seiner Dienstwaffe auf den Mann.

Mittlerweile waren die beiden Streifenpolizisten an der Mauer angelangt. Sie sahen entsetzt zu David hinauf.

Der Mann mit dem Messer zerrte an Jonas.

»Messer weg! Oder ich schieße.«

Der Mann ließ Jonas nicht los. Sein Messer war nur noch eine Armlänge von Jonas' Kehle entfernt.

David schoss.

Der Messer-Mann zuckte. Die Kugel hatte seinen linken Arm getroffen, mit dem er Jonas' Jacke gepackt hatte. Er ließ los. Aber seine rechte Hand hielt noch immer das Messer fest. Er wirkte noch immer entschlossen, es zu benutzen.

David sah Jonas' Augen und den ungläubigen Blick darin. Er schoss erneut. Er hatte auf den rechten Arm gezielt. Aber im letzten Moment hatte der Mann sich zu David gedreht. Die Kugel erwischte ihn frontal.

Helmut und Lisa waren zur alten Ziegelei gelaufen. Polter hatten sie in der Obhut der Streifenpolizisten gelassen. Zunächst konnten weder Helmut noch Lisa jemanden erkennen. Doch dann sahen sie einen der beiden Beamten aus dem zweiten Streifenwagen. Er stand an einer Mauer und winkte ihnen.

Weder Lisa noch Helmut mussten über die Mauer klettern. Keine 20 Meter entfernt von der Stelle, wo der Streifenpolizist stand, gab es eine schmale Tür, die nicht verschlossen war.

Sie waren erleichtert, als sie Jonas und David sahen. David lehnte an der Mauer und schüttelte immer wieder den Kopf. Jonas redete mit ihm und hielt sich den linken Arm.

Der zweite Streifenpolizist telefonierte.

Auf dem Boden lag der leblose Körper des Flüchtigen.

Kurz darauf war Helmut über den Ablauf dieses Teils der Verfolgung informiert. Er klopfte David auf die Schulter. »Du hattest keine Wahl.«

David schüttelte nur wieder mit dem Kopf. Er sah verzweifelt aus.

Helmut blickte ihm in die Augen. »Du hast deinem Kollegen das Leben gerettet. Es ist tragisch, dass dabei ein anderer Mensch sterben musste.«

David nickte. Er löste sich von der Mauer und ließ sich von Lisa umarmen. Zuvor hatte Lisa bereits Jonas in den Arm genommen. Allerdings wegen seiner Verletzung nur sehr vorsichtig.

Bevor sie sich mitfühlend um ihre beiden Kollegen kümmerte, hatte Lisa Helmut eine Plastiktüte in die Hand gedrückt. In dieser Tüte befand sich das Messer, mit dem der Flüchtende Jonas bedroht hatte.

Am späten Nachmittag saßen Lisa und Helmut im Verhörraum, ihnen gegenüber saß Axel Polter.

Sein Kompagnon war noch auf dem Ziegeleigelände gestorben. Er hieß Ronny Tiersch.

Polter gab sich zerknirscht: »Guter Kumpel«, »Viel zusammen erlebt«, »Konnte man sich drauf verlassen« und weitere Floskeln dieser Art.

In Mattierzoll hatte Polter noch getobt über die Art der Behandlung, die ihm durch die Polizei widerfuhr. »Hab nichts gemacht«, »Ist doch nur wegen meiner Vorgeschichte«, »Bin schon lange sauber« und so weiter. Er hatte auch mit seinem Anwalt gedroht. »Der haut mich hier raus«, »Dann hagelt es Dienstaufsichtsbeschwerden.« Und Ähnliches.

Helmut hatten diese Drohungen zwar nicht in Panik versetzt. Er hörte sie aber auch nicht gern. Denn im Grunde bewegten sie sich noch immer auf dünnem Eis. Wenn Polter und Tiersch nicht geflüchtet wären und Tiersch nicht einen Polizeibeamten mit einem Totschläger angegriffen und mit einem Messer bedroht hätte, hätten sie praktisch nichts gegen die beiden in der Hand gehabt. Außer der Aussage des Ohrenzeugen Linnenweber.

Wenn Helmut das Polters Anwalt erzählte (oder dem Staatsanwalt), würde er schon morgen Büroklammern zählen.

So aber hatten sich die beiden Männer selbst in größte Schwierigkeiten gebracht. Tiersch lag deswegen jetzt im Leichenschauhaus. Polter saß deswegen jetzt im Verhörraum und rauchte.

Polter rauchte viel. Von einem Anwalt war nicht mehr die Rede. Auch den angebotenen Pflichtverteidiger schlug er aus.

Helmut hatte als Erstes Tierschs Messer in die Gerichtsmedizin bringen lassen und um schnellstmögliche Analyse gebeten. Er wartete ungeduldig auf einen Anruf. Dass es sich bei dem Messer um ein Kampfmesser von Applegate-Fairbairn handelte, hatte Helmut schon gesehen. Er hatte noch einige der technischen Details im Kopf. Klinge 15 cm, aus rostfreiem Stahl. Und so weiter. Aber waren auch noch Spuren von Ellen Berning-Schäfers Blut daran?

Solange sie auf den Anruf warteten, hörten sich Lisa und Helmut Polters Lebensgeschichte an. Wie er als Jugendlicher auf die schiefe Bahn geraten war (falsche Eltern, falsche Freunde, falsche Drogen, falscher Alkohol). Wie die Bahn immer schiefer wurde (schwere statt leichte Körperverletzung, Raub statt Einbruch). Wie er beim ersten Aufenthalt im Gefängnis noch mehr falsche Freunde kennenlernte (zum Beispiel Ronny Tiersch), wie es hinterher weiterging (unter anderem mit bewaffnetem Raubüberfall). Und wie er sich nach seinem zweiten Aufenthalt im Gefängnis vorgenommen hatte, sauber zu bleiben. Bis er wieder auf Tiersch traf.

Spätestens an diesem Punkt war Helmut klar, dass Polter nun keine Gelegenheit mehr auslassen würde, seinen toten Kumpel anzuschwärzen. Der konnte sich ja nicht wehren. Saubere Taktik, dachte Helmut, dafür braucht man keinen Anwalt.

In diesem Moment steckte David den Kopf ins Verhörzimmer. »Anruf für dich, Helmut.«

»Der Pathologe?«

David nickte.

Helmut lief in sein Büro. Unterwegs nickte er Jonas zu.

Jonas war kurz im Krankenhaus gewesen, um seinen Arm untersuchen zu lassen. Prellung. Schwerer Bluterguss. Also nichts, das einen echten Kerl dazu bringen würde, nach Hause zu gehen und sich ins Bett zu legen.

Helmut schnappte sich den Hörer. »Was hast du für mich?«

Dr. Rösner klang euphorisch. »Einen Volltreffer, Helmut. Das Messer sah zwar auf den ersten Blick gut gereinigt aus. Aber einem zweiten Blick konnte es nicht standhalten. Da klebt im wahrsten Sinne des Wortes Blut dran. Und das nicht nur von einem Menschen, sondern von drei Menschen. Darunter Ellen Berning-Schäfer.«

»Keine Zweifel?«

»Keine Zweifel! Ich hatte schließlich noch Blut von ihr hier. Deshalb ging die Sache auch so schnell.«

Helmut bedankte sich, legte auf und eilte zurück ins Verhörzimmer. Er schüttelte den Kopf. Diesmal aber hauptsächlich über Georg Linnenweber und dessen unglaubliches Gehör. Nachher würde er ihn noch anrufen, ihm gratulieren und sich bei ihm bedanken. Vorhin, in Mattierzoll, war dazu keine Zeit gewesen.

Polter saß rauchend im Verhörzimmer, er wurde von zwei Streifenbeamten bewacht.

Helmut wartete, bis auch Lisa zurück war. »So, Herr Polter, jetzt haben wir es also auch mit Mord zu tun.«

»W-w-w-was?« Polter fiel die Zigarette aus dem Mund.

»30. Dezember 2013. 19 Uhr. Holzmarkt Wolfenbüttel. Kindermodeboutique ›Villa Kunterbunt‹. Wenigstens Raubüberfall mit Todesfolge. Ich aber nenne es Mord.«

»Und was soll ich damit zu tun haben?«

»Ihr Motorrad wurde zur fraglichen Zeit am Tatort gesehen«, variierte Helmut die Wahrheit, »und am Messer Ihres Freundes Ronny haben unsere Gerichtsmediziner gerade das Blut des Opfers gefunden. Ellen Berning-Schäfer. 43 Jahre alt. Dreifache Mutter.«

»Scheiße. Ich habe dem Idioten immer gesagt, er soll sein Scheißmesser nur zum Bedrohen benutzen und nicht ständig damit zustechen.«

»Aber an diesem Abend hatte er wieder zugestochen?«

»Ja. Dieser Hirni. Er hat mir erzählt, die Alte ist ihm blöd gekommen. Hätte so getan, als täte sie ihn nicht verstehen. Dabei hatte der Idiot doch seinen Helm auf. Da kann es schon mal passieren, dass jemand einen nicht versteht. Und dann kommt er mit weniger als 1.000 Euro zurück.«

»Und Sie haben draußen auf dem Motorrad auf ihn gewartet, während er im Geschäft gewesen ist?« Helmut wollte auf Nummer sicher gehen und Polters Mittäterschaft eindeutig geklärt wissen.

»Ja, klar. Das haben wir immer so gemacht.«

»Auch in Celle und Magdeburg?«

Wieder nickte Polter, und damit waren auch die beiden Überfälle geklärt, von denen Lisa berichtet hatte.

Bei allen Überfällen war es laut Polter nur um schnelles Geld gegangen. Für Drogen. Für Autos und Motorräder. Für den Lebensunterhalt.

Sie fragten Polter dann noch rein pro forma zu den anderen Opfern der Mordserie. Natürlich kannte Polter keinen von ihnen. Außerdem nannte er ihnen für Lopez und Conradi leicht überprüfbare Alibis.

Das war es also in Sachen Berning-Schäfer, dachte Helmut, als er eine Stunde später allein in seinem Büro saß. Seine Befürchtung hatte sich bewahrheitet: Sie würden zwar bestenfalls Ellens Mörder schnappen, aber dadurch ein neues Problem haben. Denn leider passte die Lösung dieses Falles nicht zu Falks These eines Serienmörders – und sie warf auch wieder die Frage nach Hannos Tod auf.

Gut, dass Helmut seine andere Spur nicht aus den Augen verloren hatte.

Das war eine sehr interessante Geschichte, die er heute in der Zeitung fand. Die Polizei hatte den Mord an der schönen Ellen aufgeklärt.

Zwei einschlägig vorbestrafte junge Männer waren dafür verantwortlich, hieß es in dem ausführlichen Artikel. Ihre Gesichter waren abgebildet. Natürlich mit schwarzen Balken über den Augen. Und natürlich waren nicht ihre vollen Namen genannt worden. Nur der Vorname und der erste Buchstabe des Nachnamens.

Er kannte die beiden ohnehin nicht. Trotzdem zwinkerte er den Fotos in der Zeitung zu. Das waren doch immerhin seine Brüder im Geiste. Sie hatten ihm geholfen, die ganze Sache ins Rollen zu bringen.

Trotzdem blöd, dass sie sich nun schnappen lassen mussten. Einer war bei der Verhaftung gestorben. Schade für ihn.

Wahrscheinlich hatte ihm dieser Jordan eine Kugel in den Rücken gejagt. Oder seine reizende Assistentin?

Spätestens jetzt durfte auch den blödesten Bullen klar geworden sein, dass dieser Raubüberfall nichts mit den anderen Toten zu tun hatte. Leider war damit auch sein wasserdichtes Alibi für Ellens Tod hinfällig.

Er hatte zwar trotzdem nichts zu befürchten, natürlich nicht, dennoch schien es nun Zeit zu sein für das große Finale.

KAPITEL 23

Die ganze Stobenstraße stand voller Feuerwehrfahrzeuge, Rettungswagen und Polizeiautos.

Man hatte einige Anwohner evakuiert, falls der Brand von der Werkstatt auf ihre Häuser übergreifen würde.

Das hatte die Feuerwehr zum Glück verhindern können. Selbst der Verhau, den Franke als Büro genutzt hatte, war verschont geblieben. Auch die Fahrzeuge auf dem Hof sahen aus, als hätte sie das Feuer nicht erreicht.

Helmut staunte vor allem über einen weißen Porsche 911 mit Kölner Kennzeichen. Er stand zusammen mit Lisa an der Absperrung, die die Feuerwehr an der Hofzufahrt errichtet hatte.

Man wollte weder Kripo noch KTU auf den Hof lassen, solange nicht sicher war, dass man den Brand unter Kontrolle hatte. Mehr als schwarzer Qualm war allerdings nicht zu sehen. Es konnte nicht mehr lange dauern.

Um 10.40 Uhr an diesem Dienstag hatte ein Notruf aus der Stobenstraße die Feuerwehrleitzentrale erreicht. Eine Explosion und ein Brand wurden gemeldet. Innerhalb von sechs Minuten waren die Feuerwehrleute vor Ort gewesen. Sie hatten parallel mit der Brandbekämpfung und der Evakuierung begonnen. Eine Zeitlang war die Lage brenzlig gewesen. Doch nach einer halben Stunde war die größte Gefahr gebannt.

Die ersten Polizisten waren um 11 Uhr eingetroffen. Sie mussten den Kollegen von der Feuerwehr jedoch untätig bei der Arbeit zusehen. Es konnten zunächst auch keine Zeugen befragt werden, denn die unmittelbaren Anwohner waren noch in einem nahe gelegenen Altenheim und warteten, dass sie zurück in ihre Häuser konnten.

Helmut und Lisa waren seit 11.30 Uhr in der Stobenstraße.

Lisa hatte endlich den Einsatzleiter der Feuerwehr ausfindig gemacht und ihn zu sich gewinkt. Er stand verschwitzt und nach Qualm stinkend vor ihnen. Seinen Helm hatte er in der Hand.

Helmut kannte den Mann von anderen Gelegenheiten. Detlef Wischmeier war ein umgänglicher Typ. Ein paar Jahre jünger als Helmut, doch im Gegensatz zu Helmut mit weitgehend kahlem Kopf. Er war unrasiert und seine Augen waren rot unterlaufen.

Wischmeier stieg über die Absperrung und gab Lisa und Helmut seine verschwitzte Hand, mit der er sich danach durchs ebenfalls verschwitzte Gesicht fuhr. »Bisschen viel Polizei hier, oder?« Wischmeier deutete auf die zwölf Beamten von Streifendienst und von der KTU, die geduldig an der Absperrung ausharrten. »Hat das einen bestimmten Grund?«

»Der Mann, dem die Werkstatt gehört, ist ein wichtiger Zeuge bei einer Ermittlung.«

»Doch wohl nicht bei dieser Mordserie oder was auch immer das ist, bei der alle Opfer zusammen Abitur gemacht haben?«

Seit Mitte letzter Woche hatte die Berichterstattung nochmals zugenommen. In Wolfenbüttel gab es niemanden, der nicht davon gehört hatte.

»Doch«, sagte Helmut.

»Dann könntet ihr mit ein bisschen Pech einen wichtigen Zeugen weniger haben, Leute.« Wischmeier machte eine Geste mit dem rechten Daumen, der grob in Richtung Halle deutete.

»Habt ihr da drin eine Leiche gefunden?«, fragte Lisa.

»Haben wir. Aber ihr Zustand lässt zunächst einmal keine Rückschlüsse darauf zu, um wen es sich handelt. Ich könnte noch nicht einmal sagen, ob es ein Mann oder eine Frau ist.« Wischmeier kniff die Augen zusammen und schüttelte den Kopf.

»So schlimm?« Helmut dachte an Hannos verkohlte Leiche.

»So schlimm wie jemand nur aussehen kann, dem eine Bombe oder was auch immer unter den Händen explodiert ist und der gleich anschließend noch Feuer fängt. So was möchte ich nicht jeden Tag sehen.«

»Kann man das schon so genau sagen, das mit der Bombe?«, fragte Lisa.

Wischmeier atmete tief durch. »Ich will nicht gerade mein Gehalt darauf verwetten. Aber derjenige, der den Notruf getätigt hat, sprach von einer lauten Explosion. Und so sieht es in der Halle auch aus. Ob es eine Bombe war, das werden wir noch herausbekommen. Wir oder ihr. Oder wir alle zusammen. Mir soll das egal sein.«

»Das ist jetzt in der Tat zweitrangig«, sagte Helmut. »Dieser Anrufer, habt ihr den auch evakuiert?«

»Ja, wir haben alle rüber ins Altenheim gebracht, die wir im Umkreis von 100 Metern in ihren Wohnungen angetroffen haben.«

Helmut überlegte kurz. »Lohnt sich das für uns, dorthin zu fahren, oder bringt ihr die Leute ohnehin bald wieder hierher?«

»Kommt drauf an, wie eilig ihr es habt. In zwei Stunden sind die wieder hier.«

»Das dauert mir zu lange.« Helmut wandte sich an Lisa. »Lisa, kannst du mal ein paar Jungs von der Streife rüber zum Altenheim schicken? Die sollen alle Anwohner der Stobenstraße befragen. Die Protokolle können sie in die Dienststelle bringen.«

Lisa ging zu den beiden Beamten, die am nächsten standen, und instruierte sie. Die Beamten machten sich auf den Weg, und Lisa kam zurück zu Helmut und Wischmeier.

Wischmeier erklärte Helmut gerade, dass er es jetzt verantworten konnte, wenn zwei Polizisten in Frankes Büro gingen. Es war weit genug weg von der Halle.

Kurz darauf kletterten Helmut und Lisa über die Absperrung und bahnten sich zwischen Feuerwehrleuten und Feuerwehrgerät den Weg zum Büro.

Es war, wie nicht anders zu erwarten, nicht abgeschlossen und in einem vergleichbaren Zustand wie ein paar Tage zuvor, als Helmut zuletzt hier gewesen war.

Frankes Smartphone lag auf dem Campingtisch (er hatte wieder vergessen, es mit in die Werkstatt zu nehmen, dachte Helmut) und der Computer war angeschaltet.

Um die technischen Geräte würde Lisa sich kümmern. Helmut wollte die kleinen gelben Zettel lesen, die auf dem Tisch lagen oder klebten und die auch überall an der Wand und am Regal verteilt waren. Helmut würde sich auch die Aktenordner vornehmen und alles sonst, was per Hand geschrieben oder aus einem Drucker gekommen war.

Schnell war klar, dass Franke seine Geschäfte auf verschiedene Arten abwickelte. Manchmal geschah dies einfach über diese kleinen Merkzettel, etwas häufiger über Auftragsformulare. Es hing wahrscheinlich davon ab, wie gut Franke einen Kunden kannte.

Helmut überlegte, ob Franke die Rechnungslegung ähnlich handhabe. Fremde bekamen eine Rechnung, Bekannte zahlten bar. Ohne Mehrwertsteuer. Davon dürfte aber das Finanzamt nichts erfahren, dachte Helmut, bevor ihm einfiel, dass das nun möglicherweise Frankes geringstes Problem war.

Er fand einen Zettel, auf dem »Susanne: Abblendlicht. Erledigt« stand. Dieser Vorgang, wenn man einen kleinen gelben Merkzettel denn so nennen wollte, betraf gewiss Susanne Ferber. Damit war zugleich Kusmanns Aussage bestätigt, dass seine Frau ihren Wagen kurz vor dem tödlichen Unfall zu Franke gebracht hatte. Abblendlicht, genau das hatte Kusmann gesagt.

Auf einem anderen Zettel stand »Jens: Batterie & Zündkerzen«. Hier stand kein »Erledigt« dahinter. Offenbar ein aktueller Auftrag für einen Bekannten. Helmut erinnerte sich an den weißen Porsche auf dem Hof. »Lisa, gibt es nicht in diesem Jahrgang einen Jens, der irgendetwas mit Köln zu tun hat?«

Lisa war in ihre Arbeit an Frankes Rechner vertieft. Ihre Antwort kam dennoch prompt: »Jens Tönnies. Früher Hockey-Nationalspieler, jetzt beim 1. FC Köln. Wieso?«

»Es kann gut sein, dass er gerade seinen Wagen hier hat. Draußen steht ein weißer 911 mit Kölner Kennzeichen und hier auf einem dieser gelben Zettel steht der Name ›Jens‹.«

»Ja, der schicke Flitzer war mir auch aufgefallen. Soll ich gucken, ob der Name Jens Tönnies hier auftaucht? Ich bin gerade in Frankes Buchhaltungsprogramm. Das war nicht gesichert.« Lisa tippte ein paar Tasten, wartete kurz und sagte schließlich: »Nein, kein Treffer.«

»Das muss nichts heißen. Mir scheint, Franke hat nicht für jeden Kunden einen Vorgang angelegt. Ich kann das vielleicht auch anders herausfinden.«

Eine Minute später hatte Helmut am Schlüsselbrett den Schlüssel gefunden, den er suchte. Er ging auf den Hof, wo immer noch Feuerwehrleute versammelt waren. Sie begannen jedoch bereits damit, Schläuche aufzurollen.

Am Heck des Porsches entdeckte Helmut einen sehr dezenten Aufkleber, »Abi '89«. Er nickte, öffnete die Fahrertür und entriegelte die Motorhaube. Er musste nur einen Blick in den Motorraum werfen, um zu sehen, dass die Batterie fehlte. Helmut ging zurück zu Lisa.

Sie hob den Kopf und sah ihn fragend an.

Helmut hob den rechten Daumen.

Lisa lächelte. »Da kann ich mithalten. Ich habe ein paar Mails von Franke gelesen. Der Kerl lässt einfach alles offen und ungeschützt. Es gibt da einen Mailwechsel zwischen ihm und Tönnies wegen einer Autobatterie. Tönnies ist ein paar Tage in Wolfenbüttel und will die Gelegenheit nutzen, seinen Wagen zu Franke zu bringen. ›Wie üblich‹, schreibt Tönnies noch. Damit meint er vielleicht, dass es ohne Rechnung laufen soll.«

Helmut nickte zufrieden. »Hast du sonst noch was gefunden?«

»Einen Mailwechsel zwischen Franke und Dieckmann. Franke ist wohl Mitte des Monats noch mal im Ruhrgebiet gewesen, um Dieckmann zu besuchen. Die beiden stimmen sich über den genauen Termin ab. Franke bietet Dieckmann außerdem an, einen bestimmten Whisky mitzubringen, den es bei ›Feinkost Stein‹ in Wolfenbüttel ›zu einem unschlagbaren Preis‹ gibt, wie Franke schreibt. Dieckmann findet die Idee gut.«

Helmut nickte. »Musst du noch was am Computer überprüfen?«

»Entweder ich jetzt oder jemand von der KTU später. Mir egal.«

»Sollen wir herausfinden, ob man jetzt in die Halle kann?«

Statt zu antworten, stand Lisa auf und folgte Helmut nach draußen.

Sie trafen Wischmeier auf dem Hof. Er gab ihnen und der Kriminaltechnik grünes Licht.

Wenige Minuten später gingen zwei Spurensicherer rüber zu Frankes Kabuff, während etwa zehn Beamte in der verrauchten, stinkenden und heißen Halle umherliefen. Der Gerichtsmediziner war auch darunter. Er warf einen Blick auf den schwarzen Klumpen, der einst ein Mensch gewesen sein sollte. Es fehlten sogar einige Glieder.

»Da hilft wohl nur der Zahnarzt.« Dr. Rösner schüttelte angewidert den Kopf. »Sollen wir ihn – oder sie? – zu uns schaffen, sobald die Fotos von der Sauerei hier im Kasten sind?«

Helmut nickte und versuchte, seinen Blick so weit wie möglich von der verkohlten Leiche abzuwenden.

»Habt ihr eine Idee, wer das sein könnte?« Auch Rösner vermied jeglichen Augenkontakt mit der Leiche. Er würde den Anblick später noch lange genug ertragen müssen.

»Haben wir.«

»Dann findet bitte heraus, zu welchem Zahnarzt diese Person gegangen ist und besorgt mir dort alle Unterlagen. Mit etwas Glück kann ich euch noch heute sagen, ob ihr recht habt.«

Helmut blickte Lisa an.

Lisa nickte. »Ich kümmere mich darum.«

Kurz darauf war der Arzt weg und mit ihm die Leiche.

Die Kriminaltechniker suchten derweil jeden Millimeter der Halle ab. Hans-Werner Schlüter leitete die Aktion. Er wusste, dass er die Ermittler schon mit ein paar vorläufigen Erkenntnissen glücklich machen würde. Er kam also zu Lisa und Helmut, die am Eingang der Halle standen und dem vom Hof fahrenden Wagen der Rechtsmedizin hinterherblickten.

»Hans-Werner, hast du schon was für uns?«, fragte Helmut.

»Viele Fragen. Vor allem frage ich mich, ob wir es hier mit einer Kfz-Werkstatt oder mit einem Chemielabor zu tun haben. Wir haben Reste von ein paar Flüssigkeiten gefunden, an denen ich nur riechen muss, um zu wissen, dass sie nicht hierhergehören.«

»Kannst du uns das genauer sagen?«

»Zum einen Aceton. Okay, das könnte man hier eventuell zum Reinigen benutzen. Zum anderen aber haben wir hier etwas, das fast geruchslos ist, aber eben nur fast. Hat man es mal erschnuppert, sticht es automatisch ein wenig in der Nase. Könnte Wasserstoffperoxid sein. Beide Stoffe allein sind schon nicht gerade harmlos. Aber wenn sie zusammenkommen und man konzentrierte Schwefelsäure hinzufügt, könnte es richtig gefährlich werden. Bei einem bestimmten Mischungsverhältnis hätten wir APEX beziehungsweise Acetonperoxid. Ein netter Sprengstoff, wie ihr wisst. Dann würde es richtig laut knallen. Um das auszulösen, reicht schon eine leichte Druckwelle, ein Stoß, ein Schlag. Oder Wärme. Kann ganz schnell gehen. Schwefelsäure wäre übrigens ein Stoff, der hier durchaus etwas zu suchen hätte. Wenn auch nicht in hoch konzentrierter Form.«

»Aha, und wo genau?«, fragte Helmut.

»In der Autobatterie.«

Helmut und Lisa rissen fast zeitgleich die Augen auf.

»Was habt ihr denn?«

»Also noch mal zur Wiederholung: Aceton plus Wasserstoffperoxid plus Schwefelsäure gleich Bombe«, stotterte Lisa.

»Auf den Punkt gebracht, ja.«

»Heißt das, unser Mann hat eine Bombe gebastelt?« Helmut war fassungslos.

»Vielleicht hat er es versucht.«

»Und er hat einen Fehler gemacht, sodass die Bombe hier hochging und nicht dort, wo er sie einsetzen wollte?«, fragte Lisa.

Schlüter verdrehte die Augen. »Kinder. Das sind alles nur Gedankenspiele. Es kann sein, es kann auch nicht sein.«

Lisa gab nicht auf. »Könnte denn eine Autobatterie diese Bombe sein? Ich meine, wäre es möglich, eine Autobatterie mit diesen Flüssigkeiten auszustatten, aber dafür zu sorgen, dass sie erst zu einem bestimmten Zeitpunkt explodiert, wenn bestimmte Voraussetzungen erfüllt sind? Temperatur zum Beispiel?«

Schlüter blickte hilfesuchend nach oben. Doch dort sah er nur das verrußte Hallendach. »Das kann ich mir nicht vorstellen. APEX herzustellen, ist ein sensibler Prozess. Da geht es um Tropfen. Einer zu viel und …«

»Werden wir das noch verbindlicher von dir hören?«, fragte Helmut.

»Ich gebe mein Bestes. Zunächst müssen wir prüfen, ob es sich bei den Flüssigkeiten tatsächlich um Aceton und Wasserstoffperoxid handelt oder ob mich meine Nase mittlerweile trügt. Wir sind hier auch noch längst nicht fertig.«

»Haltet ihr bitte Ausschau nach Überresten einer Autobatterie?« Helmut wusste, dass diese Bitte überflüssig war. Natürlich würde Schlüter darauf achten. Aus den Augenwinkeln konnte Helmut sehen, dass Lisa Richtung Werkstatttor ging.

Dort stand einer der Kriminaltechniker, die Frankes Büro weiter durchsucht hatten. Er hielt etwas Kleines in der Hand.

Kurz darauf saßen Helmut, Lisa und der Kriminaltechniker vor Frankes Computer. Der USB-Stick, den die KTU in einer Art Geheimfach unter dem Tisch gefunden hatte, steckte bereits in der Buchse. Sie betrachteten die Dateien, die sich darauf befanden, offenbar alles Dokumente aus Conradis Kanzlei.

»Hier«, sagte Lisa und fuhr mit der Maus auf eine Datei, die »Süberlegung.docx« hieß und am 11. November 2013 angelegt worden war. Lisa klickte zweimal. Kurz darauf lasen sie den Text. »Überlegungen zur Stobenstraße/Susannes Jugendzentrum«, lautete die Überschrift. Es begann mit rechtlichen und politischen Überlegungen. Laut Conradi würde es unter Umständen nicht einfach sein, ein Jugendzentrum gegen den Willen der Stadtverwaltung und der Kirchengemeinden zu gründen. Conradi empfahl, wenigstens einen dieser Akteure mit ins Boot zu holen. Es folgten einige wirtschaftliche Details und Ideen für die personelle Struktur des Jugendzentrums.

Schließlich kam der Punkt, der die Beamten am meisten interessierte: »Dirk«. Hier stand: »Eine der Folgen der Neuausrichtung der Grundstücksnutzung ist, dass Dirk Franke seine Kfz-Werkstatt aufgeben muss. Susanne ist der Meinung, dass Dirk ohne Probleme einen neuen Standort finden dürfte und dass sie ihm nun lange genug unter die Arme gegriffen habe. Sie wird ihn nicht dabei unterstützen, diesen neuen Standort zu finden. Sie wird ihm auch keines der anderen Grundstücke anbieten, die sie in Wolfenbüttel besitzt.«

Ferber hatte Franke fallen lassen wollen, und Franke hatte es gewusst. Er hatte Helmut angelogen, als es um seine Werkstatt ging.

Und wenn er ihn in diesem Punkt belogen hatte, war es da nicht denkbar, dass Franke ihn auch in anderen Punkten belogen hatte?

KAPITEL 24

»Gratuliere, Helmut! Die Mordserie aufgeklärt und auch den Raubmord.« Polizeipräsident Karl Breimer saß hinter seinem wuchtigen Schreibtisch im Braunschweiger Präsidium und strahlte Helmut an.

Karl hatte in den letzten Jahren deutlich zugelegt. Helmut schätzte, dass jetzt Größe 54 fällig war. Oder 56?

Bis Mitte 50 hatte Karl sich wacker geschlagen. Er hatte viel Sport getrieben und auf seine Ernährung geachtet. Doch je näher er der Pensionierung kam (in knapp vier Jahren war es so weit), desto mehr ließ er sich gehen. Oder, positiv formuliert: Karl genoss das Leben. Gutes Essen, gute Weine. Und statt zu laufen, zu schwimmen oder zu radeln, legte er lieber die Füße hoch.

Die Folge war – neben der neuen Konfektionsgröße – ein ausgeprägtes Doppelkinn. Allerdings war Karl mit seiner Knollnase und seinen Tränensäcken ohnehin keine Schönheit.

Aber er war eine Frohnatur, und wie Helmut war er ein Junge vom Land. Nicht zuletzt deshalb hatten sich die beiden Männer auf Anhieb gut verstanden, als sie sich vor 18 Jahren zum ersten Mal begegnet waren. Helmut war gerade in die Wolfenbütteler Ermittlungsgruppe aufgenommen worden und Karl hatte einige Wochen zuvor die Leitung des Braunschweiger Polizeipräsidiums übernommen. Er hatte nach seiner Ernennung alle Dienststellen des Präsidiums besucht und war so auch in Wolfenbüttel gelandet. Er unterhielt sich ausführlich mit allen Beamten. Als Karl von Helmut hörte, dass dieser vom Dorf kam und zunächst eine Malerlehre absolviert hatte, hatte Karl anerkennend genickt. Später stellte sich heraus, dass der neue Präsident nicht nur ebenfalls vom Land war, sondern dass auch er beinahe zunächst ein Handwerk erlernt hätte. Immerhin hatte er nach dem Abitur ein Jahr lang in einer Molkerei gearbeitet, um sich schließlich doch für eine Beamtenlaufbahn bei der Polizei zu entscheiden.

Als Karl dann noch erfuhr, dass es früher in Mattierzoll eine Molkerei gegeben hatte, hatte er sich praktisch bei Helmut eingeladen und sich die alte Fabrik zeigen lassen. Eins kam zum anderen. Gegenseitige Einladungen. Auch die Ehefrauen verstanden sich gut. Schnell war man beim »Du«, und letztlich war so etwas wie eine Freundschaft entstanden.

Karl hatte Helmut zwar nicht bevorzugt, wenn es um Beförderungen ging oder schließlich um die Neubesetzung der Leitung in der Wolfenbütteler Ermittlungsgruppe. Aber er hatte ihm auch keine Steine in den Weg gelegt.

Karl und Helmut hatten sich an diesem Freitag in erster Linie getroffen, um sich für die Pressekonferenz am Montag abzustimmen.

Ursprünglich sollte die Pressekonferenz noch in dieser Woche über die Bühne gehen. Es hatte dann jedoch etwas länger als erhofft gedauert, bis alle Ermittlungsergebnisse vorlagen.

Jetzt lagen sie vor.

Hans-Werner Schlüter konnte sich auf sein Näschen verlassen. Das KTU-Labor hatte sowohl Aceton als auch Wasserstoffperoxid nachgewiesen. Zusammen mit Schwefelsäure konnte daraus der als APEX bekannte Sprengstoff werden.

Schlüter hielt es allerdings für ausgeschlossen, aus der Autobatterie eine Bombe zu basteln. »Diese leidvolle Erfahrung hat dein Mann nun auch gemacht.«

»Dein Mann«, das war erwiesenermaßen Dirk Franke. Die

Obduktionsergebnisse lagen ebenfalls vor. Wie so oft hatte das Gebiss für Gewissheit gesorgt. Frankes Zähne waren übrigens tadellos.

Laut Jens Tönnies war auch Frankes Charakter tadellos gewesen. Er konnte nicht glauben, dass Franke versucht haben sollte, ihn in die Luft zu sprengen. Er konnte auch nicht glauben, dass Franke die anderen Mitschüler umgebracht hatte. »Ich kenne Dirk seit der Grundschule«, hatte Tönnies den Ermittlern erzählt. »Und ich meine, ihn wirklich gut zu kennen. Wir haben uns regelmäßig getroffen. Zuletzt hat er mich im Herbst in Köln besucht. Ich hab ihn ins Stadion mitgenommen, gegen Sechzig. Wir waren doch Freunde.«

Dennoch würde auch Tönnies einsehen müssen, dass Franke ein Serienmörder war. Die Beweise waren erdrückend. Da war zum einen dieser USB-Stick. Wie Franke an diesen Stick gekommen sein mochte, wussten die Ermittler noch nicht. Vielleicht war er in die Kanzlei eingebrochen? Das würde sich vielleicht später noch klären lassen.

Noch am selben Tag hatte die KTU in Frankes Wohnung außerdem eine Liste des Jahrgangs 1989 gefunden. Hinter einigen Namen war ein schwarzes Kreuz, mit Filzstift gemalt.

Auf diese Weise als »tot« markiert waren Hanno, Ellen, Felix, Mario, Barbara und Susanne. Hinter Jens war ebenfalls ein Kreuz. Es war allerdings mit Bleistift gemalt, genau wie das Kreuz hinter Jakob (der nächste Freund, hatte Helmut entsetzt festgestellt).

Die Sache mit dem Bleistift konnten sich die Ermittler leicht erklären: Das Opfer stand fest, der Mord aber noch aus.

Dass auf der Todesliste auch Ellen markiert war, war etwas verwirrend. Es schien andererseits keine entscheidende Rolle zu spielen.

Diese Liste war ohnehin nicht der stichhaltigste Beweis für Frankes Schuld. Das war auch nicht der Behälter mit alter

Bremsflüssigkeit, der in einem weitgehend unbeschädigten Nebenraum der Werkstatt gefunden worden war, sondern der Baseballschläger, den die KTU in Frankes Keller fand. Am Schläger befanden sich Blutreste, Conradis Blut.

Diese Ergebnisse würde man am Montag der Presse servieren. Das dürfte sie zufriedenstellen.

Helmut hingegen war keineswegs zufrieden. Der Mörder war tot und alle Beweise lagen gut sichtbar herum. Hatte sich Franke wirklich so unangreifbar gefühlt? Hatte er nicht in Erwägung gezogen, man könnte seine Wohnung, seinen Keller, sein Büro, seine Werkstatt durchsuchen? Das erschien unlogisch.

Noch schlimmer als diese fehlende Logik war Helmuts widerwilliges Eingeständnis, dass er bei Hanno derart danebengelegen hatte. Er war sich so sicher, dass die Lösung dieses Rätsels innerhalb der engen Grenzen des Dorfes lag.

Am schlimmsten allerdings war das Gefühl, sich derart in Franke getäuscht zu haben. Selbst als sich die Schlinge immer enger um ihn zog (nach Ferbers Unfall und dem Gespräch mit Kusmann), war Helmut noch überzeugt, dass Franke kein Mörder war. Schon gar kein Serienmörder. Und nun hatte ihn seine Intuition dermaßen im Stich gelassen.

»Du freust dich offenbar nicht ganz so sehr.« Karl war scheinbar aufgefallen, dass Helmut in diesem Augenblick mit seinen Gedanken ganz woanders war.

»Doch, durchaus. Mir wäre nur wesentlich lieber gewesen, wir hätten Franke lebend erwischt. Ich hätte ihn gern noch einiges gefragt.«

»Du meinst, nach seinem Motiv?« Karl gab sich selbst die Antwort. »Ich dachte, das Hauptmotiv sei die Tatsache, dass Ferber ihm die Werkstatt wegnehmen wollte. Wenn ich richtig verstehe, was der Fallanalytiker schreibt, hat Franke die anderen Morde eventuell begangen, um von diesem Mord abzulenken. Vielleicht spielt es zusätzlich eine Rolle, dass Franke mit besonders erfolgreichen Mitgliedern seines Abiturjahrgangs abrechnen wollte.«

Helmut ließ sich Zeit mit einer Erwiderung. Ja, es stimmte, Falk hatte anhand der neuen Fakten eine Analyse zu Franke geschrieben. Demnach haderte Franke schon längere Zeit mit seinem Schicksal. Abgebrochenes Studium. Gescheiterte Ehe. Die Existenz als Kfz-Mechaniker abhängig von Freunden, von Ferber, die ihm kostengünstig ein perfekt gelegenes Grundstück verpachtete, und von Hanno, der ihm sogar unentgeltlich eine Scheune überließ. Zwei ehemalige Mitschüler, mit denen man früher auf Augenhöhe agierte und die es nun so viel weiter gebracht hatten als er selbst.

Aber Ferber und Hanno waren nicht die einzigen Schulkameraden, die Karriere gemacht hatten. Felix Conradi, der erfolgreiche Anwalt. Jens Tönnies, der zum Trainerstab des 1. FC Köln gehörte. Je höher die anderen hinauskamen, desto kleiner fühlte sich Franke.

Als Mitglied des Vorbereitungsteams saß er direkt an der Datenquelle und war über den Werdegang aller Ehemaligen informiert. Das grenzte schon an Masochismus. Genau wie der regelmäßige Umgang speziell mit Tönnies, Ferber und Conradi.

Irgendwann konnte Franke es nicht mehr ertragen, viele seiner erfolgreichen Mitschüler auf einmal zu treffen. Das Treffen zum 15-jährigen Abiturjubiläum verließ er nach kurzer Zeit, zum 20-Jährigen kam er gar nicht. Das 25-Jährige wollte er offenbar verhindern, indem er möglichst viele Ehemalige tötet.

Das war ihm gelungen. Dieckmann hatte das Treffen offiziell abgesagt.

Bis zu einem gewissen Punkt konnte Helmut nachvollziehen, was der Fallanalytiker geschrieben hatte. Aber dann ging es nicht mehr weiter. Aus Falks Sicht musste es eine Initialzündung gegeben haben, die die Mordserie in Gang gesetzt hatte. Falk ging davon aus, dass Franke genau in dem Moment zu morden begann, als er erfuhr, dass Ferber ihm die Werkstatt wegnehmen will.

Das klang plausibel, zumindest aus Sicht eines psychopathischen Mörders. Komplizierter wurde es, wenn man nun versuchte, beide Motive unter einen Hut zu bringen. Einerseits der grundsätzliche Neid auf die Erfolge der anderen, verbunden mit der konkreten Abhängigkeit von Ferber und Hanno. Andererseits die Gefahr, seine Existenzgrundlage zu verlieren.

Diese Gefahr war greifbar, sie ging von Ferber aus. Aber: Wenn sie aus dem Weg war, wäre dann die Gefahr komplett beseitigt? Aus Frankes Sicht offenbar nicht. Er brachte auch den Mitwisser Conradi um. Doch auch Kusmann kannte den Plan. Er hatte nicht sterben müssen, obwohl es für Franke auf der Hand gelegen haben musste, dass Ferber ihrem Mann von dem Jugendprojekt erzählt hatte. Kusmann stand auch nicht auf der Todesliste. Er gehörte allerdings auch nicht zu Frankes Jahrgang.

Für Falk war die Sache klar. Sterben musste nur, wer 1989 zusammen mit Franke Abitur gemacht hatte und außerdem etwas Besonderes im Jahrgang darstellte. Damals und/ oder heute. Diese Besonderheit musste, zumindest für den Fallanalytiker, nicht zwingend mit Erfolg und Reichtum zu tun haben. Siehe Lopez.

Eine der wichtigsten ungeklärten Fragen lautete: Wann und wie erfuhr Franke, dass Ferber ihn abservieren wollte? Bekam er zufällig Conradis USB-Stick in die Hände? Hatte er ihn in der Kanzlei geklaut? Und wenn ja, woher hätte er überhaupt von dem brisanten Dokument auf diesem Stick wissen können?

»Du hast natürlich recht«, erwiderte Helmut nun auf Karls Frage. Das war zwar genau die Antwort, die Karl in diesem Moment gern hörte. Sie war jedoch alles andere als aufrichtig. Helmut würde auch auf der Pressekonferenz am Montagvormittag ausschließlich solch einfache Antworten geben. Aber am Montagnachmittag würde er einen, zunächst privaten, Ausflug nach Sachsen-Anhalt unternehmen und dort nach komplizierteren Antworten suchen.

KAPITEL 25

Dieckmann hatte überrascht reagiert, als er ihn vorhin angerufen hatte, um zu fragen, ob er an diesem Donnerstag zwischen zwei Terminen vorbeikommen konnte.

Aber natürlich hatte Dieckmann ihn eingeladen. Schließlich hatten sie in Wolfenbüttel häufig genug darüber gesprochen, dass Lorenz ihn noch nie in Bochum besucht hatte.

Heute Nachmittag war es nun so weit. Er stand vor dem Seiteneingang eines unscheinbaren hellgrauen Hauses in einer schmalen Einbahnstraße. Er drückte auf die Klingel. Ein paar Sekunden später öffnete Dieckmann die Tür.

»Hallo, Lorenz.« Dieckmann gab ihm die Hand. »Schön, dich endlich mal hierzuhaben. Hast du problemlos hergefunden?«

»Grüß dich, Jakob.« Er nahm die ausgestreckte Hand entgegen. »Kein Problem, ich musste ja nichts finden. Erst Zug, dann Taxi.« Er deutete vage in die Richtung, aus der dieses Taxi gekommen sein könnte.

Dieckmann blickte in diese Richtung, wo allerdings kein Taxi mehr zu sehen war.

»Ich habe uns einen guten Tropfen mitgebracht.« Er schwenkte den Karton mit der Whiskyflasche und betrat hinter Dieckmann den Flur.

»Talisker?« Dieckmann nahm den Karton entgegen. »Nicht schlecht. Aber ich dachte, du hast gleich noch einen Termin? Ein bisschen früh für Whisky, oder?« Dieckmann sah demonstrativ auf seine Uhr.

Er wusste jedoch, dass es nicht schwierig sein würde, Dieckmann zu ein, zwei Gläschen zu überreden. Der Journalist war nie jemand gewesen, der ins Glas spuckte. »Ja, ich habe noch einen Termin. Aber ich denke, ein kleines Glas kann nicht schaden. Ich lutsche hinterher ein Salbeibonbon, dann riecht das niemand mehr. Danke, dass du dir Zeit nimmst, Jakob.« Er legte Dieckmann die Hand auf die Schulter.

»Gerne. Passt mir ganz gut diese Woche. Meine Familie ist unterwegs. Meine Frau ist mit den Kindern bei ihren Eltern. Karneval im Rheinland. Die Kinder haben bis Dienstag schulfrei.«

»Warum bist du nicht mitgefahren?« Er fragte aus reiner Höflichkeit.

»Ich fahre am Samstag. Fünf Tage Schwiegereltern, das war mir doch etwas zu viel.« Dieckmann lachte. »Komm, lass uns in die Küche gehen.« Dieckmann führte ihn. »Setz dich schon mal. Ich hole uns Gläser.« Dieckmann verschwand in einen anderen Raum.

Er blickte ihm nach. »Ich muss eben zur Toilette. Wo ist die wohl?«

Dieckmann kam kurz zurück und zeigte ihm die Tür.

Als er ein paar Minuten später in die Küche kam, hatte Dieckmann den Talisker bereits aus dem Karton genommen. Er zog den Korken heraus und füllte jeweils zwei Fingerbreit Whisky in die beiden Gläser, die er geholt hatte.

Richtige Whiskygläser! Lorenz staunte. Dieckmann hatte also doch ein wenig Stil. Auch die Küche machte einen netten Eindruck. Keine Einbauküche vom Möbeldiscounter, sondern geschmackvolle Einzelteile, die zusammenpassten. Weiß und helles Braun. Moderner Gasherd. Ein rustikaler Tisch mit Stühlen auf der einen und einer Bank auf der anderen Seite. An die Küche grenzte ein kleiner Wintergarten. Dahinter lag ein Garten, der kaum kleiner war als sein eigener Garten. Ein paar Obstbäume. Sträucher. Eine Hecke. Ein kleines Gartenhaus. Ohne es zu wollen, nickte er anerkennend.

»Soll ich uns einen Espresso machen?« Dieckmann zeigte auf einen Espressokocher, der auf der Ablage neben dem Gasherd stand. Kein billiges Teil aus Aluminium, sondern eines aus Edelstahl.

»Vielleicht später.« Er saß auf einem der Stühle, während Dieckmann auf der Bank Platz nahm.

Dieckmann hob sein Glas. »Was sagen noch mal die Schotten in solchen Momenten?«

»Keine Ahnung. Lass uns einfach auf die Toten trinken.« Er drückte fest die Augen zusammen, und tatsächlich schlängelte sich kurz darauf eine Träne seine linke Wange hinunter.

Dieckmann sah die Träne und schluckte. »Auf die Toten! Mögen ihre Seelen in Frieden ruhen!«

»Außer die von Dirk«, sagte er, bevor einer von ihnen trinken konnte.

»Ja, das wäre wohl unangebracht. Auch wenn ich es einfach nicht glauben kann, dass Dirk für den Tod von Susanne, Mario, Felix und Hanno verantwortlich sein soll – und dass er auch Jens und mich umbringen wollte. Wir waren Freunde!« Dieckmann trank endlich.

Lorenz beobachtete Dieckmann, wie der sich nach einem kräftigen Schluck schüttelte und leicht das Gesicht verzog.

»Schmeckt nicht?«

»Vielleicht ist es doch zu früh für Whisky. Vielleicht brauche ich einfach noch einen Schluck.«

Diesen Schluck nahm Dieckmann sofort. Sein Glas war leer. Er schenkte sich sofort nach, aber nicht, ohne sich vorher zu vergewissern, dass Lorenz noch genug Whisky in seinem Glas hatte.

Lorenz griff nach seinem Glas, überlegte es sich dann aber

anders. »Euer Jahrgangstreffen hast du wahrscheinlich mittlerweile abgesagt, oder?«

»Ja. Wer hätte dazu noch Lust? Sieben Tote. Wenn man Dirk mitzählt.«

»Ich mochte ihn auch, und ich versuche immer wieder, mir einzureden, dass er nicht schuld ist an Susannes Unfall. Dass er nicht ihre Bremsflüssigkeit ausgetauscht und ihren Airbag deaktiviert hat. Hat er aber. Kommissar Jordan hat die Beweise vorliegen. Den hast du auch kennengelernt, oder?«

Dieckmann nickte.

Einen Moment lang hatte er das Gefühl, dass Dieckmann noch etwas sagen wollte. Aber letztlich blieb es beim Nicken. Also fuhr Lorenz fort: »Und Beweise für die anderen Morde. Den Baseballschläger. Diese Liste von eurem Jahrgang. Den USB-Stick.«

»Hat Jordan dir das alles erzählt?«

»Ja. Er geht davon aus, dass Susanne vor allem deshalb sterben musste, weil sie Dirk die Werkstatt wegnehmen wollte.«

»Bist du sicher?« Dieckmann runzelte die Stirn.

»Es steht in diesem Dokument von Felix, das auf dem Stick ist. Ich wusste natürlich von dem Jugendzentrum. Susanne hat mir aber nicht erzählt, ob Dirk es auch wusste.«

Dieckmann schüttelte den Kopf, er sagte aber nichts.

»Warst du auf seiner Beerdigung?« Er spielte mit seinem Glas, drehte es auf dem glatten Küchentisch, eine halbe Drehung nach links, eine halbe Drehung nach rechts, immer Hin und Her. Der Whisky schwappte rauf und runter.

»Ja. Außer mir waren nicht viele da. Ein paar Verwandte, ein paar Polizisten.«

»Auch Jordan?«

»Ja, Jordan war auch da.«

»Hast du mit ihm gesprochen?« Er drehte noch immer sein Glas.

»Nur Guten Tag gesagt. Warum sollte ich mit ihm sprechen?«
Dieckmann schaute kurz zu, wie er mit seinem Glas spielte.

»Keine Ahnung. Mir kam es damals, vor allem kurz nach
Susannes Tod, so vor, als würde er dich verdächtigen.«

»Das hat er gesagt?«

»Nicht direkt. Er hat mich aber nach deiner Beziehung zu
Susanne ausgefragt.«

»Beziehung? So wie du das Wort betonst, klingt es fast
wie ›Verhältnis‹.«

»Das war es ja auch.«

Dieckmann schluckte. »Wie kommst du darauf?«

»Ich weiß es. Das ging schon in der Schule los. Ich sage
nur: Theater-AG.«

»Was erzählst du da?«

»Susanne hat es mir damals gebeichtet. Ich hätte dir am
liebsten ein paar geknallt. Das, was später passiert ist, hat sie
mir jedoch nie gebeichtet. Das musste ich schon allein herausfinden. Was aber nicht schwer war. Schließlich habe ich
in unserem Haus Überwachungskameras installiert.« Dieckmann wollte ihn unterbrechen, aber er hob den Arm. »Aber
keine Sorge, nicht im Schlafzimmer und nicht im Bad. Deinen nackten Arsch habe ich nicht gesehen. Kameras im Bad
und im Schlafzimmer finde ich pervers. Ich war aber auch
so im Bilde, ihr habt eure kleinen Schweinereien ja gern im
Wohnzimmer oder in der Küche eingefädelt.«

»Lorenz, das ist fast 20 Jahre her.«

»Es ist keine 15 Jahre her. Und es hörte erst auf, als du
deine Frau kennengelernt hast. Wenn das nicht passiert wäre,
würdest du wahrscheinlich noch immer Susanne besuchen,
wenn ich weit weg bin auf Geschäftsreise.«

»Lorenz!«

»Lorenz, Lorenz, Lorenz«, äffte er ihn nach. »Jetzt
brauchst du dich auch nicht mehr zu rechtfertigen. Wenn

du was wiedergutmachen willst, unterbrich mich nicht. Du wunderst dich vielleicht, dass ich in so vielen Zimmern unseres Hauses Überwachungskameras mit Mikrofonen installiert habe. Offiziell sollten die Kameras das Haus natürlich nur dann überwachen, wenn Susanne und ich nicht da waren. Sie sollten auch nur dann anspringen, wenn sich jemand unbefugt Zutritt zu unserem Haus verschafft. Und natürlich kannte Susanne nur diese offizielle Version. Sie wusste nicht, dass die Kameras auch dann liefen, wenn nur ich nicht zu Hause war. Sie wusste auch nicht, dass unsere Kameras immer auf dem neuesten Stand waren. Das wiederum war kein Geheimnis. Aber es interessierte Susanne nicht. Im Laufe der Jahre interessierte sie sich nicht mehr für alles, was ich so tat. Man kann sagen: Sie hat insgesamt das Interesse an mir verloren. Man kann auch sagen, dass das auf Gegenseitigkeit beruhte. Zu der Zeit, als ihr nicht voneinander lassen konntet, war das allerdings noch nicht so ausgeprägt. Zumindest hatte ich da noch Interesse an ihr. Deswegen war ich damals ziemlich aufgebracht. Ich hätte dir wieder am liebsten ein paar geklatscht. Aber dann dachte ich, dass ich dieses Wissen vielleicht ein andermal gebrauchen könnte.«

»Wie jetzt zum Beispiel?« Dieckmann war nicht nur still geworden, er wirkte auch nervös und blickte ständig auf seine Füße.

»Ach, nimm dich mal nicht so wichtig, Dieckmann! Glaubst du, ich hätte es nötig, dich zu erpressen oder so etwas in der Art? Was ist eigentlich los mit dir? Du zuckst so komisch?«

»Ich kann meinen Fuß kaum bewegen. Er kribbelt irgendwie auch. Als wenn er eingeschlafen wäre.«

Er blickte auf die Uhr und nickte. »Dieses Wissen habe ich nicht deinetwegen angesammelt, sondern wegen Susanne.«

»Wegen Susanne?« Dieckmann rieb sich den Arm.

»Geht's jetzt auch im Arm los?« Er konnte sich kaum das Grinsen verkneifen.

»Was fragst du ständig für blöde Sachen?«

»Mich interessiert, ob es schon wirkt.«

»Ob was wirkt? Was redest du da?«

»Na, das Batrachotoxin!«

»Das was? Toxin? Gift?«

»Genau, Dieckmann. Batrachotoxin ist ein Gift. Und zwar genau das Gift, das du gerade zu dir genommen hast, zusammen mit dem Talisker.«

»Wie bitte?«

»Und das zunächst für Lähmungserscheinungen in deinen Muskeln sorgt. Erst kannst du deine Beine nicht mehr bewegen. Dann deine Arme. Es wird auch deine Zunge beeinträchtigen. Du kannst gleich nur noch grunzen, aber nicht mehr sprechen. Später wird das Batrachotoxin dein Atmungssystem lahmlegen, und in einer halben Stunde wirst du tot sein. Spätestens. Vielleicht auch schon in 20 Minuten. Batrachotoxin ist übrigens das Gift der Pfeilgiftfrösche. Eines der fünf giftigsten Gifte, die es so gibt auf der Welt. Synthetisch hergestellt ist es nicht ganz so giftig wie direkt von der Froschhaut geschabt. So ein kleiner Frosch hat ja angeblich genug Gift am Körper, um zehn erwachsene Menschen zu töten. Oder 20.000 Mäuse. Die synthetische Variante reicht aber allemal aus, um dich ins Jenseits zu befördern. Sie ist weitgehend geruchlos und geschmacklos, wie du ja selbst bemerkt hast. Oder es nicht bemerkt hast. Das ist ja der Trick bei der Sache.

Aber keine Sorge, du wirst nicht sonderlich leiden. Es wird nur etwas unangenehm sein – vor allem jetzt, wo du weißt, was passieren wird und wo du nichts mehr dagegen machen kannst. Beispielsweise aufstehen und dein Smartphone schnappen, um Hilfe zu holen.

Wahrscheinlich fragst du dich, warum ich nichts merke. Ganz einfach, ich habe nichts getrunken, ich habe nur so getan. Für alle Fälle habe ich mir gerade auf dem Klo so eine Art Kondom über die Zunge gezogen, falls ich doch mit einem Tropfen in Berührung komme. Aber das kann ich ja jetzt abmachen. Schmeckt auch irgendwie komisch.«

Er fasste sich an die Zunge und zog den durchsichtigen Schutz ab. Er sah ihn angewidert an. Dann holte er eine Plastiktüte aus der Hosentasche und steckte den Schutz hinein. Er steckte die Tüte zurück in die Hosentasche. Dann betrachtete er seine Hände, die leicht glänzten. »Diese Dinger kann man kaum erkennen. Durchsichtige Handschuhe. Habe ich mir gerade angezogen. Man fasst ja doch dies und das an und möchte ungern Fingerabdrücke zurücklassen. Die sind jetzt nur auf dem Karton, wo die Flasche drin war. Aber den Karton nehme ich nachher natürlich wieder mit. Die Flasche bleibt aber hier.

Ich muss dann noch die Flasche finden, die Dirk dir neulich mitgebracht hat und auch sie mitnehmen, damit die Bullen hier nicht unnötig viele Flaschen Talisker vorfinden. Ich nehme nicht an, dass du mir sagen möchtest, wo die steht. Nein? Na ja, ich werde sie schon finden.

Ich habe ja auch ohne Probleme einen Nachmittag gefunden, wo ich dich hier allein antreffe. Du hattest zum Glück Dirk gemailt, dass deine Familie in der Woche vor Karneval unterwegs ist. Dass du selbst aber hier sein wirst. Hier bin ich also.«

Dieckmanns Stirn war schweißnass. Er versuchte, aufzustehen. Aber es gelang ihm noch nicht einmal, nach seinem Smartphone oder dem Whiskyglas zu greifen.

Was hätte er auch damit machen sollen? Noch mehr Gift trinken? Bestimmt hätte ihm Dieckmann eher das Glas an den Kopf werfen wollen. Aber daraus wurde nichts. Es reichte nur zu einem einzigen Wort: »Warum?«

Er grinste. »Zum Beispiel, weil wir damit acht Tote hätten, und die Acht ist meine Lieblingszahl. Und meine Glückszahl. Vielleicht erinnerst du dich an früher, an unsere seligen Schultage? Da habe ich mir auch immer gern ein paar Sachen überlegt, die mit der Acht zu tun haben. Acht Wochen, bis die beiden Lehrer ein Paar wurden. Achtmal im Graben abtauchen. Achtmal das Auto der Direx wegtragen. Erinnerst du dich, Dieckmann?«

»Ja.« Dieckmanns Stimme klang etwas gefasster. Entweder hatte er sich schon mit seinem Schicksal abgefunden, was eher unwahrscheinlich war, oder er hatte irgendeine dämliche Hoffnung aus der Erwähnung der seligen Schultage gezogen. »Ich habe aber nie verstanden, was das soll.«

»Keine große Sache, ich bin am 8.8. geboren. Glaube es, oder glaube es nicht, aber es war genau 8.08 Uhr. Seitdem verfolgt mich die Acht. Und ich verfolge sie. Als ich diese Sache angefangen habe, da habe ich mich gefragt: Warum nicht acht Tote?«

»Was erzählst du da für krankes Zeug? Welche Sache?«

»Nix da krankes Zeug! Bei mir geht es nicht um irgendeinen Psychokram! Dass ich Leute umbringe, weil sie erfolgreicher sind als ich. Das ist nur das, was die Bullen denken sollten. Dirks Motiv. Aber, wie wir uns nun einmal alle einig sind: Dirk ist kein Mörder.«

»Aber du, du hast acht Menschen umgebracht?«

Er genoss es, in Dieckmanns wütende Augen zu blicken. Noch mehr allerdings genoss er Dieckmanns Hilflosigkeit. Das hier war für ihn der absolute Höhepunkt seiner Mission: Dieckmann abzuservieren. Und das Schönste war, dass er ihm in aller Ausführlichkeit seinen genialen Plan darlegen konnte, und damit fuhr er nun fort.

»Nicht ganz. Bisher sind es sieben. Ich bin aber nicht für alle verantwortlich. Das erkläre ich dir gleich, nur das schon mal vorweg: Barbara hat sich selbst umgebracht. Weil ihr kleiner Pfarrer tot ist! Ich habe sie sozusagen indirekt umgebracht. Es gibt also bisher sieben Tote. Und jetzt du, also acht. Eigentlich blöd von mir, das noch zu machen. Jetzt, wo alles vorbei ist und niemand mich verdächtigt. Ich kann es mir aber nicht verkneifen. Da ist zum einen die Acht, und da ist die Tatsache, dass ich dich nicht leiden kann. Nie leiden konnte. Nicht nur, weil du meine Frau gebumst hast. Auch, weil du so ein Typ bist, den jeder mag oder besser: Ein Typ, der es darauf anlegt, dass ihn jeder mag. Halt der Beliebteste des Jahrgangs 1989. Zumindest ist es das Motiv, das die Bullen vermuten werden, wenn sie dich finden. Sozusagen Dirks Motiv.«

»Dirk ist tot. Schon vergessen?« Dieckmann keuchte. Ein letzter Kraftakt?

»Tja, dann ist das Gift wohl ein Gruß aus dem Jenseits. Erinnerst du dich an Dirks Besuch neulich? Klar tust du das. Auch an sein Mitbringsel, nicht wahr? Den Talisker. Gekauft bei Stein unter den Krambuden in Wolfenbüttel. Das hatte er dir vorher in einer Mail geschrieben. Diese Mail dürfte die Polizei mittlerweile gelesen haben. Vielleicht erinnert sich sogar deine Frau daran. Und daran, dass du diese Flasche noch nicht aufgemacht hast. Aber selbst wenn sie eine andere Erinnerung hat – egal! Das Gift ist in der Flasche, die Dirk dir mitgebracht hat.

Unter Umständen wird es gar nicht so weit kommen, dass man bis zu Dirk und seinen Motiven gelangt. Denn als Erstes wird man denken, dass du an Herzstillstand gestorben bist. Darauf deuten nämlich die meisten äußeren Anzeichen hin. Mit Mitte 40 kann das schon mal passieren. Die ganze Aufregung wegen deiner toten Freunde und wegen des ausgefallenen Jahrgangstreffens.

Nur wenn es zu einer eingehenden Untersuchung deiner

Leiche kommt, werden sie auf das Gift stoßen. Ich schätze, sie werden zunächst vermuten, du hättest es dir selbst eingeflößt. Irgendein Motiv für deinen Selbstmord werden sie schon finden. Vielleicht müssen auch hier deine toten Freunde herhalten. Das Ende der Jahrgangstreffen, deines Lebensprojektes.

Da ich alle Spuren beseitigen werde, wird die Polizei nicht automatisch über den vergifteten Whisky stolpern. Er wird aber im Schrank stehen. Und wenn sie gründlich nach dem Gift suchen, mit dem du dich umgebracht hast, werden sie auch die Flasche finden. Wenn sie den Whisky haben, werden sie sich an Dirks Mail erinnern.« Er lachte.

Dieckmann versuchte zu sprechen, aber offenbar war seine Zunge schon gelähmt, jedenfalls kam nur Grunzen aus seinem Mund.

»Schön, dass du mich nicht mehr unterbrechen kannst. Mehr als 20 Minuten habe ich nicht mehr, bevor du tot bist. Vorher würde ich dir gern noch die ganze Geschichte erzählen. Wenigstens einem muss ich doch von meinem brillanten Plan erzählen. Wie ich das Gift in die Flasche bekommen habe und sie trotzdem wie neu aussieht, willst du doch auch gern wissen, oder?«

Dieckmann brachte nur hilfloses Stöhnen zustande.

»Das nehme ich mal als Zustimmung. Also, das war ganz einfach. Man nimmt einen extrem dünnen Bohrer und bohrt ein Loch in den Korken. In das kleine Loch setzt man eine Spritze – und hinein mit dem Gift. Hinterher ein bisschen glätten und fertig. Ich könnte dir das zeigen, aber so wichtig ist es auch nicht. Ich will dir lieber erzählen, warum ich all das gemacht habe.

Du musst wissen, dass ich einen hohen Lebensstandard pflege und ihn sehr genieße. Schicke Autos gehören dazu, die Stadtvilla, Reisen, Segeln, Golf, Tennis und der ganze Scheiß.

Da meine Firma längst nicht mehr so viel abwirft wie vor

ein paar Jahren, hängt die Weiterführung dieses Lebensstils zum Großteil von meiner Ehe mit Susanne ab.

Liebe oder so ist nicht notwendig, die Ehe selbst schon. Was ich also überhaupt nicht gebrauchen kann, ist eine Scheidung. Wenn Susanne es geschickt anstellt, würde da nicht viel für mich herausspringen. Du kannst es dir denken, nicht wahr?«

Dieckmann zuckte, vielleicht nickte er auch.

»Richtig. Susanne hatte vor, sich scheiden zu lassen. Vermutlich hatte sie einfach keinen Bock mehr auf mich. Kann ich irgendwie verstehen. Aber dieses Verständnis bringt mich ja nicht weiter.

Susanne hat allerdings nicht mit mir darüber gesprochen. Soweit ich weiß, hat sie es nur Felix erzählt. Zum Glück bei uns im Wohnzimmer. So konnte ich mir das Gespräch später in Ruhe anhören. Es ging um die Chancen, sich scheiden zu lassen, ohne mir viel Geld geben zu müssen. Felix sollte sich das mal durch den Kopf gehen lassen. Du kannst dir vorstellen, wie geschockt ich war, als ich das gehört habe.

Klar, ich hätte versuchen können, irgendwie unsere Ehe zu retten. Aber das erschien mir eine allzu große Prüfung. Es blieb also nur die Möglichkeit, Susanne umzubringen. Mit etwas Glück und Geschick würden mir die Villa und vielleicht noch eine nette Lebensversicherung bleiben. Keine Anteile an ›ihrer‹ Firma, natürlich nicht, da bleibt alles in der Blutsbande. Aber immerhin.

Nun konnte ich aber nicht einfach hingehen und Susanne erwürgen und darauf hoffen, dass ich nicht überführt werde. Zumal Felix über ein wunderbares Motiv berichten könnte.

Ich brauchte ein Ablenkungsmanöver. Warum nicht einfach ein paar Menschen mehr umbringen, damit Susannes Tod nicht so auffällt? Warum nicht die Morde wie Unfälle oder Selbstmorde wirken lassen?

Zunächst sollte es auch so aussehen, als hätten die Toten nichts miteinander zu tun. Erst nach und nach sollte die Polizei herausfinden, dass alle Opfer demselben Abiturjahrgang angehören. An unserem wundervollen Gymnasium im Schloss.

Als Nächstes sollte die Polizei mutmaßen, dass es sich um eine Mordserie handelt. Mir fiel auch ein schönes Motiv ein. Der Mörder bringt diejenigen aus seinem Jahrgang um, die es weiter als er selbst gebracht haben und ihm schon in der Schule erheblich voraus waren. Schlaueste Person. Reichste. Schönste. Erfolgreichste. Und so weiter.

Ich musste dabei natürlich bedenken: An wen komme ich problemlos heran? An wen will ich überhaupt herankommen? Natürlich an die reiche Susanne und den schlauen Felix. Aber ein paar mehr sollten es schon noch sein. Wie gesagt, gern acht insgesamt.«

Er sah hinüber zu Dieckmann. Der saß wie festgenagelt auf der Bank. Nur seine Augen bewegten sich. Sie huschten zwischen Lorenz und dem verhängnisvollen Whiskyglas hin und her.

»Aber bevor ich loslege, passiert etwas total Verrücktes. Hanno Ackermann fliegt in die Luft. Ist über eine Mine gefahren, die die DDR vergessen hat. Mir kam das durchaus gelegen. Ich hatte da noch eine Rechnung offen. Ackermann hat mich in der Schule mal gedemütigt. Vor meinen Kumpels! Es war auf der Brücke. Er stand wohl irgendwo in der Nähe, als ich was Fieses über Bauern gesagt habe. Auf einmal steht er direkt vor mir und hat mich zu einer Entschuldigung gezwungen. Was für eine Blamage!

Eventuell wäre Ackermann ohnehin auf meiner Liste gelandet. Aber so war es viel besser. Es gab einen ersten mysteriösen Todesfall in eurem Jahrgang, mit dem ich nichts zu tun hatte. Und doch konnte es – später aus Sicht der Polizei –

der Startschuss für die Mordserie sein. Es hatte den Stärksten erwischt. Genial.

Und damit noch nicht genug. Am Abend vor Silvester wird Ellen ermordet. Die Nächste der 89er. Die Hübscheste. Und wieder hatte ich damit nichts zu tun. Für den Raubüberfall hatte ich außerdem ein Alibi. Besser hätte es nicht laufen können.

Jetzt konnte ich mir in Ruhe überlegen, wie ich Felix und Susanne umbringe und wen ich noch alles beseitigen würde.

Gegen Mario hatte ich eigentlich nichts. Das Einzige, das für ihn als Opfer sprach: Er wohnte in Bochum. Und hier kommen wir an einen Punkt, der meinen Plan so richtig schön abrunden sollte. Sobald die Polizei die Mordserie erkennt und sogar ein Motiv vermutet, wäre es doch ganz praktisch, ihr auch einen Verdächtigen zu präsentieren.

Außer Susanne – und damit auch mir – lag nur zwei Menschen eine stets aktuelle Adressliste des Jahrgangs vor. Und klar ist ja, dass solch eine Liste ganz hilfreich ist. Diese beiden Menschen waren, und hier verrate ich kein Geheimnis, du und Dirk. Wenn also ein Mord in Bochum passiert, bist du nicht ganz unverdächtig, nicht wahr?«

Dieckmann schien sprechen zu wollen, aber es kamen wieder nur unverständliche Laute aus seinem Mund.

»Du musst nicht antworten. An deinem Blick kann ich erkennen, dass du mir das durchaus übel nimmst. Dabei hast du Glück gehabt. So richtig bist du letztlich nicht in den Kreis der Verdächtigen gerückt. Es war zu umständlich für mich, dich im Auge zu behalten und die Todeszeitpunkte so zu wählen, dass du kein Alibi haben würdest. Das gilt vor allem für die Toten in Wolfenbüttel.

Ich hatte übrigens mithilfe deines Laptops versucht, dich im Auge zu behalten. Du erinnerst dich bestimmt an den Abend kurz nach Weihnachten, als Dirk und du bei Susanne wart, um euer Treffen zu planen. Da habe ich angeboten, eure Laptops sicherer zu machen. Vor allem habe ich aber eine praktisch unsichtbare Spionagesoftware installiert. Damit konnte ich seitdem euren E-Mail-Verkehr überwachen. Bei dir natürlich nur so lange, bis du deinen Laptop verloren hast.

Auf einmal lese ich E-Mails von einem vollkommen fremden Menschen. Der Typ hat sich damit gebrüstet, einen Laptop in der Straßenbahn gefunden zu haben. Deinen Laptop.« Lorenz schüttelte den Kopf. »Bei Dirk lief es besser. Der hat brav auf seinen Laptop aufgepasst. Außerdem habe ich ihn regelmäßig gesehen, beispielsweise, wenn ich einen unserer Wagen zu ihm brachte. Bei solchen Gelegenheiten, wenn er mal in der Halle war und ich allein in seinem Kabuff, habe ich auch sein Smartphone präpariert und mir Abdrücke von seinen Schlüsseln gemacht.

In seinem Smartphone habe ich eine Mini-Wanze und einen kleinen Ortungssender versteckt. Ich wusste also praktisch zu jeder Zeit, mit wem Dirk spricht, wem er Mails schreibt und wo er sich aufhält. Und wenn ich wusste, dass er weit weg war, konnte ich gefahrlos in seine Wohnung oder seine Werkstatt gehen, um dort etwas zu holen oder um etwas hinzulegen. Ganz am Ende unter anderem den Baseballschläger.

Als ich erfahren habe, dass ihr euch in Bochum mit Mario treffen wollt, bin ich ebenfalls gekommen und habe auf eine günstige Gelegenheit gewartet, den kleinen Pfarrer umzubringen. Und die ergab sich, als er dort allein auf dem Bahnsteig stand.

Das mit Mario passte auch gut in die Chronologie. Es war schon wichtig, dass die Leute in einer bestimmten Reihenfolge sterben. Susanne durfte erst dann dran sein, wenn es eindeutige Anzeichen dafür gab, dass eine Mordserie vorlag. Nur so konnte ich weitgehend vermeiden, ins Visier der Bullen zu geraten.

Felix war zu diesem Zeitpunkt bereits tot. Kurz vor seinem Tod hatte ich das Netzwerk in seinem Büro mit einem Virus verseucht, der alle Dokumente gefressen hat. Nur für den Fall, dass er irgendwelche Notizen gemacht hat, in denen es um die Scheidung ging.

Wie sich herausstellte, war das auch nötig. Der gute Felix hatte tatsächlich etwas verfasst. Das hat mir Jordan erzählt. Die Datei existierte aber zum Glück nur im zerstörten Netzwerk seiner Kanzlei.

Felix umzubringen und es wie einen Unfall aussehen zu lassen, das war übrigens eine Meisterleistung. Dir das zu erzählen, dauert leider zu lange. Also zurück zu Mario. Der große Vorteil war, dass du und Dirk die letzten Menschen wart, die ihn lebend gesehen haben. Das passte prima.

Am nächsten Tag bringt sich Barbara um. Da waren es schon fünf! Von drei auf fünf in weniger als 24 Stunden. Kein schlechter Schnitt!

Andererseits passte ihr Selbstmord nicht in meine Pläne. Mir war klar, dass man wohl keinem von euch etwas anhängen konnte. Wir hatten also schon wieder einen Todesfall, der nicht in die Serie hineingehörte.

Und welche herausragende Eigenschaft sollte denn bitte schön Barbara haben? Aber das alles auseinanderzuklamüsern, war nicht mein Problem, sondern das der Polizei.«

Er legte eine Pause ein. Sein Mund war trocken.

Dieckmann saß still auf der Bank.

Also redete Lorenz weiter. »Dann war Susanne dran. Leider musste ich mich dabei endgültig von meiner Lieblingsidee verabschieden, dir die Morde anzuhängen. Es war aber naheliegend, einen Autounfall zu inszenieren. Damit blieb automatisch der gute Dirk allein im Spiel.

In der Regel bin ich bestens über Pläne meiner Gattin informiert. Zum einen spioniere ich ihr nach. Zum anderen erzählt sie mir das meiste von sich aus. Ich wusste also, dass Susanne an einem bestimmten Dienstag ihr Auto zu Dirk bringen wollte. Irgendwas mit dem Abblendlicht. Und ich wusste, dass sie drei Tage später zu ihrem Reiterhof fahren wollte. Und dass sie dabei diese Serpentinenstrecke fahren würde.

Ich habe also ein paar Besorgungen gemacht und gewartet, bis Susanne in der Werkstatt gewesen ist. Anschließend habe ich mir ihren Wagen vorgenommen. Ich habe den Fahrer-Airbag deaktiviert und die Bremsflüssigkeit ausgetauscht.

An dem Freitag bin ich ihr, natürlich in einem heimlich geliehenen Auto und mit falschen Kennzeichen, gefolgt und habe sie in der ersten scharfen Kurve der Serpentinen zu einer Vollbremsung gezwungen. Eine Kurve später versagten die Bremsen. Ab durch die Planke! Ohne Airbag. Und ohne Anschnallgurt, denn gegen das Anschnallen war die Gute leider allergisch.

Dann musste ich wegen meines Alibis noch rasch ein paar Einkäufe erledigen – und in den Mülleimern vor den Geschäften nach Bons suchen, die zur passenden Uhrzeit ausgestellt worden waren.

So konnte ich meinen Freitagvormittag praktisch lückenlos dokumentieren, als am Nachmittag Kommissar Jordan und seine Assistentin bei mir auftauchten.«

Bald würde es mit Dieckmann vorbei sein. Dann würde Lorenz die Whiskyflache suchen, die Dirk ihm mitgebracht hatte. Anschließend galt es noch, unbemerkt zu verschwinden. Aber er war ja auch unbemerkt gekommen. Natürlich nicht per Taxi, sondern mit seinem Wagen, den er im Parkhaus des nahen Krankenhauses abgestellt hatte. Nur noch wenige Minuten, dann wäre seine Mission erfüllt und er konnte sein Leben genießen.

»Du fragst dich bestimmt, wie man sich so fühlt, wenn man einen Menschen umbringt. Ich muss dir ganz ehrlich sagen, dass es mir keine Freude bereitet hat. Am schlimmsten war es mit Felix. Ihm habe ich praktisch ins Auge gesehen, als ich ihm mit dem Baseballschläger eins über die Rübe gegeben habe. Ich weiß nicht, ob er mich in diesem Augenblick wahrgenommen hat. Er war ziemlich weggetreten. Erkannt hat er mich garantiert nicht.

Zu Hause habe ich mich erst mal heftig übergeben. Und in den folgenden beiden Nächten habe ich nicht besonders gut geschlafen. Ich lag zwischendurch immer wieder wach und hoffte, dass ich keine Albträume haben würde. Ich hatte keine.

Dennoch war ich froh, dass ich dem kleinen Pfarrer nicht beim Sterben zusehen musste. Nach meinem kleinen Stoß bin ich, so schnell ich konnte, die Treppe hinuntergerannt und zu meinem Auto.

Als Susanne und Dirk starben, war ich noch weiter weg. Auch dir werde ich nicht bis zum Ende beim Sterben zuschauen. Wie gesagt, ich bin kein Psychopath, der sich an so etwas aufgeilen würde.«

Er ließ seine Worte wirken. Dieckmann zeigte jedoch kaum Wirkung. Er war mittlerweile nur noch in der Lage, seine Augen offen zu halten.

Lorenz sah auf seine Uhr. Die halbe Stunde war längst um. Eigentlich müsste das Gift bereits seine Arbeit getan haben. Einerseits war er froh, dass es noch nicht so weit war. Schließlich war seine Geschichte noch nicht vorbei. Zum anderen fragte er sich, ob ihm sein Lieferant vielleicht doch nicht die beste Ware besorgt hatte. Aber der saß in Kasachstan, und Lorenz würde ihn nicht mal eben fragen können.

»Dann kam das große Finale«, fuhr er fort. »Dank meiner kleinen NSA-Spionage wusste ich, dass Dirk Jens' Autobatterie reparieren sollte. Ich musste nur auf eine Gelegenheit warten, um heimlich in seine Werkstatt zu gelangen. Ich habe erstmal die Säure aus der Batterie gelassen, die war nun leer.

Ich habe vorsichtig Aceton und Wasserstoffperoxid in die Batterie gefüllt. Danach habe ich in seinem Kanister die niedrig konzentrierte durch höher konzentrierte Säure ersetzt.

Nun musste Dirk nur noch die Schwefelsäure in die Batterie füllen und vielleicht zusätzlich für ein bisschen Wärme oder für eine kleine Erschütterung sorgen, und bumm! Batterie weg. Dirk weg. Und noch ein paar andere Dinge in der Halle. Aber bestimmt wären irgendwo noch Spuren vom Aceton und vom Wasserstoffperoxid zu finden.

Schon würde für die Bullen feststehen, dass Dirk eine Bombe basteln wollte, um den Nächsten aus eurem Jahrgang zu ermorden: den Olympiasieger und Bundesligatrainer Jens Tönnies. Den Bekanntesten.

Schließlich würde die Polizei in Dirks Wohnung eine Liste finden, auf der die bisherigen Opfer markiert sind – sowie ein paar weitere Kandidaten. Wie Jens und du. Wie spät haben wir es eigentlich?«

Er sah wieder auf die Uhr. 35 Minuten waren um, und Dieckmann lebte immer noch. Lorenz tat so, als wäre das normal. Dieckmann sollte nicht bemerken, dass er langsam nervös wurde. »Ein bisschen Zeit bleibt noch. Wir sind ja auch noch nicht durch. Ich muss dir natürlich noch sagen, dass ich am Tag vor der Explosion noch meine kleinen Spielzeuge aus Dirks Laptop und Smartphone entfernt habe. Diese Dinge sollten die Bullen selbstverständlich nicht in die Finger bekommen.

Ich habe dir doch vorhin von diesem Dokument erzählt, das Felix wegen der Scheidung angelegt hat. Er hatte sich den etwas ungewöhnlichen Speicherort auf einem Zettel notiert. Den hat Jordan gefunden und mir davon erzählt. Ich wiederum berichtete ihm von Susannes Plänen mit der Stobenstraße. Ich erwähnte beiläufig, dass Dirk davon wahrscheinlich nichts wusste.

Das dürfte Jordan schon mal beschäftigt haben. Ich wollte aber noch mehr. Ich wollte dem Ganzen noch einen draufsetzen. Ich dachte, wenn ich eine Mordserie gegen euren Jahrgang inszenieren kann, kann Dirk das auch. Mit anderen Worten: Sein wahres Motiv wäre nicht der Neid auf die ehemaligen Mitschüler gewesen, sondern der Versuch, seine Existenz zu retten. In den Augen der Polizei hatte Dirk von Susannes Plänen mit der Stobenstraße erfahren und wollte das verhindern. Er bringt sie und Felix um. Um die Polizei davon abzulenken, bringt er noch ein paar andere Leute aus seinem Jahrgang um.

Genau auf diese falsche Spur habe ich die Bullen dann endgültig gebracht. Als sie die Werkstatt durchsuchten, haben sie einen USB-Stick gefunden, den ich dort versteckt hatte. Auf dem Stick sind verschiedene Dokumente von Felix. Die musste ich nur vom Backup-Server kopieren. Ein Dokument habe ich allerdings selbst angelegt, mit einem frisierten Entstehungsdatum. Dort stehen Felix', allerdings von mir frei erfundene, Überlegungen zur Stobenstraße und zum Jugendzentrum. Von der geplanten Kompensation für Dirk ist nicht die Rede. Im Gegenteil. Es entsteht der Eindruck, dass Susanne der Meinung ist, sie hätte ihm nun lange genug geholfen.

Da dieses Dokument ausschließlich für die Polizei entstanden ist, sollte die auch nur eine einzige Sache schlussfolgern: Susanne und Felix haben eine neue Zukunft für die Stobenstraße geplant und wurden deshalb umgebracht. Fall geklärt.

Und das Allerbeste ist: Dank Jordan wusste ich ja sogar, wie die Datei heißen muss, die Felix angelegt hat. Er hatte sie ursprünglich für die Scheidung angelegt, aber der Dateiname passt ebenso gut auf die Stobenstraße. Und Jordan kennt nur diese Bedeutung.«

Er sah erneut auf die Uhr und nickte. »Müsste gleich vorbei sein mit dir. Ich werde dann mal diese Flasche suchen.«

KAPITEL 26

»Das brauchst du nicht, das hier ist Dirks Flasche.« Jakob beugte sich in aller Seelenruhe nach vorn und füllte Whisky nach. Er trank einen kräftigen Schluck. »Ohne dieses Frosch-gift schmeckt der Talisker jedenfalls köstlich.«

»Was?« Kusmann blickte ihn konsterniert an.

»Als du auf dem Klo warst, habe ich die Flaschen ausge-tauscht.« Er hob sein Glas und prostete Kusmann zu.

»Aber die Lähmungserscheinungen?«

»Mein Fuß war vorhin tatsächlich eingeschlafen. Und du hast darauf so komisch reagiert, da bin ich hellhörig gewor-den. Die anderen Symptome hast du mir ja erklärt, ich musste das nur umsetzen. Ein bisschen Schauspielerei. Theater-AG, du weißt! Als du einmal nicht zu mir geschaut hast, habe ich schnell mit der Hand ins Glas gefasst und die Tropfen dann auf meiner Stirn und in meinem Gesicht verteilt, damit sie wie Schweiß und Tränen aussehen.«

»Was?«

»Egal. Ich schätze, du willst jetzt lieber erfahren, was hier eigentlich los ist und warum dein angeblich so genialer Plan fehlgeschlagen ist?«

Kusmann hatte sich schnell wieder gefangen. Er trank jetzt sogar einen Schluck Talisker. »Wieso fehlgeschlagen? Ich habe dir eine Geschichte erzählt. Nur dir. Das wird dir niemand glauben, Dieckmann. Es gibt auch keine Beweise.«

Jakob lehnte sich entspannt zurück und schlug die Beine übereinander. »Ich habe dich vorhin angelogen. Ich habe nach der Beerdigung doch mit Jordan gesprochen, und zwar ausführlich. Er hat mir auch von Susannes Plänen mit der Stobenstraße erzählt. Dass sie Dirk angeblich keinen Ersatz besorgen wollte. Mir hat Susanne etwas anderes erzählt.«

»Sie hat mit dir darüber gesprochen?«

»Ja, ich wusste von ihr, dass sie Dirk bei der Suche nach einem neuen Grundstück helfen wollte. Und das habe ich auch Jordan erzählt.«

»Wann hat sie dir das erzählt?«

»Tja, ausgerechnet an dem Abend, an dem du unsere Laptops manipuliert hast. Du warst da gerade mit Dirk in der Garage bei deinem Jaguar. Wir sind auf die Terrasse gegangen. Deswegen konntest du das Gespräch wohl nicht belauschen. Ich glaube, Susanne hätte mir auch noch von der Scheidung erzählt. Aber dann seid ihr zurückgekommen.«

Hier flunkerte er allerdings ein wenig. Es war unwahrscheinlich, dass Susanne ihm an diesem Abend von der geplanten Scheidung erzählt hätte. Hätte sie ihm wirklich davon erzählen wollen, hätte sie später noch Gelegenheit dazu gehabt. Aber sie hatte ihm weder in Goslar noch in Wernigerode davon erzählt.

So wie er Susanne einschätzte, hatte sie ihm ganz bewusst nichts davon erzählt. Um ihn nicht unter Druck zu setzen. Immerhin konnte leicht der Eindruck entstehen, sie ließe sich (zumindest auch) wegen ihm von Lorenz scheiden. Und hätte dann nicht automatisch auch Jakob darüber nachgedacht, sich scheiden zu lassen? Um mit fast 30 Jahren Verzögerung endlich eine richtige Beziehung mit Susanne eingehen zu können?

Natürlich hatte er in seinen einsamen Momenten auf der Autobahn zwischen Wolfenbüttel und Bochum häufig darüber nachgedacht. Er war aber zu keinem Ergebnis gekommen. Jetzt hatten sich diese Gedankenspiele erübrigt. Er war in sein altes Leben zurückgekehrt. Dass er Susanne niemals vergessen würde, war eine andere Geschichte.

»Ich erinnere mich. Ich hatte mich später, als ich mir die Aufnahme angesehen habe, gewundert, dass ihr erst so leise sprecht und dann mitten im Winter nach draußen geht. Und das hast du Jordan erzählt?«

»Genau. Das passte wohl zu dem, was Dirk ihm erzählt hatte. Nicht dazu passten deine Aussage und dieses Dokument auf dem USB-Stick. Zumal der Name des Dokumentes nicht mit Felix' Notiz übereinstimmt.«

»Was?« Kusmann rutschte auf seinem Stuhl hin und her.

»Es geht da um ein paar fehlende Buchstaben. Jordan fand es wohl auch schon immer etwas sonderbar, dass zeitgleich mit Felix' Tod ein Virus alle Dokumente im Kanzleinetzwerk vernichtet.« Er genoss die Situation, seine tragende Rolle bei der Aufklärung des Falles.

Kusmann blickte ihn trotzig an. »Jordan wird aber keine Beweise finden, ich habe keine Spuren hinterlassen, auch nicht beim Manipulieren des Netzwerkes. Und das mit dem Dateinamen beweist gar nichts. Vielleicht hat Felix sich vertan.«

»Trotzdem schön, dass du auch das alles zugibst.«

»Na ja, aber nur dir gegenüber.«

»Vielleicht wäre das so, wenn du unangemeldet aufgetaucht wärst.«

»Wie bitte?«

»So aber hatte ich zwei Stunden Zeit und die Polizei auch.« Jakob sah auf die Uhr. »Jetzt sind sogar schon über drei Stunden vergangen, seitdem du bei mir angerufen hast. Bestimmt ist Jordan schon da.«

»Jordan?«

»Wie oft bist du denn schon hier in der Gegend gewesen und hast mich nicht besucht. Warum also jetzt? Gerade nach meinem Gespräch mit Jordan fand ich deinen Anruf äußerst bemerkenswert. Also habe ich ihn verständigt. Er sagte, dass er sofort nach Bochum kommt. Ich möge dich so lange wie möglich hinhalten. Er würde vor seiner Abfahrt die Kripo Bochum informieren. Die sollen ein Team im Haus postieren und unser Gespräch aufzeichnen. Deswegen bin ich auch verkabelt.« Er fasste sich an die Brust und an den Rücken. »Hier und hier, überall Kabel und, ich glaube, sogar zwei Mikrofone. Denen entgeht nichts. Ich habe auch einen Knopf im Ohr mit einem Empfänger. Darüber habe ich ein paar zusätzliche Tipps bekommen, wie ich mich verhalten soll, auch was das Gift angeht. Regieanweisungen, wenn du so willst. Vier Polizisten sitzen im Keller, hören mit und nehmen auf. Es gibt sogar eine Kamera. Guck mal da!« Er zeigte auf die Ablage neben dem Gasherd. »Die Kamera ist im Espressokocher versteckt und zeichnet alles auf. Wir schlagen dich sozusagen mit deinen eigenen Waffen.«

Jakob erlaubte sich ein Grinsen. Er freute sich aber nicht nur darüber, dass er Susannes und Dirks Mörder zusammen mit der Polizei in diese Falle gelockt hatte. Er freute sich auch, weil er es Kusmann gegenüber mit der Wahrheit nicht ganz so genau nehmen musste und er stattdessen, etwas unverdient, die Rolle des Helden spielen durfte.

Denn im Grunde genommen war dieses Gespräch hier für Kommissar Jordan nur das Tüpfelchen auf dem I. Er schenkte Kusmann noch ein Grinsen und wartete darauf, dass sich die Kellertür öffnete.

KAPITEL 27

Das große Tor stand offen. Also fuhr Helmut auf den Hof und parkte sein Auto vor der Tür von »Kalles Motors«, wie der Betrieb noch immer hieß.

Kalle saß in seinem Kabuff, eine Tasse Kaffee in der einen, eine Zigarette in der anderen Hand. Er starrte nach draußen. Offenbar hatte er nichts zu tun. Kein Auto zu reparieren. Keines zu verkaufen. Ungewöhnlich für einen Montagvormittag. Auch wenn es Rosenmontag war. Doch in diesem Teil von Deutschland interessierte sich niemand dafür.

Helmut öffnete die Glastür.

»Helmut, was führt dich zu mir?« Kalle erhob sich, stellte die Kaffeetasse auf den winzigen Schreibtisch, auf dem auch sein PC stand, und gab Helmut die Hand.

»Hast du ein paar Minuten für mich?«, fragte Helmut. Die Szenerie erinnerte ihn einmal mehr an Dirk Frankes Werkstatt und an die endlich aufgeklärte Mordserie.

Ohne die Hilfe von Dieckmann wäre das nicht so reibungslos verlaufen. Helmut hatte zunächst gezögert, dem Journalisten derart viel von der neuen Ermittlungsrichtung zu verraten. Immerhin war Dieckmann lange genug selbst verdächtig gewesen. Schließlich hatte sich Helmut dazu durchgerungen, auch dazu, Kusmann mithilfe von Dieckmann in die Falle zu locken, die Kusmann selbst gelegt hatte.

Schon kurz nach Frankes Beerdigung war es Helmut gelungen, neue Indizien zu Hannos Tod zu finden. Sie stützten seine ursprüngliche These, dass Hannos Tod nichts mit der Mordserie zu tun hatte. Nach und nach brach damit Falks Theorie zusammen. Weder die Schönste noch der Stärkste waren Opfer des Serienmörders.

Und es gab weitere Ungereimtheiten: vor allem das offen herumliegende belastende Material und der von vornherein zum Scheitern verurteilte Versuch, aus einer Autobatterie eine Bombe zu basteln. So etwas Stümperhaftes passte weder zum Serienmörder noch zu Franke.

Aber welche Alternativen gab es? Naheliegend war, dass Franke gar keine Bombe basteln, sondern tatsächlich nur die alte Autobatterie eines Freundes retten wollte.

Jemand anders hatte diese Batterie zuvor manipuliert.

Es wäre nicht das erste Mal in der Kriminalgeschichte vorgekommen, dass man einem Unschuldigen belastendes Material unterschiebt.

Aber wer hatte das getan? Wer konnte wissen, dass Franke ausgerechnet diese Menschen hätte umbringen können, wenn er es denn gewollt hätte?

Nur so ergab die Sache Sinn: Jemand musste wissen, dass Franke diese Menschen kannte, dass er wusste, wo Hannos Felder liegen, wo Conradi joggt, dass Lopez sich in Bochum mit Dieckmann und Franke trifft.

Vielleicht Carsten Pollmann?

Lisa hatte große Lust, sich den Kerl noch mal so richtig vorzuknöpfen. Doch praktisch im selben Moment, in dem sie das sagte, fiel ihr die Sache mit dem Dateinamen ein.

Lisa war sich sicher, dass Helmut gegenüber Kusmann von »Süberlegung« gesprochen hatte, obwohl das Dokument auf dem Merkzettel »Süberleg« hieß. Natürlich war es möglich, dass Conradi dem Dokument auf dem USB-Stick einen anderen Namen gegeben hatte als auf dem Kanzleiserver.

Aber ein erstes Verdachtsmoment gegen Kusmann war da. Kurz danach erfuhr Helmut von Dieckmann, dass Ferber Franke selbstverständlich hatte helfen wollen, ein Alternativgrundstück zu finden.

Das schien kein Geheimnis zu sein. Folglich hätte Kusmann es auch wissen müssen. Doch er hatte Helmut und Lisa nichts davon erzählt. Vielleicht ganz bewusst nicht?

Kusmann gehörte außerdem zum unmittelbaren Umfeld des Organisationsteams und hatte garantiert Zugriff auf die Jahrgangsliste. Immerhin war er IT-Experte – und zuständig für das Netzwerk in Conradis Kanzlei, das fast zeitgleich mit dessen Tod zerstört wurde. Er kannte zumindest Conradi und Franke persönlich. Und er profitierte garantiert irgendwie vom Tod seiner Frau.

Die Ermittler sammelten zunächst weitere Indizien. Von Jasmin Conradi erfuhren sie, dass Kusmann häufig mit ihrem Mann gejoggt war. Sie hatten auch einen, nicht ganz legalen, Blick auf Kusmanns Steuererklärungen der letzten Jahre geworfen und festgestellt, dass seine Einnahmen stetig zurückgegangen waren.

Gestern schließlich hatte Helmut erneut mit Dieckmann gesprochen und noch Einiges über Kusmann erfahren: Er hatte schon zu Schulzeiten andere Menschen ausspioniert und Ereignisse inszeniert.

Ausgerechnet am Tag nach Helmuts Gespräch mit Dieckmann wollte Kusmann Dieckmann besuchen. Natürlich rief Dieckmann bei Helmut an. Helmut und Lisa waren mit Blaulicht nach Bochum gerast. Vor Dieckmanns Haus hatte Henning Schmitt auf sie gewartet. Und im Haus Lorenz Kusmann.

Kusmann war äußerst geschickt vorgegangen, das musste man ihm lassen. Er hatte für eine dreifache Ablenkung gesorgt. Er hatte seine Morde als Unfälle und Selbstmorde inszeniert. Da er davon ausgehen musste, dass das letztlich auffliegen würde, hatte er im zweiten Schritt die Morde wie die Mordserie eines Psychopathen aussehen lassen, der die Besonderen unter seinen ehemaligen Mitschülern umbringen will. Zu guter Letzt hatte er dem falschen Mörder noch ein weiteres Motiv untergeschoben, das es in Wirklichkeit gar nicht gab.

Zu allem Überfluss hatte Kusmann der Zufall perfekt ins Blatt gespielt: Polter und Tiersch brachten Ellen Berning-Schäfer um. Die Schönste des Jahrgangs.

Und Hanno?

»Ist was mit deinem Auto?«

Kalles Frage war berechtigt. Helmut brachte seinen Fabia regelmäßig zu ihm. Obwohl er in Wolfenbüttel preiswertere Werkstätten gefunden hätte, beispielsweise die von Franke. Zumindest früher.

»Nee, damit ist alles in Ordnung. Ich wollte mit dir über die Mine reden, die du vor 16 Jahren in Oschersleben gekauft hast.« Helmut deutete vage in die Richtung, in der er Oschersleben vermutete. Irgendwo im Osten. Dazwischen lag unter anderem, nur 300 Meter entfernt, Hannos Acker.

»Wie bitte? Das muss ein Missverständnis sein. Vielleicht erklärst du mir das mal in Ruhe. Setz dich doch, Helmut. Schnapp dir den Hocker da. Willst du auch einen Kaffee?«

Helmut lehnte den Kaffee ab. Aber er nahm sich den Hocker und setzte sich zu Kalle an den schmuddeligen Tisch, der nicht mehr war als ein etwas besserer Campingtisch. Ein Wunder, dass Bildschirm, Tastatur, Aktenordner, Kaffeetasse und Aschenbecher Platz darauf fanden. »Vielleicht willst du dich einfach nicht mehr daran erinnern?«

»Du irrst dich, Helmut, ich weiß nichts von einer Mine.«

»Ich weiß nicht, warum du damals diese Mine gekauft hast. Du hast sie aber gekauft und du hast sie behalten. Vielleicht als Andenken an die Grenze. Vielleicht für alle Fälle.«

»Was für Fälle sollen das denn sein?« Kalle versuchte, belustigt zu klingen. Er steckte sich die nächste Kippe an und blies den Rauch zur Decke des Kabuffs.

»Zum Beispiel, jemandem einen Denkzettel zu verpassen oder einen kleinen Schrecken einzujagen.«

»Wem denn?«

»Hanno. Der es sich immerhin erlaubte, mit seinen Fahrzeugen nicht zu dir zu kommen. Der stattdessen einen alten Schulfreund mit den Reparaturen beauftragte. Und der es sich erlaubte, an Jochen vorbei als Einziger aus dem Dorf Windkrafträder auf seine Felder zu bauen. Der sogar über eine eigene Biogasanlage nachdachte. Und der sich beharrlich weigerte, seine Kräfte mit Gregor zu messen. Für den Fall, dass Gregor an eurer kleinen Verschwörung beteiligt war, wovon ich aber ausgehe.«

Gregor hatte einige Wochen im Krankenhaus verbracht. Zunächst war er in ein künstliches Koma versetzt worden. Dann hatte man ihn nach und nach aufwachen lassen. Die Kopfverletzungen waren fast verheilt. Gregor würde auch keine gravierenden Schäden davontragen, vielleicht würde er allerdings häufiger unter Kopfschmerzen zu leiden haben.

Helmut hatte ihn einige Male im Krankenhaus besucht, auch schon in der Zeit, als Gregor noch im Koma gelegen hatte. Schließlich hatte Helmut ihn das erste Mal wieder im Wachzustand angetroffen.

Gregor konnte sich nicht an den Samstagvormittag Ende Januar erinnern, als das einzige Mal in diesem Winter Schnee im Dorf gelegen hatte.

Helmut hatte ihm die ganze Geschichte erzählt.

»Da habe ich wohl überreagiert«, sagte Gregor zu Helmuts Erstaunen.

»Tobias allerdings auch«, räumte Helmut ein.

»Was wird nun aus dem Jungen?«, fragte Gregor.

»Es geht ihm seitdem ziemlich schlecht. Es tut ihm leid.«

Gregor nickte. »Wird er bestraft?«

»Wie es aussieht, nicht. Es hängt auch von dir ab. Ob du ihn anzeigst.«

Gregor schüttelte den Kopf. »Ich möchte ihn zwar in nächster Zeit nicht sehen. Aber ich werde ihn nicht anzeigen.«

Das war eine höchst bemerkenswerte Auskunft gewesen, die auch das Leben im Dorf etwas leichter werden ließ. Zumindest vorübergehend. Bis die nächste Bombe platzen würde. Sie platzte in diesem Moment.

»Na, der wird dir was erzählen, der Gregor. Da pass mal lieber auf! Auch mit Jochen ist nicht zu spaßen. Ich höre mir deine Märchen an, ohne gleich aufzuspringen. Ich bin ein friedlicher Zeitgenosse, wie du weißt. Dem Hanno einen Denkzettel verpassen! Mit einer Mine! Du hast sie doch nicht alle!« Kalle zeigte ihm einen Vogel.

»Es sollte wirklich nur ein kleiner Denkzettel sein. Davon gehe ich zumindest aus. Deswegen habt ihr diese Stelle am Rand des Feldes ausgesucht. Es hätte puff gemacht, vielleicht wäre der Pflug ein paar Zentimeter in die Luft gehüpft und fertig. Hanno hätte einen Schrecken gekriegt und ihr hättet euch köstlich amüsiert. Eigentlich nicht viel mehr als ein Dummejungenstreich.« Diese Idee war Helmut damals auf dem Friedhof gekommen, als er an Mariannes Grab stand und über Schuhe nachdachte. »Nur so herum wird ein Schuh daraus.« Wenn die Mine mit Absicht an den äußersten Rand gelegt wurde, um nur ein bisschen Schaden anzurichten. Jochen, Gregor und Kalle hätten allesamt gewusst, dass dieser Platz ungefährlich sein würde. Eigentlich. »Aber dann passt Hanno an diesem Donnerstagmorgen ausgerechnet an dieser Stelle des Feldes nicht auf und fährt zu weit. Warum auch immer. Und statt irgendwo am Rande des Pfluges geht die Mine unter dem Motor hoch. Peng! Doppeltes Pech für alle Beteiligten! Für einen war es sogar tödlich! Und für euch der Schreck eures Lebens! Ich habe dich in den Tagen danach nur ein paar Mal kurz gesehen. Du sahst aus wie ein Gespenst und siehst immer noch so aus. Gregor und Jochen sind vielleicht abgebrühter als du. Denen merkte man das nicht so an. Aber auf Hannos Beerdigung konnte keiner von euch einem der Ackermanns ins Gesicht sehen. Schuldgefühle. Ihr seid zwar keine Mörder. Aber euer Plan war schon ausgetüftelt. Dass du ganz Mattierzoll zu einem Tagesausflug nach Wernigerode einlädst, damit Jochen und Gregor unbemerkt auf Hannos Acker werkeln und dort die Mine vergraben können. Die Mine hast du wahrscheinlich all die Jahre irgendwo hier aufbewahrt, oder?«

Kalle schüttelte den Kopf. »Bist du offiziell hier? Oder ist das eine ganz private Märchenstunde unter Freunden?«

Das war die Frage, über die Helmut sich lange Zeit den Kopf zerbrochen hatte. Es stimmte, er erzählte hier eine Geschichte, allerdings kein Märchen, sondern eine plausible Geschichte. Da waren zunächst die Informationen, die Helmut in den letzten Wochen über das Verhältnis von Kalle, Jochen und Gregor zu Hanno gesammelt hatte. Kalle war aus wirtschaftlichen Gründen nicht gut auf Hanno zu sprechen und Jochen aus machtpolitischen Gründen, auch wenn beides vielleicht etwas hochtrabend klang. Bei Gregor waren die Gründe rein privat und letztlich kaum nachvollziehbar.

Helmuts Frontalangriff zu Beginn des Gesprächs war jedoch keineswegs der Versuch eines Glückstreffers gewesen. Er hatte tatsächlich Nils Linkens gefunden, der bis Mitte der 90er-Jahre Militaria in Oschersleben verkauft hatte und noch immer in dieser Gegend wohnte. Genau wie Steffen Gärtner war er ein ehemaliger NVA-Soldat. Linkens hatte, und das war entscheidend gewesen, seinen offenbar harmlosen Stand eine Weile lang neben einem Mann betrieben, der zumindest auch Schusswaffen verkauft hatte. Dieser Mann wiederum war ein Rotarmist gewesen.

Nachdem Helmut ihm klargemacht hatte, dass es nicht um die Aufarbeitung eines möglicherweise illegalen Handels auf dem Militaria-Markt ging, sondern einzig und allein um die Aufklärung eines Kapitalverbrechens, hatte sich Linkens als kooperativ erwiesen. »Bei Oleg nebenan haben die Leute wirklich alles bekommen.«

»Auch Minen?«

»Ja, klar. Das war zwar nicht einfach, aber Oleg hat es hinbekommen. Wobei man sagen muss, dass Oleg es nicht so genau genommen hat, wo er seine Ware herbekommt. Das galt auch für die Minen. Ab und zu hat er einem ahnungslosen Kerl eine Mine angedreht, die gar nicht aus Beständen des Warschauer Paktes stammten.«

»Sondern?«

»Zum Beispiel von den Amis.«

»War zufällig eine M 14 darunter?«

Linkens nickte anerkennend. »Sie kennen sich aber gut aus. Bestimmt war auch eine M 14 dabei.«

Dann zeigte Helmut Linkens ein Foto, auf dem Jochen, Gregor und Kalle zu sehen waren, ein Schnappschuss, der vor sechs oder sieben Jahren entstanden war. Helmut konnte sich nicht mehr an den konkreten Anlass erinnern. Aber er hatte das Foto aufbewahrt. »Gehörte zufällig einer von diesen Männern zu Ihren oder Olegs Kunden?«

Linkens musste nicht lange überlegen. Er zeigte auf Kalle. »Der hier hat damals bei Oleg und bei mir gekauft. Auf dem Foto ist er zwar etwas älter, aber ich erkenne ihn wieder. Kalle. Auch ein ehemaliger Soldat. Aber nicht NVA, sondern Bundeswehr.«

»War er einer von denen, die bei Oleg Minen gekauft haben?«

»Allerdings. Er war sogar einer von denen, denen Oleg eine Ami-Mine angedreht hat. Dabei hat Kalle explizit nach einer russischen Mine gesucht, die mal an der deutsch-deutschen Grenze eingebuddelt war. Und Oleg hat ihm für teures Geld eine amerikanische Mine verkauft.«

»Eine M 14?«

»Weiß ich nicht. Ist aber durchaus möglich. Soweit ich weiß, wurde die M 14 zur selben Zeit produziert wie die sowjetischen Minen, die an der Grenze verlegt wurden. Dann hätte zumindest das Alter der Mine gestimmt, wenn schon nicht ihre Herkunft.«

»Sie haben nicht zufällig noch Kontakt zu diesem Oleg oder wissen zumindest seinen Nachnamen?«

»Nein. Lange bevor der Markt geschlossen wurde, ist Oleg zurück nach Russland. Seitdem habe ich nichts mehr von ihm gehört. Seinen Nachnamen weiß ich auch nicht. Tut mir leid.«

Das war aber kein Problem, Linkens' Aussage würde reichen, da war sich Helmut sicher. »Ich bin offiziell hier. Und ich kann beweisen, dass du damals diese Mine gekauft hast. Erinnerst du dich an Nils Linkens?«

Kalle fiel die Kinnlade herunter. »Der Name sagt mir nichts.«

»Aber er erinnert sich an dich.«

»Der … der muss sich täuschen.« Kalle stellte seine Tasse auf den Tisch, weil seine Hände zitterten.

»Nein, Kalle, er täuscht sich nicht.« Dann erzählte Helmut von der falschen Mine, die Kalle angedreht worden war. »So sind wir eigentlich erst darauf gekommen, dass das vielleicht doch kein Unfall war, weil das gar keine Mine aus der UdSSR gewesen ist, sondern eine M 14 aus den USA.« Helmut machte eine kurze Pause. »Pech für dich, Kalle. Jetzt kriegen wir dich dran. Du hast diese Mine bei Oleg gekauft und du hast sie auf Hannos Feld vergraben. Das ist deutlich mehr als fahrlässige Tötung. Das ist vorsätzlich. Zehn Jahre, schätze ich mal. Mit einem guten Anwalt. Ansonsten etwas mehr.«

»Hör auf, Helmut! Ist gut jetzt!« Kalle drückte seine kaum gerauchte Zigarette im Aschenbecher aus. »Du hast doch vorhin schon gesagt, dass du davon ausgehst, dass Jochen und Gregor mit dabei waren. So ist es auch gewesen.« Kalle zündete sich in mehreren Versuchen die nächste Zigarette an. »Ich weiß gar nicht mehr, wessen Idee es gewesen ist. Wir haben bei Jochen gesessen und Schnaps getrunken und ein bisschen Bier dazu. Jochen hatte gerade erfahren, dass Hanno eine Biogasanlage bauen will. Er war geladen. Er meinte zwar, dass er das mithilfe der Gemeindesatzung verhindern kann. Aber so langsam ging ihm der junge Herr Ackermann gehörig auf den Keks. Man müsste ihm mal zeigen, wo die Harke hängt, hatte Jochen gesagt. Oder so ähnlich. Gregor war derselben Meinung. Ich habe die anderen beiden daran erinnert, dass Hanno sich zu fein ist, seine Fahrzeuge zu mir zu bringen. So kam eins zum anderen. Irgendwann fragte mich Gregor, ob ich diese russische Mine noch habe. Ich ging ja davon aus, dass es eine russische Mine war. Da war ja sogar ein Aufkleber drauf mit kyrillischen Buchstaben. Den hat wahrscheinlich Oleg draufgeklebt. Gregor wusste, dass ich diese Mine besaß. Wir sammeln ja beide diese militärischen Sachen, ich vor allem aus der Zeit der Teilung. Eigentlich verrückt, in Mattierzoll hatte ich genug mitbekommen von dieser Scheiß-Teilung. Für Jochen war das mit der Mine neu. Er kam dann aber auf die Idee, man könnte Hanno mit dieser Mine erschrecken. ›Erschrecken‹, das war sein Ausdruck dafür. Ich habe gelacht und gesagt, dass alle Leute denken werden, das wäre eine Mine, die die DDR vergessen hat. Gregor hat auch gelacht und gehofft, dass Hanno danach nie wieder sorgenfrei auf seinem Trecker sitzen würde.«

Helmut hörte Kalle schweigend zu. Er machte sich ein paar Notizen. Aber im Grunde entsprach diese Geschichte genau dem, wie er es sich vorgestellt hatte.

Kalle fuhr fort. »Aber, wie gesagt, das war abends in einer Schnapslaune. Ich habe diese Sache gar nicht ernst genommen. Ich glaube, Gregor auch nicht. Doch ein paar Tage später, als wir uns erneut bei Jochen trafen, hatte der schon einen Plan ausgearbeitet. Er hat irgendwie herausbekommen, in welchem Rhythmus Hanno seine Felder nach der Rübenkampagne pflügen wird. Zumindest so ungefähr. Jedenfalls war er sich sicher, dass Hanno noch vor Weihnachten diesen Acker im ehemaligen Grenzgebiet pflügen will. Natürlich sah Jochens Plan vor, dass er selbst sich die Hände nicht schmutzig machen würde. Für mich hatte er vorgesehen, dass ich ganz Mattierzoll zu einer Tagesfahrt nach Wernigerode einlade. Jochen wollte die Fahrt komplett bezahlen. So war sichergestellt, dass einen ganzen Tag lang kein Mattierzoller vor Ort sein würde. Zufällige Spaziergänger oder vorbeifahrende Autofahrer würden sich ja nicht wundern, wenn da ein Mann auf einem Feld graben würde. Solange sie nicht wussten, dass dieser Mann nichts auf dem Feld zu suchen hatte. Das wiederum hätten am ehesten die Mattierzoller gewusst. Da alle Felder, die an Hannos Besitz grenzen, Jochen gehören, musste man jetzt nur noch dafür sorgen, dass Hanno nicht ausgerechnet an diesem Tag hier auftaucht. Allerdings hatte Jochen herausbekommen, dass Hanno an einem bestimmten Tag, es war ein Dienstag, einen längeren Termin bei Agravis in Schöppenstedt haben würde. Also sollte die Fahrt nach Wernigerode an diesem Tag stattfinden. Und während wir Mattierzoller dort waren, sollte Gregor die Mine auf dem Feld vergraben. Jochen wollte in dieser Zeit zu Hause sitzen. Dagegen haben Gregor und ich protestiert. Wir fanden, dass auch Jochen einen Teil der Drecksarbeit machen sollte. Aber Jochen hat uns daran erinnert, dass wir ihm einen Gefallen schuldig wären. Mir hat er seinerzeit praktisch das Geld geschenkt, damit ich dieses Grundstück hier kaufen kann. Und Jochens Vater hat Gregor mal vor dem Gefängnis bewahrt. Ich, das muss ich zugeben, bin sofort eingeknickt und habe versprochen, meinen Teil beizutragen. Gregor hingegen war hartnäckig. Er hat darauf bestanden, dass Jochen mitkommt, wenn er die Mine vergräbt. Nach langem Hin und Her hat Jochen schließlich eingewilligt.«

»Also waren beide auf dem Feld?«

»Nein, es ist dann noch ganz anders gekommen. Gregor hatte sich für diesen Tag freigenommen, um die Sache in Ruhe durchziehen zu können. Aber dann ist in der Nacht Gisela krank geworden. Heftige Magensache. Gregor musste sie zu verschiedenen Ärzten fahren. Die beiden waren den ganzen Vormittag über unterwegs. Das war aber genau die Zeit, in der Hanno in Schöppenstedt beim Agrarhandel sein würde. Da Gregor unterwegs war, musste Jochen die Mine allein vergraben. Und sie scharfmachen. Ich hatte beiden erklärt, wie das funktioniert.«

»Und dann habt ihr abgewartet?«

»Ja, aber lange mussten wir ja nicht warten. Zwei Tage später war es so weit. Ich hätte mich am liebsten sofort irgendwo vergraben, als ich hörte, was passiert ist. Mein erster Gedanke war, dass Jochen die Mine doch mitten auf dem Feld vergraben hatte, und nicht am Rand, wie wir es vereinbart haben. Auch Gregor dachte das. Er hat sich an dem Tag noch heftig mit Jochen gestritten.«

Das war die Szene, die Helmut beobachtet hatte.

»Aber dann hat sich herumgesprochen, dass die Mine doch am äußersten Rand des Ackers gelegen hatte, und dass Hanno dort durch irgendeinen gottverdammten Zufall entlanggefahren war. Dass es also ein Unfall war. Ich weiß, dass es natürlich trotzdem unsere Schuld ist. Aber das wollten wir natürlich nicht. Ich war so was von fertig und konnte tagelang nichts machen. Zum Glück hatte ich den Laden ab dem Montag nach dem Unfall sowieso für zwei Wochen geschlossen. Wegen Weihnachten und Silvester. Da hing schon lange ein Schild. Es blieb also nur der Tag direkt nach dem Unfall, der Freitag. Da habe ich ein zusätzliches Schild rausgehängt. ›Wegen Krankheit geschlossen‹. Ich konnte einfach niemanden sehen. Außer meiner Freundin. Die hat natürlich auch gemerkt, dass was nicht stimmt mit mir. Ich habe ihr einfach erzählt, dass ich mich nicht wohlfühle. Erkältung und ein bisschen Depression wegen Weihnachten, ohne meine Jungs und so. Hat sie geglaubt. Zum Skat bin ich auch erst mal nicht gegangen. Das weißt du ja. Ich war nur auf der Beerdigung. Aber auch nur, weil ich wusste, dass jeder aus dem Dorf dorthin geht, und dass es auffällig gewesen wäre, wenn ich nicht gegangen wäre. Jochen und Gregor ging es nicht so mies wie mir. Gregor war irgendwie zu der Meinung gelangt, dass er mit der ganzen Sache nichts mehr zu tun hat. Er hat weder die Mattierzoller weggelockt, noch hat er die Mine vergraben. Er fühlte sich völlig unschuldig. Deswegen hat er auch so heftig reagiert, als Tobias sein Haus beschmiert hat. Erst im Krankenhaus ist ihm aufgegangen, dass Tobias nicht völlig unrecht hat, wenn er ihn einen Mörder nennt.«

»Und was ist mit Jochen? Warum fühlte er sich nicht so schlecht wie du?«

»Das klingt jetzt vielleicht ein wenig verrückt, Helmut. Aber ich glaube, Jochen hat ernsthaft gedacht, dass der liebe Gott es nicht anders gewollt hat. Jochen hatte Hanno erschrecken wollen, und der liebe Gott hat dafür gesorgt, dass ein tödlicher Unfall daraus wurde. Und das war nicht Jochens Problem.«

Helmut schüttelte den Kopf.

»Und was passiert mit uns?« Kalle blickte Helmut mit Tränen in den Augen an.

Doch dazu fiel Helmut in diesem Moment nichts ein. Wortlos stand er auf und verließ Kalles Büro. Was hätte er Kalle auch sagen können? Dass er zu der Überzeugung gelangt war, dass Kalle und Gregor schon ausreichend bestraft waren? Kalle saß hier wie ein Häufchen Elend und würde wahrscheinlich nie wieder ganz der Alte sein. Auch Gregor schien mittlerweile Schuldgefühle zu haben; außerdem hatte er diese schwere Kopfverletzung davongetragen. Dass also einzig Jochen es verdient hatte, vor Gericht gebracht zu werden? Dass es theoretisch sogar möglich war, die Sache auf sich beruhen zu lassen und »denen von drüben« die Schuld am Unfall zu geben?

Das wäre versicherungstechnisch ohnehin der Idealfall – Hannos Lebensversicherung würde nur in diesem Fall umgehend ausbezahlt werden. Das hatte Rolf Kramer ihm erklärt.

Seit Falks Auftritt in der Dienststelle hatte Helmut praktisch nur noch auf eigene Faust zu Hannos Tod ermittelt. Alle Aufzeichnungen existierten nur in seinem Notizbuch. Er hatte also tatsächlich mehrere Optionen – oder, um sich schon mal auf den kommenden Skatabend mit Atze und Thomas einzustimmen: Er hatte alle Trümpfe in der Hand.

Blöd nur, dass er einen Null spielen wollte.

ENDE

*Weitere Titel finden Sie auf den
folgenden Seiten und im Internet:*

WWW.GMEINER-SPANNUNG.DE

Klaas Kroon
Akte Wendland
Kriminalroman
304 Seiten, 12,5 x 20,5 cm,
Broschur
ISBN 978-3-8392-0670-6

In einem Wald bei Gartow wird eine tote Frau gefunden. Erdrosselt. Die Dorfpolizistin Sabine Langkafel
identifiziert das Mordopfer als Journalistin Martina
Breesen aus Salzwedel. Zunächst geraten ominöse
Umweltschützer ins Visier der Polizistin und ihrer
Kollegin Melanie Gierke von der Kripo Lüneburg. Bei
ihren Ermittlungen stoßen die beiden außerdem auf
ein Unfallopfer aus der Nacht der Grenzöffnung 1989.
Ein verwirrendes Spiel rund um Täuschungen und
verschwundene Akten beginnt – und bringt Sabine in
tödliche Gefahr.

GMEINER SPANNUNG

WWW.GMEINER-VERLAG.DE
Wir machen's spannend

Anja Eichbaum
Inselbrise
Kriminalroman
448 Seiten, 12,5 x 20,5 cm,
Broschur
ISBN 978-3-8392-0701-7

So hatte sich Susan Ophoven ihren Neustart als
Schreibcoach auf Norderney nicht vorgestellt. Trotz
Sonne, Strand und Meer machen ihr widerspenstige
Handwerker, überambitionierte Kursteilnehmer und
missgünstige Internetbewertungen das Leben schwer.
Doch es kommt noch schlimmer. Als ihre Schwieg-
ermutter mit Pfeil und Bogen erschossen wird, gerät sie
unter Verdacht. Ist sie etwa das Opfer eines Komplotts?
Oder hält sie den Inselpolizisten Martin Ziegler und die
Kripo zum Narren? Noch während der ersten Ermit-
tlungen wird der Bogen neu gespannt …

GMEINER SPANNUNG

WWW.GMEINER-VERLAG.DE
Wir machen's spannend